W9-CPF-533

# SEDUCCIÓN A MEDIANOCHE

# SEDUCCIÓN A MEDIANOCHE



Jacquie d'Alessandro

Traducción de M.ª José Losada Rey y Rufina Moreno

Barcelona • Bogotá • Buenos Aires • Caracas • Madrid • México D.F. • Montevideo • Quito • Santiago de Chile

Título original: *Seduced at Midnight*

Traducción: Mª José Losada Rey y Rufina Moreno

1.ª edición: octubre 2009


para el sello Vergara
Bailén, 84 - 08009 Barcelona (España)
*www.edicionesb.com*

Printed in Spain
ISBN: 978-84-666-3793-0
Depósito legal: B. 33.689-2009

Impreso por LIBERDÚPLEX, S.L.U.
Ctra. BV 2249 Km 7,4 Polígono Torrentfondo
08791 - Sant Llorenç d'Hortons (Barcelona)

*Este libro está dedicado a Cindy Hwang y a Leslie Gelbman. ¡Gracias por adorar la serie Mayfair! Y a Collyn Milsted, un mentor maravilloso. Gracias por haber compartido tu tiempo, tu experiencia y tus conocimientos sobre la historia de Inglaterra, y por haberme dado la oportunidad de pasar el rato con tus estudiantes.*

*Y como siempre, a mi maravilloso y alentador marido, Joe. Eres auténtico y leal y me siento muy orgullosa de ser tu mujer. Y a mi guapísimo hijo, Christopher, alias* Auténtico y Leal Junior, *estoy muy orgullosa de ser tu madre.*

# Agradecimientos

Me gustaría darles las gracias a las siguientes personas por su inestimable ayuda y apoyo:

A todos los maravillosos empleados de Berkley, por su bondad y por ayudarme a convertir mis sueños en realidad. Entre ellos a Susan Allison, Leis Pederson, Don Rieck y Sharon Gamboa.

A mi agente, Damaris Rowland, por su fe y sabiduría, así como también a Steven Axelrod, Lori Antonson y Elsie Turoci.

A Jenni Grizzle y Wendy Etherington por ser tan buenas amigas.

A Barbara Hosea por su madera de peluquera, a Andrea Moore y Kathy Burgess por hacerme reír y llamarme «querida».

Y gracias también a la maravillosa Sue Grimshaw de BGI por su generosidad y apoyo. Y, como siempre, a Kay y Jim Johnson, a Kathy y Dick Guse, y a Lea y Art D'Alessandro.

Un ciberabrazo para mis *Looney Loopies*: Connie Brockway, Marsha Canham, Virginia Henley, Jill Gregory, Julia London, Kathleen Givens, Sherri Browning, y Julie Ortolon, y también para las *Temptresses the Blaze Babes*.

Un especial agradecimiento a los miembros del Romance Writers de Georgia y Romance Writers de América.

Y el mismo especial agradecimiento a los hombres y mujeres que sirven en las Fuerzas Armadas, por los sacrificios que realizan ellos y sus familias para mantener a nuestro país a salvo.

Y, por último, gracias a todas las maravillosas lectoras que han dedicado tiempo a escribirme. ¡Me encanta recibir noticias vuestras!

# 1

*Londres, 1820*

Del *London Times:*

¿Creen ustedes en fantasmas? La señora Marguerite Greeley ha sido asaltada y asesinada en su casa de Berkeley Square en un crimen idéntico al de lady Ratherstone la semana pasada. El mayordomo de la señora Greeley declaró haber oído extraños gemidos provenientes de las habitaciones privadas donde la dama guardaba su joyero. Al entrar en la estancia, el mayordomo descubrió el cuerpo sin vida de su ama y que sus joyas habían desaparecido, pero según informó, todas las ventanas y puertas estaban cerradas por dentro. Hechos que se asemejan a lo acontecido en casa de lady Ratherstone, por lo que resulta evidente que la señora Greeley es la última víctima del inteligente, diabólico, y aparentemente invisible y escurridizo criminal de Mayfair. En este momento, todo Londres se hace dos preguntas: ¿Podría ser realmente el ladrón un fantasma? ¿Quién será la próxima víctima?

Tras asegurarse de que nadie la miraba, lady Julianne Bradley se escabulló del abarrotado salón de baile y recorrió el largo pasillo iluminado con velas. Aunque su corazón latía de anticipación, instándola a apresurarse, se forzó a mantener un paso tranquilo. De ninguna manera quería llamar la atención sobre su persona.

La música y la risa, el zumbido de las conversaciones, y el tintineo de las copas se desvanecieron al alejarse del elegante salón donde transcurría la fiesta de lord y lady Daltry. Dobló la esquina y comenzó a contar las habitaciones... una, dos... aminoró el paso al acercarse a la tercera puerta.

De repente, tuvo la extraña sensación de estar siendo observada. Un acalorado rubor, el que siempre coloreaba su piel pálida de un rojo delator cada vez que experimentaba cualquier tipo de nerviosismo, le subió por el cuello y le encendió el rostro.

Se dio la vuelta, escudriñando la zona, pero no vio a nadie. Estaba sola.

«Tienes la imaginación tan activa como siempre.»

Esperando no parecer tan furtiva como se sentía, dirigió una última mirada a su alrededor y abrió la tercera puerta. Entró con rapidez en la estancia, cerrando la puerta tras ella.

—Ya era hora de que llegaras.

Oyó la voz justo a su lado, y Julianne apenas pudo contener el grito de sorpresa que le vino a los labios. Apoyándose contra la hoja de roble, observó la oscura biblioteca, iluminada por el tenue resplandor del fuego que ardía en la chimenea. Tres pares de ojos la escrutaron.

—Comenzábamos a pensar que no vendrías —dijo lady Emily Stapleford, apartando impaciente a Julianne de la puerta—. Con suerte, dispondremos de unos pocos minutos antes de que alguien note nuestra ausencia en la fiesta. ¿Qué demonios te ha retrasado?

—No fue nada fácil dar esquinazo a mi madre —dijo Julianne.

Como en todas las veladas, la condesa de Gatesbourne había considerado su deber el colocar a su única hija delante de cada uno de los caballeros solteros y con título que asistían al evento. Tales argucias sólo servían para que Julianne se retrajera más de lo habitual, algo que disgustaba profundamente a su madre, quien no se mordía la lengua a la hora de expresar su desagrado.

Las tres amigas de Julianne intercambiaron una mirada y asintieron compresivas. Conocían de sobra el carácter autoritario de la condesa.

—Bueno, nos alegramos de que ya estés aquí —dijo Carolyn Sutton, condesa de Surbrooke, con una sonrisa—. Por un momento pensé que te habías fugado con un fantasma.

Julianne le dirigió una mirada a la hermosa recién casada que había regresado a Londres hacía dos días, tras una luna de miel de dos semanas por el Continente con su flamante marido. Carolyn prácticamente resplandecía de pura felicidad. La admiración de Julianne hacia la compostura serena y tranquila eficiencia de su amiga no conocía límites.

—¡Porras!, Carolyn, tú también no —dijo Sarah Devenport, marquesa de Langston, con su habitual sensatez (otro rasgo que Julianne deseaba para sí misma). Sarah se subió las gafas por el puente de la nariz y miró a su hermana con el ceño fruncido—. Estás casi tan loca como el *Times*, por no mencionar a muchos de los invitados a esta velada. No puedes creer en serio que sea un fantasma el responsable de la reciente oleada de robos.

Emily curvó la boca en la amplia y traviesa sonrisa que tantas veces asomaba a sus labios.

—A menos que sea como el fantasma de nuestro último libro seleccionado. Aunque por supuesto, en *El fantasma de Devonshire Manor* el único objeto robado era la inocencia de una dama. La historia es tan deliciosamente auténtica...

—Razón por la cual convoqué esta reunión de la Sociedad Literaria de Damas a esta hora —la interrumpió Julianne—. No hay mejor hora para un ladrón fantasma. Creo que deberíamos hacer una sesión de espiritismo similar a la descrita en el libro, para descubrir quién es este ladrón.

—En mi opinión, es una idea fantástica —dijo Emily.

—Y yo creo que el fantasma de Devonshire Manor os ha hecho desvariar —dijo Sarah.

—Quizá —concedió Julianne—. Debo admitir que no he sido la misma desde que he leído el libro. —De hecho, su lectura había prendido un fuego inquieto en ella que no había sido capaz de sofocar—. La historia me ha cautivado. Me ha dejado fascinada...

—Tal y como debe hacerlo una historia de fantasmas —la interrumpió Emily con una amplia sonrisa.

—Sí, pero sobre todo, no podéis negar que también ha sido sumamente... —Julianne se aclaró la garganta y luego bajó la voz—: sensual.

—Lo ha sido, no cabe duda —convino Sarah—. El título más adecuado podría haber sido «El encantamiento de lady Elaine».

—«Por el muy delicioso Maxwell» —agregó Emily, abanicándose la cara con la mano.

—Sí —dijo Carolyn—. Maxwell ha sido... oh, Dios...

Sus palabras se desvanecieron en un suave suspiro, y Julianne, Emily y Sarah se mostraron de acuerdo con un murmullo. Teniendo en cuenta que los libros escogidos por la Sociedad Literaria de Damas eran mucho más escandalosos de lo que el nombre del grupo sugería —algo que no era fortuito—, Julianne había sabido que la historia del fantasma sería algo más que un simple cuento de espíritus vagando por los cementerios. Pero no había previsto que Maxwell, el protagonista, fuera tan profundamente sensual. Ni siquiera el hecho de ser un fantasma había impedido que sedujera a la hermosa lady Elaine. Repetidas veces además. De maneras muy imaginativas.

—Ojalá existiera un hombre así en la vida real —dijo Emily—. Tan fuerte y valiente. Tan masculino y romántico...

—Tan apasionado. —Las palabras escaparon de los labios de Julianne antes de que pudiera contenerlas.

—Existe —dijeron Carolyn y Sarah al unísono—, yo me casé con él.

Ambas hermanas se miraron y sonrieron con complicidad.

La mirada de Julianne cayó sobre el vientre de Sarah que comenzaba a redondearse por el bebé que llevaba en su seno. La felicidad que sentía por sus amigas, que se habían enamorado y casado en los últimos meses, se mezclaba con una innegable envidia. Ella jamás disfrutaría del amor, el regocijo y la pasión que Sarah y Carolyn compartían con sus maridos.

No, ella no se casaría por amor. Hacía mucho tiempo que había aceptado lo inevitable; su padre concertaría su matrimonio, una elección basada únicamente en las ventajosas consideraciones de las propiedades, los títulos y el dinero. Como le habían recordado prácticamente desde que nació, no tenía ni voz ni voto en aquel asunto, y acceder sin quejarse a los deseos de su padre era lo menos que podía hacer, ya que ella ni siquiera había tenido la decencia ni el sentido común de haber nacido varón. Después de haber oído por casualidad la conversación que sus padres habían mantenido ese mismo día, Julianne se temía que su boda estuviera más cerca que nunca.

Y aun así, su corazón soñaba con enamorarse. Con la pasión. Con un hombre que la quisiera de la misma manera y no sólo como el producto de un acuerdo de negocios. Un hombre que la miraría con un deseo ardiente.

En cuanto Julianne intentó borrar esa fantasía de su mente, una nueva imagen se materializó en su cabeza. La de un hombre alto de rasgos sombríos, de pelo de ébano y los ojos oscuros llenos de secretos y misterios. Un hombre rodeado por una tentadora y seductora aura de peligro. Un hombre prohibido para ella.

«Gideon Mayne... »

El nombre resonó en su mente con un mudo suspiro de pesar.

Él sí la miraba con un deseo ardiente... una mirada que la incitaba a saber más, a conocerlo todo de él.

—Sí, las dos os habéis casado con hombres fabulosos y apasionados —dijo Emily, poniendo voz a los caprichosos pensamientos de Julianne—, y de manera muy egoísta, debo añadir, pues sólo habéis dejado a bobalicones para Julianne y para mí. No existen hombres tan magníficos, y Maxwell es sólo un personaje ficticio.

Existía, Julianne lo sabía.

Pero jamás sería suyo.

Lady Elaine había sufrido el mismo dilema con respecto a Maxwell, su amante fantasma, en *El fantasma de Devonshire Manor*, y Julianne comprendía mejor que nadie los descorazonadores e imposibles sentimientos de la mujer.

—Las cosas que Maxwell le hace a lady Elaine... —dijo Sarah con un suspiro—. Caramba, no es de extrañar que ella no quisiera salir de casa.

Julianne contuvo un gemido cuando una cálida sensación se apoderó de su cuerpo. El carácter escandaloso de la historia había conjurado toda clase de fantasías con Gideon Mayne como protagonista principal, imágenes que ella no podía apartar de su mente.

—Mi parte favorita del libro es cuando Maxwell se dedica a espantar a todos los pretendientes de lady Elaine —dijo Carolyn—. Fue bastante diabólico e ingenioso.

—Mucho —convino Sarah—. Me reí especialmente cuando hizo bailar al pato del plato del vicario, y luego lo hizo graznar.

—Maxwell hizo todas esas cosas porque no quería que ningún otro hombre tuviera a la mujer que él amaba y deseaba con toda su alma —dijo Julianne con suavidad—. Su dolor era tan palpable que podía sentirlo, y mi corazón sufrió por él. Los dos sabían que a pesar de sus sentimientos, las circunstancias les impedían estar juntos.

Sí, y existían unas circunstancias no menos imposibles e irresolubles que aquéllas entre ella y el hombre que ocupaba sus pensamientos.

En su esfuerzo por desterrar aquellos pensamientos sobre lo que nunca sería suyo, Julianne trató retomar la conversación sobre su idea de una sesión de espiritismo para atrapar al ladrón.

—Ciertamente, si una tiene que acabar embrujada por un fantasma, no hay mejor candidato que Maxwell.

—Oh, estoy de acuerdo —declaró Emily—. Es mucho mejor que el fantasma que ronda por la hacienda de mi tía Agatha. Se llama Gregory. Según tía Agatha es un viejo panzudo con gota y muy desagradable.

—¿Por qué motivo cree tu tía que tiene un fantasma en casa? —preguntó Sarah en tono dubitativo, subiéndose las gafas.

—Lo ha visto —respondió Emily—. Y también lo ha oído. Al parecer no hace otra cosa que quejarse. Lo llama «Gregory, el gruñón».

—¿Pero cómo puede oírle? —preguntó Julianne—. Tu tía Agatha, además de ser una dama muy querida, está sorda como una tapia.

—Al parecer, Gregory no hace más que recorrer los pasillos quejándose de sus achaques en voz tan alta, que incluso tía Agatha puede oírlo.

—¿Tú has visto a Gregory? —preguntó Carolyn.

Emily negó con la cabeza.

—No, pero oí un montón de gemidos la última vez que visité a mi tía.

—Oír gemidos y ver fantasmas son dos de las cosas que se describen en el libro, y de las que quería hablar —dijo Julianne—. Basándonos en él, creo que deberíamos realizar una sesión de espiritismo similar a la de lady Elaine. Sólo que en lugar de intentar invocar a un amante, intentaremos atraer al fantasma de Mayfair.

Los ojos de Emily chispearon con interés.

—Ah, sí, ya lo habías mencionado antes, pero nos fuimos por la tangente. Me parece una sugerencia excelente. Por supuesto, no creo que tengamos éxito, pero no obstante, deberíamos probar, parece un entretenimiento interesante. ¿Cuándo y dónde sugerís que lo hagamos?

—Yo voto por mañana por la noche —dijo Julianne—. ¿Os viene bien?

—No me lo perdería por nada del mundo —dijo Emily sin titubear—. ¿Quién sabe qué clase de fantasma podríamos invocar o qué secretos serían revelados en la oscuridad?

—Yo tampoco me lo perderé —dijo Sarah—. Aunque por supuesto, convencer a Matthew de que me deje desaparecer de su vista durante una noche entera será todo un reto. Piensa que porque estoy embarazada me he convertido en algo tan delicado como una copa de cristal... aunque no puedo negar que su atención constante no deja de ser muy dulce y muy... hummm, estimulante. —Miró a Carolyn—. Supongo que a tu marido tampoco le hará mucha gracia pasar una noche sin ti.

—Supongo que no. —Una amplia sonrisa curvó los labios de Carolyn—. Pero estoy segura de que tanto Daniel como Matthew estarán dispuestos a pasar algunas horas juntos en el club. Es bueno que nos echen de menos.

Una oleada de reprimidas emociones inundó a Julianne, y bajó la mirada. Las sombras que parecían haberse tragado sus pies en aquella estancia tan poco iluminada parecían la personificación del futuro sombrío que se cernía sobre ella.

—Sois sumamente afortunadas por tener unos maridos que os aman tanto —susurró, incapaz de disimular la tristeza de su voz.

—¿Te encuentras bien, Julianne?

La pregunta de Carolyn, y su tierna caricia en la manga de Julianne, hizo que ésta levantara la mirada.

—Estoy bien —dijo, brindándoles lo que esperaba fuera una sonrisa tranquilizadora.

Emily frunció el ceño.

—No te creo. Pareces indispuesta. Y muy preocupada.

«Lo estoy. Por esos pensamientos que me rondan la cabeza desde hace semanas sobre algo que nunca se hará realidad, sobre alguien que nunca será mío.»

Pero no podía admitir la verdad, ni siquiera ante sus mejores amigas. Se escandalizarían y le aconsejarían que orientara sus inclinaciones románticas hacia alguien más adecuado. Un consejo que cualquiera le daría a la hija de un conde que abrigara una fascinación imposible por un hombre cuyas circunstancias distaban mucho de las suyas.

—¿Te ha dicho tu madre algo que te ha contrariado? —preguntó Sarah.

Julianne comenzó a negarlo, pero se contuvo, frunciendo el ceño para sus adentros. Después de todo, su formidable madre siempre le decía algo que la contrariaba. Como había hecho tan sólo unas horas antes, y con respecto a un tema del que podía hablar con total libertad con sus amigas. Y eso la hizo volver de golpe a la realidad.

—Lo cierto es que sí —admitió Julianne—. Por casualidad, oí a mis padres hablar hace unas horas sobre mi futuro. Al parecer, el duque de Eastling ha expresado su interés en pedir mi mano.

—¿El duque de Eastling? —repitió Emily. La expresión en sus ojos reflejaba la misma consternación que Julianne sentía—. Pero él es... es tan... «mayor».

—Apenas tiene cuarenta años —dijo Carolyn.

—Mi padre no es mucho mayor —replicó Emily—. Además, su señoría ya ha estado casado. ¿Y qué fue lo que hizo con su esposa? Arrastrarla a Cornualles, eso es lo que hizo. Adonde sin duda querrá arrastrar también a Julianne. —Volvió su afligida mirada hacia Julianne—. Cielos, no puedes irte a vivir a Cornualles. ¡Jamás volveríamos a verte!

—Su esposa murió —dijo Julianne—. Hace ya un año y medio. Está preparado para volver a casarse.

—Me he imaginado que el viento soplaba en esa dirección cuando he visto que tu madre hablaba con él poco antes de que su señoría te sacara a bailar el vals —dijo Sarah.

—Yo también —convino Carolyn—. Es un hombre muy cotizado. Es rico y guapo.

—Sí —acordó Julianne. En realidad, la mayoría de las mujeres encontraba al duque, de cabello rubio y ojos azul claro, muy atractivo. Pero para Julianne, su buena apariencia no tenía importancia. No cuando él exudaba la misma conducta glacial y distante que había visto en su padre durante toda su vida. Se estremeció de los pies a la cabeza al pensarlo, y la voz severa de su padre pareció resonar en sus oídos con aquel mantra que había oído incontables veces: «Para lo único que vale una hija es para concertar una boda ventajosa para la familia.» Pero ella anhelaba calor y pasión. No indiferencia y fría cortesía.

—Eres una mujer muy hermosa, una de las jóvenes más admiradas de la sociedad —le dijo Carolyn en tono tranquilizador, dándole un pequeño apretón de manos—. Tu padre recibirá muchas propuestas de matrimonio por ti. He observado que compartiste un baile con lord Haverly. Es un caballero decente.

—Y tan excitante como el color beis de las paredes —dijo Julianne con un suspiro—. Siempre tiene la misma expresión, no importa que esté eufórico o lívido. De hecho, la única manera de saber cuál es su estado de ánimo es que él mismo diga si está contento o triste. No habla de nada que no sea de su nueva chaqueta. Se vuelve casi poético hablando de cada puntada. He llegado a pensar que me quedaría dormida durante el vals que bailé con él. Además, está calvo.

—No del todo —dijo Emily—. Sólo ha perdido un poco de pelo en la coronilla.

—¿Y qué te parece lord Penniwick? —preguntó Sarah—. También has bailado con él, y es muy guapo. Y aún conserva todo el cabello.

—Es cierto. Pero, por desgracia, su cabeza es lo único que veo. No me habla a mí... sino a mis pechos.

—Me temo que eso es algo que les pasa a muchos hombres, sin tener en cuenta su estatura —dijo Carolyn.

—Sí, pero la expresión de Penniwick es tan lasciva que me pone los pelos de punta. Cada vez que me mira, pienso que va a relamerse. O a babear.

—Eso de «babear» es definitivamente asqueroso —dijo Emily, arrugando la nariz—. ¿Y qué me dices de lord Beechmore? Es alto y guapísimo.

Julianne se encogió de hombros.

—Es demasiado consciente de su excepcional apostura. No puedo imaginar que llegue a enamorarse de ninguna mujer cuando es obvio que está totalmente enamorado de sí mismo. También me parece muy distante.

—Mucha gente opina que tú eres distante, Julianne —señaló Emily con su habitual franqueza—, cuando lo cierto es que sólo eres tímida. Tal vez le ocurra lo mismo a lord Beechmore.

—Tal vez —concedió Julianne—. Pero no hay manera de malinterpretar su engreimiento.

—No te olvides de Logan Jennsen —interpuso Sarah—. Todas lo conocéis. Es muy guapo, muy alto y para nada distante. Además de ser tremendamente rico.

Julianne meneó la cabeza.

—Estoy de acuerdo en que el señor Jennsen es todas esas cosas, pero eso no importa. Mi padre jamás tendría en consideración a un plebeyo, sin olvidar que es americano.

—Lord Walston te ha visitado en varias ocasiones —le recordó Carolyn—. Es atractivo y parece muy agradable.

—Supongo. Pero es demasiado... —Buscó una palabra que describiera adecuadamente al vizconde que, como había dicho Carolyn, era muy agradable. Habían compartido una conversación interesante, pero a pesar de su bondad y su aguda inteligencia, no había encendido ni la más leve chispa de interés en ella—. Seco —terminó finalmente—. Es como una tostada sin mantequilla.

—Bueno, pues es de lo mejorcito que puedes encontrar, nada que un poco de mantequilla y mermelada no pueda arreglar —dijo Emily con un indicio de impaciencia en la voz—. A menos que... —entrecerró los ojos en una mirada especulativa, una expresión que provocó una ligera inquietud en Julianne—. No haces más que encontrarles defectos a unos caballeros que, aunque no son perfectos, sí son, ciertamente, aceptables. Y, por supuesto, preferibles a verte arrastrada a Cornualles por Eastling. La única razón que explique eso es que hayas puesto tus miras en otro sitio.

Un rubor ardiente encendió las mejillas de Julianne que agradeció para sus adentros la tenue iluminación. ¿Cómo había acabado aquella conversación adentrándose en aguas tan peligrosas?

—Mi único interés en este momento es realizar una sesión de espiritismo —dijo con firmeza.

—Me refiero a que parece como si ya hubieras puesto tus miras en otro hombre —replicó Emily con la misma firmeza—. Uno que no hemos mencionado.

¡Porras! Tenía que ser Emily, que la conocía desde la infancia, quien se diera cuenta de su táctica de distracción.

—¿Quién es? —preguntó Sarah, con la cara encendida por la curiosidad.

«Alguien que jamás será mío.» Alguien que hacía que cualquier otro caballero palideciera en comparación.

—Nadie. —«Nadie que pueda deciros»—. Sólo me siento intranquila porque sospecho que mi padre tomará la decisión dentro de un año, y los caballeros que tiene en perspectiva son demasiado... civilizados. —Las palabras parecieron salirle del alma, como si se hubieran abierto las exclusas de sus frustraciones—. Estoy muy cansada de tanta educada y comedida cortesía. Quiero un hombre que muestre interés en lo que digo y con el que pueda hablar de algo que no sea la moda, el clima y otras trivialidades por el estilo. No quiero limitarme a existir... quiero vivir. Quiero pasión. Sentimientos. Fuego. —Sus palabras sonaron desesperadas incluso a sus propios oídos, ¿cómo no iban a darse cuenta sus amigas de la desesperación que sentía?

Sarah extendió la mano y cogió la de Julianne. Desde detrás de sus gafas, los ojos de Sarah desbordaban una combinación de simpatía y preocupación.

—Para alguien como yo que es tan sumamente afortunada de poseer eso que tanto quieres, es comprensible tu deseo. Te mereces ser feliz, inmensamente feliz, y espero con todo mi corazón que lo consigas.

—Estoy de acuerdo —la secundó Emily, y Carolyn asintió con la cabeza.

Las lágrimas anegaron los ojos de Julianne ante aquella muestra de compasión y lealtad. Y porque sabía que lo que ella realmente quería estaba, debido a las circunstancias, fuera de su alcance.

No queriendo darle más vueltas a un tema tan deprimente, Julianne dijo:

—Gracias. Quizás el que todas lo deseemos pueda cambiar la suerte a mi favor. En lo que respecta a mañana, ¿quedamos a las nueve?

—Perfecto —convino Sarah, mientras Carolyn y Emily asentían con la cabeza—. Pero creo que será mejor que ahora regresemos a la fiesta. Matthew debe andar, sin duda, estirando el cuello, buscándome, preocupado de que haya podido ocurrirme algo. Cielos, cuando el bebé esté a punto de nacer, se tirará de los pelos, si es que para entonces no se los ha arrancado ya, y le dará un ataque de pánico.

Julianne sonrió brevemente ante la imagen que describían las palabras de Sarah sobre su normalmente tranquilo y sensato marido. Estaba claro que el amor podía hacer que cualquiera perdiera la compostura.

Justo entonces Julianne oyó un suave clic. Se dio la vuelta con rapidez y clavó la mirada en la puerta cerrada.

—¿Habéis oído eso? —preguntó en voz baja.

—¿El qué? —respondió un trío de susurros.

—Me ha parecido oír como si alguien cerrara la puerta. —Corrió hacia ella y la abrió un poco, mirando a hurtadillas el pasillo. Estaba vacío. Aliviada, respiró hondo, y detectó un leve olor a... algo. Algo que no lograba ubicar, pero que no le resultaba desagradable.

Se volvió hacia sus amigas.

—Evidentemente, estoy imaginando cosas.

—O quizás el fantasma de mi tía ronde por aquí —dijo Emily con una amplia sonrisa—. En cualquier caso, es hora de que regresemos a la fiesta.

Julianne echó otra mirada al pasillo y, al ver que seguía vacío, le hizo una seña silenciosa a sus amigas para que la siguieran. Según se acercaban a la fiesta y resultaban más audibles los sonidos de risas, Julianne rezó para que nadie hubiera notado su ausencia.

# 2

Gideon observó cómo lady Julianne abandonaba la abarrotada estancia. Había calculado muy bien su salida; nadie más pareció darse cuenta de que la joven se había escabullido de la fiesta. Pero claro, él se había fijado en todo lo que ella había hecho desde el momento en que llegó a la velada de lord y lady Daltry.

Manteniéndose arrimado a la pared se dirigió con discreción hacia el pasaje abovedado por el que ella había salido. Algunos de los invitados se percataron de su presencia, pero con aquella habilidad innata que poseía la aristocracia, reconocieron claramente que él no era uno de ellos, y dejaron de observarle. Sin duda, pensarían que era alguien del personal contratado. Lo que de algún modo era cierto. Había sido contratado para capturar a un ladrón asesino.

¿Podría lady Julianne estar relacionada de alguna manera con el criminal?

El instinto, que nunca le había fallado a lo largo de los años, le decía que no, pero por la partida furtiva de la joven, estaba claro que ella se traía algo entre manos. Y él estaba resuelto a descubrir qué era. Sólo porque formaba parte de su investigación. Porque su entrenamiento y compromiso con su trabajo le exigían que no dejara ninguna vía sin investigar. Desde luego no lo hacía impulsado por una irritante curiosidad y mucho menos por el deseo de averiguar lo que ella estaba tramando.

Entró en el pasillo y lo encontró vacío. Recorrió el área con la mirada, comprobando que no se había producido ningún cambio desde su exploración anterior. Al doblar la esquina, vio cuatro puertas. Visualizó en su mente los planos de la casa que había grabado en su memoria durante su inspección previa a la velada, cuando comprobó que todas las ventanas estaban cerradas a cal y canto.

Aminorando el paso, aguzó el oído ante cualquier sonido, pero no oyó nada salvo el zumbido apagado de las conversaciones de la fiesta.

Abrió sigilosamente la primera puerta. Un rápido vistazo a la decoración femenina le indicó que aquella estancia era la salita de lady Daltry y que estaba vacía. Continuó hacia la segunda puerta, detrás de la cual encontró el estudio del lord Daltry, y entró en silencio. Al instante supo que no estaba solo. Pegando la espalda contra la puerta, recorrió con la mirada la habitación en penumbra. El escritorio era muy grande. Y había trofeos de caza colgados de las paredes. Altas librerías flanqueaban las ventanas.

Le llegó un gemido bajo y gutural desde la esquina. Gideon desvió la mirada hacia allí y entrecerró los ojos. Y entonces los vio. Una mujer, cuyo cabello rubio platino sólo podía pertenecer a lady Daltry, estaba inclinada sobre el brazo del sofá de cuero con el elegante vestido recogido en la cintura y el trasero desnudo alzado en el aire. Y un hombre, de pie detrás de ella, con los pantalones bajados.

—Abre más las piernas.

La impaciente demanda del hombre fue seguida por un susurro de tela y un quejido femenino.

—No te atrevas a dejarme a medias como hiciste la última vez, Eastling.

¿Eastling? Gideon hizo una mueca al oír el nombre y se fijó en el hombre. Aunque sólo podía verle el perfil, Gideon reconoció al duque. Tenía los labios abiertos y enseñaba los dientes en una mueca de placer. Gideon no podía distinguir si lady Daltry estaba disfrutando, pero por lo que le había oído decir, su señoría no se había molestado en hacer que disfrutara durante su última cita. Sí pudo distinguir, por el contrario, que el duque seguía estando más interesado en su propio placer que en el de su pareja. Por lo que sabía de ese hombre, tampoco le sorprendía. Por un momento se preguntó si a lord Daltry le importaba siquiera su cita. Al parecer, los votos matrimoniales significaban muy poco para los aristócratas. Pero eso era algo que él ya sabía.

Ni el duque ni su pareja se percataron de su presencia, y él abandonó la estancia con rapidez. Maldita sea, ahora tenía grabada en la memoria la poco apetecible imagen de los dedos del duque apretando las nalgas de lady Daltry. Un estremecimiento lo atravesó cuando se acercó a la tercera puerta que conducía a la biblioteca. Cerrando la mano en torno al pomo de latón, se detuvo a escuchar y oyó el murmullo inconfundible de unos susurros apagados. Abrió la puerta un poco.

—... no podéis negar que también ha sido sumamente... sensual. —Las palabras se desvanecieron en un suspiro, y Gideon se quedó paralizado. Reconocería la voz de lady Julianne en cualquier sitio. Pero «sensual» no era la palabra que él hubiera esperado oír de sus labios.

—Nada detuvo la seducción de Maxwell.

¿Seducción? ¿Maxwell? Una sensación que se parecía demasiado a los celos inundó a Gideon. ¿Quién demonios era Maxwell? ¿Y a quién demonios había seducido? No sería a lady Julianne...

—Las cosas que Maxwell le hace a lady Elaine...

Gideon frunció el ceño, molesto consigo mismo ante el inmenso alivio que sintió al saber que Maxwell, fuera quien demonios fuese, había seducido a lady Elaine, fuera quien demonios fuese.

—Apasionado. —Lady Julianne pronunció esa única palabra y una imagen inesperada surgió en la mente de Gideon. De él. Y ella. Envueltos en un abrazo apasionado. Las manos de ella sobre él, las suyas sobre ella, mientras la besaba en su boca, en todo su cuerpo.

Apretó los párpados para hacer desaparecer aquella imagen tan vívida. Maldita sea, se suponía que ella no debía hablar de ese tipo de cosas. Debería discutir sobre el clima o la moda. O de los últimos cotilleos.

Continuó escuchando, intentando descifrar de qué hablaban. La palabra «fantasma» captó su atención. Al parecer lady Julianne y sus amigas creían conocer a un fantasma llamado Gregory. Acercó la oreja a la rendija de la puerta. Y apenas pudo contener el impulso de poner los ojos en blanco. Santo Dios, estaba claro que una de sus amigas, la tal lady Elaine, había realizado una especie de sesión de espiritismo e invocado a un amante fantasma para sí misma y ahora lady Julianne y sus amigas estaban considerando la idea. Pero con una pequeña variación: iban a invocar al asesino fantasma para resolver los crímenes de los que todo el mundo hablaba. Menuda ridiculez. Estaba medio tentado a aparecer en su sesión de espiritismo y...

—¿Te encuentras bien, Julianne?

Gideon reconoció la voz de lady Surbrooke y se esforzó en oír la respuesta. Cuando lo hizo, se puso tenso. ¿Eastling? ¿El padre de Julianne estaba considerando una propuesta de matrimonio de aquel bastardo? Una imagen cruzó como un relámpago por la mente de Gideon... la del duque doblegando a lady Julianne sobre un sofá de cuero como había hecho con lady Daltry. Los dedos de aquel bastardo amasando la carne desnuda de Julianne. Empujando entre sus piernas.

Una neblina roja apareció ante sus ojos. Pensar en ese réprobo tocando su... apretó la mandíbula con fuerza e intentó hacer desaparecer la imagen. Y hubiera tenido éxito si no fuera porque enseguida fue reemplazada por otra en la que él mismo era el protagonista. El que doblegaba a lady Julianne sobre un sofá. El que empujaba en ella.

Maldición.

Continuó escuchando con creciente tensión cómo las amigas de lady Julianne nombraban a una caterva de caballeros de pura sangre que serían maridos aceptables para ella. ¿Haverly? Santo cielo, aquel hombre no era sino un calvo plomazo. Y en cuanto a Penniwick, Gideon consideraba toda una hazaña el autodominio que había mostrado al no sacarle los ojos al vizconde después de que éste se hubiera comido con la mirada los pechos de lady Julianne mientras bailaban. Con respecto a Beechmore no era para nada tímido; era un bastardo frío y distante con un genio terrible.

Y Jennsen, bien, Gideon sospechaba que era mucho más de lo que aparentaba, así que sintió un gran alivio cuando Julianne dijo que su padre no consideraría a un plebeyo. De alguna manera, pensar en Julianne con Jennsen —un hombre fuerte y musculoso que las mujeres encontraban atractivo— le provocaba una incómoda sensación similar a un calambre. Y Walston... curvó los labios cuando oyó la afirmación de Julianne de que era un hombre seco.

—... parece como si ya hubieras puesto tus miras en otro hombre. Uno que no hemos mencionado... ¿Quién es?

Gideon se esforzó en oír la respuesta de lady Julianne. Ella negó que hubiera otro hombre, pero sospechó al notar la vacilación en su voz que no decía la verdad.

Julianne deseaba a otra persona. Seguramente a uno de esos lechuguinos de la nobleza. Una extraña sensación se apoderó de su pecho. Una venenosa mezcla de envidia, anhelo y celos.

—Será mejor que regresemos a la fiesta.

Las palabras atravesaron la neblina que lo había engullido. Cerró la puerta con rapidez y se quedó paralizado al oír el clic que ésta produjo. Un sonido suave y apenas audible que, sin embargo, pareció resonar en las paredes.

¿Lo habrían oído dentro?

—¿Habéis oído eso? —era la voz de lady Julianne.

Maldijo a todos los demonios del infierno y dio un paso atrás. Recriminándose por su poco habitual imprudencia, buscó una vía de escape. La segunda puerta estaba fuera de consideración por el duque y lady Daltry, y la primera quedaba muy lejos, así que se dirigió a la cuarta y la abrió con rapidez. Justo cuando la cerraba a sus espaldas —procurando por todos los medios no volver a cometer el mismo error—, oyó que se abría la tercera puerta.

Escudriñó la cámara de una ojeada, aliviado de encontrarla vacía. Era otra salita. Santo cielo, pero ¿cuántas habitaciones necesitaban esos aristócratas? Un cuerpo sólo tenía un trasero que acomodar en una silla.

Respiró hondo y se apoyó en la hoja de roble. Había escapado por los pelos.

Por supuesto, dado el carácter de su misión, estaba en su perfecto derecho de deambular por los pasillos y asomarse a las estancias. Pero aun así, no deseaba ser descubierto escuchando a hurtadillas por una rendija de la puerta a lady Julianne y sus amigas. Hubiera sido una maldita humillación, un insulto para sus habilidades como detective de Bow Street, ser descubierto de una manera tan bochornosa. Y para colmo hubiera tenido que conversar con lady Julianne sin haberse preparado previamente para ello. Sobre todo si tenía en cuenta que las primeras palabras que se le venían a la mente cada vez que pensaba en ella era «te deseo».

Y maldita sea, parecía como si estuviera pensando en ella todo el rato.

En ese momento oyó un sonido en el pasillo. Apretó la oreja contra la puerta y oyó el leve susurro de los vestidos. En cuanto el sonido se desvaneció, se asomó a hurtadillas al corredor. Lady Julianne y sus amigas acababan de doblar la esquina, de regreso a la fiesta. Bien. Se había preguntado qué era lo que ella estaba tramando y ahora lo sabía. Ya podía centrarse en lo importante: descubrir la identidad del ladrón y asesino fantasma. Excelente.

Después de descartar la idea de regresar a la fiesta tras el grupito de lady Julianne (para no arriesgarse a que pareciera que las había seguido), decidió revisar las ventanas de nuevo para asegurarse de que seguían cerradas. La experiencia le había enseñado que uno nunca pecaba de ser demasiado cauto. Pero incluso mientras realizaba aquella sencilla tarea, lady Julianne seguía ocupando sus pensamientos. Como había hecho desde el primer momento en que la había visto hacía ya dos meses. Un día que él maldeciría hasta su último aliento.

Aquella maldita mujer no era sino una pura distracción. Por Dios, era culpa de ella que casi le hubieran pillado. Era culpa de ella que él se hubiera sentido impelido a seguirla. Incluso era culpa de ella que él supiera que se había escabullido de la fiesta. Mientras recorría el salón con la mirada, observando con detenimiento la estancia, buscando cualquier actividad que pudiera resultar sospechosa, sus ojos habían sido atraídos por ella una y otra vez. La única razón por la que él había sabido que había dejado la fiesta fue porque era completa y dolorosamente consciente de ella. Una maldita e irritante situación que él parecía, por desgracia, incapaz de controlar.

Y por si no era suficientemente malo andar preocupándose por una mujer cuando tenía que estar centrado en su trabajo, tenía a aquélla en particular ocupando todos sus pensamientos. Sacudió la cabeza. Maldita sea, era una locura, y él no era más que un idiota, obsesionado por una maldita princesita. O por poseer una casa en aquella lujosa zona de Mayfair donde ahora mismo se encontraba. O por recibir una herencia de cien mil libras. Todas esas cosas que jamás serían suyas.

Había aprendido hacía mucho tiempo a no perder tiempo ni energía persiguiendo un sueño imposible. Era mucho mejor —y más sabio— fijarse metas más realistas. Una mujer como lady Julianne Bradley resultaba tan inalcanzable para él que pensar lo contrario era completamente ridículo. De hecho, si él estuviera lo suficientemente loco para admitir ante todo el mundo aquella ridícula fascinación que sentía por ella —algo que sólo haría tras recibir un fuerte golpe en la cabeza—, toda Inglaterra se reiría de él.

Y no obstante, seguía pensando en ella. Día y noche, aunque era peor por las noches. Cuando se acostaba solo en su cama, con la mirada fija en el techo, imaginando cómo sus dedos despeinaban todos esos rizos perfectos y recorrían toda aquella piel cremosa. Memorizando cada curva de ese cuerpo debajo de él, encima de él, mientras él se deslizaba en la sedosa calidez femenina...

Interrumpió sus pensamientos con una imprecación y se acercó a revisar la última ventana. Como las demás, seguía cerrada. En un esfuerzo por librarse de aquellos tortuosos pensamientos, salió de la habitación. Con intención de regresar con rapidez a la fiesta, se acercó a la tercera puerta. La puerta que ella había cerrado.

El instinto y alguna otra razón que se negaba a analizar en profundidad lo impulsaron a entrar en aquella estancia. Tras cerrar la puerta, respiró hondo, inhalando el olor a cera y al encuadernado de piel de los libros que llenaban las paredes.

«Esperabas encontrar un rastro de su perfume, ¿no es cierto?», le preguntó su molesta y honesta voz interior.

Cansado, apoyó la cabeza contra la hoja de la puerta de roble y se pasó las manos por la cara. Sí, maldita sea, eso era exactamente lo que había esperado, que el perfume de Julianne todavía impregnara la estancia. ¿Qué demonios le pasaba?

«Lady Julianne es lo que te pasa, idiota.»

Que Dios le ayudase, la deseaba tanto que era inútil negarlo. La había deseado desde el momento que había puesto los ojos en ella.

Con un anhelo visceral e intenso, diferente a cualquier otra cosa que hubiera experimentando antes. Un deseo que lo condenaba y lo confundía.

Con un esfuerzo se apartó de la puerta y cruzó la habitación para revisar la multitud de ventanas. Pero aquélla era una tarea demasiado sencilla, una que permitía que sus pensamientos permanecieran centrados en el objeto de su deseo. «Julianne.»

Una parte de él quería, sencillamente, mirarla fijamente, embriagándose de la abrumadora perfección de su belleza. Gideon jamás había visto una mujer tan exquisita. Estaba acostumbrado a la fealdad, tan acostumbrado, que la belleza no dejaba de ser una fuente constante de asombro. Pero nunca, de ninguna manera, podía igualarse a la belleza de Julianne. Porque ésa era una belleza de absoluta pureza. Por supuesto, él conocía lo suficientemente bien a los aristócratas para saber que esa clase de belleza no se extendería a su interior.

Pero aun así, en la superficie, ella era perfecta. El cabello le caía en tirabuzones dorados y sedosos. El cutis era suave y cremoso. Unos hoyuelos simétricos flanqueaban una boca seductora y absolutamente perfecta. Tenía los pómulos marcados y delicados. Los ojos de un intenso tono azul zafiro. Sólo había bastado una mirada de esos ojos para que Gideon se olvidara por completo de la investigación de asesinato que lo había llevado a la casa de ella.

Pero también el lado más oscuro de su fascinación por ella le había golpeado en lo más íntimo, como un puñetazo en el vientre. No sólo quería admirarla desde lejos, sino que deseaba con desesperación abrazarla, deshacer aquellos perfectos tirabuzones dorados y sofocar ese condenado fuego que, de manera inexplicable, ella encendía en él.

¿Qué demonios tenía ella que lo hacía sentir de esa manera? Sí, era hermosa, pero no era como si él no hubiera visto nunca una mujer tan arrebatadora. Incluso había llegado a tontear con algunas damas de la aristocracia para descubrir más tarde que no eran de su gusto. Sólo habían sido aristócratas aburridas, matando el hastío con un plebeyo. Un bocadito prohibido de las clases bajas, un hombre que no necesitaba relleno bajo la ropa para resaltar su musculatura, que las entretenía un rato antes de que regresaran a sus lujosas mansiones con sus abandonados maridos. Había encontrado a aquellas mujeres tan mimadas y superficiales que las olvidaba con rapidez una vez que se apagaba la pasión, igual que ellas lo olvidaban a él.

Así que ¿por qué se sentía tan atraído por lady Julianne? A pesar de lo ridícula que era aquella situación, sus ojos se veían constantemente arrastrados hacia los graciosos pero enérgicos movimientos de ella cada vez que la tenía delante. Muchas damas de su clase eran tan condenadamente blandas y lánguidas que le recordaban al pan mojado. Como si fuera seda lo que tuvieran bajo la piel en vez de huesos. Pero lady Julianne caminaba como si tuviera un propósito en mente. Puntualizaba sus palabras con elegantes gestos de sus manos delgadas.

Durante las investigaciones anteriores, la había observado bailar en varias veladas y había sido incapaz de apartar la mirada de ella. Gideon jamás había bailado, ni siquiera había considerado la posibilidad de hacerlo. Pero durante aquellos valses, mientras la observaba girar con agilidad y elegancia en brazos de algún afortunado bastardo, se había encontrado deseando ser aquel afortunado bastardo. Rodearla con sus brazos y hacerla girar por la pista de baile. Sentir la energía y la gracia de Julianne mientras se perdían en la música.

Tenía que ser algo más que la pose y la elegancia de lady Julianne lo que lo atraía. «Son sus ojos», había susurrado su vocecita interior. La inocencia y la vulnerabilidad que brillaba en aquellas insondables y melancólicas profundidades. Podía ser. No estaba acostumbrado a ninguna clase de inocencia. Estaba claro que la novedad lo había afectado. Más que eso, lo había dejado fascinado. Y entonces, había querido robarle esa inocencia, quitársela y hacerla suya.

«Eres un buen ladrón.» Su astuta conciencia emergió de la tumba en la que hacía mucho tiempo que la había enterrado. «Dinero. Secretos. Inocencia. Vidas...»

Con brusquedad, enterró aquella odiada voz interior en las más oscuras y húmedas profundidades de su alma de donde había escapado. Cerró los ojos y en su mente se materializó la imagen de lady Julianne. Sí, maldita sea, eran sus ojos. Tenía unos ojos en los que cualquier hombre podría perderse. Y cada vez que la había visto desde aquella primera vez, tenía que esforzarse para no caer en la tentación de ahogarse en esos relucientes lagos azules. Y no podía ignorar la manera que ella tenía de mirarlo... como si también estuviera fascinada con él, algo que, obviamente, había malinterpretado. ¿Por qué la inocente hija de un conde dedicaría un solo pensamiento a un hombre como él?

«No lo haría, imbécil. Así que es hora de que te olvides de ella y te centres en lo que tienes entre manos.»

Cierto. El asesino fantasma. Un sonido despectivo emergió de sus labios. Tenía que ser un fantasma. Por supuesto, no existía tal cosa. El responsable de la reciente oleada de crímenes era simplemente una persona. Una persona muy lista. Una persona muy lista que Gideon tenía intención de atrapar.

—Puede que seas muy listo —masculló—, pero en algún momento cometerás un error. Y cuando lo hagas, yo estaré allí. Esperando.

«Y hablando de esperar...» Terminó de comprobar las ventanas, pues ya se había demorado bastante. Había llegado la hora de continuar con su búsqueda. Y haría bien en recordar que estaba buscando a un criminal y no a un bello bocadito de la aristocracia. Tensó la mandíbula al pensar que ella estaba destinada al duque de Eastling o a otro petimetre de la misma clase. De cualquier manera, una princesita de sangre azul como lady Julianne no podría nunca, jamás, pertenecer a un pobre diablo como Gideon. Lo que era perfecto, ya que lo último que necesitaba era a una princesa de sangre azul. Había suficientes mujeres por las esquinas de Londres dispuestas a complacerle. Todo lo que tenía que hacer era apartar a esa mujer de su mente. Y lo haría. Comenzando desde ya.

Abrió la puerta un poco. Tras asegurarse de que el pasillo estaba vacío, Gideon salió de la biblioteca. Estaba a punto de regresar a la fiesta cuando por el rabillo del ojo captó un ligero movimiento al otro lado del corredor. Girándose, dirigió su mirada entornada a la última ventana del largo pasillo. Y volvió a verlo. Una leve brisa hacía ondear la cortina de terciopelo azul.

En silencio se inclinó para sacar el cuchillo de la bota. Se incorporó y con cautela avanzó hacia allí con todos los sentidos alerta. Cuando llegó al final del pasillo, descubrió rápidamente al culpable.

La ventana, que él sabía que había estado cerrada, estaba ahora ligeramente abierta.

Al examinar el cerrojo, Gideon no sólo observó que estaba abierto, sino que además alguien lo había dispuesto de tal manera para que pareciera que estaba en su lugar para cualquiera que se acercara a comprobarlo.

Con cautela abrió los cristales. El aire frío de la noche entró por el hueco. Tras asegurarse de que nadie acechaba en los arbustos de debajo, asomó la cabeza y recorrió con la vista el estrecho pasaje que discurría por el lateral de la casa. No había huellas visibles en la tierra blanda y húmeda.

De nuevo en el interior, inspeccionó el alféizar y la alfombra bajo la ventana. No había barro. Lo que quería decir que alguien había abierto la ventana desde dentro, y que nadie la había utilizado para entrar o escapar. No obstante, apostaría lo que fuera a que alguien había abierto la ventana con intención de regresar más tarde y usarla para entrar en la casa. Por supuesto, si alguien del *Times* descubría eso, no dudaría en especular con que un fantasma nunca dejaba huellas.

Tras cerrar la ventana, utilizó el cuchillo para cortar un pequeño triángulo de madera de la esquina del alféizar y colocarlo a modo de cuña entre el marco y el propio alféizar para crear un cerrojo provisional. Comprobó su trabajo para asegurarse de que era firme. Sería sólo un apaño temporal, pero impediría que cualquiera entrara en la casa hasta que lord Daltry reemplazara el cerrojo.

Satisfecho, Gideon se inclinó y apartó a un lado la cortina de terciopelo que había a la izquierda. No había nada salvo pelusas. Movió también la del lado derecho y lo inundó una sombría satisfacción al descubrir un destello dorado en el suelo. Inclinándose, recogió el objeto y lo colocó sobre la palma de la mano.

Una tabaquera. El esmalte tenía una representación de una escena de caza y estaba repujado en oro. Estaba claro que era un objeto caro. Y también resultaba evidente que no pertenecía a un fantasma. Un examen más minucioso no reveló iniciales. ¿Se le habría caído a la persona que había abierto la ventana? Podía ser. No estaba cubierta de polvo, así que no llevaba demasiado tiempo tras la cortina.

Gideon se incorporó y deslizó la pequeña caja en el bolsillo. Tenía que revisar el interior de la casa de nuevo, luego examinaría el exterior para asegurarse de que no había nadie acechando por los alrededores, dos tareas que requerirían toda su atención, por lo que no tendría tiempo para pensar en otras cosas.

Gracias a Dios.

# 3

Cuando Julianne y sus amigas entraron en el salón, un par de voces masculinas dijeron al unísono:

—Aquí están.

Las cuatro se giraron a la vez. Matthew, lord Langston, y Daniel, lord Surbrooke, estaban a no más de un par de metros. Sus miradas reflejaban una mezcla de curiosidad y sospecha.

—Sí, aquí estamos —dijo Sarah con una voz radiante. Deslizó la mano por el brazo de su marido y le brindó una sonrisa igual de radiante—. Y aquí estás tú. ¿Dónde te habías metido?

Matthew arqueó una ceja.

—¿Que dónde me había metido?

—Sí. Te he buscado por todas partes. Creo que me habías prometido un baile.

—Como llevo clavado en este lugar el último cuarto de hora, desde donde por cierto tengo una vista excelente de la estancia, y no he visto ni rastro de ti hasta ahora, siento curiosidad por saber a qué te refieres con eso de «por todas partes» —dijo Matthew.

Sarah agitó la mano en un gesto ambiguo.

—Oh, aquí y allá.

—Evidentemente, «aquí» no.

—Obviamente, mi querido marido, deberías dejar de preocuparte por mí para que no me sienta tentada a aporrearte aquí mismo, en el salón de lady Daltry. —Se subió las gafas—. No olvides que las cosas suelen encontrarse en el último lugar en el que se busca.

—Supongo que tú también me has estado buscando por todas partes —le dijo Daniel a Carolyn. La diversión rezumaba en su voz, y Julianne se quedó sin aliento al observar la íntima y ardiente manera en que miraba a su esposa.

—Naturalmente. Por supuesto, es casi imposible seguirle la pista a alguien entre una multitud como ésta.

Daniel y Matthew intercambiaron una mirada. En ese momento, ambos dijeron al unísono:

—Se traen algo entre manos.

—No sé de qué habláis —dijo Sarah alzando la barbilla con gesto dolido.

—¿No? —La duda estaba escrita en el rostro de Matthew—. Las cuatro habéis desaparecido de la fiesta al mismo tiempo, luego, de repente, reaparecéis sigilosamente...

—No hemos reaparecido sigilosamente —se sintió obligada a apostillar Julianne.

—Muy bien —concedió Matthew—. Habéis reaparecido en la fiesta de una manera un tanto furtiva. —Su mirada se deslizó sobre las cuatro jóvenes y luego miró a Daniel—. Sabes lo que está pasando, ¿verdad?

Daniel asintió con la cabeza.

—Oh, sí. Resulta evidente que han leído otro libro.

Un rubor culpable encendió las mejillas de Julianne que, en silencio, rogó que ninguno de los caballeros se percatara de ello, pero sus oraciones fueron obviamente ignoradas cuando Daniel centró su mirada en ella durante varios segundos.

—Y por lo que parece, es otro libro escandaloso.

—Lo que podría ser muy interesante —dijo Matthew en tono pensativo—, especialmente si tenemos en cuenta las aventuras que originaron los dos últimos libros que escogisteis. ¿Qué están ahora leyendo las damas de la Sociedad Literaria?

—No tengo ni idea de qué habláis —dijo Carolyn, repitiendo las anteriores palabras de su hermana.

—Supongo que te das cuenta de que conozco formas de hacer que reveles tus secretos —dijo Daniel con suavidad.

Un rubor favorecedor cubrió las mejillas de Carolyn, pero ella apretó los labios y guardó silencio.

—¿Y tú? —le preguntó Matthew a Sarah—. ¿Algo que alegar?

Sarah se subió las gafas de nuevo.

—¿Te gustaría bailar?

Matthew se rio entre dientes, luego se inclinó hacia su esposa y le susurró algo al oído. Julianne no oyó lo que dijo, pero fuera lo que fuese, provocó que las mejillas de Sarah adquirieran un profundo tono escarlata.

—¿Qué han estado haciendo los caballeros mientras estábamos... indispuestas? —les preguntó Emily con su habitual insolencia.

—Hablar del tema que está en boca de todo el mundo —respondió Daniel—. Los recientes robos y asesinatos. Algunos se preguntan si el ladrón podría atacar de nuevo esta noche. Si ése es el caso, es posible que lo atrapen.

—¿Y eso por qué? —preguntó Sarah.

—Hay seguridad extra en la casa —dijo Daniel—. Personificada en un detective de Bow Street. El señor Gideon Mayne.

El corazón de Julianne se detuvo durante varios segundos, luego volvió a latir con fuerza. «Está aquí.» De inmediato comenzó a escudriñar la estancia.

—Esperemos entonces que atrapen a ese rufián —dijo Sarah.

O al menos eso pensó Julianne que había dicho. ¿Cómo iba a poder prestar atención a nada cuando él estaba allí?

Había conocido al detective de Bow Street dos meses antes por pura casualidad, cuando él estaba investigando una serie de asesinatos cometidos en Mayfair. Se había entrevistado con Julianne y su madre porque habían asistido a una velada en casa de una de las víctimas.

Gideon Mayne había cautivado su imaginación desde el instante en que entró en la casa de Julianne. La había dejado sin palabras. Sin aliento. Era diferente a cualquier caballero al que hubiera conocido en su muy protegida existencia, lo que no era una sorpresa, porque él no era precisamente un caballero. El detective era alto, ancho de hombros y musculoso, y poseía un irresistible aire de fuerza y competencia mezclado con un poco de peligro y una gran dosis de aventura.

Todo lo que tenía que ver con él la fascinaba. Su tamaño. Su piel morena por el sol. Su pelo espeso y oscuro que necesitaba un buen corte. Sus manos, grandes y capaces, llenas de callos. Esa voz profunda que poseía una ligera ronquera. Su mera presencia había reducido la espaciosa salita de su casa al tamaño de una sombrerera, y alimentado todas las fantasías secretas y los sueños románticos que ella había mantenido enterrados en su corazón durante años. Él ejercía ese efecto sobre ella en cada uno de sus encuentros.

Era la personificación del hombre que había vivido siempre en los anhelos más secretos e intrépidos de Julianne. Un hombre que ella no había creído que existiera más allá de su acalorada imaginación.

Hasta que lo tuvo delante de ella. Y casi le había detenido el corazón. Un corazón que lo había reconocido al instante como a un hombre fuerte, apasionado, íntegro. Un hombre en el que se podía confiar. Un hombre capaz de hacer bien las cosas, de tomar decisiones, decisiones que nada tenían que ver con a qué hora llegaría al club o qué mano jugar.

Un hombre intrépido.

Un hombre que... dadas las grandes diferencias sociales que había entre ellos, nunca, jamás, podría ser suyo.

¿Cuántas veces se había dicho a sí misma que se olvidara de él? ¿Centenares? ¿Miles? Pero él parecía haber echado raíces en su mente, llenándola de anhelos que, a pesar de todos sus esfuerzos por reprimirlos, se hacían más fuertes cada día. Anhelos que el libro de *El fantasma de Devonshire Manor* no había hecho más que alimentar...

Sus pensamientos se interrumpieron ante la imagen de Gideon. Estaba parado cerca de la puertaventana que conducía a la terraza, examinando la multitud con su vista de lince. Sus rasgos tallados en granito, la mandíbula inflexible y la nariz, que sin lugar a dudas se le había roto en alguna ocasión, hacían juego con su determinación. Un hombre con un propósito en mente. Un hombre resuelto a conseguir lo que quería. Un hombre que en ese momento posó su mirada oscura en ella.

Y, de repente, todas las cosas y toda la gente que ocupaba el espacio entre ellos parecieron desvanecerse. Desaparecieron igual que el tintineo de las copas, las conversaciones, las risas y el sonido de la música. Todos los invitados parecieron difuminarse lentamente ante sus ojos. Julianne no oyó nada más que los violentos latidos de su corazón. No vio a nadie más que al hombre vital, misterioso y musculoso que estaba al otro lado de la habitación. No sintió nada más que la misma cruda y salvaje excitación que le disparaba el pulso cada vez que posaba los ojos en él.

Ambos se sostuvieron la mirada por el espacio de varios latidos. Algo brilló en los ojos masculinos. Un ardiente destello que incluso desde el otro lado de la estancia encendió a Julianne, haciéndole encoger los dedos de los pies dentro de las zapatillas de satén. Durante un instante, llegó a pensar que él cruzaría la habitación hacia ella. Pero entonces, él se puso rígido y sólo le brindó una casi imperceptible inclinación de cabeza antes de centrar su atención en otra cosa.

Julianne intentó apartar la mirada de él, pero no pudo. Gideon le dirigió al abarrotado salón una última mirada —una que esquivó la de ella—, y luego salió por la puertaventana a la terraza.

—¿Julianne?

La voz de Emily pareció llegar desde muy lejos. Julianne parpadeó dos veces antes de volverse hacia su amiga.

—¿Sí?

—¿De verdad te encuentras bien? —No había manera de malinterpretar la preocupación en la voz de su amiga.

Santo Dios, no lo sabía con certeza. Lo único que sabía era que quería acercarse a aquella terraza. Cruzar aquellas puertas de cristal y seguir al único hombre que había sido incapaz de borrar de su mente. Sólo quería verlo una vez más. Sentir el calor de su mirada una vez más.

Pero, por supuesto, no podía hacerlo.

Centrando la atención en sus amigas, comentó con lo que esperaba que fuera un tono tranquilizador:

—Estoy bien. De verdad. Sólo un poco cansada. —Sin poder evitarlo su mirada regresó a la puertaventana. «Nadie tiene por qué saberlo.»

Respiró hondo y enderezó la espalda. Luego, con firmeza, apartó la culpa y la cobardía a un lado.

—Veo que mi madre está sentada cerca de las palmeras. Creo que me uniré a ella durante un rato. Voy a averiguar si le ha echado el ojo a algún vizconde joven y guapo.

—Y yo creo haber oído el inicio de un vals —le dijo Matthew a Sarah—. ¿Me concedes este baile?

La pareja se encaminó hacia la pista de baile, seguida por Carolyn y Daniel. Poco después, Julianne vio que Emily hacía una mueca de desagrado como si hubiera tomado algún bocado agrio.

—¡Porras!, acabo de divisar a Logan Jennsen —murmuró su amiga.

Julianne se dio la vuelta y vio al rico americano, cuya fortuna le aseguraba un puesto en la lista de invitados de todas las anfitrionas, charlando con un grupo de caballeros cerca de la ponchera. Emily no disimulaba la aversión que sentía por el señor Jennsen, aunque Julianne no conocía el origen de esa antipatía.

—No hay manera de librarnos de ese hombre tan ordinario —se quejó Emily por lo bajo—. Es como el polvo... ningún lugar se libra de él. Si me disculpas... —se apresuró a desaparecer entre la muchedumbre.

Julianne miró a la puertaventana otra vez, y luego a su madre al lado de las palmeras. De nuevo se dijo con firmeza que no podía seguir a Gideon. Si su madre sospechara por un instante que Julianne estaba considerando la posibilidad de seguir a un hombre a la terraza, la cogería por las orejas y nunca más volvería a perderla de vista.

«Mamá no tiene por qué saberlo —susurró una vocecita interior—. Nadie tiene por qué saberlo.»

Julianne se quedó inmóvil. Siempre había anhelado vivir una aventura, y puede que ésa fuera su última oportunidad. Lo cierto es que no habría ninguna aventura para ella una vez que tuviera que unirse de por vida a algún horrible y arisco duque o alguien por el estilo.

Una oleada de resentimiento hacia las rígidas normas bajo las que vivía, bajo las que siempre tendría que vivir, la atravesó. Toda una vida de educación, de estar sometida a las reglas de la aristocracia y al yugo opresivo de su madre la había obligado a representar la perfecta imagen de la perfecta hija de un conde.

Con muy pocas excepciones, cada minuto de su vida estaba planificado y programado, organizado y supervisado por la afilada mirada de su madre y, cuando se tomaba la molestia, por el severo rostro de su padre. Era sólo cuestión de tiempo —y sospechaba que ya no le quedaba mucho— que el control de su vida fuera asumido por su marido. Un hombre que sin duda la tendría en tan poca consideración como sus padres.

Una estranguladora emoción atrapó a Julianne, una que sólo permitía que se apoderara de su alma durante la oscuridad de la noche. Una mezcla de desesperación, cólera, anhelo, resentimiento y deseo la inundó, casi asfixiándola con su intensidad, amenazando con romper la fachada que mostraba al mundo.

Por fuera, era la perfectamente educada, impecablemente pulcra e infinitamente recatada hija de un conde. Pero por dentro... por dentro su alma bullía con todas las emociones, anhelos y necesidades que reprimía de manera implacable. Dentro de ella, vivía la joven atrevida e intrépida que deseaba ser. La mujer que siempre sabía lo que tenía que decir. La mujer que no tenía ningún problema en superar su dolorosa timidez. Una mujer que era admirada por algo más que su aspecto, su ropa, su título o su fortuna familiar. Una mujer que era deseada. Necesitada. Amada. Que no era sólo un caro adorno que vender al mejor postor.

Una mujer que era libre para tomar sus propias decisiones.

Volvió a desviar la mirada a la puertaventana, a la oscuridad que había más allá. Y una vez más el ruido que la rodeaba se desvaneció, reemplazado ahora por el tictac inexorable de un reloj. El del tiempo que se le escapaba de las manos.

Antes de poder contenerse, cruzó el salón de baile. Su mente le gritaba que se detuviera, pero sus pies se negaban a obedecer. El sentido común le decía que era un error, pero su corazón se negaba a escucharlo.

Se detuvo delante de la puertaventana. Su reflejo en el cristal mostraba a una joven con los ojos brillantes por una combinación de excitación y temor. Una joven cuyos labios estaban separados debido a la falta de aliento.

Una joven a punto de embarcarse en una aventura.

Se detuvo sólo para asegurarse de que su madre seguía charlando y luego se escabulló por la puerta y se internó en las sombras de la noche. Se apartó con rapidez del círculo de luz que iluminaba la terraza a través de las ventanas del salón y de inmediato fue engullida por una densa oscuridad. El corazón le latía con fuerza cuando descendió las escaleras de piedra que conducían a los jardines. Una vez allí, se pegó a la áspera pared de ladrillo e intentó normalizar su respiración jadeante.

La oscuridad la rodeó, envolviéndola en algo parecido a una manta sofocante. El corazón se saltó un latido, luego siguió latiendo con violencia. Después de un momento, tanto su respiración como el ritmo de su corazón se estabilizaron y Julianne se obligó a seguir respirando lenta y profundamente, hasta que sus ojos se acostumbraron a la oscuridad.

Las nubes ocultaban la luna y las estrellas, cubriendo el cielo con un manto oscuro e impenetrable. Una brisa helada hizo susurrar las hojas de los árboles y penetró la fina muselina del vestido de Julianne. La amenaza de lluvia flotaba en la niebla, pero ella apenas lo percibió mientras aspiraba el embriagador perfume de la noche.

Y de la libertad.

Mirando con atención a través de la densa oscuridad, notó con alivio que estaba sola. Estaba claro que el tiempo, frío y húmedo, no animaba a los invitados a aventurarse fuera. A ninguno excepto a uno: Gideon Mayne.

Pero ¿dónde estaba?

Con los sentidos alerta, Julianne se abrió paso lentamente por el perímetro en sombras del jardín, obligándose a recordar que Gideon no se encontraba lejos. Incluso así, todo su ser la instaba a regresar a la seguridad del abarrotado salón de baile, a abandonar aquel lugar oscuro donde acechaban maldades desconocidas. Todo su ser le impelía a regresar, excepto su corazón y ese reloj interno que marcaba aquel tictac inexorable.

«No estás sola», le susurraba su corazón. Sí. Gideon estaba allí. Y ella tenía que encontrarlo.

Cuando llegó al fondo del jardín, se detuvo. Se rodeó con los brazos en un fútil esfuerzo por protegerse del frío, y miró a su alrededor, pero no vio señal alguna de él. A menos que estuviera oculto entre los densos setos, o tras uno de los enormes árboles que había delante de ella. Estiró el cuello para cerciorarse de que no era así. Quizá se había aventurado en las cuadras, un lugar oscuro y peligroso en el que ella no tenía intención de entrar, o había regresado a la mansión.

Justo lo que ella debería hacer. Antes de que alguien la descubriera. O de que pillara unas fiebres por el frío.

Maldición, para una vez que había hecho acopio de valor, que había pasado a la acción, no había pasado nada emocionante. Su primera aventura, ciertamente, no se había desarrollado como ella había esperado. Su buen juicio le decía que lo mejor era que no hubiera encontrado a Gideon. Sólo Dios sabía qué podría haber ocurrido si hubiera dado con él en la privacidad del jardín.

Una imagen de él rodeándola con los brazos, besándola con aquellos labios hermosos que a pesar de pertenecer a una boca dura lograban parecer suaves, se materializó en su mente, enviando un escalofrío por su espalda.

Tragándose la decepción, se giró hacia la casa.

De repente, un brazo musculoso le rodeó la cintura con fuerza, arrastrándola hacia atrás, y atrapándola contra un cuerpo que parecía un muro de piedra. El aire se le escapó de los pulmones. Antes de que pudiera reunir el suficiente aliento para gritar, vio el destello plateado de un cuchillo. En ese mismo instante, sintió la presión fría de la hoja contra la garganta.

# 4

—Si grita, será el último sonido que salga de su boca.

La ruda advertencia fue susurrada al oído de Julianne, y durante varios frenéticos segundos, se quedó paralizada, inmovilizada por el terror, con el corazón encogido por el miedo. Luego sintió que la dominaba el pánico y un desesperado instinto por luchar, un deseo que a duras penas logró contener para no acabar con la garganta rebanada.

Su asaltante la arrastró a lo más profundo de las sombras, detrás de uno de los enormes olmos. Con habilidad, él le dio la vuelta, inmovilizándola entre su propio cuerpo y el árbol. Luego le capturó las dos manos con una de las suyas, apresándola con unos dedos firmes y llenos de callos, y le levantó los brazos por encima de la cabeza. La dura corteza del tronco le arañó las muñecas a través de la fina muselina del vestido. Julianne sintió cómo la fría hoja del cuchillo se apretaba contra su garganta y el calor del cuerpo masculino que la quemaba desde el pecho a las rodillas.

Inmovilizada por el peso de aquel hombre y estremeciéndose de miedo, alzó la mirada a su asaltante. Y se lo quedó mirando.

Era Gideon Mayne. Cuyos rasgos sombríos y angulosos parecían estar tallados en granito. La mirada masculina se deslizó por su rostro, y el reconocimiento brilló en sus ojos, seguido por una llamarada de fuego que dejó a Julianne sin el poco aliento que el miedo no le había robado. Sin embargo, el alivio de saber que él la había reconocido fue muy breve, cuando en vez de bajar el cuchillo y soltarla, su rostro severo se volvió aún más intimidante. ¿Sería posible que, después de todo, él no la hubiera reconocido?

Julianne se humedeció los labios resecos y echó la cabeza hacia atrás en un intento por aliviar la presión del cuchillo.

—Señor Mayne... soy Julianne Bradley.

Él permaneció en silencio durante algunos segundos, con los ojos clavados en los de ella. Finalmente, abrió la boca y masculló una obscenidad que provocó un profundo sonrojo en las mejillas de Julianne. Lo sintió retirar el cuchillo un poco, hasta que el filo dejó de presionarle la piel, aunque no bajó el arma.

—Ya veo, ¿qué demonios está haciendo aquí fuera?

Su voz era áspera y ronca, y provocó otro escalofrío en la espalda de Julianne. Con una calma que estaba muy lejos de sentir, logró responderle:

—Estaré encantada de decírselo en cuanto aparte ese cuchillo de mi garganta.

En lugar de acceder al instante, él entrecerró los ojos.

—Tiene suerte de que no le haya rebanado esa maldita garganta.

Ella arqueó las cejas.

—Eso parece. Pero a menos que aún tenga intención de hacerlo, le pido que baje el arma.

Sin apartar la mirada de la de ella, él bajó lentamente el cuchillo, y ella tragó aire. Sin embargo, Gideon no le soltó las manos ni retrocedió.

Con el miedo ligeramente aplacado, fue plenamente consciente de él. El duro cuerpo masculino descansaba contra el de ella y emitía un calor intenso. Una mano, grande y callosa, le sujetaba las suyas por encima de la cabeza. Y el fuego ardía en la mirada masculina. De repente, Julianne dejó de sentir frío. De hecho, se sentía como si estuviera envuelta en llamas.

Julianne respiró hondo y captó la sutil fragancia de Gideon. Era limpia y agradable, y, de alguna manera, le resultaba familiar. A diferencia de los caballeros que conocía, Gideon no olía a colonia. Sólo olía a limpio, a jabón y a piel cálida, pero con un toque de intrepidez y oscuro peligro. El olor la embriagó, y una vez más se encontró conteniendo el aliento durante un buen rato.

Luego su sentido común regresó, exigiéndole que la soltara. Que diera un paso atrás. Pero sus labios se negaron a formar las palabras.

—Ya he bajado el cuchillo, ahora debe contestar a mi pregunta —le dijo él bruscamente—. ¿Qué está haciendo aquí fuera?

—Yo... —«Te estaba buscando. Esperaba poder verte una vez más. Jamás me atreví a soñar que te sentiría tocándome...»— necesitaba respirar un poco de aire fresco.

El ceño de Gideon se hizo más profundo.

—¿Se ha aventurado a salir usted sola para respirar un poco de aire fresco?

Su tono indicaba claramente lo tonta que la consideraba, y un vergonzoso rubor le subió por el cuello. Antes de que pudiera pensar en alguna respuesta que no fuera admitir que sabía que no estaría sola, que sabía que él estaría en el jardín, Gideon continuó:

—¿Dónde demonios está su carabina? ¿Acaso no conoce la reciente oleada de crímenes? ¿Que hay ladrones y asesinos y multitud de peligros acechando en la oscuridad? De todas las estupideces que...

—Pero no estaba sola. —La verdad surgió de los labios de Julianne antes de que pudiera contenerla.

Él se mantuvo inmóvil aunque su expresión se volvió lacónica.

—Ya veo. —Echó una rápida ojeada a su alrededor—. ¿Dónde se ha metido... el caballero? —pareció escupir la última palabra.

Tras un momento escalofriante, la cólera se abrió paso a través de los restos de miedo y sorpresa de Julianne y de la acalorada consciencia que tenía de él. Estaba claro que él no sólo pensaba que era tonta, sino que además era promiscua. Julianne no se habría aventurado en el jardín sin antes considerar los riesgos. Y en cuanto a lo de ser promiscua, nada más lejos de la verdad, pues sólo había que ver los hechos. Sus pensamientos privados y deseos secretos no contaban. ¡Porque jamás había sido besada!

Julianne alzó la barbilla y le sostuvo la mirada.

—Está justo delante de mí. Aunque por la manera en que me arrancó del camino, en que casi me rebanó la garganta y que aun así continúa maltratándome, no me inclino a describirle como un caballero.

La mirada masculina se deslizó sobre ella con atrevida minuciosidad, demorándose un buen rato en la piel desnuda que sobresalía del corpiño antes de volver a los ojos de Julianne. Una oleada de calor la inundó. ¿Habría notado él el frenético palpitar de su corazón... o sólo lo percibía ella?

—Nunca me he considerado un caballero —dijo él en tono de mofa, dejando claro que no le importaba lo que ella pensara al respecto.

—¿Trata a todas las mujeres con las que queda en el jardín de una manera tan bárbara?

—No estaba enterado de que tuviéramos una cita, lady Julianne.

—Sabe tan bien como yo que no la teníamos.

—Bien, pues. En cuanto a mis modales bárbaros, no confío en nadie que me siga los pasos. Algo que usted haría bien en recordar dada su costumbre de andar a hurtadillas por lugares en los que no debería estar.

La irritación —por haberse visto atrapada en una situación tan humillante y por que fuera él quien la hubiera pillado— le hizo enderezar la espalda.

—Le aseguro que no estaba andando a hurtadillas. Lo vi abandonar el salón y... deseaba hablar con usted. Sabía que usted podría protegerme de cualquier peligro que acechara en la oscuridad.

—¿De veras? —Las palabras fueron dichas con un sedoso susurro que ella sintió contra la mejilla—. ¿Y quién se supone que va a protegerla de mí?

La pregunta, la intensidad especulativa con la que la estaba mirando, como si estuviera decidiendo desde qué ángulo abalanzarse sobre ella, la dejó sin aliento. Se humedeció los labios resecos, observando cómo los indagadores ojos de Gideon se volvieron más oscuros al notar aquel gesto.

—¿Necesito que me protejan de usted, señor Mayne?

El silencio se extendió entre ellos. ¿Estaría él sintiendo la misma tensión que ella? ¿Podría oír los latidos de su corazón? Dios sabía que ella lo hacía. Los oía y los sentía. Resonando en sus oídos. Palpitando en su garganta. Pulsando entre sus muslos.

—Cualquier mujer lo suficientemente tonta como para aventurarse a salir sola en la oscuridad requiere protección. Por su bien, espero que no lo vuelva a hacer de nuevo —dijo él finalmente. Luego le soltó las muñecas y dio un paso atrás.

De inmediato, Julianne echó de menos su calor. El tacto de los dedos firmes que le rodeaban las muñecas. El enorme cuerpo que la atrapaba contra el árbol. El sutil aroma que la envolvía.

Pero, a la vez que echaba de menos su cercanía, el enojo le hizo alzar la barbilla.

—Le aseguro que no soy estúpida. Como le he dicho, sabía que usted estaba aquí fuera y quería hablarle.

Gideon arqueó una de sus cejas negras.

—Podría haber hablado conmigo en el salón.

¿Bajo la mirada autoritaria y escrutadora de su madre? Ni hablar. Si su madre sospechara por un instante la fascinación que sentía por el señor Mayne, se encargaría de que Julianne no volviera a verlo nunca más.

—El salón no es el lugar idóneo para mantener una conversación de carácter privado.

Los ojos de Gideon centellearon en la oscuridad. Julianne podía sentir cómo la evaluaba. La mirada de él se deslizó sobre ella como si fuera una ardiente caricia. Tan ardiente que dejó de notar el aire frío de la noche.

Colocando una de sus enormes manos en el tronco del árbol junto a la cabeza de Julianne, él se inclinó hacia delante y murmuró en voz baja:

—Bueno, milady, entonces hable. Aquí disponemos de la máxima privacidad posible.

¿Que hablara? Santo Dios, si apenas podía respirar. Su proximidad, la calidez que emanaba de él, su perfume embriagador y absolutamente masculino, la abrumaban. La despojaban de todo raciocinio. De su capacidad para hablar. Quería tocarlo. Deslizar la yema de los dedos por la endurecida mandíbula recién afeitada. Explorar la textura de su piel. Meter los dedos entre aquellos espesos cabellos para ver si eran tan sedosos como parecían.

Y luego saborearlo... rozar sus labios contra los suyos. Descubrir si esa boca firme e inflexible podía ser... flexible. Experimentar lo que en su corazón sabía que sería un beso demoledor. Porque seguro que un hombre como Gideon sabría cómo besar a una mujer. Y sólo Dios sabía lo mucho que quería ser besada. Por él. Por aquel hombre que había sido el protagonista de incontables fantasías sensuales.

En ese momento, Julianne quería enterrar la cara contra la sólida columna del cuello de Gideon y, sencillamente, inspirarlo. Absorber su calor y su fuerza, y su delicioso aroma.

—¿Y bien, milady?

Su cálido aliento le acarició la mejilla, encendiéndole la piel. Responderle... tenía que responderle. Antes de que él concluyera que se había quedado muda como una tonta. Buscó algo que decir y se aferró a lo primero que se le pasó por la cabeza.

—El fantasma. —Las dos palabras escaparon de sus labios de manera impulsiva—. Me... gustaría hablar del fantasma con usted. —Apenas logró contener el gemido de horror que le salió de la garganta. Santo Dios, ¿qué estaba diciendo?

—¿Qué fantasma?

Maldición, ahora que se había metido en ese berenjenal no podía dar marcha atrás.

—El mismo asesino fantasma que usted intenta atrapar.

—Quiere decir el ladrón asesino que atraparé.

—Eh... sí.

—¿Qué sucede con él?

«Sí, Julianne, ¿qué sucede con él?», se burló su vocecita interior.

—Bien, yo, eh... creo que intentó robar en mi casa.

Otro gemido de horror vibró en la garganta de Julianne. Dios Todopoderoso, su boca se había vuelto loca. Era como si hubiera perdido el control de sus propias palabras. Abría los labios y las mentiras salían por ellos como las volutas de vapor de un caldero.

Él entrecerró los ojos.

—¿Cuándo?

«No tengo ni la menor idea.»

—Ayer por la noche.

—¿Qué sucedió?

«Me acosté en la cama y sólo pude pensar en ti.»

—Me... me despertaron unos gemidos extraños.

—¿Los oyó alguien más de su familia?

—Nadie me ha comentado nada. —Al menos eso era cierto.

—¿Ha informado de esos ruidos a su padre?

—No. —Como él parecía más interesado que suspicaz, ella se envalentonó y siguió improvisando—. Asumí que se trataba del viento, y la verdad es que no he vuelto a pensar en ello hasta... —«ahora»— que esta mañana leí en el *Times* lo sucedido a la señora Greeley. Entonces comprobé todas nuestras posesiones de valor, aunque no eché nada en falta.

Él permaneció en silencio durante varios segundos, tiempo suficiente para que ella se preguntara si él podía oler el hedor de las mentiras que emanaba de su piel como una nube tóxica.

—¿Qué le hizo pensar que esos sonidos no correspondían al viento? —preguntó él.

Parecía como si la pregunta hubiera abierto un abismo insondable ante ella. Un paso en falso y caería de lleno en las profundidades del infierno, y él se daría cuenta de que ella mentía, más rápido de lo que un caballo podía trotar.

Tras considerarlo un buen rato, ella le respondió:

—Por el lugar del que provenían. Al pensar en ello me di cuenta de que los sonidos venían del pasillo en vez del exterior.

—¿Salió usted al pasillo para investigar?

Maldición, aquel hombre no dejaba de hacer preguntas. No quería que él imaginara que se había quedado cobardemente bajo las mantas como una niña mimada, así que alzó la barbilla y dijo:

—Por supuesto que salí a investigar. No soy una cobarde.

—Ya veo —dijo Gideon con un tono tan seco que resultó evidente que no se creía ni una palabra... lo que sólo sirvió para que ella quisiera convencerlo de lo contrario—. ¿Y había alguien en el pasillo?

—No.

—¿Qué habría ocurrido si lo hubiera habido? —Él se inclinó sobre ella un poco más y Julianne se quedó sin aliento. Santo Dios, él era tan... grande. Tan ancho. Tan alto, que si el sol hubiera salido en ese momento, ella no se hubiera dado ni cuenta—. ¿Qué le habría ocurrido si el ladrón y asesino estuviera escapando con sus joyas? —le susurró él al oído.

Julianne sintió una oleada de calor y tuvo que tragar saliva para que le saliera la voz.

—Habría... habría gritado. Le habría golpeado con mi candelabro. Como ya le he dicho, no soy una cobarde.

—Valientes palabras de una valiente mujer. Pero ¿y si él la hubiera golpeado primero?

«Imposible, yo me habría desmayado antes.»

—Imposible, pues... le habría clavado mis tijeras de bordar. —Sí, eso es lo que hubiera hecho una mujer valiente.

—Oh, ¿como me las clavó a mí?

—Por supuesto no llevo las tijeras de bordar a las veladas.

—¿Acaso las lleva encima cuando duerme?

Vaya. Él se había anotado un tanto. Pensando a toda velocidad, respondió:

—Salvo en las veladas, siempre llevo conmigo las tijeras de bordar. Las dejo encima de la mesilla antes de acostarme. Cuando oí los ruidos, me las metí en el bolsillo de la bata.

—Qué ingeniosa, aunque me siento obligado a decirle que un arma tan endeble, empuñada por una prin... joven tan menuda, resulta inservible contra un hombre. En especial contra uno que la pille desprevenida.

A Julianne no se le escapó el tono sedoso de su voz, ni que la estaba llamando enclenque. Estaba claro que aquel hombre se estaba burlando de ella. Y también que no la consideraba valiente. «Es que no eres valiente», la aguijoneó la honesta vocecita interior.

Vale, no era valiente. En absoluto. Jamás lo había sido. Ciertamente, lo más valiente que había hecho en su vida había sido seguir al detective al jardín, y mira cuál había sido el resultado. No cabía duda de que se encontraba muy lejos de la mujer intrépida y segura de sí misma que deseaba ser. Había tenido la oportunidad de vivir una buena aventura y la había desaprovechado y, de paso, había hecho el ridículo.

Para su horror, comenzó a temblarle el labio inferior. Se lo mordió por dentro con fuerza y parpadeó para hacer desaparecer las lágrimas que amenazaban con anegarle los ojos. Sí, su primera aventura había sido un auténtico desastre y para colmo había mentido como una cosaca. Estaba claro que Gideon pensaba que era una jovenzuela tonta y sin cabeza, y así era como ella se sentía en ese momento. La cólera —hacia sí misma por no haber hecho caso a su sentido común y haberse inventado aquella retahíla de mentiras— la atravesó junto con una descorazonadora humillación. Había llegado la hora de levar anclas y regresar a la fiesta, antes de que dijera alguna otra cosa que la hiciera parecer todavía más imbécil.

Sin embargo, antes de que pudiera moverse, él continuó:

—¿Sabe qué creo?

«Que soy una mentirosa. Y una tonta. Y tienes razón.»

El poco orgullo que le quedaba le hizo levantar la barbilla.

—No, pero basándome en el tono de su voz, estoy segura de que me lo va a decir.

—Creo que se habría desmayado nada más ver al intruso y que habría permanecido tendida en el suelo hasta que alguna de las criadas pasara por allí y la viera.

Lo que más molestaba a Julianne era que él tuviera razón. Pero no iba a confirmar sus sospechas. Después de todo, ¿qué importancia tenía una mentira más?

Estirándose en toda su estatura, le dijo en su tono más frío:

—Está claro que no me conoce en absoluto, señor Mayne. Sin embargo, si la escena que ha apuntado fuera correcta, y le aseguro que no lo es, entonces sólo puedo suponer que habrían llamado a un médico y que en este preciso momento estaría acostada en mi cama en vez de estar aquí, oyendo cómo se ríe de mí.

—Asumiendo que el intruso no la hubiera matado, claro.

—Sí. Ahora, si me disculpa...

Intentó apartarse del árbol para encontrarse enjaulada por los brazos de Gideon cuando éste colocó la otra mano al lado de su cabeza.

—Así que la rosa tiene espinas —murmuró—. Qué interesante. —Luego, él sacudió la cabeza—. No me estaba riendo de usted.

—Pues le aseguro que lo parecía.

—En ese caso sólo puedo pensar que no sabe cómo suena la risa.

—Por supuesto que sí, aunque dudo que usted sepa cómo reír. ¿Le han dicho alguna vez que es muy serio?

Aunque la expresión de él no cambió, ella sintió su sorpresa ante sus palabras. De hecho, ella misma estaba sorprendida. Pero ya que él parecía considerarla una mema, al menos podía recuperar parte de su dignidad haciéndole frente.

—¿Serio? Nadie que me lo haya dicho ha vivido para contarlo. ¿Nadie le ha dicho a usted que no es más que una princesita mimada?

La pregunta la desanimó por completo, cortando su bravuconería de raíz. Por supuesto que no podía reprochárselo. Sólo la veía como todo el mundo lo hacía. No percibía a la mujer intrépida que anidaba bajo la superficie y que deseaba con toda su alma liberarse de las restricciones de su posición social y escapar de su jaula dorada. No percibía la necesidad que la había llevado a internarse en el jardín, ni el coraje que había tenido que reunir para adentrarse sola en la oscuridad.

Sintiéndose derrotada y exhausta, murmuró:

—Sí, ya me han dicho que soy una princesa mimada. En realidad, ésa no es más que una de las cosas que oigo cada día.

De nuevo intentó apartarse del árbol, y de nuevo, él la detuvo, pero ahora acercándose más a ella. En ese momento no los separaban más de veinte centímetros.

Ella apoyó la cabeza contra el tronco y lo miró. No pudo descifrar su expresión, pero estaba claro que no parecía contento.

—No debería haber salido. —Su voz no fue más que un gruñido.

—Sí. Eso es evidente.

La mirada masculina sondeó la de ella con una intensidad ardiente que la inflamó por dentro. Santo Dios, la estaba mirando como... como si fuera un animal hambriento y ella un bocadito apetitoso caído del cielo. Y la manera en la que la hacía sentir... como si ella luchara por respirar y él fuera la última brizna de oxígeno sobre la tierra.

Conteniendo el aliento, Julianne sintió una dolorosa mezcla de necesidad y deseo, de aprensión y anticipación. Sintiéndose incapaz de moverse, incapaz de hacer nada, salvo ver qué haría él a continuación.

Justo cuando ella creía que aquel ardiente escrutinio la dejaría fulminada en el acto, la mirada masculina se desvió para estudiar cada uno de sus rasgos. Al llegar a su boca, se demoró en ella durante algunos segundos interminables antes de volver a mirarla a los ojos.

—Debería regresar a la mansión.

Julianne tuvo que tragar dos veces antes de encontrar la voz.

—Sí —susurró.

Debería regresar. Lo sabía. Pero estaba claro que sus pies no, pues permanecieron firmemente arraigados en el suelo. Tal vez, si se lo propusiera, podía lograr que se pusieran en movimiento y alejarse de allí, pero justo en ese momento él levantó una mano del tronco y le pasó la punta del dedo por la mejilla. Y la única cosa que se alejó del jardín fueron sus pensamientos de irse.

El dedo siguió el mismo camino que acababa de recorrer su mirada, dibujando ardientes caricias sobre su cara. La yema de su dedo era dura. Áspera. Callosa. Y aun así, infinitamente suave.

Lo observó mientras la tocaba, notando la avidez con la que sus ojos seguían el dedo. Comenzó a palpitarle un músculo en la mandíbula cuadrada. Con el dedo siguió la curva de la oreja de Julianne —ella jamás había pensado que aquel lugar fuera tan sensible— y se inclinó sobre ella, rozando la mejilla contra su pelo.

Con agónica anticipación, Julianne permaneció totalmente inmóvil. Temía que si respiraba, él se detendría, finalizando bruscamente aquella maravillosa aventura. Le oyó tomar aire lenta y profundamente, que luego soltó en una corriente cálida contra su sien.

—Deliciosa —masculló—. Demonios, sabía que olería de una manera deliciosa. —Las últimas palabras fueron dichas con un ronco gemido—. ¿Qué perfume usa?

¿Cómo podía esperar él que ella le respondiera? Con esfuerzo, Julianne logró decir:

—Vainilla. Es mi... olor favorito, así que le encargué a una perfumería de Bond Street que hiciera un perfume para mí con esa esencia.

Él volvió a inspirar profundamente.

—Huele como una pastelería, dulce, caliente, deliciosa. —Le pasó los labios suavemente por el pelo y gimió otra vez—. De verdad, debe regresar, Julianne. Ya.

La intimidad de esa voz ronca pronunciando su nombre sin el uso formal del título, removió algo en su interior. Julianne no podría haber abandonado el jardín más de lo que podría detener la marea. Había deseado un momento como éste, y nada, ni su sentido común ni su conciencia, podrían disuadirla de que se fuera.

—No —susurró ella—. Ahora no.

—Luego no diga que no se lo advertí.

Quizá la había advertido, pero, ciertamente, no la había preparado para ello. En realidad, nada podría haberla preparado para el ímpetu de la boca de Gideon capturando la suya, con un deseo más intenso del que hubieran conjurado las más oscuras fantasías de Julianne. Gideon le recorrió con la lengua la comisura de los labios, exigiéndole entrar, y con una boqueada de conmocionado placer, ella se lo permitió.

La deliciosa fricción de su lengua enredándose con la de ella la volvió loca. Había leído sobre tales intimidades, últimamente en *El fantasma de Devonshire Manor*. Había imaginado ese tipo de besos, pero la realidad... la realidad la había arrancado de sus amarras, dejándola a la deriva en un mar de sensaciones tempestuosas que la zarandeaban de un lado a otro.

Con el corazón palpitando y las rodillas temblando, abrió la boca desesperada por saborearlo todavía más. Había sabido que él era lo más cercano a una aventura, que olía a aventura, que sabía a aventura. Como una tierra extranjera que siempre había deseado explorar pero que nunca había pensado que tendría la oportunidad de visitar.

Gideon le ahuecó la cara con las manos, manteniéndosela inmóvil mientras la besaba hasta dejarla sin sentido. Sin aliento. Ella imitó cada gesto de él, deslizando la lengua sobre la suya, llevando las manos a la cara masculina, sólo para lamentar no poder sentir su piel a través de los guantes. Cualquier preocupación de no saber qué hacer se disipó cuando él emitió un gruñido y la estrechó contra su cuerpo.

El calor la atravesó al sentir ese cuerpo duro inmovilizándola contra el árbol. Parecía como si todo su ser hubiera despertado de un sueño profundo y frío, y por primera vez en toda su vida Julianne conoció el abrumador poder del deseo. Comenzó a temblar, a estremecerse ante ese increíble y embriagador asalto a sus sentidos.

Envuelto en la neblina de la lujuria, Gideon profundizó el beso, vaciando la mente de todo, excepto de la única palabra que retumbaba en él con cada rápido latido de su corazón. «Julianne.» Santo cielo, sabía tan condenadamente bien. Olía tan condenadamente bien como... como un dulce manjar que él quisiera engullir con dos enormes mordiscos.

Una estremecedora sensación se abrió paso entre la neblina que le cubría como un manto, haciéndole recuperar el juicio, haciéndole recordar quién era ella. Un pequeño rincón de su mente había notado con sombría satisfacción los suaves escalofríos iniciales de Julianne, pero en el transcurso del beso, éstos se habían convertido en estremecimientos. Podía sentirlos vibrando contra sus muslos, donde su cuerpo inmovilizaba el de ella contra el árbol. Bajo las manos, con las que le inmovilizaba la cabeza. Contra los labios, que devoraban los de ella.

Con un gemido culpable, interrumpió el beso y dio un paso atrás. En el mismo momento en que apartó las manos del rostro de Julianne, ella se deslizó por el tronco del olmo. Mascullando una maldición, la sujetó por los hombros para que no cayera al suelo.

Maldita sea, lo había hecho. Una caricia, y se había olvidado por completo del tipo de suave flor de invernadero que era ella. La había asustado hasta tal punto que no podía sostenerse en pie. ¿En qué diantres había estado pensando?

Ése era el problema, que no había pensado, algo que siempre le ocurría cuando estaba cerca de ella. Ya era suficientemente malo que hubiera sido tan estúpido como para besarla, para que encima la hubiera besado como si de un bárbaro saqueador se tratase. Sin delicadeza, sin suavidad..., sólo la había tomado así porque sí. Y había sido exactamente como había sabido que sería si cometía la estupidez de tocarla. Diez segundos de acariciarle la cara con ternura y había perdido por completo aquel control del que tan orgulloso estaba. Y encima la había asustado tanto que era incapaz de mantenerse en pie.

La miró a través de la oscuridad, esperando que no se desmayara, y contuvo un nuevo gemido. Los jadeos entrecortados de la joven atravesaban aquellos labios hinchados, húmedos y abiertos. Se la veía tan sumamente... besable.

Pero Julianne mantenía los ojos cerrados, y pequeños temblores recorrían todavía su cuerpo, despertando la conciencia de Gideon —una vocecita interior que él pensaba que había muerto hacía ya mucho tiempo—, que arremetió contra él llenándolo de recriminaciones. Por no haberla llevado de vuelta a la fiesta en el momento en que la encontró. Por ese instante de debilidad, de haber cedido al abrumador deseo de tocarla, de saborearla. Por haberse dejado arrastrar a aquella situación imposible.

A aquel beso, a la sensación de sus labios presionando los suyos, a la embriagadora fragancia de ella, a aquel delicioso sabor que inundaba sus sentidos y que casi lo había hecho caer de rodillas. Aquel beso no había hecho nada para aplacar su hambre de ella. No, de hecho, sus deseos anteriores palidecían ante el voraz apetito que sentía ahora por ella.

Qué maldito idiota había sido.

Ella parpadeó y abrió lentamente los ojos, mirándolo con una expresión vidriosa. Todavía seguía estremeciéndose, pero al menos no se había desmayado. A pesar de ello, Julianne se humedeció los labios, una lenta pasada de su lengua que le hizo apretar los dedos en sus hombros y endurecerse contra los pantalones... algo que no hubiera creído posible, ya que estaba más duro que una roca.

—¿Por qué se ha...

Conteniendo con fuerza el deseo que le invadía, se preparó mentalmente para aguantar un aluvión de indignadas recriminaciones, las cuales, a pesar de la advertencia que le había hecho previamente, se merecía por la manera en que la había tratado.

—... detenido?

Él parpadeó.

—¿Que por qué me he detenido?

De nuevo, ella se relamió los labios —un fascinante gesto que él deseaba estudiar en profundidad— y asintió levemente con la cabeza.

—¿Por qué se ha detenido?

—Porque estaba temblando. La he asustado.

—Me estremecía... pero no me había asustado.

La comprensión vino acompañada de otra punzada de lujuria. Julianne no había estado temblando de miedo sino de deseo. Antes de que él pudiera asimilar por completo la idea, ella alargó las manos y lo agarró por las solapas de la chaqueta. Tiró con fuerza de él, aunque no con la suficiente fuerza como para moverle si él hubiera querido oponer resistencia.

Pero el deseo de sentirla otra vez hizo desaparecer su sentido común, y dio un paso hacia delante. Rozó su cuerpo contra el de ella, y si hubiera podido se habría reído de lo mucho que le había excitado aquella fricción.

Ella alzó la cabeza hacia él y le miró con aquellos ojos hermosos, ruborizada por lo que él ahora reconoció como deseo, y susurró:

—Más. —La palabra fue en parte una petición trémula y en parte una demanda impaciente.

—Dada mi inclinación a resumir las cosas en una palabra, debo admitir que «más» es una elección excelente.

Quizás existiera en el mundo el hombre capaz de rechazarla, pero Gideon, sin duda alguna, no era ese hombre. E incluso si el deseo no lo hubiera conducido hacia esa locura, lo habría hecho su orgullo. Sencillamente tenía que besarla de nuevo para saber, para probarse a sí mismo que podría hacerlo sin perder el control. Y para enseñarle una lección a esa tentadora mujer: que los peligros sí acechaban en la oscuridad. Que en el futuro debería permanecer en los seguros confines del salón.

Apartándola del árbol, los hizo girar a ambos con la intención de que fuera su propia espalda la que se apoyara contra el áspero tronco. Abriendo las piernas, la colocó entre sus muslos, un lugar donde ella encajó tan perfectamente que parecía que hubiera sido moldeada exclusivamente para él. Deslizó las manos por la espalda, acercándola más, y entonces inclinó la cabeza.

Rozó los labios de ella con los suyos un par de veces, obligándose a explorar con suavidad lo que la última vez había saqueado. Le pasó la lengua por los labios abiertos, absorbiendo sus suspiros. Conteniendo la urgencia que lo inundaba, profundizó el beso con lentitud, paladeando con la lengua su dulce sabor femenino. Ella le pasó los brazos por los hombros, y pareció que simplemente se fundía con él, derritiéndose en el infierno que ardía en el interior de Gideon.

Julianne se retorció contra él, y su erección dio un respingo, abriendo una brecha en el control que creía haber reforzado tan sólo unos segundos antes. Gideon impulsó las caderas hacia delante, incapaz de contener el movimiento, algo que lo irritó y lo alarmó. Maldita sea, ¿qué demonios le estaba ocurriendo? ¿Qué le estaba haciendo esa mujer?

Agarrándola por los hombros, la apartó con firmeza, luego la soltó como si se hubiera convertido en una tea ardiente. Una tea que él había encendido.

—Suficiente —le dijo él con una voz áspera que no reconoció.

Ella se balanceó sobre sus pies, y él se apartó un par de pasos para no verse tentado a sostenerla otra vez, como si fuera una araña atrayéndolo a una trampa mortífera. La miró con los ojos entrecerrados.

—No sé qué clase de juego te traes entre manos, princesa, pero te aseguro que es uno que no quieres jugar conmigo.

Ella lo miró fijamente a los ojos durante varios segundos, y él pudo observar cómo poco a poco volvía a la realidad. Rodeándose la cintura con los brazos, alzó la barbilla en un gesto altivo. El inconfundible dolor de aquellos ojos azules habría hecho desaparecer su irritación de haber querido. Pero era más sabio seguir enojado. Con ella, por llegar allí y tentarle con su belleza incomparable, con su dulce perfume y unos besos que lo dejaban sin sentido. Y con él por permitírselo.

—No estaba jugando —dijo ella con voz queda, y luego agregó—: y no soy una princesa.

Sin decir nada más, Julianne se dio la vuelta y se marchó. Manteniéndose en las sombras, la siguió en silencio, pues su irritante conciencia insistía en que se asegurara de que ella llegaba a salvo a la casa. Julianne caminó a paso vivo y sin dejar de mirar a su alrededor, claramente nerviosa. Gideon se sintió tentado de revelar su presencia pero se contuvo. No lo haría mientras siguieran estando solos en la oscuridad.

Cuando ella alcanzó las escaleras de la terraza, él se sintió lo suficientemente seguro para hablar.

—Visitaré a su padre mañana para investigar lo que me ha contado sobre el fantasma —dijo él suavemente desde las sombras—. Le sugiero que previamente le informe sobre los hechos que me ha contado a mí.

Ella tensó la espalda y permaneció inmóvil durante varios segundos. Luego, sin una palabra ni una mirada atrás, subió apresuradamente las escaleras de piedra y entró en el salón.

# 5

—Oh, vaya maraña más enrevesada tejemos con nuestras mentiras —masculló Julianne para sí misma mientras se paseaba de un lado a otro de la habitación la mañana del día siguiente. Unos rayos pálidos se filtraban por la ventana, las sombras malvas previas al amanecer daban paso a un nuevo día. Pero la leve iluminación no hacía nada para aliviar su preocupación—. Está claro que sir Walter Scott era mucho más listo que yo cuando escribió esas sabias palabras.

De hecho, si ella hubiera invertido su tiempo en releer *Marmion* en vez de dedicarlo a leer libros escandalosos como *El fantasma de Devonshire Manor*, no se encontraría en ese aprieto.

Si no se hubiera leído *El fantasma de Devonshire Manor*, sus pensamientos no habrían estado llenos de fantasmas sensuales que alimentaban sus fantasías, impulsándola a escapar de las fiestas en la oscuridad para perseguir a un detective de Bow Street que...

La había besado.

Los recuerdos la inundaron, deteniendo su nervioso paseo. Y cómo la había besado. Santo Dios, la había besado hasta que ella se había olvidado del frío. De lo impropio de sus acciones. De decir la verdad.

Se había olvidado de todo, excepto de él.

Ni siquiera la fría humillación que sufrió luego enfrió el ardor de ese beso. Jamás olvidaría el maravilloso descubrimiento del sabor de Gideon. Ni cómo su olor y su calor la habían envuelto como una cálida manta. La íntima presión de su cuerpo duro contra el de ella. De hecho, debería agradecer la humillación que había recibido, pues gracias a ella se había contenido lo suficiente para no aferrarse a él como una hiedra y rogarle que jamás se detuviera. De implorarle que la tocara. Por todas partes. De dejarse llevar por su propio y abrumador deseo de tocarle. Por todas partes.

Aunque no se avergonzaba de su comportamiento, sin duda había conseguido meterse en una situación inaceptable. Se había pasado la noche dándole vueltas al asunto, caminando de un lado a otro, intentando encontrar la manera de evitar el desastre de proporciones épicas que se cernía sobre el horizonte. Pero como una araña atrapada en su propia red, cada idea terminaba con otro nudo más a la maraña de engaños que había creado. Todas las ideas menos una. La única manera de librarse de todo aquello era contándole la verdad a Gideon.

Tenía que verle antes de que hablara con su padre, y admitir que le había mentido. Pues la otra opción era mentirle a su padre y contarle la misma historia que le había dicho a Gideon. Se encogió de miedo con sólo pensarlo. Conocía muy bien a su padre, y sabía mejor que nadie cuál sería su reacción. Sin pruebas, él descartaría fríamente sus afirmaciones, y le diría, como solía hacer muy a menudo, que era una chica tonta y ridícula que no sabía nada, y que debería concentrarse en hacer la única cosa para la que valía: permanecer elegantemente sentada en el sofá.

Por supuesto, si su padre hablase con Gideon, le daría a conocer esa opinión. Y Dios sabía que el detective ya la tenía en muy poca estima. Permitir que su padre confirmara su absoluta inutilidad ante el único hombre que deseaba que la apreciara sería una humillación que no estaba segura de poder soportar.

Por supuesto, la idea de decirle a Gideon la verdad, que le había seguido al jardín con la esperanza de verle, de hablar con él, la avergonzaba lo suficiente para revolverle el estómago. El detective pensaría que era una tonta redomada y se le quitarían las ganas de volver a hablar con ella de nuevo. Y no podría culparle. Pero al menos sería una tonta redomada honesta. Y dado que nunca podría haber una relación entre ellos, sería lo mejor. Siempre podría recordar aquel beso inolvidable. La aventura más maravillosa que hubiera tenido nunca.

La vocecilla interior matizó al instante: «es la única aventura que has tenido nunca».

Frunció los labios. Vale. Era su única aventura. Pero qué aventura había sido. Y quizá, sólo quizá, Gideon no la odiaría después de que le dijera la verdad. Quizá se sentiría halagado y admirado por su honradez y entonces ellos podrían ser...

Cortó el pensamiento de raíz con una violenta sacudida de cabeza. ¿Podrían ser qué? ¿Amigos? Lo dudaba. Aparte de que sus padres prohibirían tal amistad con un hombre al que sólo verían como un don nadie mal educado y vulgar, ¿por qué iba a querer Gideon ser amigo de una mujer a la que consideraba sólo una princesita tonta y mimada?

Por supuesto, tampoco podrían ser nada más. Ni mucho menos reunirse en los oscuros jardines para robarse un beso de vez en cuando. Tenía suerte de que nadie los hubiera visto la noche anterior. Su madre había notado su ausencia en la fiesta y la había reprendido con dureza incluso después de que ella le hubiera dado la excusa de que se había sentido indispuesta y que únicamente había buscado una estancia vacía en la que descansar unos minutos. No, encontrarse de nuevo a solas con Gideon sería demasiado tentador. Una cosa era desearle en la intimidad de sus pensamientos, donde no eran amigos, sino amantes. Y otra intentar controlar sus deseos cuando estaba con él. Lo suficientemente cerca para tocarse. En especial ahora, que sabía cómo sabía. Cómo besaba. Cómo la hacía sentir.

Respirando hondo, salió de su dormitorio con aire resuelto. Primero se obligaría a desayunar algo y luego se sentaría junto a la ventana de la salita soleada desde donde vería a Gideon llegar a la casa. Le diría la verdad y todo el engaño habría acabado. Y entonces enterraría en lo más hondo de su corazón el recuerdo de aquel beso ardiente.

Cuando Julianne se acercó al comedor, aminoró los pasos y frunció el ceño ante el sonido apagado de las voces de sus padres en el interior. Maldición. Su madre rara vez se levantaba tan pronto, y su padre solía pedir que le llevaran el desayuno en una bandeja a su estudio privado en esas ocasiones en que su madre desayunaba temprano. Era tan inusual que ambos desayunaran juntos, que le picó la curiosidad, sobre todo cuando oyó mencionar su nombre.

Manteniéndose fuera de la vista, se acercó a la puerta de roble que estaba ligeramente entreabierta.

—... hoy nos visitarán Beechmore, Penniwick, Haverly y Walston —decía la ronca voz de su padre.

—¿Y Eastling? —preguntó su madre.

—Con él hablé anoche. Tiene previsto venir también. Probablemente se cruzará con alguno de los otros.

—Excelente. Es bueno que sean conscientes de la competencia. Pero por supuesto, le dirás a Eastling que es tu favorito.

Julianne contuvo el aliento, aguardando la respuesta de su padre. Cuando ésta llegó, se apretó el estómago con fuerza.

—Naturalmente —dijo su padre—. Las propiedades y la influencia del duque son mucho más vastas que las de los demás. Si podemos llegar a un acuerdo, el matrimonio se llevará a cabo con suma rapidez.

—No podrá ser antes de unos meses. Hay que planificar la boda, mandar las amonestaciones...

—Eastling hizo mención de una licencia especial. Me dijo que no tiene ni tiempo ni deseos de prolongar el asunto. Quiere regresar a Cornualles, ya casado, dentro de dos semanas. Sabré más después de nuestra reunión de hoy, pero sería mejor que te prepararas para hacer lo que sea que hacen las mujeres en tales circunstancias. Encargar el vestido de novia, etcétera. Y que sea todo muy rápido.

El tintineo de la cubertería de plata contra la porcelana china, seguido por el sonido de una silla deslizándose por el suelo sacó a Julianne del estado conmocionado en el que había caído, impulsándola a moverse. Atravesó el pasillo a toda velocidad y se metió en una pequeña hornacina del fondo justo cuando su padre salía del comedor. Encogiéndose entre las sombras, deseó volverse invisible. Oyó las firmes zancadas de su padre. Segundos más tarde escuchó que una puerta se cerraba firmemente, lo que indicaba que su padre había entrado en su estudio privado, como solía hacer después del desayuno.

Durante un buen rato, Julianne permaneció paralizada en el lugar, sintiendo cómo las palabras de su padre le resonaban en los oídos como si fuera un toque de difuntos. Se apretó las manos contra el estómago, pero la presión no hizo nada para calmar su tumulto interior.

Santo Dios, era peor de lo que había pensado. Si todo salía como su padre había planeado, se encontraría casada con el duque y camino hacia los salvajes páramos de Cornualles en el plazo de dos semanas.

Un grito mudo resonó en sus entrañas, que se le retorcieron en protesta. Sin embargo, no debería estar tan alterada, ni sufrir una reacción tan violenta, pues la noticia no la pillaba desprevenida. Siempre había sabido que se casaría, y que lo haría conforme a los deseos de su padre. Siempre había sabido que llegaría el momento en que elegirían un marido para ella.

Sí, pero no había sabido que sería tan pronto. Ni que encontraría a su futuro esposo tan poco atractivo. Ni que se vería forzada a vivir en Cornualles, tan lejos de sus queridas amigas y de todo lo que conocía.

Con calma, intentó razonar consigo misma antes de que el pánico amenazara con ahogarla. ¿Qué importaba si su boda tenía lugar en dos semanas o en dos meses? Por otro lado, su señoría, dadas su posición y riqueza, era uno de los solteros más cotizados del reino. Y aunque había dejado atrás su primera juventud, estaba mucho menos decrépito que la mayoría de los hombres de su rango. En cuanto a su conducta severa y fría, quizás una esposa joven podría mejorarle el humor. Sería duquesa. Lo mejor de la sociedad. Señora de una hacienda magnífica. Debería estar eufórica.

Pero el solo pensamiento de comprometerse de por vida con el duque, de ser su esposa —en cuerpo y alma—... cerró los ojos con fuerza y se apretó todavía más el estómago. Pensar en que la tocaría, la besaría, en que compartiría intimidades con él, hizo que se estremeciera de pies a cabeza. Cuando la había guiado durante el vals la noche anterior, ella no había experimentado ni la más leve chispa de deseo. Algo que era más dolorosamente patente tras el apasionado interludio con Gideon.

Y en cuanto a pensar en casarse con cualquiera de los otros pretendientes que la visitarían ese día la dejaba igual de desolada y vacía. Ninguno de ellos era la clase de hombre que ella anhelaba, no sólo porque no los encontraba atractivos, sino porque ninguno de ellos sentía el menor interés en ella. Sólo por su dinero. Por eso y porque parecía un bonito adorno sentada en un sofá.

Podía ver cómo su vida como duquesa de Eastling se extendía ante ella... años y años de solitaria existencia con un marido desapasionado, frío e indiferente. No viviría más aventuras, ni sorpresas, ni excitación, sólo un día solitario tras otro.

Una imagen de Gideon le inundó la mente, y tuvo que apretar los labios para reprimir el grito de deseo que se le formó en la garganta. Una letanía de «y si» le pasó veloz por la cabeza. ¿Y si Gideon fuera un noble? ¿Y si ella no fuera hija de un conde? ¿Y si fuera libre de seguir los dictados de su corazón? ¿Y si fuera lo suficientemente valiente para tomar lo que quería, de tener el tipo de aventura que deseaba? No era tan tonta como para creer que le importaba algo a Gideon, pero sabía que él tampoco era inmune a ella, al menos físicamente. Y no cabía duda de que ella se sentía dolorosamente atraída por él. Como nunca se había sentido atraída por otro hombre. Y jamás podría describirlo como aburrido. No estaba corrompido por el cínico hastío de los caballeros de la aristocracia. Y aunque no fuera un noble, ella sabía, en su corazón, que era un hombre noble.

Se forzó a abrir los ojos y respiró hondo varias veces para tranquilizarse. Su futuro quedaría sellado al final del día o poco después, y el duque de Eastling se cernía sobre el horizonte como una nube sombría, helada y oscura. El escaso tiempo que le quedaba la urgía, la impelía, a hacer algo. A tomar medidas. A aferrarse a la poca felicidad que tendría antes de verse aprisionada por unos votos inquebrantables y una existencia vacía.

¿Pero cómo? ¿Qué podría hacer? Soltó una risa carente de humor. Ojalá por lo menos tuviera un amante fantasma como Maxwell de *El fantasma de Devonshire Manor* para ayudarla. Él había ayudado a lady Elaine de muchas maneras, dentro y fuera del dormitorio.

Se quedó inmóvil, paralizada, ante la idea que comenzaba a formársele en la mente. Sacudió la cabeza, intentando olvidar aquel pensamiento indefinido, pero éste se negó a desaparecer. Más bien echó raíces y creció de una manera alarmante. Lo consideró con cuidado durante varios minutos, frunciendo el ceño incluso cuando la finalidad y la excitación la atravesaron. El plan era tan escandaloso y osado que incluso Emily sería incapaz de llevarlo a cabo. Requeriría más coraje del que Julianne había poseído en toda su vida, pues arriesgaría mucho. De hecho, lo arriesgaría todo.

«Pero si no lo hago, no tendré nada.» Ningún recuerdo que atesorar en los largos y solitarios años que tenía por delante. Nada salvo aquellos instantes que había pasado con Gideon la noche anterior. Y eso no iba a ser suficiente. Necesitaba más. Quería... no, deseaba ardientemente mucho más.

Durante años había envidiado el atrevimiento de Emily. El ingenio de Sarah. La tranquila determinación de Carolyn. Y ahora era su oportunidad. Su última oportunidad. Si sólo le quedaban dos semanas de libertad, no podía desperdiciar ni un solo día.

Su buen juicio y su conciencia la advirtieron a gritos, pero los acalló con una fuerza que no había sabido que poseía. Después de todo, ¿qué importancia tenían unas cuantas mentiras más?

Después de repasar su plan mentalmente una vez más hasta que todas las piezas encajaron en su lugar, inspiró hondo y salió de la hornacina. Luego se encaminó hacia el estudio de su padre.

# 6

Gideon estaba sentado en una oscura esquina del vestíbulo de lord Gatesbourne, considerando muy seriamente la idea de patear el elegante trasero del siguiente caballero que atravesara las puertas de roble. Sí, debería patearle el trasero —o incluso darle un par de buenos puñetazos—, y después arrojarlo a un zarzal. De cabeza. Llevaba sentado en esa incómoda silla de caoba, que posiblemente valía más que todos sus muebles juntos, más de una hora. Si tuviera algo de sentido común, se levantaría y se iría en vez de seguir sufriendo la humillación de...

«¿De qué? —lo aguijoneó una vocecita interior—. ¿De sufrir las consecuencias de la apretada agenda de un noble?»

En absoluto. Llevaba años haciendo eso. Cualquier hombre lo suficientemente tonto como para trabajar entre los ricos, sabía por experiencia que todo giraba en torno a su orden del día.

En realidad lo que tensaba cada músculo del cuerpo de Gideon no era el duro asiento en el que había sido relegado sin nada más para ocupar su tiempo que observar el ir y venir de los arrogantes caballeros que eran escoltados a lo largo del pasillo por el impecable mayordomo del conde, Winslow. No, era el desfile de aristócratas pagados de sí mismo lo que le impulsaba a desatar el caos total. Porque sabía exactamente por qué estaban allí. Cada uno de esos bastardos competía por la mano de Julianne.

Lord Haverly y lord Beechmore habían llegado y ya se habían marchado, igual que lord Penniwick y lord Walston, aunque a ninguno se le había concedido el tiempo otorgado al duque de Eastling.

Y ninguno le había dirigido a Gideon ni una sola mirada.

Al observar a su señoría recoger el bastón y la chistera de las manos de Winslow, Gideon había percibido profundas ojeras bajo los fríos ojos azul claro del duque. Tenía el rostro ligeramente grisáceo. Obviamente, aquel hombre no parecía haber descansado en condiciones. Aunque por supuesto, nadie dormía bien cuando se dedicaba a levantar las faldas de las buenas damas de la sociedad.

Justo en ese momento otro hombre entró en el vestíbulo y Gideon frunció el ceño para sus adentros, atravesado por otro ramalazo de celos, éste mucho más intenso que los anteriores. ¿Qué demonios estaba haciendo allí Logan Jennsen? Salvo por una enorme fortuna, ¿qué hacía que el americano fuera más adecuado para Julianne que el propio Gideon? Jennsen no tenía título, ni sangre azul corriendo por sus venas.

Gideon había conocido a Jennsen cuando había interrogado al americano, junto con otra docena de personas, en relación a la investigación de un caso de varios asesinatos cometidos dos meses antes, durante el transcurso de la cual también había conocido a Julianne. Desde el primer momento, se había dado cuenta de que Jennsen tenía secretos. El tipo de secretos que un hombre no compartía. Con nadie. Sólo había tenido que mirarle a la cara para saberlo, ya que reconocía esa misma expresión en su rostro cada vez que se miraba al espejo. Aun así, parecía que los fajos de billetes —algo que, ciertamente, Gideon no tenía— podían comprar una audiencia con el padre de Julianne. Maldita sea.

—Su señoría lo recibirá ahora —le dijo el severo mayordomo al rico americano.

—Gracias, Winslow —respondió Jennsen.

Reclinándose en su asiento, Gideon observó cómo Winslow conducía a Jennsen por el pasillo. El mayordomo regresó a su posición un momento más tarde, sin ofrecer al detective más que un ceño fruncido, uno que reservaba exclusivamente para él. Por lo general, Gideon habría considerado gracioso ese gesto de alguien que, trabajando para las arrogantes clases superiores, se comportaba con la misma arrogancia de su empleador cuando trataba con alguien que no era de la nobleza o carecía de riquezas. Pero en ese momento no le veía la gracia. No cuando se veía obligado a permanecer sentado allí en vez de recorrer aquel pasillo, agarrar a Jennsen por su elegante corbata, y exigir que le dijera qué intenciones tenía hacia Julianne.

Maldición, se sentía como si fuera una locomotora echando vapor por cada poro de su piel. ¿Había pensado que patear el trasero de aquellos bastardos sería suficiente? ¡Ja! Lo que necesitaba era una espada. Con una punta muy afilada. Con ella les instaría a una rápida retirada, en dirección al Támesis. Quizás una inmersión en el agua fría les apagaría el ardor.

«En ese caso, sería mejor que saltaras al agua con ellos», murmuró la vocecita interior.

Pero al menos eso habría conseguido que durante algunos segundos dejara de pensar en ella.

«Julianne.»

El nombre le atravesó la mente y se le clavó en el cerebro. No podía negar que había estado pensando en ella toda la noche. Y toda la mañana. Cada minuto del día hasta que había abandonado su oficina en Bow Street, y durante la caminata a Grosvenor Square, (algo que había esperado que le despejara la cabeza, lo que había sido inútil). No podía pensar más que en el perfume, el sabor, la sensación de ella entre sus brazos como si se le hubiera grabado a fuego en los sentidos, tan profundamente, que no podía librarse de aquellos recuerdos. Maldita sea, ¿cuánto tiempo le llevaría olvidarse de aquel beso?

«Nunca —murmuró la vocecita interior—. Jamás lo olvidarás.»

Estúpida vocecita. Lo olvidaría. Tenía que hacerlo. Sabía que era una locura desear aquello que no se podía tener. Y lady Julianne era, definitivamente, una de esas cosas.

Y aun así, para su inmensa irritación, su corazón se había puesto a palpitar con rapidez según se acercaba a la mansión. ¿Se encontraría ella en casa? ¿La vería?

Seguramente no, y se dijo que debía estar firmemente agradecido por ello. Sin embargo, eso no le había impedido estar atento por si escuchaba su voz, el ruido de sus pasos, deseando vislumbrarla aunque sólo fuera un segundo mientras estaba sentado en aquella condenada silla tan incómoda. ¿Habían visitado a Julianne aquellos caballeros? Gideon apoyó los brazos en los muslos y entrelazó las manos entre las rodillas. Se inclinó hacia delante y clavó los ojos en el suelo de mármol blanco y negro como si en él estuviera escrita la respuesta. En su imaginación, veía a Julianne sentada elegantemente en un sofá antiguo de valor incalculable, deslumbrando a cada uno de aquellos hombres con su belleza. Imaginó a cada uno de ellos acariciándola y comiéndosela con la mirada, disfrutando de la imagen de aquellos extraordinarios ojos, deseándola tal y como él lo hacía. Cerró los puños y apretó la mandíbula. Demonios, se sentía como un volcán a punto de entrar en erupción.

¿Tenía ella idea de lo expresivos que eran esos extraordinarios ojos que poseía? En el mismo momento en que el pensamiento le cruzó por la mente, recobró la cordura. Por supuesto que lo sabía. Las mujeres siempre sabían esa clase de cosas y usaban sus artimañas en su propio beneficio. Pero algo le decía que ella era diferente, le gritaba que lo era, en especial tras la noche anterior. Los ojos de Julianne habían reflejado una tristeza y una vulnerabilidad que, a pesar de los esfuerzos de Gideon por ignorarlas, habían tocado una fibra sensible en su interior. No había nada calculado en la conducta de ella, y Dios sabía que él había conocido a demasiadas mujeres cuyas palabras y gestos para atraerle eran tan sinuosos como los movimientos de una partida de ajedrez. Pero Julianne no. No, ella poseía una inocencia que lo fascinaba. Y que le asustaba, pues esa fascinación era cada vez más profunda.

El sonido de pasos lo hizo salir de su ensimismamiento, y alzó la mirada para ver a Logan Jennsen entrando en el vestíbulo. Para sorpresa de Gideon, en vez de ignorarle como habían hecho todas las demás visitas, el americano se acercó hasta él.

Gideon se levantó y estrechó la mano que Jennsen le tendió.

—Mayne —dijo Jennsen, dirigiéndole una mirada firme pero ilegible—. ¿Qué le trae por aquí? ¿Otra investigación? ¿Quizás el caso del asesino fantasma?

—De hecho, así es. ¿Y usted? ¿Acaso es otro pretendiente de lady Julianne? —Gideon se recriminó mentalmente. Maldita sea, no había tenido intención de preguntar, y desde luego no con tanta brusquedad. Ni en un tono que se asemejaba más a un gruñido.

Pero Jennsen sólo se rio.

—Dios mío, no. No deseo tener a una de esas quisquillosas damiselas de la sociedad como esposa.

Una oleada —molesta, ridícula y completamente impropia— de alivio inundó a Gideon. La mirada de Jennsen se volvió especulativa y continuó:

—Aunque ahora que lo menciona, debo admitir que lady Julianne parece diferente. No me cabe duda de que es la mujer más bella que he visto nunca. Posee mucha dulzura, pero también determinación.

Gideon sintió que se le encogían las entrañas de una manera desagradable como si le hubiera dado un calambre.

—La verdad, no me había fijado.

—Comprendo el interés del duque de Eastling. Y el de todos los demás. —Jennsen arqueó una ceja—. ¿Es usted uno de ellos?

Durante varios segundos, Gideon sólo pudo dirigirle una mirada perpleja.

—En absoluto. Un detective jamás podría aspirar a la hija de un conde.

Jennsen negó con la cabeza.

—Eso es condenadamente ridículo. Todas esas reglas y títulos británicos no son más que un incordio. No puedo imaginarme ser esclavo de la etiqueta ni de un nombre estúpido. —Le dirigió una amplia sonrisa—. Es parte de mi encanto americano.

Gideon no se molestó en señalar que «el encanto americano» de Jennsen era también la razón de que hubiera sido el único hombre que había atravesado el vestíbulo para hablar con él. Aunque sospechaba que Jennsen tenía sus razones para hacerlo. Dudaba que ese hombre hiciera nada sin una buena razón. Pero ¿qué razón sería ésa?

—Yo no soy esclavo de la etiqueta —dijo Gideon—, pero considero que el nombre de un hombre es importante, igual que su honor, tanto si está acompañado de un título como si no.

Algo brilló en los ojos de Jennsen, pero desapareció tan rápido que Gideon se preguntó si lo había imaginado.

—Estoy de acuerdo —dijo Jennsen—. ¿Y cómo va su investigación? ¿Ha detenido al culpable?

—No. Pero es sólo cuestión de tiempo. Al final, siempre cometen errores y acaban delatándose a sí mismos.

¿Habían vuelto a brillar los ojos de Jennsen?

—Y usted siempre descubre esos errores.

No era una pregunta, y Gideon deseó saber adónde quería ir a parar el hombre.

—Sí. No me rindo hasta que lo consigo.

Jennsen asintió con la cabeza lentamente y luego dijo:

—Ése es precisamente el tipo de habilidad y actitud que busco. Estoy trabajando en un proyecto que requiere cierta investigación. Por lo que he visto y escuchado, usted es uno de los mejores detectives. Ciertamente, hizo un trabajo excelente con la investigación de hace dos meses.

Gideon inclinó la cabeza en señal de agradecimiento.

—¿Qué necesita?

Jennsen le dirigió una rápida mirada a Winslow, que estaba ocupado dando instrucciones a un lacayo.

—Necesito a alguien que realice unas discretas averiguaciones —dijo bajando la voz—. Cierto individuo me ha abordado para ofrecerme un negocio. No he sido capaz de encontrar ninguna información consistente sobre ese hombre, y estoy seguro de que debe de existir algo.

—¿Por qué piensa eso?

—Porque todo el mundo tiene algo que ocultar... ya sabe a qué me refiero.

Gideon asintió lentamente con la cabeza.

—Sí.

—¿Le interesa investigarlo para mí? Le recompensaría generosamente.

—Ahora mismo estoy muy ocupado con la reciente oleada de crímenes...

—No tengo prisa. —Una sonrisa que no alcanzó sus ojos le curvó los labios—. Soy un hombre paciente.

—En ese caso, sí. ¿Sobre qué hombre quiere recabar información?

—Lord Beechmore. Antes de considerar en serio su proposición, necesito saber algo más de él. Todo lo que pueda averiguar. No información superficial... ésa ya la tengo.

—Entiendo. Lo investigaré y le diré lo que descubra.

—Excelente. Esperaré impaciente sus noticias.

—Jennsen, antes de que se vaya —Gideon sacó del bolsillo la tabaquera que había encontrado la noche anterior y se la mostró, observando atentamente la reacción del americano—, ¿es suya?

Jennsen negó con la cabeza.

—No. No fumo. No soy partidario de ese desagradable vicio. —La especulación brilló en sus ojos—. Tampoco es suya, ya que me ha preguntado por ella. ¿Dónde la encontró?

Gideon se preguntó si debía contárselo o no, luego decidió que la verdad no haría ningún daño.

—La encontré debajo de una ventana abierta durante la fiesta de los Daltry.

—¿Puedo? —preguntó Jennsen, tendiendo la mano. Gideon le entregó la caja y Jennsen la estudió de cerca—. La he visto antes. Y no hace mucho. Pero no logro recordar dónde ni quién la tenía. —Se la devolvió a Gideon—. Si recuerdo algo, se lo haré saber.

Después de que Jennsen se fuera, Winslow anunció:

—Su señoría lo verá ahora.

Gideon le siguió por el pasillo. El ruido de sus pasos era amortiguado por la alfombra de tonos dorados y azules que cubría el suelo. Había espejos con marcos dorados y hermosas pinturas —paisajes y algunos austeros retratos de caballeros que sin duda alguna eran antepasados de los Gatesbourne— colgados de las paredes revestidas de paneles de madera. Flores recién cortadas adornaban los floreros de cristal de las mesas y su fragancia floral se mezclaba con un ligero aroma a cera de abejas. Todo aquello era una muestra de riqueza y privilegio.

Winslow llegó a la puerta de lo que supuso que era el estudio privado del conde y lo anunció. La luz del sol entraba a raudales por las enormes ventanas que había en la pared del fondo, iluminando los muebles de caoba y cuero, la enorme chimenea y las librerías que cubrían las paredes de suelo a techo. El conde de Gatesbourne estaba sentado tras un brillante escritorio, observando cómo se acercaba Gideon con el mismo entusiasmo que observaría a un insecto.

—¿Qué le trae por aquí, Mayne?

El brusco saludo no sorprendió a Gideon. A poca gente le entusiasmaba recibir la visita de un detective. Con un gesto despreocupado de su mano, el conde le indicó que tomara asiento en una silla de cuero frente al escritorio. Después de sentarse, Gideon le contó al conde el propósito de su visita.

Cuando terminó, el conde guardó silencio, frunciendo el ceño durante un buen rato.

—Francamente, jamás he escuchado nada tan ridículo como esos disparates sobre fantasmas —dijo finalmente, observando a Gideon con los ojos entrecerrados y sin el menor rastro de calidez.

Si Gideon tuviera que describir al conde con una sola palabra, elegiría «frío». Todo en su conducta y en su tono de voz indicaba una frialdad extrema.

—Y en lo que respecta a esa extravagante historia que mi hija le contó anoche y que me repitió a mí esta mañana —continuó el conde—, sólo puedo concluir que la imaginación de esa joven tontuela le ha jugado una mala pasada. Sólo una mujer puede sacar esas conclusiones tan descabelladas de algo tan simple como una rama golpeando una ventana.

Gideon apretó la mandíbula ante el tono despectivo del conde y las palabras con las que había descrito a Julianne. Sintió un abrumador deseo de defenderla, algo inaudito ya que él mismo había cuestionado toda la historia, además de haber pensado que ella había sido una tonta al aventurarse sola en el jardín. Tonta y... dolorosamente deseable.

Sí, si él tuviera que describir a Julianne con una sola palabra, sería ésa. «Deseable.» «Tonto» se lo reservaría para sí mismo. Aunque quizá le cuadrara mejor «idiota»; ceder a su deseo de besarla y tocarla había sido con toda certeza el colmo de la idiotez.

—Le he ordenado al jefe de jardineros que recorte las ramas que rodean las ventanas de Julianne, así no habrá más ruidos similares a los de estas dos últimas noches.

La voz del conde sacó a Gideon de su ensimismamiento y le hizo fruncir el ceño.

—¿Las dos últimas noches? ¿Lady Julianne volvió a oír sonidos extraños anoche?

—Oyó el viento. Las dos últimas noches. Le aseguro que ya no volverá a oírlo más.

Algo en el tono del hombre hizo resonar las alarmas en la cabeza de Gideon, que cerró los puños involuntariamente. Estaba familiarizado con los hombres como el conde. Hombres que utilizaban la intimidación. Gideon sabía reconocer a un matón cuando lo veía. Pero había pasado mucho tiempo desde que el padre de nadie le había intimidado.

—Yo tampoco creo en fantasmas, pero dada la reciente oleada de crímenes, creo que lo que lady Julianne merece al menos es una investigación —dijo Gideon, manteniendo el tono y la expresión neutros. Talento que había perfeccionado a lo largo de los años.

El conde le dirigió otra gélida mirada.

—En mi casa no falta ningún objeto. No me han robado. No han asesinado a nadie de mi familia. No existen pruebas de que haya ocurrido nada fuera de la frívola imaginación de mi hija. No debería haberle contado esa extraña historia. Le aseguro que no volverá a cometer ese error.

Gideon tensó los hombros. No sabía cómo pretendía el conde asegurarse de que Julianne no volviera a cometer ese error, pero sí sabía que todos sus instintos de protección estaban alerta.

—Quizá no le hayan robado, pero le aseguro que este asesino fantasma intentó robar a lord Daltry anoche. —Tras informar al conde sobre la ventana que había encontrado abierta la noche anterior, añadió—: Esta mañana comprobé los parterres que rodean la mansión de lord Daltry. Había huellas justo debajo de la ventana. Alguien intentó entrar. Sin embargo, nadie abrió la ventana después de que yo la trabara. He interrogado al personal de lord Daltry esta mañana. Salvo un lacayo que creyó haber visto a una figura oscura abandonando el jardín una hora después de que terminara la fiesta, no hemos encontrado ninguna otra pista.

—Así que a Daltry no le robaron, ni tampoco atacaron a nadie.

—No. Todavía no.

—Y tampoco me robaron a mí.

—No. Todavía no.

—Ni tengo intención de que ocurra.

—Un propósito encomiable que no puedo más que aplaudir. Sin embargo, el criminal conocido como el fantasma puede pensar lo contrario.

El conde apoyó las manos en el brillante escritorio de madera, empujó la silla hacia atrás y se puso en pie.

—Mi casa es segura, y no hay pruebas de que alguien haya intentado entrar. No hay nada que investigar aquí, señor Mayne, así que si me disculpa...

Un golpe en la puerta interrumpió la brusca despedida del conde. Dirigiendo una mirada ceñuda hacia la puerta, el conde ordenó que entraran.

La puerta se abrió y lady Julianne apareció en el umbral. Y de repente Gideon se sintió como si hubieran succionado todo el aire de la habitación.

Demonios, Julianne le robaba el aliento literalmente. Estaba ataviada con un vestido de talle alto del mismo color azul que sus increíbles ojos. La prenda, aunque sencilla, resaltaba las exuberantes curvas femeninas. Llevaba el pelo dorado recogido en lo alto, con brillantes tirabuzones enmarcándole las mejillas y el delgado cuello. Iluminada por un brillante rayo de sol, lady Julianne parecía un ángel.

Gideon posó la mirada durante varios segundos en su boca... en esos labios exuberantes que se habían abierto tan ansiosamente bajo los de él. Unos labios que Gideon sabía ahora que eran suaves. Y cálidos. Y que sabían a vainilla. Sintió un repentino deseo de retorcerse y se obligó a levantar la mirada hacia la de ella.

Aunque procuró con todas sus condenadas fuerzas ocultar la llamarada de deseo que ardía en él cada vez que la miraba, supo que no había tenido éxito, en especial cuando las mejillas de Julianne se tiñeron de un profundo rubor.

—Julianne, ¿piensas quedarte como una estatua en la puerta o vas a decirme por qué has interrumpido mi reunión? —Para nadie pasó desapercibido la irritación en las frías palabras del conde. Gideon observó cómo ella volvía la mirada hacia su padre. La vio humedecerse los labios en un gesto que denotaba nerviosismo antes de aventurarse a dar unos tímidos pasos dentro de la estancia.

—Siento mucho interrumpir, papá, pero deseaba hablar contigo y con el señor Mayne. Con respecto a esto. —Inspiró hondo como para armarse de valor, luego cruzó la alfombra con pasos más firmes y le tendió un sucio trozo de papel a su padre.

—¿Qué es esto? —preguntó el conde con un tono impaciente.

—Una nota. La encontré en el suelo de mi dormitorio, justo al lado de la puerta... como si alguien la hubiera deslizado por debajo.

—¿Y por qué debería interesarnos esto al señor Mayne o a mí?

—Porque es una nota... extraña.

—¿Qué dice, lady Julianne? —preguntó Gideon.

—Dice...

Antes de que ella pudiera decir nada más, el conde le arrebató la misiva y la abrió. Luego frunció el ceño.

—¿Qué demonios significa esto?

—¿Me permite? —preguntó Gideon, tendiendo la mano.

El conde le entregó bruscamente la nota. Gideon bajó la mirada a las palabras mal escritas «Será la siguiente». Después alzó los ojos hacia lady Julianne.

—¿Cuándo la encontró?

—Hace sólo unos minutos.

—¿Cuánto tiempo hacía que había abandonado su dormitorio?

Ella consideró la respuesta.

—Más o menos dos horas.

—¿Está completamente segura de que la nota no se encontraba allí cuando salió?

—Sí. La vi cuando abrí la puerta. No me habría pasado desapercibida antes, ya que el papel destacaba en el suelo de madera oscura.

—¿Reconoce la letra?

—No.

—¿Había recibido antes una nota similar?

Ella sacudió la cabeza.

—No.

El conde se aclaró la garganta.

—Obviamente la ha escrito alguien casi analfabeto. Probablemente se le cayó a uno de los criados y se coló por debajo de la puerta.

Gideon arqueó las cejas.

—Me parecen demasiadas coincidencias, milord. Y debo decirle que no me gustan nada este tipo de coincidencias.

El conde le dirigió una mirada fría.

—¿Qué está sugiriendo, Mayne?

—Sugiero que sus empleados deben ser interrogados. Porque si esta nota no se cayó sin querer, ni se metió fortuitamente bajo la puerta del dormitorio de lady Julianne, debemos considerar lo que parece que es. —Se le encogieron las entrañas y tuvo que esforzarse por continuar hablando—: Una amenaza contra lady Julianne. Una amenaza de alguien que ha estado, o que todavía está, en su casa.

# 7

Julianne se encontraba en la sala de música, tirando nerviosamente de los flecos dorados de las pesadas cortinas azules de terciopelo. Las motas de polvo flotaban bajo los rayos dorados de sol que entraban por las ventanas. Su amada perrita estaba sentada junto a la chimenea, una diminuta bola de energía que ahora descansaba con la rosada punta de la lengua asomando por la boquita mientras tenía sueños perrunos.

Con un suspiro, Julianne caminó hacia la chimenea. Por lo general encontraba una profunda sensación de paz en esa estancia de paredes color crema con cortinas azules y verdes a juego con la alfombra Axminster, los pulidos muebles de madera de cerezo y el enorme y ornamentado pianoforte. Era su habitación favorita de la casa, su santuario, un lugar muy acogedor a pesar de su tamaño. Un lugar en el que se sentía segura y en paz. Pero no hoy.

No, un inquieto nerviosismo le atravesaba el cuerpo. ¿Qué descubriría Gideon? ¿Y cuánto tiempo más tendría que esperar ella para averiguarlo? El detective había abandonado el estudio de su padre hacía dos horas para interrogar a los criados. Sin duda alguna, Johnny se encontraría en la casa y...

Sus pensamientos fueron interrumpidos por un golpe en la puerta.

—Adelante —dijo.

Se abrió la puerta y entró Gideon. Sus miradas se cruzaron y por un instante ella pensó que el fuego que llameaba en los oscuros ojos masculinos haría desaparecer el suelo bajo sus pies. Su expresión era impenetrable. Sintió que las rodillas le flaqueaban y buscó apoyo. Dio un paso atrás y apoyó las caderas contra el pianoforte.

El silencio llenó la habitación durante una eternidad, o eso le pareció a Julianne, aunque seguramente no habían pasado más de diez segundos. Un rato durante el cual su cuerpo ardió de los pies a la cabeza bajo aquella mirada inescrutable. Deseó poder leer los pensamientos de Gideon. ¿Habría descubierto la verdad? ¿Sabría lo que ella había hecho?

—¿Ha interrogado ya al servicio? —le preguntó, incapaz de aguantar el suspense por más tiempo.

En lugar de contestar, él cerró la puerta. El sordo clic reverberó en el cuerpo de Julianne como una suave confirmación de que estaban solos. Debería haberle exigido que dejara la puerta entreabierta. Pero tuvo que morderse los labios para no suplicarle que echara el cerrojo.

Sin apartar los ojos de ella, se acercó, con una mirada tan intensa en sus ojos que Julianne se sintió como si fuera un ratón acechado por un enorme gato hambriento. Lo más sensato sería tratar de escapar, o poner distancia entre ellos, en vez de desear correr hacia él para que la devorase.

Él se detuvo cuando sólo los separaba la longitud de un brazo, una distancia que Julianne quiso borrar de inmediato. Tuvo que afianzar los pies en el suelo para no hacerlo.

—Nadie vio ni oyó nada —dijo él—. Y ninguno reconoció ser el dueño de la nota.

Julianne rogó para que su alivio no fuera evidente. Obviamente, Johnny no estaba cerca. O eso, o el mozo que les traía el carbón era un mentiroso consumado. Menos mal.

—¿Cuál es su teoría? —preguntó ella.

Otro silencio se extendió entre ellos, y Julianne se encontró apretando los dedos contra la madera del pianoforte para no ceder al deseo de apartarle el mechón negro que le caía sobre la frente.

—Creo que es evidente que alguien está tramando algo —dijo él finalmente—. Y tengo intención de averiguar qué es.

«Que Dios me ayude si lo hace.»

—Así como de asegurarme que no le ocurra nada. —Le recorrió la cara con la mirada—. Parece que la nota es una clara amenaza contra usted. ¿Tiene alguna idea de quién podría haberla dejado?

—No.

¿Podría Gideon deducir algo de aquel monosílabo que era una mentira categórica? Ella le escrutó los ojos con la esperanza de encontrar alguna respuesta en ellos, pero en su lugar se descubrió ahogándose en las intensas y oscuras profundidades de la mirada masculina. Y conteniendo la respiración.

A Gideon comenzó a palpitarle un músculo en la mandíbula.

—¿Conoce a alguien que quiera hacerle daño?

—No. —Eso al menos era cierto—. Me resulta muy difícil imaginar que pueda ser alguno de los criados. Todos llevan muchos años con nosotros.

—Quizás alguno albergue algún tipo de resentimiento. Y los sirvientes tienen amigos. Familias. Parejas. Además, hoy ha habido un auténtico desfile de pretendientes en su casa.

Julianne no pudo ocultar su sorpresa.

—No es posible que sospeche de alguno de ellos.

—¿Por qué no iba a hacerlo? ¿Porque disfrutan de una buena posición económica? ¿Porque tienen título? Cualquier hombre, sin importar su posición, es capaz de cometer un crimen.

—¿Qué motivo podrían tener? No podrían casarse conmigo si me matan. —Julianne soltó una risa carente de humor—. Valgo bastante más viva que muerta, créame. Probablemente las palabras «será la siguiente» se referían a las joyas de la familia —a que pronto serán robadas—, en vez de una amenaza directa contra mí. Sin duda alguna, lady Ratherstone y la señora Greeley fueron asesinadas porque se toparon con el ladrón durante el robo.

—Yo también he considerado que ambas mujeres estarían vivas todavía si no hubieran pillado al ladrón; sin embargo, a mi parecer, es más probable que las dos conocieran a su asesino. Y que fue así como consiguió entrar en las casas. Y que murieron para que no le delataran. Por eso creo que es muy extraño que el ladrón haya avisado a su siguiente víctima. De esta manera le da a su familia el tiempo y la oportunidad para tomar precauciones contra un robo inminente.

Julianne frunció el ceño. Maldición. Quizás había jugado mal sus cartas. Además, ella no le había pedido a Johnny que dejara la nota; aquel joven tan emprendedor lo había hecho por su cuenta. ¿Cómo iba a imaginarse ella que al pedirle al mozo del carbón que hiciera ruidos fantasmales iba a improvisar de esa manera?

Por supuesto, ella podría, sencillamente, haber ignorado la nota. Podría habérsela metido en el bolsillo y hacer como que no existía en vez de atraer la atención de su padre y de Gideon sobre ella. Pero en aquel momento le había parecido la manera más rápida de lograr su meta, de conseguir que su historia del fantasma cobrara visos de realidad ante su padre y Gideon. De que Gideon comenzara a investigar. De poder disfrutar de más tiempo con él. Todo eso le había parecido perfectamente plausible antes, pero ahora, con Johnny actuando por su cuenta, sin consultarla... ella tenía que medir sus pasos para no acabar cayendo en el oscuro abismo de sus mentiras.

Julianne se aclaró la garganta.

—Ciertamente, que un ladrón alerte a su víctima es un tanto extraño, aunque no es un secreto que mis padres celebrarán una fiesta la semana que viene. Esperamos a más de doscientos invitados.

—En el caso de lady Ratherstone, el crimen ocurrió precisamente después de una ocasión parecida.

—Quizás eso no le preocupa a nuestro presunto ladrón porque en realidad es un fantasma.

—Me temo que no comparto su creencia en ese tipo de fantasía. Fue una persona de carne y hueso quien dejó esa nota en su habitación. —Se inclinó hacia ella un poco, lo suficiente para que Julianne se olvidara de respirar durante unos segundos. No sólo por su cercanía, sino también por la inquietante sensación de que, de alguna manera, él podía ver directamente en su alma. Desentrañar todos y cada uno de sus engaños—. No se preocupe..., descubriré al responsable.

Julianne rogó para no sonar tan jadeante como se sentía.

—Excelente. Hasta ahora sus únicos sospechosos son los sirvientes que han sido leales a mi familia durante años y estimados miembros de la sociedad que han venido a mi casa para pedir mi mano. —Arqueó una ceja—. ¿Sospecha siempre de todo el mundo?

—Sí. Ésa es la única razón por la que todavía sigo vivo.

Se acercó un paso más a ella. Ahora sólo los separaban veinte centímetros. Julianne podía ver la sombra de su mandíbula bien afeitada, podía sentir cómo le ardían los dedos por explorarla.

—Todo el mundo miente, lady Julianne —dijo él con suavidad, y ella se sintió cautivada por el movimiento de sus labios.

Levantó la mirada a sus ojos y le preguntó:

—¿Incluso usted, señor Mayne?

—Todo el mundo, lady Julianne. —Antes de que ella pudiera articular una respuesta, él levantó la mano. Y ella se quedó paralizada.

Colgando del dedo índice de Gideon estaban sus tijeras de costura. Julianne parpadeó, y se llevó la mano al bolsillo del vestido. Estaba vacío.

—¿Cómo lo ha hecho?

—Todo el mundo, lady Julianne —repitió él con suavidad—. Aunque parece que la historia de que siempre lleva consigo las tijeras de costura es cierta.

—Por supuesto que es cierta. —Él no tenía por qué saber que había desarrollado esa costumbre sólo por las mañanas. Adoptando una mirada dolida, le tendió la mano.

—Todo el mundo tiene secretos —dijo él, colocando las pequeñas tijeras doradas en su palma. Las puntas callosas de aquellos dedos le rozaron la piel, y ella se quedó sin aliento ante el contacto—. Facetas de nosotros mismos que no compartimos con nadie.

Julianne no podía refutar sus palabras, ella tenía anhelos interiores que no había compartido con nadie, ni siquiera con sus amigos más íntimos. Jamás había oído a nadie expresar nada parecido, y se sintió impulsada a decir:

—Es como si dentro de nosotros hubiera diferentes personas... personas que sólo conocemos nosotros mismos.

—Sí. —Él inclinó la cabeza y la estudió—. ¿Cuántas personas diferentes hay en usted, lady Julianne?

«En mi interior soy una mujer atrevida e intrépida. Que quiere saberlo todo sobre ti. Que quiere tocarte. Besarte. Que quiere volver a sentir otra vez la magia que me hiciste sentir anoche.»

—Nadie que le interese, estoy segura. ¿Y usted?

Algo brilló en los ojos de Gideon, luego un velo pareció caer sobre sus rasgos.

—Nadie que usted quisiera conocer.

Ella negó con la cabeza.

—No estoy de acuerdo. Creo que usted es... —Apretó los labios para reprimir las palabras. Antes de admitir demasiado. De que él se diera cuenta de lo fascinante e interesante que lo encontraba.

Él se inclinó hacia delante y colocó las manos sobre el pianoforte, una a cada lado de Julianne.

—¿Cree que yo soy... qué?

«Fascinante.» Julianne podía sentir el calor que desprendía el cuerpo masculino. Inspiró profundamente y el olor a limpio de Gideon inundó sus sentidos. Fue lo único que pudo hacer para evitar arquear la espalda y curvarse hacia él.

—Cre-creo que usted está... equivocado. Sí me gustaría conocer lo que oculta en su interior.

—¿De veras? ¿Y por qué querría una princesa de sangre azul como usted saber algo de un pobre diablo como yo?

«Princesa.» Una leve irritación aplacó el rápido latir de su corazón.

—Me gusta estudiar la naturaleza humana; disfruto conociendo a las personas. —Le dirigió una mirada al espacio que quedaba entre sus cuerpos—. Tiene la costumbre de enjaularme, señor Mayne.

—Y usted tiene la costumbre de dejar que la atrapen, lady Julianne.

Maldición. ¿Y acababa de pensar que era fascinante?

—¿Le han dicho alguna vez que es usted realmente irritante?

Para mayor irritación de Julianne, él curvó los labios con evidente diversión.

—Nadie que haya vivido para contarlo.

Recordando que habían compartido una broma similar la noche anterior, los labios de Julianne amenazaron con curvarse en una sonrisa. Pero la contuvo y adoptó una expresión severa.

—Entonces déjeme ser la primera. Es usted realmente irritante.

—¿No teme mi represalia?

—De ninguna manera. No podría ser peor de lo que ya es.

Los ojos de Gideon parecieron oscurecerse aún más.

—Así que... el puercoespín tiene espinas. Interesante.

Un sonido a medias entre la sorpresa y la diversión escapó de los labios femeninos.

—¿Puercoespín? No es nada halagador. Prefiero como mucho su analogía de la «rosa con espinas» de anoche. ¿Acaso conoce el aspecto que tiene un puercoespín?

—Por supuesto. Hay uno pintado en el letrero del pub El Puercoespín Borracho. Paso por debajo de él todos los días camino de Bow Street.

—¿Es así como me ve? ¿Como un puercoespín borracho?

—Sí. Bueno, salvo que usted no está bebida. Al menos eso creo... —Se inclinó hacia delante, rozando su mejilla contra la de ella, e inspiró lenta y profundamente, robándole el aliento. Luego se retiró con lentitud—. Usted huele a dulce, no a licor. Definitivamente no está bebida.

Quizá no. Pero Santo Dios, se sentía ebria.

—Eso es muy... halagador.

—¿Acaso piensa que no? Pues ha sido un piropo.

—¿De veras? No lo había oído nunca.

—Entonces quizá lo recuerde en el futuro. Ciertamente no necesita que otro hombre le diga lo hermosa que es.

A pesar de sí misma, sus labios se curvaron en una sonrisa.

—Ciertamente no necesito que otro hombre me diga que le recuerdo a un puercoespín borracho.

Una sonrisa amenazó con transformar los rasgos de Gideon.

—Bien. Es un placer ser el único en algo. —Deslizó la mirada a los labios de Julianne, y ésta los abrió involuntariamente. Cuando él alzó los ojos a los de ella, parecían resplandecer con un fuego interior—. Y con respecto a su invitación... —se inclinó lentamente hacia ella.

—¿Invitación? —Santo Dios, ¿ese sonido jadeante era su voz?

—Sí. Me ha invitado a ser peor de lo que soy. —Acercó su boca a la de ella y la mantuvo allí, a un aliento de distancia—. Pero prefiero dar lo mejor de mí.

«Oh, Santo Dios...» Julianne se tensó de pies a cabeza, estremeciéndose, sintiendo cómo le hormigueaba la piel de anticipación. Esperando... anhelando...

Sonó un agudo ladrido. Y luego otro.

Julianne parpadeó y abrió los ojos. No había unos hermosos labios masculinos junto a los suyos. Gideon se había alejado un paso de ella y miraba a la alfombra con el ceño fruncido.

—¿Qué, en nombre de Dios... —señaló el suelo con el dedo— es eso?

Sintiéndose desconcertada —y, decididamente, no besada—, Julianne siguió la dirección de su dedo y clavó la mirada en la peluda bola blanca que miraba a Gideon con el mismo gesto ceñudo. Un feroz gruñido retumbaba en la garganta de su mascota, o, por lo menos, un gruñido tan feroz como podía emitir algo apenas más grande que una tetera.

Julianne se inclinó y cogió a su mascota, acariciándole el pelaje y estrechándola con suavidad contra su pecho.

—Ésta es *Princesa Buttercup*.

Durante varios segundos el único sonido que se oyó en la habitación fueron los rápidos olfateos de *Princesa Buttercup* mientras estiraba su enjoyado cuello y fruncía el hocico para captar el olor de Gideon.

—*Princesa Buttercup* —repitió Gideon lentamente. Luego se pellizcó el puente de la nariz y meneó la cabeza—. ¿Y qué es exactamente *Princesa Buttercup*?

—Es un maltés.

—¿Un maltés? ¿He de suponer que es alguna raza de perro enano?

El tono de Gideon la hizo levantar la barbilla.

—Por supuesto que es un perro. ¿Qué pensaba que era?

—Al principio pensé que era una rata con el pelo largo.

La irritación se apoderó de Julianne, que estrechó a la mascota aún más contra sus pechos.

—Eso ha sido muy cruel —le regañó con un susurro siseante—. *Princesa Buttercup* no se parece ni de lejos a una rata.

—Tiene el mismo tamaño. —Examinó a la perrita con el ceño cada vez más fruncido—. ¿Lleva coletas?

—Sí. Usted también llevaría coletas si le estuviera cayendo el pelo sobre los ojos durante todo el día.

—Se lo aseguro, no las llevaría. —Él estiró el cuello un poco y luego preguntó—. Santo dios. ¿Lleva un... vestido?

Julianne levantó la barbilla un poco más.

—Le aseguro que no. Es una falda. Una falda de tul. No lleva vestidos, le... impiden caminar.

—Supongo que también me dirá que tiene una diadema.

—Una pequeña. Para las ocasiones especiales. Para las salidas diarias prefiere llevar sombrero.

Gideon volvió a mirar a Julianne.

—Está tomándome el pelo.

—Al contrario, estoy hablando muy en serio.

Él mascculló algo por lo bajo que sonó muy parecido a:

—Maldición, es lo más ridículo que haya visto nunca.

Julianne frunció los labios con irritación.

—Parece como si nunca hubiera visto a un perro.

Gideon soltó una risa carente de humor.

—Eso —señaló a *Princesa Buttercup* con la cabeza— no es un perro. Es una miniatura con faldas que ladra y muerde tobillos.

Julianne soltó una exclamación ahogada y, tras cubrir las diminutas orejas de *Princesa Buttercup* con una mano, le dijo con voz queda:

—Eso ha sido del todo inexacto, y además injusto. Para su información, se supone que los perros ladran. Y a usted no le ha mordido los tobillos, aunque en mi opinión debería haberlo hecho. Es muy protectora conmigo, y usted es un desconocido para ella. Y le pongo falda porque es lo más cercano que he tenido nunca a una hermana, a ambas nos gusta y no le hacemos daño a nadie. No creo que eso sea algo de su interés.

Con la indignación rezumando por todos sus poros, Julianne dio un paso hacia él y le lanzó su mirada más mordaz.

—En cuanto a su tamaño... no puede evitar ser más pequeña de lo normal. Fue la más pequeña de su camada y nadie la quería. Prefiero decir que es chiquita.

Julianne depositó un beso en el suave pelaje de *Princesa Buttercup*.

—Ya hemos oído la opinión del señor Mayne sobre ti. Vamos a ver qué piensas tú de él. —Depositó a la pequeña mascota sobre el suelo. La perrita se acercó inmediatamente a las botas de Gideon, que fueron olfateadas de cabo a rabo. A regañadientes, Julianne le reconoció el mérito de permanecer quieto, incluso cuando *Princesa Buttercup* se alzó sobre las patas traseras y apoyó sus diminutas patas delanteras sobre el cuero brillante mientras continuaba olfateando.

Finalmente, el perro rodeó a Gideon otra vez, y luego se sentó en el suelo. Tras una serie de ladridos agudos, se levantó de nuevo y arañó el aire con las patas delanteras, agitando la cola mientras hacía cabriolas.

—¿Eso quiere decir que me acepta? —preguntó Gideon, y Julianne creyó oír un renuente deje de diversión en su voz.

—Hummm... eso parece, sí —dijo ella, sin agregar que *Princesa Buttercup*, a quien Julianne consideraba muy buena juzgando a las personas, había tenido reacciones muy diferentes ante la mayoría de sus pretendientes. Le gruñía a todos, y mostraba especial desagrado por lord Haverly—. En realidad, esta acción en particular es para que la cojan en brazos.

—Entonces quizá debería cogerla. Antes de que se enrede con la falda.

—Quiere que la coja usted. Así que hágalo.

Julianne tuvo que morderse la lengua para no reírse ante la expresión de Gideon.

—¿Yo?

—Sí. Usted. No es posible que un hombre tan fuerte y grandote como usted le tenga miedo a una... ¿cómo la llamó? Ah, sí, miniatura con faldas que ladra y muerde tobillos.

Él frunció el ceño.

—Por supuesto que no le tengo miedo. Simplemente no quiero hacerle daño a esa pequeña bestia.

—Oh, no se preocupe, es muy fuerte. Y muy feroz. —Julianne cogió a la perrita en brazos—. No le morderá —contuvo la sonrisa que amenazaba con curvarle los labios—, probablemente.

Antes de que él pudiera protestar más, Julianne colocó a *Princesa Buttercup* contra el torso masculino. Gideon la cogió de inmediato y, a pesar de su obvia incomodidad, se encontró con una jadeante bola de pelo blanco entre las manos.

—Hummm, en realidad... —Se interrumpió cuando la ansiosa lengua rosada de *Princesa Buttercup* procedió a lamerle la parte inferior de la barbilla.

Observando la suavidad con la que aquellas manos grandes y capaces sostenían a la perrita que le lamía con entusiasmo, Julianne sintió, por primera vez en su vida, envidia de su mascota.

—Demonios, basta ya —dijo Gideon bruscamente, apartando el cuello a un lado para evitar la adoración canina. Pero Julianne observó cómo, a pesar de sus palabras, acunaba a la perrita con suavidad y la acariciaba con ternura.

Y por segunda vez en su vida, Julianne sintió envidia de su mascota.

—Parece que le gusta —dijo Julianne.

—Parece como si le sorprendiera.

—Lo cierto es que sí. Jamás se ha llevado bien con ningún caballero. Lo normal es que les ladre y les gruña.

Gideon la miró por encima de la cabeza de la perra.

—Por experiencia personal, los perros suelen ser muy buenos juzgando a las personas.

Julianne no pudo evitar sonreír.

—Si así fuera, dada su reacción, usted debe de ser un príncipe entre los hombres.

Él pareció fulminarla con la mirada, calentándola de arriba abajo.

—Ni de cerca. —*Princesa Buttercup* soltó un entusiasta ladrido e intentó subirse más—. ¿Alguna vez deja de mover la lengua? —le preguntó mientras el apéndice rosado seguía recorriendo su barbilla de arriba abajo.

—Cuando está dormida.

Gideon se inclinó y suavemente dejó a la enérgica perrita en el suelo. Luego se incorporó en toda su estatura, y le dijo con firmeza:

—Siéntate. —El diminuto trasero blanco de *Princesa Buttercup* golpeó al instante la alfombra.

Julianne parpadeó con sorpresa.

—Caramba, se le da bien. Por lo general no le hace caso a nadie. —Observó cómo *Princesa Buttercup* inclinaba a un lado su diminuta cabeza y observaba a Gideon con sus bonitos ojos redondos, como si estuviera esperando que él le pidiera algo para complacerle.

—Se trata del tono —dijo Gideon—. Los perros detectan la autoridad en la voz.

Julianne apartó la mirada de la mascota, que miraba a Gideon —algo que no podía echarle en cara— claramente embobada. Sintió un extraño aleteo en el pecho cuando lo vio guiñarle un ojo a la perra.

—Habla del tema como si tuviera un perro.

—Lo tengo. —Un inconfundible afecto brilló en esos ojos oscuros, y una lenta sonrisa le curvó los labios. Y Julianne sólo pudo mirarle. Dios, aquel hombre era absolutamente devastador cuando sonreía—. Un perro de verdad.

—Ah. Una bestia enorme que babea y mete las patas en el plato.

—Cualquier perro es enorme si lo comparamos con el suyo. Y *Cesar* no babea.

—¿*Cesar*? ¿Qué clase de nombre es ése para un perro?

Él arqueó una ceja oscura.

—Y lo pregunta una mujer que le ha puesto a su mascota *Princesa Buttercup.*

Ella le respondió arqueando una ceja a su vez.

—¿Qué nombre le habría puesto usted?

Él miró a la perra, que todavía lo miraba con adoración. Cuando volvió a alzar los ojos hacia ella, Julianne contuvo el aliento ante el ardor que brillaba en las oscuras profundidades.

—*Afortunada*. La llamaría *Afortunada.*

Julianne tuvo que tragar dos veces para encontrar la voz que le había robado aquella mirada intensa.

—¿Por qué *Afortunada*?

—Porque es suya.

El aire pareció crepitar entre ellos, y durante varios segundos Julianne simplemente se olvidó de cómo hacer funcionar sus pulmones. Todo lo que pudo hacer fue mirarlo fijamente. Y esperar.

En ese momento, él carraspeó, rompiendo el hechizo o lo que fuera que hubiera habido entre ellos.

—Si me disculpa, debo continuar con mi trabajo.

Julianne salió del estupor que sus palabras y su inquebrantable mirada le habían provocado.

—¿Trabajo?

—Sí. Antes de irse, su padre me dio instrucciones para que comprobara que todas las ventanas estuvieran firmemente cerradas.

—¿Irse?

—Salió para su club justo después de nuestra entrevista. Y su madre salió casi al mismo tiempo para visitar a unas amigas.

—¿Ventanas?

—Usted tiene la costumbre de hacer preguntas de una palabra.

«Porque tú tienes la facultad de hacer que me olvide de hablar.»

—Me gusta ser concisa.

—Ya veo —dijo él en un tono seco que dejaba claro que no veía nada—. Su padre me contrató para patrullar los jardines esta tarde con la esperanza de que descubra el origen de los ruidos que usted oyó las dos noches pasadas y que identifique a la persona que escribió la nota que recibió. Por si acaso alguien la está amenazando, me ha sugerido que no le permita salir de casa durante el resto del día. También quiere que me asegure de que las ventanas están cerradas... lo que me disponía a hacer cuando entré en esta habitación.

—Ya veo.

Estaba claro que a sus padres no les preocupaba que su hija se quedara a solas con el detective durante su ausencia. De hecho, nada salvo la muerte evitaría que su padre fuera al club o que su madre hiciera sus visitas sociales de rigor, y naturalmente, consideraban que una casa llena de sirvientes era el equivalente de una chaperona. Además, sus padres no verían a Gideon como una amenaza a su inocencia. No, le mirarían como a alguien más del servicio, no más importante que un mozo de cuadra o un lacayo, ni por supuesto pensarían que el detective se atrevería a comportarse de una manera poco apropiada con ella.

—¿Ha comprobado que las ventanas estén cerradas? —le preguntó ella.

—Hasta ahora sólo he encontrado una abierta. —Gideon clavó su mirada oscura e intensa en ella—. En su dormitorio.

La idea de que él hubiera entrado en su dormitorio la hizo perder el hilo de sus pensamientos, dejándola sin habla. Luego, ella sacudió la cabeza.

—Es muy extraño. Estaba cerrada por la noche, y hoy no la he abierto. Quizá lo hizo alguna de las criadas.

—Quizá —dijo él, aunque no sonaba como si lo creyera posible—. Pero ahora ya está cerrada. Compruebe que siga así. Y ahora, si me disculpa, tengo que continuar con mis obligaciones.

Sin una palabra más, cruzó la estancia y comprobó las ventanas. Para no trotar tras él y preguntarle si necesitaba ayuda —que estaba claro que no necesitaba— se agachó junto a su perrita y la acarició.

Cuando Gideon terminó su tarea, le dijo:

—Todo está en orden. —Luego se dirigió a la puerta. Antes de salir, se dio la vuelta y la saludó con una inclinación de cabeza—. Buenas tardes, lady Julianne, y también a ti, *Princesa Buttercup.* —Su mirada se demoró en Julianne durante varios segundos. Después añadió—: No se preocupe. Estaré vigilando toda la noche. Y detendré al culpable. —Sin otra palabra, salió de la estancia cerrando la puerta con un sordo clic.

Julianne respiró hondo. Su padre lo había contratado. Gideon estaba allí. En su casa. Y regresaría esa tarde. Y se quedaría fuera toda la noche.

«Santo Dios, había funcionado.» Su plan había funcionado.

Incapaz de contenerse, giró sobre sí misma. Sostuvo a *Princesa Buttercup* a la distancia de un brazo y miró a su mascota con el ceño fruncido.

—Me habría besado de nuevo si no nos hubieras interrumpido —la regañó con suavidad.

La perrita gimió y dirigió una mirada ansiosa a la puerta. Julianne negó con la cabeza.

—Se ha ido. Pero... regresará.

*Princesa Buttercup* meneó la cola y soltó un ladrido agudo y feliz. Julianne estrechó a su mascota contra el pecho y depositó un beso en el suave pelaje.

—Oh, Dios mío. Sé exactamente cómo te sientes.

# 8

—¿Creéis que todavía hay fantasmas en la habitación? —susurró Julianne, rompiendo el inquietante silencio.

Miró con atención a sus tres invitadas a través de la semipenumbra de la estancia. La débil llama de una vela colocada en el centro de una pequeña mesa redonda, alrededor de la cual estaban sentadas tan apretadas que hasta sus rodillas chocaban, era lo único que iluminaba la sombría oscuridad de la salita privada de Julianne.

El aliento que salió de sus labios al hacer la pregunta hizo titilar la llama que arrojó sombras sobrenaturales contra las paredes cubiertas de seda. La lluvia formaba riachuelos plateados sobre las ventanas azotadas por el viento que gemía a través del alero. Todo en el ambiente era siniestro. Y morboso... aunque morboso encajaba bastante bien con su estado de ánimo.

¿Cómo iba a contarle a sus amigas la decisión que había tomado su padre, una decisión de la que la había informado hacía tan sólo una hora? Apenas podía pensar en aquellas palabras, y mucho menos pronunciarlas en voz alta. Tenía que decirlo... pero por Dios que no quería.

—Odio ser la primera en tener que deciros esto —dijo Sarah con un tono más fuerte que un susurro—, pero los fantasmas no existen.

Nada más decir las palabras, un relámpago iluminó la estancia seguido por un trueno ensordecedor.

—Parece que alguien no está de acuerdo contigo, Sarah —dijo Emily, con un deje de diversión en la voz—. Lo cierto es que lady Elaine nunca tuvo problemas para invocar a su amante fantasma Maxwell en una sesión de espiritismo como ésta.

—Obviamente, Maxwell era un fantasma más colaborador que el escurridizo fantasma que buscamos —murmuró Julianne. Deslizó la mirada a la ventana, observando la oscuridad que había más allá del cristal mojado. ¿Estaría Gideon allí fuera? Si no era así, lo estaría pronto. Odiaba pensar que estaría allí fuera bajo aquella tormenta, pero aun así, saber que estaba tan cerca, hacía revolotear su corazón.

Pero también sentía otro tipo de revoloteo, el que le provocaba un nudo de nervios en el estómago. ¿Y si las cosas no iban según lo planeado? ¿Y si Gideon descubría a Johnny durante su misión de esa noche? ¿Y si...?

Interrumpió aquella letanía de preguntas inútiles. Lo único que podía hacer era esperar a que todo saliera bien y confiar en que Johnny fuera tan ingenioso como ella creía. E igual de rápido.

—¿Estáis aquí, fantasma de Mayfair? —llamó Carolyn con suavidad—. Si es así ¿podéis darnos una señal?

Cuatro pares de ojos recorrieron con rapidez la estancia, pero no hubo ninguna señal o respuesta.

Julianne frunció el ceño. Aquélla habría sido la oportunidad perfecta para que Johnny hiciera su papel. Quizá se lo había impedido el mal tiempo.

—Es evidente que nuestro fantasma no desea unirse a nosotras —dijo Emily, lanzando un suspiro que casi apagó la vela.

—Quizá no se manifiesta porque anda despojando de sus joyas a otra familia inocente —dijo Sarah—. Espero que no muera nadie la próxima vez.

—Oh, me pregunto quién será el siguiente —dijo Emily, abriendo mucho los ojos.

—Mis padres van a acudir a la velada musical que lord y lady Keene ofrecen esta noche —dijo Julianne—. Lady Keene posee una magnífica colección de joyas.

—Es cierto —convino Emily—, la mayoría son, supuestamente, regalos de sus numerosos amantes.

—Deberías dejar de repetir cotilleos —la regañó Carolyn, meneando el dedo juguetonamente para quitar hierro a la reprimenda.

—Yo jamás repito cotilleos... —dijo Emily con una sonrisa maliciosa—. Yo los difundo. Por lo que deberíais prestar atención la primera vez que lo digo.

Todas se echaron a reír.

—Si recordáis el libro, lady Elaine invocó a Maxwell provocando sus celos. Quizá tendríamos más suerte si hiciéramos lo mismo —dijo Sarah después de que todas dejaran de reír. Evidentemente se había involucrado en la sesión de espiritismo a pesar de no creer en fantasmas.

—Me temo que ninguna de nosotras posee una colección de joyas capaz de competir con la de lady Keene. Será difícil despertar los celos del fantasma —dijo Carolyn.

—¿Quién quiere perder el tiempo con un asesino fantasma cuando llamar a un amante fantasma es mucho más divertido? —preguntó Julianne—. ¿Qué podríamos decir para provocar sus celos?

—Describir a todos los maravillosos caballeros que nos acosan constantemente y que nos profesan su adoración eterna —sugirió Emily.

—¿Y quiénes son esos caballeros, si se puede saber? —preguntó Julianne.

Emily miró al techo.

—De entre todas las mujeres, Julianne, eres la menos indicada para preguntarlo, teniendo en cuenta el número de pretendientes que compiten por tu mano.

—A lo único que han profesado una adoración eterna ha sido al dinero de mi padre. Yo no les importo en absoluto.

—Bueno, yo podría nombrar a Matthew que, por supuesto, me adora —dijo Sarah—. Pero no creo que eso despierte los celos de nadie.

—A mí me pasa lo mismo con Daniel —añadió Carolyn.

Sarah adoptó una mirada pensativa tras las gafas y se golpeó la barbilla ligeramente con el índice.

—Me pregunto si Matthew se sentiría celoso si otro hombre me...

—¿Te besara? —interpuso Emily—. Oh, se pondría verde como el césped en primavera.

—Es probable —dijo Sarah, sin disgustarse ante la idea—. Aunque no es que vaya a dejar que me bese otro hombre. Ni que nadie quiera hacerlo.

—Logan Jennsen quiso hacerlo —le recordó Carolyn en un tono provocador—. Estaba muy enamorado de ti antes de que te casaras.

—Éramos amigos y nada más —dijo Sarah con aire remilgado. Luego arqueó las cejas en dirección a su hermana—. También estaba muy enamorado de ti antes de que te casaras.

—Quizás un poco —reconoció Carolyn. Una sonrisita jugueteó en la comisura de sus labios—. Ya sospechaba que mi corazón pertenecía a Daniel, pero no lo supe con certeza hasta que Logan me besó.

Julianne arqueó las cejas sorprendida ante las inesperadas palabras de Carolyn. Por el rabillo del ojo observó que Emily abría la boca, sorprendida.

—¿Logan Jennsen te besó? —La voz de Emily se quebró en la última palabra.

—¿Y Daniel no le hizo morder el polvo? —preguntó Julianne—. ¿O algo peor?

Carolyn se rio entre dientes.

—Sin yo saberlo, intercambiaron algunas palabras sobre ese incidente.

Emily, que parecía absolutamente atónita, miró a Sarah.

—No pareces sorprendida por esta revelación.

—Carolyn me lo contó todo cuando ocurrió.

—Sí, y tú no perdiste tiempo en contárselo a tu marido —dijo Carolyn, dirigiéndole a su hermana un fingido ceño fruncido.

—Bueno, por supuesto que lo hice —dijo Sarah en su tono más remilgado—. Sabía que a Matthew le faltaría tiempo para decírselo a Daniel, y Daniel tenía que saberlo. —La risa bailó en los ojos de Sarah—. Al parecer no le hizo mucha gracia.

—Estoy segura —dijo Julianne—. ¿Qué fue lo que se dijeron Daniel y el señor Jennsen?

Carolyn se encogió de hombros.

—Daniel nunca me habló de ello y yo no le he preguntado.

—¿Y por qué no lo hiciste? —le preguntó Julianne—. Yo hubiera estado muerta de curiosidad.

—Creí que lo más prudente sería dejar pasar el tema. Si le hubiera preguntado, Daniel podría haberme pedido detalles, y era mejor que no los conociera. Especialmente cuando él estaba considerando la idea de hacer negocios con Logan.

—Ah —dijo Emily, cruzando los brazos sobre el pecho con aire petulante—. Seguramente el señor Jennsen no besa muy bien. No puedo decir que me sorprenda.

—Al contrario —dijo Carolyn, negando con la cabeza—. Besa de maravilla. —Incluso a la débil luz de la salita, Julianne detectó el rubor que cubría las mejillas de su amiga—. Como ya os he dicho, si mi corazón no hubiera pertenecido por aquel entonces a Daniel... bueno, sólo os diré que Logan sabe, definitivamente, cómo besar excelentemente a una mujer. Y ése es el tipo de información que una sólo comparte con sus mejores amigas.

Emily frunció el ceño.

—¿Qué quieres decir con «excelentemente»?

—Quiero decir que cualquier mujer que sea besada por él disfrutará definitivamente de la experiencia. Y que quizá la eche a perder para quien venga después.

Emily hizo un sonido despectivo y agitó la mano con desdén.

—Me resulta muy difícil creerlo. Realmente me escandaliza saber que no sintieras la necesidad de darte una buena ducha después de que te tocara ese americano tan grosero. ¿No es un poco excesivo eso de «excelentemente»? Y si vamos a eso, ¿cómo de excelente puede llegar a ser un hombre?

—Definitivamente excelente —dijo Sarah.

—Maravillosamente excelente —contestó Carolyn al mismo tiempo.

—Extraordinariamente excelente —dijo Julianne a la vez que sus dos amigas. De inmediato se encontró siendo el objeto de la mirada sorprendida de sus tres amigas.

El rubor inundó la cara de Julianne y Emily entrecerró los ojos.

—¿Cómo has llegado tú a esa conclusión? No me digas que Logan Jennsen también te ha besado a ti.

—Caramba, no —dijo Julianne, pero el nerviosismo que denotaba su voz restaba credibilidad a sus palabras, aunque fueran ciertas.

—Pero alguien te ha besado —continuó Emily—. Es evidente. Lo tienes escrito en la cara.

—Oh... bueno... —Santo Dios, ¿por qué no había mantenido la boca cerrada? Sarah y Carolyn se habían inclinado hacia delante, claramente interesadas en oír la respuesta. Y por la mirada de Emily estaba claro que jamás abandonaría el tema hasta que Julianne dijera lo que tenía que decir. Julianne barajó la posibilidad de mentir, pero sus amigas la conocían demasiado bien para saber cuándo lo hacía.

Inspiró hondo, y luego dijo a bocajarro:

—Sí, me han besado.

—¿Cuándo? —preguntó Sarah.

Carolyn se inclinó hacia delante.

—¿Dónde?

—¿Y quién? —inquirió Emily.

Las impacientes preguntas de sus amigas sonaron como disparos que abrieron heridas en la conciencia de Julianne. Odiaba mentir a sus queridas amigas, pero no podía decirles la verdad. Al menos no toda la verdad.

Después de tragar saliva para humedecerse la boca, repentinamente seca, Julianne dijo:

—Hummm, fue... hace algún tiempo. —Cierto, si una consideraba que había pasado algún tiempo desde la noche anterior. La verdad era que parecía que hacía años que Gideon la había besado—. En cuanto a dónde... en un jardín. Y con respecto a quién... alguien a quien nunca olvidaré.

—Lo que quiere decir que recuerdas perfectamente su nombre —dijo Emily, agitando la mano en un gesto impaciente para que Julianne continuara.

«Perfectamente.» Gideon le inundaba la mente de tal manera que temía farfullar su nombre cada vez que abría la boca.

—Por supuesto. Pero como ese caballero y yo estamos destinados a tomar caminos diferentes, preferiría no revelar su nombre.

Carolyn y Sarah parecieron decepcionadas. Emily, por el contrario estaba alicaída y molesta por su negativa.

—Bueno, eso no es justo —dijo Emily, apretando los labios con evidente irritación—. Todas habéis experimentado unos besos maravillosos, esos que describen en *El fantasma de Devonshire Manor*. Todas salvo yo. Y tú... —En su hermoso rostro se dibujó un mohín mientras señalaba a Julianne con el dedo— ni siquiera quieres decirnos quién es ese caballero que besa tan extraordinariamente bien. Me siento muy sola y exasperadamente no besada.

Carolyn puso la mano sobre el brazo de Emily.

—Algún día, estoy segura de que muy pronto, alguien te dará un beso maravilloso.

—Cuando menos te lo esperes, alguien te dará un beso maravilloso que hará que te enamores perdidamente —añadió Julianne.

Emily apretó los labios.

—Haces que parezca muy obvio.

—Que rima con novio —dijo Sarah con una amplia sonrisa—. Te besará, hará que te enamores perdidamente de él y muy pronto asistiremos a una boda.

—Bah. —Emily se recostó en la silla. Luego un brillo travieso le iluminó los ojos—. Quizá sea yo quien lo bese, y sea él quien se enamore perdidamente de mí.

—Me apuesto lo que quieras a que él no tendrá ninguna posibilidad de resistirse —dijo Sarah, riéndose.

—Sí, quizá fuera mejor que advirtamos al «pobre hombre» —continuó con la broma Carolyn.

—Al menos deberíamos darle un poco de ventaja —añadió Julianne. En ese momento, decidió dar la noticia—. Hablando de bodas..., no quiero estropear la reunión, pero supongo que no hay razón para postergar más la noticia... —su voz se desvaneció, y miró fijamente la vela durante unos segundos, deseando con desesperación no tener que decir el resto, deseando que todo fuera una pesadilla de la que pronto despertaría—. Un poco antes de que llegarais, mi padre me dijo que ya me había elegido marido. Es el duque de Eastling.

Emily soltó una exclamación ahogada de sorpresa.

—¿Te vas a casar? —La palabra sonó como una maldición, y en lo que a Julianne concernía, así era.

—Aún no es oficial, pero según mi padre lo será la semana que viene. Mi madre y él piensan anunciarlo oficialmente durante el baile que ofrecerán. —Con el corazón en un puño, Julianne les contó que era expreso deseo del duque que la boda tuviera lugar antes de volver a Cornualles.

Durante varios largos segundos, sólo obtuvo silencio como respuesta. Entonces, Sarah extendió la mano y tomó la de ella. Emily y Carolyn hicieron lo mismo, y Julianne se encontró aferrándose a sus amigas como si éstas fueran su salvavidas.

—¿Has tenido la oportunidad de pasar algún tiempo con el duque? —preguntó Sarah, con los ojos llenos de preocupación.

Julianne soltó un sonido amargo.

—No mucho, pero eso será remediado dentro de dos semanas. A partir de entonces, pasaré con él el resto de mi vida. —Bajó la barbilla y clavó los ojos en la mesa—. Con un hombre que apenas conozco, y por el que no me siento atraída en absoluto. Un hombre que me llevará a Cornualles. —Las lágrimas le ardieron tras los párpados—. Un hombre al que no le importo nada.

—Bueno, yo no lo haría —dijo Sarah, con una expresión tan afilada como su voz—. Me negaría a casarme con él. Seguro que hay alguien más. Alguien que te guste. Alguien que te quiera de verdad.

Julianne le dirigió a su amiga una amarga sonrisa.

—Eso da igual. Es al duque a quien mi padre ha escogido.

—Eres tú quien debería elegir —insistió Sarah.

—Nosotras no pertenecemos a la aristocracia —le dijo Carolyn a su hermana—. Las circunstancias de nuestros matrimonios han sido muy diferentes. Nuestro padre es médico, no conde.

—Pero Julianne es una mujer, no un mueble que se pueda vender al mejor postor.

—Me temo que las cosas no funcionan así en la aristocracia —dijo Emily—. Vosotras formáis parte de esta vida desde hace poco tiempo. Hay muy pocos matrimonios por amor. Si uno es muy, muy afortunado, el amor termina por aparecer.

—¿Y si no lo hace?

—Bueno, ése es el motivo de que exista la infidelidad.

Sarah negó con la cabeza, y se le deslizaron las gafas por la nariz.

—Pues bien, eso es, simplemente, inaceptable. Me mantengo en lo dicho. Yo no lo haría. No podría hacerlo. No podría compartir las intimidades del matrimonio con alguien que no amara.

Carolyn rodeó con el brazo los hombros de Julianne y frunció el ceño mirando a su hermana.

—Con eso no ayudas, Sarah. ¿Cómo podría el duque, o cualquier otro hombre, no adorar a nuestra querida Julianne?

—Sería un tonto si no lo hiciera —convino Sarah—. Pero ¿qué pasa con los sentimientos de ella? ¿O con la falta de ellos? —Antes de que ninguna le respondiera, se giró hacia Emily—. ¿Y tú? ¿Tampoco esperas casarte por amor?

Durante un buen rato, Emily bajó la vista y jugueteó con el encaje que adornaba su vestido de muselina. Luego alzó la barbilla.

—Siempre he tenido esa esperanza, pero me temo que mi situación es muy similar a la de Julianne. Mi padre ha sufrido algunos contratiempos... económicos. Aunque no me ha dicho nada aún, sospecho que anda buscando un hombre rico para mí. Un hombre muy rico.

—¿Y si no amas a ese hombre tan rico? —preguntó Sarah.

—El amor no tiene nada que ver con eso —respondieron a la vez Julianne y Emily—. Al menos en lo que respecta a nuestros padres —añadió Julianne, incapaz de ocultar la desilusión en su voz—. Me siento feliz de haber podido disfrutar ese beso maravilloso —continuó con suavidad—. En realidad, estuve muy tentada de robar algo más que un beso.

—No te culpo —dijo Sarah—. Lady Elaine también tenía que casarse con otro hombre, pero con Maxwell compartió besos y mucho más...

—Con eso no ayudas, Sarah —repitió Carolyn, volviendo a fruncirle el ceño a su hermana.

Sarah se aclaró la garganta, como si se hubiera tragado las palabras que tenía en la punta de la lengua, luego volvió su mirada preocupada a Julianne.

—¿Podemos hacer algo? Habiéndome casado por amor, no puedo soportar que no disfrutes de la misma suerte.

—¿Visitarme en Cornualles? —sugirió Julianne, intentando no sonar tan derrotada como se sentía.

Sus tres amigas acordaron al instante que lo harían. Pero en su corazón, Julianne sabía que una vez que se casara con el duque, nada volvería a ser lo mismo.

—Debe de haber algo más que podamos hacer —insistió Sarah.

Julianne negó con la cabeza y luchó contra las lágrimas que se le agolparon en los ojos.

—No hay nada que pueda hacer salvo prepararme para la boda. —Sintió las palabras como si tuviera serrín en la boca.

Sarah murmuró algo que sonó como «siempre hay algo que se pueda hacer». Luego se aclaró la garganta y dijo en voz alta:

—Quizá podría secuestrarte un amante fantasma como Maxwell.

Julianne le brindó una débil sonrisa ante la caprichosa sugerencia. Ojalá pudiera ser raptada. No por un fantasma, sino por un hombre de verdad. El único hombre que querría que lo hiciera.

Gideon.

La reunión terminó poco después, y tras despedirse de sus amigas desde la ventana del vestíbulo, azotada por la lluvia, Julianne se dirigió a su dormitorio. En cuanto entró en la habitación, su mirada cayó sobre el encuadernado de piel de *El fantasma de Devonshire Manor* que había dejado sobre el tocador antes de reunirse con sus amigas. Lo había estado hojeando entonces, y ahora, tras cerrar la puerta, cogió el libro y pasó la yema de los dedos por la inscripción dorada de la portada.

—Fuiste un auténtico demonio, ¿verdad, Maxwell? —murmuró.

Pasó varias páginas, escogió una al azar y comenzó a leer. Ah, sí, ésa era una de sus escenas favoritas, donde Maxwell se esmeraba en seducir a lady Elaine, y la dama intentaba por todos los medios resistir la tentación. Pero al final el fantasma había conseguido vencer su resistencia. Sólo con pensar en la escena que tenía delante se le ruborizaban las mejillas. Por supuesto, lo que Maxwell hacía resultaba ser muy placentero. Tanto para él como para lady Elaine.

«Me ha invitado a ser peor de lo que soy. Pero prefiero dar lo mejor de mí.»

Las palabras que el propio Gideon le había dicho esa misma tarde resonaron en su cabeza. El rubor le encendió la cara y luego descendió rápidamente por todo su cuerpo. Había estado a un suspiro de besarla. Y si sus planes para esa noche hubieran salido tal y como estaba previsto, él estaría ahora dentro de la casa en vez de fuera.

Dejó el libro en el suelo y se paseó por la habitación, llena de pensamientos negativos. En ese momento no estaba tan preocupada por su inminente compromiso y boda como por una pregunta que llevaba rondándole la cabeza toda la tarde.

¿Qué le había sucedido a Johnny?

No había visto al joven mozo que repartía el carbón desde esa mañana cuando habían cerrado el trato. Desde entonces, él había cambiado los planes sustancialmente. Primero había dejado aquella nota en su dormitorio, luego no había hecho los ruidos fantasmales acordados durante la sesión de espiritismo. Santo Dios, esperaba que no le hubiera ocurrido nada malo al muchacho. Esperaba que la ausencia del joven fuera debida sólo al mal tiempo.

Un mal tiempo que Gideon estaría sufriendo en ese momento mientras protegía la casa. Si no tronara, ella...

«¿Serías capaz de salir para verle?», le preguntó la vocecita interior con mordaz desaprobación.

Sí. Eso era exactamente lo que haría.

Su sentido común la reprendió. Le decía que debería darle gracias a Dios por la lluvia que la mantenía en el interior. Su corazón, por el contrario, le decía que no estaba hecha de algodón de azúcar y que, por lo tanto, no se desharía si se mojaba.

No, no se desharía, pero ¿sería lo suficientemente valiente para aventurarse a solas en la noche tormentosa?

«No estaría sola. Gideon está ahí fuera.»

Cierto, pero el perímetro de la mansión era grande. ¿Y si no podía encontrarlo? ¿Y si, mientras lo buscaba en la parte de atrás de la casa, él se encontraba en la parte delantera? No sabía cuánto tiempo estaría sola en la oscuridad.

Quizá podría convencerle de que entrara para calentarse junto al fuego y secara sus ropas. Podría ofrecerle algo de beber. Y unas deliciosas galletas de la cocinera. Se le aceleró el corazón ante la perspectiva.

Se acercó a la ventana más próxima a la cama, apartó a un lado la pesada cortina de terciopelo y frunció el ceño. Estaba tan oscuro allí fuera, que todo lo que podía ver era su propio reflejo en los cristales. Se acercó más a la ventana, intentando ver algo más allá del balcón, al suelo de abajo y apoyó la mano contra el cristal. El frío penetró en su piel, y se le encogieron las entrañas al pensar en Gideon allí fuera frío, mojado y solo.

Un relámpago surcó el cielo, y Julianne parpadeó ante la repentina claridad. El trueno resonó no mucho después mientras una serie de rayos iluminaron los jardines traseros de la casa. Julianne miró la claridad, y se le heló la sangre.

Justo delante de ella había una figura encapuchada que sujetaba un enorme cuchillo con una mano enguantada.

Julianne abrió la boca, estupefacta.

La figura levantó la otra mano y agarró la manilla de la puerta-ventana. La puerta traqueteó. El relámpago se desvaneció, dejando la habitación a oscuras.

Julianne gritó y corrió, con el sonido traqueteante de la puerta resonando en sus oídos.

# 9

La fría lluvia resbalaba por la cara y el cuello de Gideon y se filtraba por su ropa, goteando por su espalda. Una incomodidad que él ignoraba desde hacía horas, desde el momento en que comprendió que no podía estar más mojado. Sólo podía esperar que el mal tiempo impidiera que el denominado ladrón y asesino fantasma —o quienquiera que hubiera dejado aquella nota en el dormitorio de Julianne— intentara llevar a cabo sus planes esa noche. E intentarlo, era lo único que podría hacer, ya que Gideon tenía intención de atrapar a aquel bastardo.

En especial ahora, que ese criminal había actuado de nuevo. Todavía le resonaba en la cabeza la perturbadora noticia que el magistrado le había comunicado hacía menos de dos horas. Habían robado y asesinado a... lady Daltry.

Lady Daltry, que había estado vivita y coleando esa misma mañana cuando Gideon había acudido a su casa en busca de huellas debajo de la ventana.

—Será tu última víctima, bastardo —masculló Gideon—. La última persona a la que robarás y matarás.

Sólo esperaba que el autor de la nota y el ladrón fantasma fueran la misma persona, y podría matar dos pájaros de un tiro. No sólo por el bien de los buenos ciudadanos de Mayfair, sino también por el suyo propio. Quería que lo asignaran a otro caso. Escapar de allí.

De Julianne. De la abrumadora y tormentosa tentación que lo estrangulaba y contra la que no podía luchar cada vez que estaba con ella.

Manteniéndose entre las sombras, atravesó los caminos llenos de barro con los ojos y los oídos alerta, y *Cesar* pisándole los talones. A menudo llevaba a *Cesar* a misiones como ésa, y el animal había probado con su inteligente entusiasmo ser un compañero digno de confianza. *Cesar* había atrapado y mordido el trasero a más de un criminal.

Doblaron la esquina que conducía a la fachada principal de la mansión, y Gideon oyó lo que parecía ser un grito lejano. Se detuvo, con el cuchillo en la mano, esforzándose en oír por encima del trueno que retumbó a lo lejos. *Cesar* se detuvo con él, y Gideon pudo sentir la repentina tensión del perro.

Volvió a escuchar el mismo sonido, ahora más alto y fuerte, y esta vez resultó inconfundible. Alguien estaba gritando y lo hacía desde el interior de la casa.

«Julianne.»

Gideon echó a correr con *Cesar* pegado a sus talones. Con el corazón palpitando, empezó a subir las escaleras de piedra, dispuesto a entrar por la fuerza por la puerta o una ventana, cualquier cosa con tal de llegar hasta ella, cuando la puerta principal se abrió de golpe.

Winslow, con una expresión ansiosa en la cara y una vela en la mano —que se apagó de un soplo en el mismo instante que se abrió la hoja de roble— apareció en el umbral. Gideon vio a Julianne parada en medio del vestíbulo, sujetando un candelabro con ambas manos y los ojos agrandados por un terror patente.

—¿Qué ha ocurrido, Winslow? —preguntó Gideon, subiendo las escaleras de tres en tres.

El mayordomo se relajó visiblemente cuando lo reconoció.

—Oh, me alegro tanto de verle, señor Mayne. Estaba a punto de llamarle. Lady Julianne...

Gideon pasó junto a él, dejando un rastro de barro y lluvia en el suelo de mármol, y se detuvo delante de Julianne. La mirada aterrada que vio en sus ojos le retorció las entrañas. Bajó la mirada al candelabro que ella sostenía, notando que temblaba en sus manos. Lo cogió y se lo pasó a Winslow, que se había unido a ellos tras cerrar la puerta.

Gideon sujetó a Julianne suavemente por los hombros, intentando detener sus estremecimientos.

—¿Qué ha sucedido?

—Vi... vi a alguien. Justo delante de la puertaventana del dormitorio. En el balcón. —Un estremecimiento le recorrió todo el cuerpo, y apretó los párpados brevemente. Dos lágrimas gemelas resbalaron por sus pálidas mejillas—. Tenía un cuchillo. Y estaba intentando entrar.

Gideon apretó los dedos de manera inconsciente, luego sacó un pañuelo del bolsillo, comprendiendo demasiado tarde que estaba demasiado mojado para que pudiera ser utilizado. Aun así, Julianne lo cogió, agradeciéndole el gesto con una inclinación de cabeza.

—Ésa es la ventana que cerré por la mañana después de encontrarla abierta. ¿Qué aspecto tenía el extraño?

—No pude distinguirlo. Llevaba una capa negra con capucha. Lo vi y me puse a gritar. Luego eché a correr. Y no podía dejar de gritar.

—La oí. —Y casi se le había detenido el corazón.

En ese momento, dos personas entraron corriendo en el vestíbulo. Gideon los reconoció como a dos de los sirvientes que había interrogado esa misma tarde. El primero era un joven y robusto lacayo llamado Ethan que estaba descalzo y despeinado y que, en vez de una impecable librea, ahora vestía una bata de franela anudada de manera apresurada. Junto a Ethan estaba la cocinera, la señora Linquist, una mujer mayor y corpulenta, ataviada con un camisón blanco que la cubría de pies a cabeza. Sobre sus cabellos crespos y canosos llevaba el gorro de dormir ladeado, y en su mano blandía una pequeña cazuela de hierro.

—¿Qué ha sucedido —preguntó Ethan al mismo tiempo que la señora Linquist decía—: ¿Quién ha gritado?

—Lady Julianne vio a alguien en el balcón de su dormitorio —dijo Gideon lacónicamente—. Quiero que todos se queden aquí. Que no se mueva nadie. Voy a investigar. Si alguien ve u oye algo, que grite. No le abran la puerta a nadie. ¿Entendido?

Todos asintieron con la cabeza. Gideon miró a Winslow.

—¿Tiene alguna arma además de ese candelabro?

Winslow agrandó los ojos.

—Ciertamente no.

—Entonces eso tendrá que valer. —Miró el candelabro de latón que sostenía el lacayo—. Y lo mismo le digo a usted —dijo tras dirigirle a la cocinera y a su cazuela de hierro una aprobatoria inclinación de cabeza, luego miró a Julianne—. Saque las tijeras de bordar del bolsillo.

Gideon señaló al perro que estaba sentado pacientemente junto a sus botas.

—Éste es *Cesar*. Velará por ustedes mientras compruebo la casa. —Bajando la mirada a los inteligentes ojos castaños de *Cesar*, le ordenó en voz baja—. Vigila.

Sin decir nada más, cruzó el vestíbulo con grandes zancadas hacia el dormitorio de Julianne. Al llegar allí, entró con cuidado, cuchillo en mano, pero al momento percibió que la estancia estaba vacía. Tras asegurarse una vez más de que era así, examinó las ventanas que estaban firmemente cerradas. Salió al balcón, pero no encontró pruebas de que hubiera habido algún intruso. Observó el árbol que se encontraba a poca distancia. Las ramas podían sostener el peso de un hombre. Un hombre delgado podría subir o usar una cuerda para llegar al balcón. Y a lady Julianne. No tenía ninguna duda de que quienquiera que hubiera dejado la nota en la habitación de lady Julianne también había dejado la puertaventana abierta con la intención de entrar más tarde.

Salió del dormitorio y revisó con rapidez el resto de las habitaciones, asegurándose de que las ventanas estaban cerradas, maldiciendo para sus adentros el gran número de estancias que había en la casa. Cuando estuvo seguro de que nadie podría entrar, regresó al vestíbulo. Julianne y los criados seguían en el lugar donde los había dejado con *Cesar* haciendo guardia delante de ellos.

—No hay nadie en la casa —les informó, contento de que Julianne hubiera seguido sus instrucciones al pie de la letra y notando la mirada de alivio en todas las caras. Se giró hacia la señora Linquist—. A lady Julianne le vendría bien una taza de té caliente.

—Por supuesto que sí —cloqueó la mujer como una gallina preocupada por sus polluelos—. Vaya susto que se ha llevado. Se lo traeré enseguida.

Gideon señaló a Ethan con la cabeza.

—Vaya con ella.

—Traeré algo para limpiar —dijo Winslow dirigiendo la mirada al suelo de mármol mojado y enlodado por las pisadas de Gideon.

Después de que se fueran, Gideon miró a Julianne. Todavía tenía los ojos agrandados, pero habían recobrado su brillo anterior y ya no temblaba. Apretaba las tijeras de bordar contra el pecho y parecía más que dispuesta a utilizarlas contra quien fuera lo suficientemente estúpido para intentar hacerle daño.

Sintió un vuelco en el pecho ante su apariencia: hermosa y asustada, y aun así resuelta y valiente. Podría haber seguido gritando, pero, por el contrario, había recobrado la compostura. No se había desmayado ni sucumbido a las lágrimas. Tuvo que afianzar los pies sobre el suelo para no ceder al abrumador deseo de tomarla entre sus brazos.

—¿Qué haremos ahora? —preguntó ella.

—Voy a revisar el jardín.

Julianne abrió mucho los ojos y negó con la cabeza.

—¿Y si él está ahí fuera? Lleva un cuchillo...

—Dado el grito de alarma que usted profirió, estoy seguro de que ya se ha ido. Y yo también tengo un cuchillo.

La mirada femenina cayó sobre el arma que él sostenía.

—Él llevaba un cuchillo más grande.

Demonios, estaba preocupada por él. ¿Cuándo había sido la última vez que alguien se había preocupado por él? No podía recordarlo. Aun así, no estaba seguro de si debía sentirse insultado o agradecido.

—Llevo otro cuchillo conmigo, así que le supero en número.

Julianne extendió la mano y le agarró de la manga.

—¿Regresará?

Gideon bajó la mirada a la pálida y delgada mano que aferraba la manga negra y mojada. Por todos los demonios, le gustaba esa visión. Y cómo lo hacía sentir. Desconfiando de su voz, asintió bruscamente con la cabeza. Tras dar un paso atrás, bajó la mirada a *Cesar* y le ordenó con suavidad:

—Vigila.

Luego salió de la casa y, después de oír que ella cerraba la puerta, se dirigió a la parte trasera de la mansión.

La lluvia se había transformado en una gélida e incesante llovizna. Gideon se acuclilló cuando llegó al pie del árbol de la ventana del dormitorio de Julianne. Incluso en la oscuridad podía ver las huellas de las botas de un hombre en el lodo. Lo que quería decir que aquel bastardo había utilizado el árbol para subir. Y que por lo tanto el hombre que buscaba era ágil y atlético.

Estudió las huellas. Parecían ser del mismo tamaño que las que había descubierto bajo la ventana de lord Daltry esa misma mañana. Observó que recorrían el perímetro del jardín hasta la puerta que conducía a los establos. La puerta estaba cerrada, pero un hombre que era capaz de trepar un árbol, podría ciertamente escalar una pared de dos metros. Gideon abrió la puerta, pero como esperaba, las cuadras estaban vacías. Cabizbajo, regresó a la casa.

—¿Y bien? —le preguntó Julianne en cuanto Winslow le abrió la puerta.

—Parece que trepó por el árbol que hay frente a su habitación para llegar al balcón. Como ni *Cesar* ni yo nos percatamos de su presencia, creo que sabía que estábamos aquí. Esperó a que me alejara de la parte trasera de la casa y luego entró por los establos. Tenía tiempo de sobra de llegar hasta el balcón de su dormitorio antes de que yo rodeara la propiedad. Dado que el intruso sabe dónde duerme, tendrá que pasar la noche en otra habitación hasta que lo atrapemos, una que no tenga balcón ni árboles cerca de las ventanas. Y que tampoco tenga una puerta que comunique con otra habitación. ¿Es posible?

Ella lo consideró.

—Sí. La habitación azul, que está a dos puertas de la mía. ¿Cree... cree que regresará?

—Dudo que lo haga esta noche, aunque me quedaré vigilando por si acaso. Y en cuanto a lo otro... sí. Creo que regresará. Aunque la próxima vez no permitiré que se escape.

Julianne frunció el ceño, obviamente preocupada. Lo que no era bueno, porque de repente Gideon sintió el fuerte deseo de alargar la mano, pasarle los dedos por el surco de la frente y prometerle que no dejaría que nadie le hiciera daño. Ante un deseo tan intenso era mejor poner distancia entre ellos. Lo más rápido posible.

—Winslow, necesito una lista de todas las personas que hayan entrado hoy en la casa: sirvientes, repartidores, visitas, todo el mundo.

—Sí, señor. Consultaré con el ama de llaves por la mañana y prepararé la lista.

—Bien. Una cosa más... —sacó la tabaquera del bolsillo y la sostuvo en alto para que tanto Winslow como Julianne pudieran verla—. Anoche encontré esto, ¿alguien la reconoce?

Se la dio a Winslow, que la examinó bajo la luz de la vela. El mayordomo frunció el ceño, vaciló y luego negó con la cabeza antes de pasársela a Julianne.

—Jamás la había visto antes.

Julianne estudió la caja ribeteada durante varios segundos, luego se la devolvió.

—No me resulta familiar.

Gideon volvió a meter la tabaquera en el bolsillo del chaleco y miró a Winslow.

—Si se queda con lady Julianne, regresaré a hacer mi ronda.

Antes de que el mayordomo pudiera responder, Julianne dijo:

—Usted no hará nada de eso. Está calado hasta los huesos y probablemente medio congelado. —Mirando a Winslow, continuó—: Por favor, encienda la chimenea de la salita y dígale a la señora Linquist que lleve el té allí. El señor Mayne necesitará toallas y... —se giró hacia Gideon y recorrió con la mirada sus ropas mojadas—. ¿Ha traído ropa para cambiarse?

—No. Tampoco me serviría de nada pues todavía está lloviendo.

—Como usted ha señalado, el extraño debe de haberse marchado, y no hay razón para que regrese ahí fuera, al menos hasta que mis padres vuelvan a casa. Además, como parece que yo soy el objetivo de ese intruso, me sentiría mucho más segura si se queda conmigo en casa.

Maldita sea, tenía razón. Debería quedarse con ella. Tenía que quedarse con ella, no podía perderla de vista ni por un momento. Pensar en lo que podría haberle ocurrido si aquel bastardo armado con un cuchillo hubiera entrado en su dormitorio...

Interrumpió sus pensamientos y luchó por expulsarlos de la mente. Afortunadamente, estaba ilesa. Pero para asegurarse de que siguiera así, tenía que quedarse con ella hasta que regresaran sus padres. Tenía que protegerla.

Pero una sola mirada a Julianne, que lo miraba con aquellos enormes y preciosos ojos llenos de una confianza y admiración inconfundibles como si él fuera una especie de héroe, y Gideon supo que estaba metido en graves problemas. La necesidad de tocarla, de saborearla, de robarle el aliento, se clavó en él como unas garras afiladas. Sencillamente, ¿quién demonios iba a protegerla de él?

# 10

—Gracias, señora Linquist —dijo Julianne después de que la cocinera llevara una bandeja de plata con un juego de té, seguida por Winslow, que acarreaba un montón de mullidas toallas de felpa—. Por favor, regrese a la cama —la invitó Julianne—. El señor Mayne se quedará en la casa, y Winslow vigilará la puerta hasta que vuelvan mis padres.

—Sí, lady Julianne. —La señora Linquist se volvió hacia Gideon—. No sé qué habríamos hecho si usted no hubiera estado aquí. Jamás habíamos pasado tanto miedo. Me alegro de que estuviera cerca.

—Yo también me alegro —dijo Gideon.

Los dos sirvientes se dirigieron a la puerta seguidos por *Cesar*, que se plantó en el umbral.

Durante varios segundos interminables, Julianne se quedó sin saber qué decir. Sólo podía mirar a Gideon. Gideon, cuyo pelo mojado brillaba bajo la luz del fuego. Cuyas ropas mojadas se le pegaban al cuerpo como una segunda piel. Deseaba tanto tocarlo que apenas podía contenerse.

Desesperada por decir algo que no fuera «deseo tanto tocarte que apenas puedo mantenerme en pie», señaló con la cabeza a *Cesar*.

—Parece estar vigilando la puerta.

Gideon asintió con la cabeza.

—Eso es precisamente lo que está haciendo. Si alguien se acerca, lo sabremos enseguida.

Lo cual venía a decir que, a pesar de que la puerta estuviera abierta, estaban totalmente a solas. Justo lo que ella quería para continuar desde el punto en el que la perrita los había interrumpido esa tarde.

Apenas lo había pensado cuando oyó un gruñido proveniente de la puerta. *Cesar* se había puesto en pie de un salto, y tenía la mirada clavada en un punto del pasillo. Con la velocidad de un rayo, Gideon sacó un cuchillo de la bota y se colocó delante de Julianne.

—Alguien viene —susurró—. Quédese detrás de mí.

—Probablemente sea Winslow —murmuró ella, rezando para que sus padres no hubieran regresado ya.

—Puede ser. Pero prefiero ser cauto.

*Cesar* volvió a gruñir. Julianne miró por un lado del hombro de Gideon. Una diminuta bola de pelo apareció en la puerta. *Cesar* ladró. Una sola vez. Un ladrido bajo y sordo. Y Julianne se quedó mirando cómo *Princesa Buttercup* fruncía el pequeño hocico y se acercaba furtivamente a *Cesar* que sin lugar a dudas podría tragarse al diminuto perro de Julianne de un solo bocado.

Alarmada, Julianne intentó pasar junto a Gideon, pero él levantó un brazo para bloquearle el paso.

—Espere —le dijo suavemente.

—¿Para qué? ¿Para que su perro se coma al mío de un bocado? Me parece que no.

—No lo haría a menos que se creyera amenazado. Y una bola de pelo del tamaño de una taza de té con una falda de tul no puede considerarse una amenaza. Lo más probable es que sólo le dé un empujón para apartarla de su camino.

—Un empujón de un perro del tamaño de *Cesar* la tumbaría en el acto. —Julianne lo empujó para abrirse paso, pero él la agarró por el brazo. Ella se detuvo, paralizada ante su contacto.

—Sólo porque sea grande no quiere decir que no sepa ser suave —le murmuró cerca del oído.

Un escalofrío recorrió la espalda de Julianne. Giró la cabeza y, durante unos segundos, se sostuvieron la mirada. Luego él bajó la suya fijándose en su boca y ella contuvo el aliento. ¿Iría a besarla? «Por favor, sí...»

Para su decepción, él la soltó, aunque a Julianne le seguía hormigueando la piel. Un poco aliviada por sus palabras, observó cómo los dos perros se olisqueaban mutuamente, y dejó de preocuparse cuando los vio menear enérgicamente la cola. *Princesa Buttercup* empujó la pata delantera de *Cesar* con el hocico para luego lamerla con su lengua rosada. *Cesar* respondió lamiéndose y empujando el lomo de la perrita con su propio hocico. *Princesa Buttercup* se alzó entonces sobre las patitas traseras y agitó las delanteras ante el hocico de *Cesar*. La respuesta del enorme perro fue lamerle la oreja. Como si eso pusiera las cosas en su sitio, *Cesar* volvió a tumbarse junto a la puerta. La perrita se acurrucó a su lado, bostezó una vez y luego cerró los ojos.

Julianne arqueó las cejas.

—¿Es ésa su manera de darle un empujón? —tuvo que apretar los labios para contener la risa ante la expresión perpleja de Gideon—. Obviamente ha subestimado los encantos de *Princesa Buttercup*.

—Obviamente. —Los dos observaron cómo *Cesar* daba un suave lametazo a la cabeza de la perrita y luego volvía a clavar la vista en el pasillo—. Caramba, creo que está... encandilado.

Ella sofocó una risa ante su tono perplejo.

—Me parece que el sentimiento es mutuo.

—Pero son tan...

—¿Diferentes? —Le sugirió ella amablemente cuando vio que parecía perdido.

—Incompatibles.

Ella se encogió de hombros.

—Sean cuales sean sus diferencias, está claro que no les importan. —Le lanzó una mirada de reojo, inspiró hondo para armarse de valor y dijo—: Es asombroso lo que unos cuantos lametazos pueden conseguir.

Gideon giró la cabeza hacia ella con tal rapidez que Julianne juró haber oído un chasquido en su cuello. La mirada de él se trabó en la suya, y el fuego que llameaba en aquellos ojos oscuros casi la hizo arder.

—Sí, es asombroso —murmuró él, bajando la mirada a la boca de Julianne.

Todo el cuerpo de Julianne se tensó de anticipación, pero, en lugar de tomarla entre sus brazos como ella había esperado, Gideon señaló con la cabeza las toallas que habían colocado en el sillón junto a la chimenea donde ardía un fuego.

—¿Me permite?

A Julianne se le trabó la lengua y tardó diez segundos en encontrar la voz. Santo Dios, Gideon debía de pensar que era boba. Una boba muda. Se aclaró la garganta y susurró:

—Por supuesto.

Julianne se acercó al sofá y cogió una de las mullidas toallas blancas con el emblema de los Gatesbourne bordado en ella. Maldición, ya que él no había recogido el guante que ella le había lanzado, tendría que tomar medidas más drásticas. Comenzaba a entender la frustración que Maxwell había sufrido con la renuente lady Elaine. Gracias a los libros de la Sociedad Literaria, Julianne no ignoraba que existían muchas maneras de conseguir que un hombre la besara. Al menos en teoría. En la práctica, obviamente, era algo más complicado.

Gideon se acercó lentamente, sin apartar la mirada de ella, atrapándola igual que sus brazos la habían atrapado esa misma tarde. Se le veía grande, oscuro y masculino. No debería encontrarlo atractivo, pero lo hacía. Arrebatadoramente atractivo. Aun así, no pudo evitar sentir una punzada de culpabilidad ante su mojada y desarreglada apariencia. Mientras ella había permanecido seca y caliente dentro de la casa, él había regresado bajo la lluvia para buscar al intruso. Tiempo durante el cual, el miedo de Julianne había disminuido lo suficiente para comprender con algo de desazón que el intruso debía de haber sido Johnny.

Hablaría con el joven a primera hora de la mañana. Muy seriamente además. Le diría que jamás volviera a hacer nada parecido. Caramba, le había dado un susto de muerte. Sólo le había pedido que emitiera algunos gemidos y sonidos fantasmales, no que la asustara tanto como para que se olvidara del plan.

Gideon se detuvo a sólo dos pasos de ella. Debería de haberse acercado al fuego de la chimenea para entrar en calor. A ella desde luego no le hacía falta. Sentía tanto calor que parecía como si la piel se le hubiera encogido varios centímetros.

Él cogió la toalla. Sus dedos rozaron los de ella, y Julianne se quedó sin aliento. Esperaba que, simplemente, tomara la toalla y retirara la mano. Pero cuando sus dedos tocaron los de ella, no los apartó. Tenía la piel áspera y ligeramente fría, y la joven sintió otra punzada de culpabilidad ante la incomodidad que él sufría... pero ese sentimiento quedó ahogado por el calor que sintió ante su contacto. Las normas del decoro exigían que ella diera un paso atrás. Que apartara la mano de la de él. Pero se quedó allí parada absorbiendo su imagen con avidez, como si estuviera muerta de sed. El decoro no entraba en sus planes esa noche.

Julianne se humedeció los labios, notando que la mirada de Gideon volaba de nuevo a su boca y que las llamas encendían sus ojos oscuros.

—Como ha dicho la señora Linquist, me alegro mucho de que esté aquí. Jamás había estado tan asustada en mi vida.

Durante varios segundos él no dijo nada, sólo la estudió con aquellos ojos oscuros e impenetrables.

—Yo nunca permitiría que nadie le hiciera daño —dijo quedamente, con la voz y la expresión muy serias.

La imaginación de Julianne se desbocó y en su mente apareció una imagen de él batiéndose con el fantasma, luchando contra encapuchados armados con cuchillos junto al Támesis, y luego envolviéndola entre sus fuertes brazos y arrastrándola con él a un mundo donde...

Él cogió la toalla y ella retrocedió un paso.

Las fantasías de Julianne se desintegraron al instante y parpadeó, esforzándose por regresar al presente. Tomó otra toalla del montón y se acercó a él.

—Déjeme ayudarle. —Se puso de puntillas y apretó la toalla contra la mejilla masculina. Sintió que Gideon se tensaba.

Un músculo de la mandíbula masculina comenzó a palpitar bajo la toalla. Ella bajó la mirada y se dio cuenta de que él tenía los nudillos blancos por la fuerza con que apretaba la toalla.

Un estremecimiento de satisfacción femenina le atravesó el cuerpo. Era evidente que él se sentía tentado. Y que luchaba contra esa tentación.

Podía sentir la tensión que emanaba de él. Su lucha interior contra lo que evidentemente deseaba... o al menos contra lo que ella esperaba desesperadamente que él deseara: terminar lo que había comenzado en la sala de música. Que la tocara y la besara.

Decidida a verle fracasar en su empeño, se inclinó hacia él. Gideon inspiró bruscamente y sus labios, firmes y plenos, se abrieron. Justo cuando Julianne pensó que él sucumbiría a su encanto, él le arrebató la toalla de la mano y retrocedió un paso.

—Puedo hacerlo yo —dijo con la voz ronca como si hubiera tragado arena—. ¿Por qué no sirve el té?

Cielos, el hombre parecía verdaderamente... ¿nervioso? Resultaba evidente que ella lo había trastornado. No debería alegrarse por ello, pero lo hacía. Sin embargo, ¿por qué parecía como si él quisiera escapar de la estancia?

El regocijo de Julianne se desvaneció al instante. No quería que él se fuera de la habitación. Haría bien en no alterarle demasiado. Así que por mucho que deseara ayudarle a secarse, se obligó a cruzar la alfombra turca.

—Serviré el té.

Tras sentarse en el sofá, cogió la tetera, cerrando los dedos en torno al asa de plata. Por desgracia, Julianne cometió el error de mirar a Gideon en ese momento. Y se olvidó por completo del té. Se olvidó de todo lo que no fuera él.

Estaba de espaldas a ella, bañado por la luz del fuego, con la chaqueta desabrochada. Observó con fascinación cómo se la quitaba lentamente por los hombros. La corbata y el chaleco rojo siguieron el mismo camino, revelando una camisa blanca que se le pegaba al pecho y a los hombros como si estuviera pintada sobre su piel. Julianne lo miró con avidez, notando la anchura de sus hombros. Los músculos ondularon bajo la piel cuando él se frotó el pecho y la espalda con la toalla y se secó los brazos.

Cuando se acuclilló para extender la ropa que se había quitado alrededor de la chimenea, Julianne pudo apreciar cómo se le marcaban las nalgas contra la tela del pantalón, y se le quedó la boca seca. Antes de que pudiera recuperarse, Gideon se levantó y se volvió hacia ella.

Las miradas de ambos colisionaron, y ella sintió el impacto de su intenso escrutinio desde la coronilla hasta la punta de los pies. Gideon ya no parecía nervioso. De hecho, parecía haber recobrado el dominio de sí mismo, y ella se preguntó si no habría malinterpretado la anterior reacción masculina. Si hubiera podido articular alguna palabra, le habría dicho que se le veía deliciosamente... eh, seco, pero por desgracia, algo tan complicado como unir dos palabras estaba en ese momento fuera de sus posibilidades.

En su lugar, sintió cómo se le aflojaban las rodillas, y dio las gracias al cielo por estar sentada. ¿Cómo era posible que él pudiera reducirla a un estado semejante con una sola mirada? El simple hecho de que pudiera hacerlo, debería asustarla. Consternarla. Cualquier cosa que no fuera dejarla excitada y sin aliento.

Gideon se acercó a ella lentamente, con la toalla colgando de sus dedos. Se le veía grande y oscuro, deliciosamente húmedo y peligroso, y Julianne no podría haber apartado la mirada de él ni aunque le hubiera ido la vida en ello. Se detuvo a medio metro de ella, y la joven centró la mirada en la fascinante bragueta de Gideon con el mismo anhelo con el que un perro hambriento miraría una chuleta de cordero. Oh, Dios mío. Esos pantalones no dejaban lugar a dudas de que Gideon estaba perfecta y generosamente dotado.

—¿Se encuentra bien? —preguntó él.

Ella levantó la mirada de golpe y vio que la observaba con una expresión inescrutable. El rubor le inundó las mejillas. «No. No estoy bien. Haces que me olvide de todos mis maravillosos planes.» ¿Cómo iba a conseguir que la besara si tenía que concentrarse en seguir respirando?

—Estoy bien.

Él la estudió durante varios segundos más, luego asintió con la cabeza lentamente.

—Sí, ya veo. La verdad es que parece haberse recuperado muy bien del susto que pasó. Yo diría que demasiado bien.

¿Había un atisbo de sospecha en su voz? Antes de que ella pudiera decidirlo, él continuó con suavidad:

—Hay algo que no me ha contado.

Decididamente, había un deje de sospecha en su voz. A Julianne no le cupo ninguna duda de que él acabaría por descubrir la verdad... y que se enfadaría mucho con ella cuando lo hiciera. Y con razón. Y jamás la perdonaría. Y con razón. Y por supuesto jamás querría volver a hablar con ella, ni mucho menos besarla. Lo que quería decir que tenía que hacer todo lo posible para asegurarse de que no descubría nada por el momento.

Alzando la barbilla, dijo:

—Al contrario de lo que parece creer, no soy propensa a desmayarme en el primer sofá que veo. Estoy hecha de una pasta más dura, y no tardo demasiado tiempo en recobrarme de las malas experiencias. —Le brindó una sonrisita—. Además, me siento muy segura con usted aquí.

Él no hizo ningún comentario, simplemente dejó la toalla a un lado y se sentó en el extremo opuesto del sofá. Ella miró sus piernas y observó que la rodilla de Gideon y la muselina de su vestido quedaban separadas por tan sólo unos centímetros. Muy poca distancia en lo que a las normas del decoro se refería. Por el contrario, era demasiada para su gusto.

Julianne pensó en algo que decir. Algo que distrajera la atención de Gideon de su pronta y notable recuperación. Algo ingenioso e interesante que le entretuviera. Que quizás arrancara una sonrisa de esos preciosos y firmes labios... antes de que los acercara a los suyos. Pero la cercanía de ese hombre tenía la facultad de hacerla sentir un anhelo y un deseo tan abrumadores que temía abrir la boca y que las palabras surgieran de ella como si hubieran abierto una represa. «Tócame. Bésame. Apaga este fuego interior que has encendido en mí.»

Él se inclinó hacia ella, y el poco aliento que le quedaba a Julianne escapó de sus pulmones. Ella, a su vez, se inclinó hacia él, como empujada por un resorte, y abrió los labios llena de expectación.

—Costaría menos si estuviera en las tazas —dijo él con suavidad.

Ella parpadeó.

—¿Perdón?

Él señaló la mesita con la cabeza.

—El té. Sería mucho más fácil beberlo de esa manera.

Julianne sacudió la cabeza y clavó los ojos en su propia mano que todavía sujetaba el asa de la tetera... que a su vez seguía apoyada en la bandeja de plata. Un rubor avergonzado y molesto le inundó la cara, y levantó la tetera con rapidez. Una cosa era que la presencia de ese hombre le hiciera olvidar quién era y otra permitir que su profundo efecto en ella fuera tan evidente.

—Por supuesto —murmuró, llenando ambas tazas y pasándole una a él. Gracias a los muchos años de experiencia consiguió que el líquido caliente no se derramara por el borde de la taza.

Julianne se tomó su tiempo para seleccionar tres pastas y tratar de tranquilizarse. Se las había visto y deseado para tener una oportunidad como aquélla: pasar algún tiempo a solas con él. No tenía ninguna intención de desperdiciar la ocasión de conocerlo mejor. Tanto al Gideon hombre como al Gideon que besaba extraordinariamente.

Le pasó el plato de pastas.

—¿Se siente más cómodo? ¿Necesita más toallas?

—Estoy bien, gracias.

Sí, ciertamente lo estaba. Demasiado bien, la verdad. Perfecta y extraordinariamente bien. Maldición, incluso parecía más guapo cuando masticaba una pasta. Aunque no podía negar que parecía estar un poco... ¿contrariado? Ante aquel pensamiento, se le cayó el alma a los pies. La verdad es que no parecía particularmente feliz allí sentado, tomando té con ella. Algo muy deprimente cuando ella estaba casi mareada de excitación.

Una docena de preguntas se agolparon en sus labios, cosas que quería saber de él. De hecho quería saberlo todo de él. Dónde vivía. Dónde había crecido. Su familia. Sus preferencias. Su color favorito. Si le gustaba leer. Los detalles de su arriesgado e intrépido trabajo. Si pensaba en ella al menos una décima parte de lo que ella pensaba en él.

Cómo era posible que un hombre tan atractivo como él no estuviera casado ni comprometido.

¿O sí que lo estaba?

Aquel pensamiento impactó en ella como una bofetada helada y antes de poder contenerse, le preguntó a bocajarro:

—¿Está casado?

Él la miró por encima del borde de la taza humeante. Entrecerró los ojos lentamente y luego bajó el té.

—No.

Una ridícula oleada de alivio la atravesó... ridícula porque, ¿acaso tenía importancia? Si pertenecía o no a otra mujer era irrelevante. Jamás podría ser suyo. De cualquier modo, en su corazón siempre había sabido que no estaba casado. Había sabido que no la habría besado si le esperase una esposa en casa.

—¿Comprometido? —preguntó.

—No. ¿Por qué lo pregunta? —Clavó en ella una mirada endurecida—. ¿Acaso piensa que la habría besado si tuviera una esposa o una prometida esperándome en casa?

Las palabras de Gideon reflejaron con tanta exactitud sus pensamientos que, durante un momento, Julianne se preguntó si él le habría leído la mente.

«No pierdas el valor ahora —susurró la vocecita interior—. *Carpe diem.*»

Sí. Si no aprovechaba el momento aquí y ahora, puede que jamás volviera a tener otra oportunidad. Antes de que se encontrara casada con un hombre que no amaba. Un hombre que la arrastraría a Cornualles y que la dejaría pudrirse allí. Después de exigir sus derechos maritales. Un escalofrío de asco la atravesó. Santo Dios, el solo hecho de pensar en las manos del duque sobre su piel la impulsaba a seguir adelante.

Armándose de valor, respondió:

—No..., le considero demasiado honrado para besarme si estuviera casado. Aun así, seguro que hay docenas de mujeres que están locamente enamoradas de usted.

La mirada de Gideon pareció taladrarla.

—¿Como las docenas de hombres que están locamente enamorados de usted?

Julianne negó con la cabeza.

—Nadie está enamorado de mí.

—Lo dice una mujer cuyos pretendientes siembran el camino que conduce a su puerta.

—Desean casarse conmigo. Por dinero. Yo no les importo nada.

—En mi opinión parecen demasiado embelesados por usted.

—Lo están. Por mi generosa dote.

La irritación pareció brillar en esos ojos oscuros.

—Lo dice como si eso fuera lo único que un hombre podría admirar de usted. Suena a falsa modestia. Como si estuviera buscando cumplidos.

No había recriminación en sus palabras, pero aun así dolieron.

—No busco cumplidos, en especial de un hombre que obviamente muestra poca disposición a otorgarlos. Tampoco poseo falsa modestia. Sé que me admiran por mi apariencia. Lo que pasa es que no disfruto de ello.

—¿De veras? ¿Y por qué?

No le pasó desapercibido el tono escéptico de su voz, y Julianne se preguntó si debía ser honesta con él. Había querido averiguar más cosas sobre Gideon, pero de alguna manera él había conseguido darle la vuelta a la tortilla. Pero puede que si ella le contaba algo de sí misma, él estuviera dispuesto a hacer lo mismo.

—¿De verdad quiere saberlo?

—Por supuesto. Estoy deseando escuchar por qué una princesa como usted no se recrea en su apariencia. —Se recostó en el sofá y arqueó las cejas, como un hombre a punto de presenciar una obra teatral.

Qué hombre más fastidioso. ¿Cómo conseguía que ella lo deseara y quisiera golpearlo a la vez? La irritación la inundó, acabando con su timidez.

—¿Recrearme? ¿Le han dicho alguna vez que es demasiado condescendiente?

—¿Condescendiente? —repitió él con incredulidad—. ¿Un plebeyo como yo? Jamás. ¿Le han dicho alguna vez que no tiene ni idea de lo que habla?

—En realidad, sí. Casi a diario. Tanto mi padre como mi madre creen que no poseo ni una pizca de inteligencia. Sólo me ven como un objeto decorativo... y esperan que me comporte como tal. No se imagina cuánto odio ser tratada como un adorno, sin pensamientos ni sentimientos. Ni ambiciones. —Movió la pierna de manera que su rodilla tocara la de él—. Ni deseos.

La taza de té se detuvo a medio camino de los labios de Gideon. Su mirada ardiente se clavó en la de ella durante varios segundos, luego, lentamente, dejó la taza a un lado y se levantó. Dio algunos pasos y se detuvo delante de la chimenea. Julianne se habría sentido totalmente desalentada si no se hubiera percatado de cómo los húmedos pantalones de Gideon se abultaban con la prueba irrefutable de su deseo por ella.

—¿Qué pretende? —preguntó Gideon.

Ella resopló con impaciencia. Era evidente que andarse con rodeos con aquel hombre era perder el tiempo.

—Estoy tratando de averiguar a qué se refería esta tarde, poco antes de que fuéramos interrumpidos, cuando me dijo que prefería dar lo mejor de sí mismo. Por si no lo recuerda, estaba a punto de besarme.

—Eso... no debería haber ocurrido.

A Julianne se le cayó el alma a los pies.

—¿Y... lo de anoche?

—Conoce la respuesta a eso tan bien como yo.

Julianne se levantó y se acercó a él, deteniéndose cuando sólo los separaba medio metro. El deseo la inundaba, y se vio asaltada por una sensación de urgencia, de que el tiempo se le escapaba de las manos y de que sus padres regresarían en cualquier momento. Tomó la mano masculina entre las suyas y la apretó con firmeza.

—Sé la respuesta que espera de mí, pero no estaría siendo sincera. Tengo... un sueño recurrente o más bien una pesadilla. Estoy en medio de una multitud, atrapada en el interior de un ataúd de cristal. Grito, lloro y golpeo el cristal, pero nadie me presta la más mínima atención. Todo el mundo se ocupa de sus asuntos como si yo no estuviera allí. Intento decirle a la gente que estoy viva. Intento decirles qué es lo que quiero, cuáles son mis esperanzas y mis sueños, pero nadie me escucha. Y nadie quiere hacerlo.

Él frunció el ceño.

—Eso es sólo un sueño...

—No. Es mi vida. Y estoy cansada, tan cansada de imaginar, de soñar. De querer aquello que no puedo tener.

Un sonido incrédulo abandonó los labios de Gideon.

—¿De qué habla? Usted tiene más que nadie que yo conozca.

Ella sintió que él intentaba liberar su mano y supo que sus sueños se desvanecían. Le apretó la mano con más fuerza y se la llevó al pecho.

—Sí, si sólo tiene en cuenta los vestidos, las joyas o las invitaciones para las fiestas.

—¿Acaso no es lo único que importa?

—Como la que más, disfruto de las comodidades que conlleva mi posición. No me gusta pasar ni frío ni hambre. Pero una vez que esas necesidades han sido cubiertas... los hermosos vestidos o las fiestas no son importantes para mí. Por lo menos no tanto como otras cosas.

—¿Como cuáles?

—El amor. La risa. La amistad. El deseo. El romance. La pasión. Ésas son las cosas que anhelo.

Levantó una mano y le pasó los dedos por la frente. Luego continuó por su mejilla, por la firme mandíbula, por la sombra de la barba que era áspera bajo su piel. Durante varios segundos él permaneció inmóvil bajo sus caricias. Luego se apartó de un salto como si su contacto lo hubiera quemado.

—Deténgase —dijo él, con un gruñido.

Gideon respiraba con fuerza, y sus ojos parecían dos carbones negros. Incapaz de detenerse, Julianne dio un paso hacia delante y borró la distancia que él había puesto entre ellos. Le puso las manos en el pecho, sintiendo en las palmas el latido de su corazón. Lo miró directamente a los ojos

—No puedo —murmuró, extendiendo los dedos por los duros músculos del pecho de Gideon.

Él la agarró por las muñecas, deteniendo su exploración.

—Está jugando con fuego.

—¿Yo? No me lo parece.

—Uno de los dos tiene que conservar el control.

—¿De veras? Bien, en ese caso, le felicito. Ha demostrado poseer un frustrante dominio de sí mismo. —Julianne dio otro paso más. Ahora sólo los separaban unos centímetros. Podía sentir el calor que emanaba de su cuerpo y se sintió envuelta por su aroma: a lluvia con un toque de ropa limpia y húmeda, y algo más que ella no podía definir, un olor muy masculino—. Esta tarde estaba a punto de besarme cuando nos interrumpieron.

—Eso fue un error.

—¿La interrupción? Sí, estoy de acuerdo. Uno que me gustaría mucho remediar. Ahora mismo.

Los dedos de Gideon le apretaron las muñecas.

—Besarla fue un error, lady Julianne. Uno que no quiero repetir.

—Antes me llamabas Julianne..., Gideon. Y en lo que respecta a que no quieres volver a besarme... —Arrancó la mano de la suya y la llevó hacia abajo, con la intención de señalar la prueba evidente de su deseo. Pero él se movió, haciendo que se tambaleara ligeramente, y el dorso de la mano de Julianne cayó sobre la dura protuberancia que contenían los pantalones.

—¡Demonios! —La maldición vino acompañada de un ronco siseo y una rápida inspiración.

La protuberancia palpitó contra los dedos de Julianne de una manera tan fascinante que ella fue incapaz de apartar la mano. Tragó saliva y se obligó a conseguir lo que tanto deseaba. La pasión de Gideon. Ahora. Antes de que la enterraran con el duque de por vida.

Armándose de valor, rozó la longitud del miembro masculino con los dedos.

—Esto me demuestra que me deseas. Que me deseas mucho. Gideon, la única vez en mi vida que me he sentido libre de ese ataúd de cristal fue cuando me besaste.

En lugar de apartarse como ella temía que hiciera, él la miró con los ojos entrecerrados y apretó lentamente su mano contra su miembro. Sentirlo, tan duro y caliente, provocó que las rodillas de Julianne se convirtieran en gelatina.

—Yo no soy un sofisticado y educado aristócrata por cuyas venas corra sangre azul ni te trataré como si fueras un frágil trozo de cristal, Julianne. —La voz era ronca y áspera.

—Algo por lo que sólo puedo dar gracias a Dios.

El deseo voraz en los ojos de Gideon la ahogó. Él la envolvió con un brazo firme y la estrechó con fuerza contra él.

—¿Quieres que te bese? Muy bien. Te complaceré, princesa. Pero quedas advertida, estás a punto de averiguar lo que pueden conseguir unos cuantos lametazos.

# 11

Gideon no le dio tiempo a pensarlo, no se dio tiempo a pensar ni a reconsiderarlo. Maldita sea, no quería pensar más. Ya no podía luchar contra aquella cruda y rugiente necesidad. Todo lo que quería era sentirla. A ella. Por completo. Ya.

Inclinó la boca sobre la de ella en un beso duro y hambriento. Julianne emitió algo parecido a un quejido, pero antes incluso de que él pudiera preguntarle si le había hecho daño, ella lo sacó de dudas, rodeándole el cuello con los brazos y apretándose contra él.

Gideon la estrechó con más fuerza, con cada músculo de su cuerpo, mientras con la lengua exploraba el terciopelo de su boca. Por todos los demonios, si el cielo supiera a algo, sin duda alguna sabría a ella. Suave, cálida... y deliciosa. El cuerpo de ella encajaba contra el suyo como la pieza de un puzzle que no sabía que le faltara. Un leve atisbo de cordura intentó abrirse paso entre la apasionada y desesperada necesidad que lo embargaba, pero fue aplastado de inmediato cuando ella se retorció contra él.

En su interior, estalló un deseo ardiente y, con un gemido que pareció provenir de lo más profundo de su alma, él deslizó una mano impaciente por el cuerpo de Julianne hasta ahuecar aquel exuberante trasero, apretándola todavía más contra su dolorido cuerpo. Si ella hubiera permanecido pasiva entre sus brazos, él habría podido reunir las fuerzas necesarias para detener toda esa locura. Pero en cuanto ella le deslizó los dedos por el pelo, enredó la lengua con la suya, y se retorció contra su cuerpo, Gideon no tuvo ninguna posibilidad.

Ahuecándole la cabeza con la otra mano, se deshizo de las horquillas y liberó aquella pesada mata de suaves rizos. Un seductor olor a vainilla le inundó la cabeza, haciéndole sentir la enorme necesidad de saborearlo.

Sin interrumpir aquel frenético beso, Gideon la tomó entre sus brazos y la tumbó sobre la alfombra. Mientras sus labios continuaban saqueando los de ella, se arrodilló entre los muslos de Julianne, y buscó con la mano el suave montículo de su pecho. Se oyó un suave gemido. De ella, pensó él, pero no estaba seguro.

Necesitaba tocarla..., tenía que tocarla. Tiró bruscamente del corpiño hasta que los senos quedaron al descubierto, y sólo entonces Gideon encontró las fuerzas necesarias para apartarse de los labios de la joven. Dibujó un sendero de besos a lo largo de su barbilla y luego le pasó la lengua suavemente por el cuello, succionando suavemente el pulso que allí latía.

—Gideon —su nombre, susurrado entre suspiros, encendió aún más el fuego que, hasta un momento antes, él habría jurado que no podía ser más ardiente. Ella se arqueó contra su cuerpo, y él deslizó la boca más abajo. Le rodeó un pezón con la lengua y tomó el tenso brote entre sus labios mientras buscaba con los dedos el otro pezón. Ella cerró los puños sobre sus cabellos y contuvo el aliento, soltándolo luego en un largo gemido de placer.

Él besó y acarició con la nariz aquellos deliciosos pechos, jugueteando y lamiéndolos con sus labios entreabiertos, raspándole ligeramente la suave piel con los dientes, mientras su mano se deslizaba más abajo, explorándole la curva de la cintura y las caderas por encima del vestido. Cuando curvó los dedos sobre su monte de Venus, su calidez casi le quemó.

Una sola palabra inundaba la mente de Gideon, el mismo mantra que lo había enloquecido durante los dos últimos meses. «Julianne, Julianne...» El habitual control del detective se había volatizado, dejando sólo una cruda y ardiente necesidad que exigía ser satisfecha. Deseando, necesitando más, deslizó la mano por debajo del vestido, subiendo la palma por la pierna cubierta por unas medias, por la suave curva de la pantorrilla y el muslo. Sus dedos inquietos buscaron la abertura de sus calzones. El primer roce en los pliegues femeninos casi lo hizo desfallecer. Por todos los demonios, estaba tan mojada... tan caliente...

Ella gimió de nuevo y él levantó la cabeza. Apretó los dientes ante la excitante imagen que tenía ante sí. Bañada por el resplandor del fuego, con el pelo dorado desarreglado, los labios húmedos e hinchados por sus besos, los ojos entreabiertos y vidriosos, y los pezones erectos y mojados por su boca, Julianne parecía un ángel incitándole al pecado.

Gideon inclinó la cabeza y rozó su boca sobre la de ella.

—Abre las piernas —susurró contra sus labios.

Ella separó los muslos, y él jugueteó entre sus pliegues mojados con la yema del dedo.

—Más —le ordenó. Ella volvió a hacer lo que le pedía y sus ásperos jadeos calentaron la cara de Gideon. Julianne se aferró a sus hombros y arqueó las caderas, luego soltó otro gemido a la vez que pronunciaba su nombre.

—Gideon...

—Chsss... —murmuró él contra su oído.

—Yo... ohhh, Santo Dios... no puedo. No seré capaz de contener los gritos.

—Si gritas, atraerás la atención de toda la casa. —Levantó la cabeza y clavó los ojos en la turbia mirada femenina—. Y no queremos que pase eso. —Dios sabía que él no quería. Apenas había empezado con ella.

Julianne apretó los labios.

—Intentaré guardar silencio, pero... ohhh... me lo pones tan difícil. —Le deslizó la mano por el pecho, por el vientre y los músculos de Gideon se tensaron—. Yo también quiero tocarte.

Él apretó su erección contra la cadera de Julianne para esquivar la ansiosa mano femenina. Maldición, era lo único que podía hacer para no correrse allí mismo. Una sola caricia de ella y explotaría al instante.

—Ahora no —dijo él contra sus labios. Metió un dedo en su apretada funda para distraerla y tuvo que apretar los dientes para contener el gruñido que le salió de la garganta. Por Dios, era tan estrecha... Y estaba tan mojada... Y caliente. Y suave. Y él estaba tan condenadamente duro que iba a perder el juicio. Más, maldita sea. Quería más. Ahora. Ya.

Deslizó la mano por el cuerpo de la joven e, ignorando el sonido de protesta de Julianne, se movió para arrodillarse entre sus muslos abiertos. Con el corazón latiendo con violencia como si hubiera llegado corriendo desde Bow Street, le levantó con impaciencia el vestido hasta la cintura y con rapidez le desató los calzones. Sombríamente, se dio cuenta de que sus manos estaban temblando.

Aquel desesperado deseo que le oprimía como una prensa era diferente a cualquier cosa que hubiera experimentado antes. Le bajó bruscamente los finos calzones de algodón y se los sacó de las piernas, sin detenerse ni importarle que el delicado material se desgarrara. Si se hubiera detenido a pensar un momento, se habría quedado consternado ante su falta de control, pero a esas alturas estaba lejos de preocuparse por nada que no fuera la oscura, salvaje e impulsiva necesidad que lo invadía.

En cuanto dejó a un lado los calzones desgarrados, puso las manos en las rodillas dobladas y urgió a Julianne a separar las piernas. Unos mojados y brillantes rizos dorados rodeaban su sexo resbaladizo. Él inhaló bruscamente ante aquella imagen, y sus fosas nasales se vieron inundadas por el fuerte olor almizclado de Julianne mezclado con su embriagador perfume a vainilla. Maldita sea, era la fragancia más deliciosa que hubiera olido nunca. Deslizando las manos debajo de ella, le alzó las caderas y bajó la cabeza.

Julianne se mordió los labios para reprimir un grito de sorpresa ante aquel abrumador placer carnal que suplicaba ser liberado. La vista de la cabeza oscura de Gideon enterrada entre sus muslos ya era suficiente para arrancar un grito de placer en ella. Pero además, lo que él estaba haciendo con su boca... con sus labios... Dios... con su lengua. Con sus dedos. Era implacable. Aquellos juguetones y profundos lametazos la volvían loca. Indefensa, se arqueó contra su boca, desesperada por sentir más de aquel placer adictivo. Cerró los puños sobre la alfombra, tensando su cuerpo, agitándose, arqueándose, buscando una respuesta que parecía estar fuera de su alcance.

En ese momento él realizó algún tipo de magia con los dedos y la boca, y ella se vio catapultada hacia una tormenta de placer indescriptible. Un profundo gemido escapó de sus labios cuando aquella palpitante sensación la engulló. Cuando los estremecimientos de placer se apaciguaron, ella yació desfallecida y sin aliento. Santo Dios, ahora sabía exactamente lo que podían conseguir unos cuantos lametazos.

Magia.

Sintió que Gideon le bajaba suavemente las piernas a la alfombra, donde se quedaron laxas y abiertas. Notó que él se inclinaba sobre ella, y que le ahuecaba la cara con su cálida mano. Le rozó lentamente el labio inferior con la yema del pulgar.

—Julianne.

Ella sintió su respiración en la cara, y con esfuerzo abrió los ojos. Se quedó mirando aquellos ojos profundos y oscuros que parecían tocar su alma.

Julianne levantó la mano y rozó un mechón oscuro que caía sobre la frente fruncida de Gideon. Murmuró el nombre que había ocupado sus pensamientos durante los pasados dos meses.

—Gideon.

—¿Te encuentras... bien?

—Estoy... en realidad, no sé cómo describirlo. —Le pasó las puntas de los dedos sobre la sombra áspera de la cara, maravillándose de poder hablar con total libertad de aquello tan extraordinario que él le había hecho sentir—. Me siento muy débil, pero de una manera deliciosa.

—¿Te he hecho daño?

—No. —La preocupación la inundó—. ¿Te he hecho daño yo?

Una chispa de diversión asomó a los ojos de Gideon. Inclinándose, rozó su boca en la de ella.

—No. Has sido... —levantó la cabeza, y la recorrió lentamente con la mirada. Cuando sus miradas volvieron a cruzarse, cualquier rastro de diversión había desaparecido de los ojos de Gideon— perfecta —murmuró él—. Has sido perfecta. Pero...

Julianne le puso los dedos en los labios, deteniendo sus palabras.

—Por favor, no digas que sientes lo que ha ocurrido. Porque yo no lo siento.

Él le agarró suavemente la muñeca y, tras darle un rápido beso en la palma, le apartó la mano.

—Muy bien, no diré que lo siento. Pero eso no cambia el hecho de que no debería haber ocurrido.

Gideon se incorporó bruscamente. Sin ninguna ceremonia alargó la mano y le subió el corpiño sobre los pechos que ella sentía hinchados y sensibles. En cuanto estuvo vestida, la ayudó a levantarse. Julianne sintió que perdía el equilibrio y se agarró a la repisa de la chimenea.

Frunciendo el ceño, él se inclinó y recogió los calzones rasgados y un puñado de horquillas, luego negó con la cabeza. Masculló algo que se parecía mucho a: «¿En qué demonios estaba pensando?», y se pasó la mano por el pelo.

—Tienes que arreglarte —dijo luego en un tono bajo y urgente—. Ahora. Antes de que llegue alguien...

Un gruñido bajo desde la puerta interrumpió sus palabras. Los dos se dieron la vuelta con rapidez. *Cesar* estaba de pie, mirando fijamente el pasillo. *Princesa Buttercup* estaba a su lado, haciendo su mejor imitación de un gruñido. Por encima de los sonidos caninos, Julianne oyó la voz imperiosa de su madre.

—¿... Cómo es posible que ocurriera esto, Winslow?

—Deberías habernos avisado de inmediato. —Las frías palabras de su padre fueron seguidas por unas fuertes zancadas sobre el suelo de mármol del vestíbulo, y Julianne sintió que se le encogía el estómago.

En un abrir y cerrar de ojos, Gideon se metió los calzones rotos dentro de la camisa, y alzó y sentó a Julianne en el sofá, donde aterrizó de golpe.

Le lanzó las horquillas en el regazo.

—Póntelas —le dijo en voz baja y tensa—. No importa que se te vea despeinada.

Intentando no dejarse llevar por el pánico, Julianne se recogió los rizos y se colocó las horquillas mientras él recogía rápidamente el chaleco. Se lo puso y se lo abotonó con una agilidad y firmeza que ella deseó para sí, pues no dejaba de temblar de pies a cabeza.

—Desmáyate. Y sé condenadamente convincente —le ordenó mientras cogía la chaqueta.

¿Que se desmayara? ¿Por qué? ¡No se había desmayado en toda su vida! Pero una mirada a la expresión apremiante de Gideon hizo que comprendiera su orden. Asintió con la cabeza, y se recostó en el sofá.

Con un ojo abierto, le observó atravesar la estancia y poner la mano sobre el lomo de *Cesar*, que dejó de gruñir ante su contacto.

—Winslow, trae un bote de sales —gritó Gideon, con voz apremiante mientras salía al pasillo—. ¡Rápido! Lady Julianne se ha desmayado. Ah, lady Gatesbourne, menos mal que ha regresado. Me temo que no tengo experiencia con estas cosas.

Se oyó el sonido de unos pasos apresurados. Luego Julianne escuchó cómo su madre contenía el aliento y su padre mascullaba.

—Estúpida cría.

Unos segundos más tarde, la madre de Julianne le palmeaba las mejillas con cierta dureza.

—¿Qué ha sucedido? —preguntó su madre con voz afilada—. Winslow nos ha contado en el vestíbulo lo que ha ocurrido esta noche, pero dijo que Julianne parecía muy recuperada.

—Y lo estaba —dijo Gideon—. Estuvimos bebiendo el té, y parecía estar bien, pero cuando comenzamos a hablar sobre los acontecimientos de esta noche, se puso muy agitada. Dijo algo sobre que se sentía muy débil, y luego, simplemente... —chasqueó los dedos—, cayó como un plomo. He intentado que recupere la consciencia, pero no responde. Entonces he salido corriendo al pasillo para llamar a Winslow.

En ese momento, Julianne oyó cómo un Winslow jadeante entraba precipitadamente en la estancia.

—Aquí están las sales, milady.

Julianne había logrado permanecer inmóvil mientras su madre le palmeaba la cara, le sacudía los hombros y le frotaba las muñecas, pero cuando le puso las sales bajo la nariz, un olor muy desagradable hizo que se le arrugaran las fosas nasales en señal de protesta. Esperando actuar de manera convincente, meneó la cabeza de un lado a otro, rogando que aquello explicara por qué razón tenía el cabello despeinado. Luego gimió y parpadeó antes de abrir los ojos.

—Ya ha despertado —dijo su madre, devolviéndole a Winslow las sales—. Trae unas toallas húmedas y un vaso de agua —le ordenó al mayordomo, que la obedeció al instante. Luego lady Gatesbourne centró su atención en Julianne—. ¿Te encuentras bien?

Julianne parpadeó varias veces más y luego frunció el ceño.

—Por supuesto, mamá. ¿Cómo estás tú?

—Muy bien. Pero no soy yo quien se ha desmayado.

Julianne abrió mucho los ojos.

—¿Desmayado? ¿Yo?

Su madre asintió con la cabeza y frunció los labios.

—Me temo que sí.

—Imposible. Jamás me he desmayado en la vida.

—Bueno, pues lo has hecho. Si pudieras verte te convencerías. —Su madre deslizó una mirada crítica sobre ella—. Estás hecha un desastre.

Julianne levantó la mano y se apartó un rizo caprichoso de la frente.

—Qué... horror. —Lanzó una mirada a su alrededor, observó el ceño fruncido de su padre y luego miró a Gideon.

—Señor Mayne, ¿qué hace aquí?

Los ojos oscuros de Gideon no revelaron nada.

—¿No lo recuerda?

Apretándose la yema de los dedos contra las sienes, Julianne frunció el ceño. Entonces asintió lentamente con la cabeza.

—Sí... por supuesto. Qué tonta soy. Estábamos tomando té. Luego, de repente, me sentí muy débil. —Recorrió con la mirada a todos los presentes—. Después he abierto los ojos y os he visto aquí.

Winslow regresó, y la madre de Julianne le colocó un paño húmedo sobre la frente. Luego la ayudó a incorporarse para que bebiera un poco de agua. Tras varios sorbos, su padre le preguntó:

—Julianne, ¿estás lo suficientemente recuperada para caminar?

—Sí, creo que sí.

—Bien. —Se volvió a su esposa—. Acompaña a Julianne a la cama. Deseo hablar con el señor Mayne en privado.

Julianne se sintió invadida por los nervios ante las palabras y el tono frío de su padre. Su mirada voló a Gideon, pero éste tenía la atención puesta en su padre.

—Como el intruso ha intentado entrar en el dormitorio de lady Julianne por el balcón —dijo Gideon—, no debería dormir allí hasta que ese hombre sea detenido. Dada la aparente agilidad del intruso, no debería haber balcones ni árboles cerca de la ventana de su nueva habitación, ni otra puerta que comunique con la estancia. Lady Julianne me ha dicho que hay un dormitorio de esas características a dos puertas del de ella.

—La habitación azul —murmuró su madre—. De acuerdo, la instalaré allí. —Se volvió al mayordomo—. Winslow, averigüe si esa estancia está preparada.

—Sí, milady.

En cuanto Winslow salió de la estancia, Julianne se levantó con ayuda de su madre. Cuando su madre intentó tomarla del brazo, Julianne negó con la cabeza.

—Gracias, pero ya me encuentro bien.

A pesar de las protestas de Julianne, su madre la agarró del brazo con firmeza.

—No podemos correr ningún riesgo. Después de todo, no podemos arriesgarnos a que te caigas y te hagas daño. En especial ahora.

A Julianne se le hizo un nudo en el estómago. Sí, especialmente ahora, cuando su compromiso y su matrimonio eran inminentes. No estaría bien que la novia mostrara moratones o que caminara hacia el altar con un esguince en el tobillo.

Tratando de evitar cualquier mención de sus próximas nupcias, se volvió hacia Gideon y miró directamente a aquellos ojos oscuros e insondables.

—Gracias por todo lo que ha hecho por mí esta noche, señor Mayne. Jamás lo olvidaré.

Los rasgos del detective parecían estar tallados en piedra.

—No fue nada, lady Julianne —dijo inclinando la cabeza y en un tono carente de emoción.

Aquellas palabras la dejaron helada. ¿Realmente había sido una respuesta de cortesía o estaría tratando de decirle que las intimidades que habían compartido no habían significado nada para él? Quiso indagar en sus ojos en busca de alguna pista sobre sus sentimientos, pero él ya había apartado la mirada.

Con el corazón en un puño dejó que su madre la condujera fuera de la habitación. Cuando pasó junto a su padre, éste la recorrió de arriba abajo con una mirada ceñuda. Luego se volvió hacia Gideon con los ojos entrecerrados como si quisiera dejarlo clavado en el sitio. Había una inconfundible sospecha en su expresión y a Julianne casi se le detuvo el corazón.

Santo Dios, ¿acaso su padre sospechaba que entre Gideon y ella había ocurrido algo no tan inocente como habían dado a entender?

Gideon sostuvo la mirada helada de lord Gatesbourne y esperó a que el conde tomara la palabra. Años de práctica le permitieron adoptar una apariencia tranquila, aunque en su interior reinaba la confusión.

Maldición. ¿Qué diablos le había sucedido? Ahora que volvía a pensar con claridad, estaba escandalizado por sus acciones. No era un hombre impulsivo. Sus mayores virtudes eran la fuerza y el control. Le habían salvado más veces de las que podía recordar. De sus enemigos. Endurecidos criminales. Ladrones y asesinos. Y sin embargo, esa mujer, que poseía unos profundos ojos azules que reflejaban una irresistible combinación de esperanza y desazón, lo había dejado fuera de combate. Algo que nadie había conseguido antes. Algo que lo asustaba y confundía. En otro tiempo, habría apostado todo lo que poseía —que no era mucho—, a que aquello era imposible.

Pero allí estaba la prueba. Se había dejado tentar por ella. Sin pensárselo dos veces. Sin prestarle atención a nada ni nadie que no fuera ella. Obviamente, había sido incapaz de contenerse. Doble maldición.

Tenía que salir de esa casa. Alejarse de ella. De esa investigación. Tenía que atrapar a aquel maldito bastardo y poner fin a aquello. Regresar a su vida. Y olvidarse de ella. Tan rápido como fuera posible. Antes de que volviera a perder la cabeza. O el control.

Finalmente, lord Gatesbourne dijo:

—Quiero que me cuente todo lo que ha ocurrido esta noche, Mayne.

—Por supuesto —dijo y procedió a contarle los acontecimientos de una manera calmada y concisa, sin omitir ningún detalle salvo que le había levantado las faldas a Julianne y la había dejado casi sin sentido.

—Ya veo —dijo el conde cuando Gideon terminó la exposición—. Así que usted no ha visto a ese hombre.

—No.

—De hecho, nadie lo ha visto salvo mi fantasiosa hija. Que ha oído gemidos que, por supuesto, nadie más ha oído.

No había manera de malinterpretar las insinuaciones del conde, y Gideon negó con la cabeza.

—Las huellas debajo del árbol prueban sin lugar a dudas que alguien intentó entrar en el dormitorio de lady Julianne, milord. Vi a su hija justo después. Estaba aterrorizada. Además, no podemos olvidar la nota amenazadora que alguien dejó en el dormitorio de lady Julianne, y el hecho de que ella viera al intruso en la misma habitación donde descubrí la ventana abierta esta tarde.

El conde hizo un sonido despectivo y masculló algo sobre lo poco oportuno del momento que Gideon no comprendió.

—¿Perdón, milord?

—Nada. —Los ojos del conde parecían haberse cubierto de escarcha—. Siendo ése el caso, me gustaría saber cómo es posible que un extraño y su cuchillo lograran llegar al balcón de la habitación de mi hija justo cuando usted estaba patrullando en el exterior.

—Con un área tan extensa que cubrir es imposible estar en todas partes a la vez.

—¿Y por qué no estaba fuera buscando a ese rufián cuando la condesa y yo llegamos a casa?

—Su hija ha pasado un miedo terrible. Dado que el rastro se perdía en los establos, pensé que sería mejor quedarme aquí y garantizar la seguridad de lady Julianne hasta que ustedes regresaran.

—¿Y la manera de garantizar su seguridad era tomando té con pastas?

La mirada de Gideon no flaqueó.

—Garanticé la seguridad de su hija comprobando que todas las ventanas y puertas de la casa estuvieran cerradas y no perdiéndola de vista. Si existiera alguien lo suficientemente tonto como para intentar hacerle daño en mi presencia, habría tenido que pasar por encima de mi cadáver, y del de *Cesar*. Y le aseguro que no habría tenido éxito.

El conde señaló con la cabeza la puerta donde *Cesar* permanecía alerta.

—Supongo que esa enorme bestia es *Cesar*.

—Sí. Es un excelente guardián y me ha ayudado a atrapar a docenas de criminales.

El ceño del conde se hizo más profundo, y comenzó a pasearse delante de la chimenea. Pasó un minuto antes de que se detuviera directamente delante de Gideon.

—Mi hija no puede sufrir ningún daño —dijo con ferocidad.

Un gran alivio inundó a Gideon. Por fin aquel hombre mostraba algún interés por Julianne, y parecía estar realmente preocupado por su hija.

—Como el tiempo urge y usted es el único que puede garantizar la seguridad de Julianne —continuó el conde—, quiero contratarle, para protegerla. La seguirá a todas partes, aunque lo mejor para ella será que no salga mucho. Se quedará aquí, en la casa, y se asegurará de que no le ocurra nada.

A Gideon se le tensaron todos los músculos del cuerpo. Su primer impulso fue negarse rotundamente. ¿Protegerla? ¿Seguirla a todas partes? ¿Quedarse allí? ¡Maldición, se volvería loco! Y lo que era peor, sería incapaz de resistirse a ella, como había sucedido esa noche. La manera en que lo despojaba del control era abrumadora. Lo irritaba. Y, definitivamente, lo asustaba.

Podía decirse a sí mismo que ahora que la había tocado, que la había sentido, que sabía que toda ella olía a vainilla, su curiosidad y su deseo habrían disminuido considerablemente. Pero sería mentira. Porque conocer la fragancia de Julianne, sentirla y tocarla, no había disminuido nada. No, sólo había servido para enardecerlo aún más, para desearla aún más. Ese deseo que sentía por ella, era mucho más que un... simple anhelo. Era un hambre voraz. No sólo quería abrazarla, tocarla y besarla. Quería devorarla. Marcarla. Acariciar cada centímetro de su piel, hacerla suya de una manera tan profunda y completa que él fuera lo único que ocupara sus pensamientos. De la misma manera que ella ocupaba los suyos.

Y no entendía por qué. Resultaba evidente que la deseaba. Maldición, ¿qué hombre no lo haría? Había experimentado deseo. Lujuria. Placer. Con un montón de mujeres. Y a pesar de lo ardientes que habían sido esos encuentros, parecían tibios comparados con la pasión que Julianne le había inspirado. Julianne despertaba algo en él que no comprendía. Algo que, por primera vez en su vida, no había podido controlar. Y que no iba a poder controlar en el futuro. Y eso era malo... para los dos. Por lo tanto tenía que permanecer alejado de ella, de ella y de su irresistible atractivo.

Pero ¿cómo podía negarse a protegerla? Si lo hacía y le ocurría algo, jamás se lo perdonaría. Pero tampoco podía confiar en su buen juicio. Por el bien de los dos tendría que negarse.

—Hay otros detectives que podrían... —comenzó, pero el conde le interrumpió con un gesto impaciente de la mano.

—Por lo que he oído, usted es el mejor, y yo no quiero nada menos.

—Se lo agradezco, pero no puedo...

—Lo recompensaré generosamente —el conde mencionó una cifra que casi igualaba su sueldo anual como detective de Bow Street, lo que despertó sus sospechas.

—Eso es mucho dinero —dijo Gideon.

—Eso es lo que vale mantener a mi hija a salvo durante las dos próximas semanas.

Gideon arqueó las cejas.

—¿Sólo dos semanas? ¿Y después?

—Incluso si el culpable no ha sido apresado para entonces, sus servicios no serán necesarios después de esa fecha, pues Julianne ya no vivirá en Londres y no será responsabilidad mía.

—¿Y eso por qué?

—Porque estará casada con el duque de Eastling. Y vivirá en Cornualles. Y entonces, será responsabilidad de Eastling.

# 12

Con *Cesar* a su lado, Gideon recorrió la calle oscura. Unos pensamientos tan sombríos como las sombras que lo rodeaban ocupaban su mente. Los zarcillos de niebla que subían del suelo y los charcos del pavimento desigual le mojaban las botas. Había dejado de llover, pero la húmeda bruma impregnaba el aire. Sus zancadas parecían devorar el suelo, cada una lo alejaba más de la mansión de Grosvenor Square que había abandonado cinco minutos antes y lo acercaban más a Covent Garden. A su modesta casa. Al lugar al que pertenecía.

«Estará casada con el duque de Eastling.»

Las palabras habían resonado en su mente una y otra vez desde que el conde las había pronunciado, como si fueran las cadenas oxidadas de los reos camino del cadalso. La noticia le había dejado aturdido. Aunque por fuera no había mostrado reacción alguna, por dentro, sin embargo, había sentido cómo todo su mundo se tambaleaba, colisionaba y se derrumbaba. Luego, aquellas palabras contundentes habían sido sustituidas por un agonizante «¡¡Noooo!!».

Había tardado varios segundos en recuperarse, y cuando lo hizo, la cólera y la traición se le clavaron como puñales en el corazón. Ella lo había sabido todo el tiempo. Había sabido que estaba comprometida con otro hombre, y lo había seducido deliberadamente. Sintió que lo inundaba una intensa sensación de asco hacia sí mismo. Había hecho muchas cosas en la vida de las que no se sentía orgulloso, pero por Dios que jamás le había puesto los cuernos a otro hombre. No importaba lo mucho que hubiera deseado a una mujer y que ésta lo hubiera deseado a su vez, ni lo mucho que le hubiera desagradado el marido.

Durante años había sido testigo de cuánto daño y dolor podía causar una traición de ese tipo. Y no quería formar parte de eso. ¿Cuántas discusiones había tenido que escuchar mientras observaba el brillo apagado en los ojos de su madre después de que su padre llegara a casa apestando al perfume barato de alguna prostituta? Más de las que quería recordar. Podía hacer muchas cosas, pero ésa no era una de ellas. Hasta que Julianne le había engañado. Sin mencionar lo que suponía para su honor y su orgullo haber tomado algo que no le pertenecía. No importaba que él no hubiera sabido que Julianne estaba comprometida.

Ahora, en el frío trayecto hasta su casa, caminando bajo las farolas de gas, con la niebla arremolinándose de manera inquietante bajo el pálido resplandor amarillo, exhaló un largo suspiro. A pesar de la traición y del asco que sentía hacia sí mismo, una dolorida y profunda sensación de pérdida le oprimía el corazón. Maldición, ¿qué diablos le estaba pasando? ¿Por qué había reaccionado el anuncio del conde como si le hubieran dado un fuerte puñetazo? Había visto el desfile de pretendientes en la casa de Julianne. Hombres que habían acudido en tropel a sus fiestas. No era como si él también fuera uno de esos pretendientes que dejaban su tarjeta de visita en la bandeja de plata.

Y aun así, la noticia de aquel inminente matrimonio le había cogido desprevenido. Y a él no le gustaba que lo pillaran desprevenido.

«Estará casada con el duque de Eastling.»

Unos celos, irrazonables y ardientes, le desgarraron con una intensidad que no podía ser ignorada. Maldición, pensar en aquel bastardo poniendo sus manos sobre Julianne, sometiéndola a su placer como había hecho con lady Daltry la velada de la noche anterior, le hacía querer romper algo. Más concretamente, la cara de aquel maldito bastardo.

«Los hermosos vestidos o las fiestas no son importantes para mí. Por lo menos no tanto como otras cosas. El amor. La risa. La amistad. El deseo. El romance. La pasión. Ésas son las cosas que anhelo.»

En su imaginación podía verla diciéndole todo eso, con la desesperación, la vulnerabilidad y el anhelo reflejado en sus expresivos ojos. Apretó los dientes con tal fuerza que fue un milagro que no se los rompiera. Sin duda alguna, Julianne no obtendría nada de eso de un frío bastardo como el duque.

«La única vez en mi vida que me he sentido libre de ese ataúd de cristal fue cuando me besaste.»

Maldita sea, aún conservaba el sabor de ella en su lengua. A pesar del aire húmedo, todavía podía olerla. Sentir sus curvas contra él, envolviéndolo en su calidez. Era como si se le hubiera quedado grabado a fuego en sus sentidos.

¿Cómo demonios iba a conseguir olvidarla especialmente ahora que había jurado protegerla?

Se pasó las manos heladas por la cara y soltó un suspiro que empañó el aire. Dios sabía que no había querido. Le hubiera gustado decirle a su arrogante padre que nadie podía comprar a Gideon Mayne. Y no lo había comprado... por dinero. Simplemente podía haberse marchado sin mirar atrás. Pero por mucho que se maldijera a sí mismo por ello, no podía alejarse de Julianne cuando su vida corría peligro. Encontraría al bastardo que la amenazaba y lo detendría. Cumpliría con su trabajo.

Y entonces se alejaría de ella.

Ella se casaría con el duque y se marcharía a Cornualles.

Y eso sería todo.

Todo lo que necesitaba hacer era asegurarse de mantener sus malditas manos y su maldita boca alejadas de ella.

Pero ahora que sabía que Julianne pertenecía a otro hombre —que su compromiso no era algo incierto—, su honor mancillado le exigía que no hubiera más intimidades entre ellos. Todo lo que tenía que hacer era aferrarse a aquella sensación de cólera y traición que había sentido al escuchar la noticia, la constatación de que ella le había engañado, y tendría éxito. Sin duda alguna, podría hacerlo.

«Tampoco te habría importado de haberlo sabido —se burló su vocecita interior—. La tarde habría terminado de la misma manera. Con las faldas de Julianne levantadas hasta la cintura.»

Cerró los puños y sacudió la cabeza para librarse de aquella vocecita insidiosa. Había encontrado la manera de resistirse si lo hubiera sabido.

«La deseabas más que respirar.»

Cierto. Pero saber que estaba prometida a otro hombre le habría enfriado la pasión. ¿Verdad?

«¡Sí! —rugió su honor mancillado—. Por supuesto que sí.»

Salió de la calle principal y tomó una calle más estrecha y adoquinada. Ya casi había llegado a casa. Pronto podría acostarse y descansar un rato.

«No vas a descansar, idiota. Te pasarás la noche desvelado y mirando al techo, recordando lo que se siente al besarla. Al hundir la cara entre sus muslos suaves.»

Una ardiente sensación le atravesó la ingle. Hizo una mueca cuando sintió que su erección se apretaba contra la bragueta. No haber estado con una mujer durante los últimos dos meses no ayudaba mucho. Desde que había conocido a Julianne no había deseado a ninguna otra mujer.

Apretó los labios hasta que formaron una fina línea.

Eso iba a cambiar. Esa misma noche. Sabía exactamente adónde tenía que ir.

Gideon miró hacia delante y clavó la mirada en el letrero que apareció en la esquina. El Puercoespín Borracho. No había ido a esa taberna desde que había conocido a Julianne. De hecho, había vivido como un monje desde esa noche. Pues bien, eso se había acabado. Apretó el paso, y un momento después abrió la pesada puerta de roble del local.

De repente se vio envuelto por las fuertes carcajadas, las canciones obscenas y el sonido de un violín junto con una nube de humo y el aroma a salchicha y a col. Puede que hubieran pasado dos meses, pero nada había cambiado. Los reservados junto a las paredes, y los bancos de madera delante de las largas mesas carcomidas, llenaban la estancia.

Se abrió paso en el interior débilmente iluminado con *Cesar* pegado a sus talones, y saludó con la cabeza a unos pocos hombres que conocía, devolviendo la mirada a otros que no conocía. Cuando llegó a la barra apolillada, escogió un taburete vacío en la esquina que le proporcionaba una buena panorámica de la estancia y la pared trasera a su espalda. *Cesar* se tumbó a sus pies.

—Bueno, bueno, mira a quién tenemos aquí.

Gideon se volvió y se encontró con la mirada de Luther, el enorme tabernero que secaba un vaso con la punta del delantal. La tenue luz se reflejaba en la brillante calva de Luther y arrancaba destellos del aro dorado de su oreja. El tatuaje de una rosa adornaba su antebrazo musculoso. Incluso detrás de la barra, el hombre seguía pareciendo el imponente y forzudo marinero que había sido.

—Pensé que habías muerto y no te habías molestado en decírmelo.

—No podría habértelo dicho si hubiera ocurrido.

Luther consideró la cuestión y luego asintió con la cabeza.

—Supongo que no. ¿Qué vas a tomar? ¿Un trago o una pinta?

—Whisky.

Luther no hizo ningún comentario, pero unos segundos más tarde su enorme mano depositó dos vasos delante de Gideon.

—Tomaré otro contigo —dijo Luther, llenando generosamente los dos vasos. Cuando terminó, recogió el suyo y lo alzó—. Por ti, porque aún sigas vivo.

Gideon alzó su vaso.

—Lo mismo digo.

—Gracias.

Gideon se tomó el fuerte licor de un solo trago y luego cerró los ojos ante el ardor que sintió en la garganta. Cuando los abrió, Luther había dejando su vaso sobre la barra y miraba fijamente a Gideon con una expresión especulativa.

—No recuerdo haberte visto beber whisky antes —dijo Luther.

—Rara vez lo hago —dijo Gideon—. Probablemente porque sabe asqueroso. —Se estremeció—. Jesús. Creo que se me han fundido las tripas.

Luther soltó una carcajada.

—Probablemente. Es el mejor whisky de Londres. —Luther se acercó y apoyó sus enormes antebrazos sobre la barra, inclinándose hacia delante—. No me parece bien que hayas tardado tanto en volver por aquí, Gideon. ¿Acaso se trata así a los amigos?

Gideon le sostuvo la mirada y asintió con la cabeza.

—Tienes razón. Lo siento.

Luther aceptó sus disculpas con un gesto de cabeza y luego le brindó una amplia sonrisa.

—Sobre todo cuando tu amigo es mucho más grande que tú.

Gideon se permitió devolverle la sonrisa. Gideon medía algo más de uno ochenta y cinco, pero Luther le sacaba media cabeza, y, probablemente, pesaba unos quince kilos más.

—Podría aplastarte como a una cucaracha —dijo Luther, sonriendo ampliamente.

—Antes tendrías que atraparme.

—Ahí me has pillado —convino Luther, dirigiendo una mirada pesarosa a su pierna izquierda. Una herida sufrida en una pelea de cuchillos en los muelles había puesto fin a la vida de marinero de Luther—. Eres un bastardo muy rápido.

—Y es por eso que nadie puede aplastarme como una cucaracha.

Luther sirvió otro whisky. Después de que Gideon tomara un trago —uno más pequeño que el anterior, aunque no suponía una gran diferencia ya que sus entrañas seguían ardiendo—, Luther dijo:

—Es curioso que hayas venido esta noche.

—¿Por qué?

—Ha venido alguien preguntando por ti.

—¿Ah, sí? ¿Quién?

—Dijo llamarse Jack Mayne. También dijo que era tu padre. —La mano de Gideon se detuvo a medio camino de sus labios, y apretó el vaso. Una desagradable sensación le atravesó las entrañas.

Luther se inclinó un poco más.

—Creo recordar que una vez dijiste que tu padre había muerto.

—Así es. —Gideon bajó la mano lentamente, aunque no soltó el vaso—. Al menos en lo que a mí respecta.

La comprensión asomó a los ojos oscuros de Luther, que asintió con la cabeza.

—Entiendo.

—¿Cómo era físicamente? —Tal vez no se tratara realmente de Jack Mayne.

Luther lo consideró durante unos segundos.

—Se parecía a ti. Estaba muy ojeroso y demacrado, y tenía una cicatriz aquí. —Luther señaló su propia barbilla.

Maldición. Sí que era Jack Mayne. El que él y sus ágiles dedos estuvieran de vuelta en Londres no presagiaba nada bueno para los honrados ciudadanos y sus valerosas posesiones.

—¿Qué le dijiste?

—Que llevaba semanas sin verte el pelo y que no lo haría en mucho tiempo.

—¿Dijo algo más?

—Sólo que te dijera que te estaba buscando y que volvería.

Gideon asintió lentamente con la cabeza y tomó otro trago de whisky. Jack debía de encontrarse en una situación horrible para estar buscando a su hijo. Su último encuentro, cuatro años antes, no había sido demasiado agradable. Si tuvieran la mala suerte de verse de nuevo, Gideon sabía que no sería mucho mejor. No quería enviar a su padre a Newgate, pero a menos que Jack hubiera cambiado —cosa que dudaba muchísimo—, sospechaba que así sería. Y si no lo hacía el propio Gideon, lo haría cualquier otro detective de Bow Street. Por muy escurridizo que fuera Jack Mayne, acabarían atrapándolo algún día.

Luther se alejó para atender a otros clientes, y Gideon sostuvo su bebida entre las manos, con la mirada perdida en el líquido ámbar. Los recuerdos pugnaron por salir a la superficie, pero los mantuvo a raya. Tras años de práctica, sabía cómo reprimir los recuerdos desagradables. Además, tenía más cosas en las que pensar. Como la razón por la que había ido allí esa noche.

Cuando Luther regresó, Gideon alzó la mirada hacia él y le preguntó de manera casual:

—¿Dónde está Maggie?

—No trabaja esta noche. Ha ido a Vauxhall con un tipo que conoció hace unas semanas. Parece un hombre decente. —Luther cogió otro vaso y comenzó a sacarle brillo—. ¿Es ella la razón de que estés aquí esta noche?

Sí. No. Demonios, no lo sabía.

—Sólo me preguntaba dónde estaba.

—Ahora ya lo sabes. —Luther le dirigió una mirada especulativa—. No creo que ese tipo le guste especialmente, pero se ha cansado de esperarte. Te apuesto lo que quieras a que vendría corriendo si supiera que estás aquí.

Gideon no respondió. Sabía que Luther tenía razón. Maggie Price le había dejado bien claro la primera vez que vio a Gideon, en su primer día de trabajo en la taberna, seis meses atrás, que estaba dispuesta a ofrecerle algo más que bebidas. Y lo había hecho en algunas ocasiones, cuando el trabajo absorbente y solitario de Gideon había resultado ser demasiado solitario incluso para él.

Al detective le gustaba que ella no hiciera demasiadas preguntas y que no le exigiera nada a cambio. A la joven no le gustaba hablar de su pasado, lo que era perfecto pues a él tampoco le gustaba hablar del suyo. Incluso había barajado la posibilidad de entablar una relación más estrecha con ella que aquellos ocasionales encuentros en el establo.

Entonces había conocido a Julianne. Y cualquier pensamiento sobre otra mujer había desaparecido de su mente. Sabía que aquello era ridículo, pero por mucho que lo intentara, no podía evitarlo. Como no tenía ninguna excusa lógica para no acostarse con Maggie, se mantenía alejado de ella. Sabía que no le habría negado nada, pero se merecía algo mejor que ser la sustituta de otra mujer. Merecía un hombre que la quisiera. Durante un breve momento había pensado que él podría ser ese hombre. Se llevaban bien. Sabían cómo darse placer en la cama. No la amaba, pero le gustaba. ¿Acaso eso no era suficiente?

Dado que se había mantenido alejado y que apenas había pensado en ella desde que había conocido a Julianne, suponía que no.

—¿Por qué no lo sueltas?

La pregunta de Luther lo arrancó de su ensimismamiento.

—¿Que suelte qué?

—La razón de que hayas venido aquí esta noche. Puedes empezar por decirme su nombre. Y no me digas que es Maggie, porque ella no es quien te tiene hecho un lío.

—¿Qué te hace pensar que es una mujer?

Luther miró al techo.

—Soy el propietario de este lugar y llevo casado doce años, reconozco un problema de faldas en cuanto lo veo. —Señaló con la cabeza el vaso medio vacío de Gideon—. No debe de irte muy bien cuando te das a la bebida.

—Acabas de decir que éste es el mejor whisky de Londres.

—Pero eso no quiere decir que no te vaya a destrozar el hígado. ¿Quién es ella?

—Quizá sea Maggie.

Luther sacudió su calva.

—Si fuera ella, te habrías largado hacia Vauxhall en cuanto te dije que estaba allí con otro hombre. —Se acarició la barbilla y le dirigió a Gideon una mirada especulativa—. ¿Acaso esa mujer ha sido acusada por un crimen que tú sabes que no cometió? O lo que es peor, que sí sabes que cometió. ¡Venga, suéltalo! ¿Has perdido el corazón por una asesina?

Gideon frunció el ceño.

—No es una asesina, y tampoco he perdido el corazón. —Se pasó las manos por la cara—. Sólo la cabeza.

Luther asintió comprensivamente.

—Sólo una mujer puede hacer que pierdas la cabeza. Si no quisiera a mi Rose tanto como la quiero, la habría arrojado al Támesis hace ya mucho tiempo.

Gideon curvó los labios ante la mención de la menuda esposa de Luther. Rose podía ser pequeña, pero tenía una voluntad de hierro. No toleraba ninguna tontería de los clientes de El Puercoespín Borracho. Ni tampoco de su marido.

—¿Arrojarla al Támesis? —se mofó Gideon—. Me gustaría verte intentarlo. Te daría con esa sartén suya en la cabeza antes de que pudieras echártela sobre el hombro.

Luther se frotó la coronilla como si ya hubiera recibido el sartenazo.

—No te falta razón. Además, si me la echara al hombro, no sería para arrojarla al Támesis, sino para llevarla a la cama. —Soltó un suspiro—. Ah, eso es lo que ocurre cuando dejas que una mujer se te meta bajo la piel, y te enamoras. Como resulta evidente que te ha sucedido a ti.

Gideon se quedó inmóvil. Luego respiró hondo y dijo en voz alta y clara:

—No estoy enamorado. —Lo que sentía era lujuria, no amor. Podía ser tonto, pero no estúpido.

Luther asintió con la cabeza.

—Vale. Sólo te sientes desgraciado, confundido y demasiado cachondo para pensar con claridad.

Ya que eso describía a la perfección cómo se sentía, Gideon se vio obligado a admitir:

—Algo así.

Luther soltó una fuerte carcajada y luego palmeó el hombro de Gideon con un entusiasmo que habría tumbado en el suelo a un hombre más pequeño.

—Bueno, crees que no es amor lo que sientes, ¿verdad? Ten cuidado o muy pronto serás tú quien reciba un sartenazo. Y te aseguro que eso duele una barbaridad.

Gideon intentó imaginarse a la aristocrática y coqueta Julianne dándole un sartenazo, pero fue inútil.

Luther plantó sus enormes puños en la barra y le brindó una gran sonrisa.

—¿Y quién es la moza que te ha robado el corazón? ¿Alguien que conozca?

Gideon miró fijamente el vaso vacío de whisky durante un buen rato. Luego levantó los ojos hacia Luther.

—No me ha robado el corazón, pero no puedo negar que... la deseo. Y no, no la conoces y no puede ser mía.

La risa asomó en los ojos de Luther.

—¿Por qué no puede ser tuya? —Una expresión perpleja apareció en el rostro rubicundo de Luther—. No me estarás diciendo que no te quiere, ¿verdad? Me resulta difícil creer que haya una mujer por ahí que no te haya echado el ojo.

—Va a casarse con otro hombre —dijo tomándose el resto del whisky—. Dentro de dos semanas. Y luego se irá a vivir a Cornualles.

Luther asintió lentamente.

—Bien, eso sí que es un problema. Pero quizá, si ella te quiere, cancele la boda.

—No importaría. —Durante un momento, Gideon se preguntó si debía confiarse o no a Luther, aunque inmediatamente pensó: «qué diablos». Aunque todavía se sentía miserable, desahogarse con alguien podría hacer que se sintiera un poco mejor—. Es la hija de un conde.

Luther agrandó los ojos, luego soltó un silbido por lo bajo.

—Bueno, eso sí que es un buen problema, amigo.

Gideon soltó un suspiro amargo.

—Sí, lo es.

—¿Y cómo demonios has puesto los ojos en una pájara como ésa?

—Que me parta un rayo si lo sé. No es más que una princesa mimada y consentida.

Escupió las palabras con fiereza, deseando poder creérselas, pero en cuanto las pronunció, se le encogieron las entrañas.

«Los hermosos vestidos o las fiestas no son importantes para mí. Por lo menos no tanto como otras cosas. El amor. La risa. La amistad. El deseo. El romance. La pasión. Ésas son las cosas que anhelo.»

Sí, ella era una mimada como todas las de su clase. Pero desde el primer momento en que la vio había sospechado que había algo más en ella. Y después de esa noche, mucho se temía tener razón. Aunque no quería que fuera así. No quería que ella fuera algo más que una princesa mimada.

—Es lo que se espera de la hija de un conde —dijo Luther—. Debe de ser muy hermosa para haberte sumido en este estado.

—Sí. —Hermosa, vulnerable y cautivadora. Y completamente inalcanzable. Esperando algún consejo que le hiciera recuperar la cordura, algo que le sacara de la neblina de lujuria que amenazaba con engullirlo, preguntó—: ¿Qué haces tú cuando estás a punto de sucumbir a la tentación?

—¿La tentación? Procuro evitarla. —Una gran sonrisa transformó los rudos rasgos de Luther—. A menos que no pueda resistirme. —Agarró la botella de whisky y sirvió otra ronda—. Ánimo, compañero. Mira las cosas por el lado bueno. Sólo quedan dos semanas. Luego se te curarán todos los males. Esa elegante pollita se marchará a Cornualles. Ya sabes, ojos que no ven, corazón que no siente. En especial después de que encuentres a otra hermosa pollita.

Gideon se obligó a asentir con la cabeza, pero sabía que una vez que perdiera de vista a Julianne, tardaría una eternidad en quitársela de la cabeza. Y se dio cuenta de lo tonto que había sido al pensar que en aquel lugar conseguiría olvidarla.

# 13

Julianne se paseaba de un lado a otro de la habitación azul, donde había dormido la noche anterior —o más bien donde había pasado la noche en vela—, con la cabeza llena de una mezcla de vívidos recuerdos sobre su interludio con Gideon y la tensión que había habido entre su padre y él después de que ella se retirara. ¿Habría adivinado su padre las intimidades que Gideon y ella habían compartido? ¿Habría despedido a Gideon? O lo que era peor, ¿lo habría amenazado? ¿Le habría dicho a Gideon lo de su compromiso? ¿Volvería a verlo alguna vez?

Aquellas atormentadoras preguntas se intercalaban con los recuerdos de aquellos apasionados momentos que había pasado entre los brazos del detective. Había leído sobre tales intimidades en los escandalosos libros de la Sociedad Literaria, pero leerlas y experimentarlas eran dos cosas muy diferentes. Jamás había imaginado que podría inspirar o sentir una pasión como aquélla. Desear o necesitar a otra persona hasta el punto que nada más importara. Pero ahora lo sabía, ahora, que había probado la pasión, sólo quería volver a sentirla de nuevo. Deseaba disfrutar aquellas intimidades, y mucho más.

Por eso había llegado el momento de armarse de valor y hablar con su padre. Y descubrir si Gideon, el único hombre con el que quería compartir esas intimidades, había sido desterrado de su vida incluso antes de casarse.

Salió del dormitorio y avanzó por el pasillo, pero se detuvo ante la puerta de su dormitorio. Después de asegurarse de que nadie la observaba, giró el pomo de latón y entró.

La luz del sol matutino inundaba la estancia, derramándose sobre la alfombra verde y dorada y la cama hecha con esmero. Dirigió la mirada a la puertaventana que conducía al balcón, y se estremeció. En cuanto hablara con su padre, iría en busca de Johnny. Aunque antes tenía que comprobar una cosa.

Cruzó la habitación hasta el armario y abrió las puertas dobles. Se arrodilló y sacó una caja de madera de su escondite bajo un par de viejas botas que utilizaba cuando recogía flores en el jardín. Luego metió la mano en la bota izquierda y sacó una vieja llave de latón. Abrió la cerradura de la caja, levantó la tapa y bajó la mirada a su colección de tesoros. Con cuidado añadió dos nuevos y queridos artículos a la caja forrada de terciopelo: su ejemplar de *El fantasma de Devonshire Manor* y el pañuelo de Gideon.

Había sostenido aquel pañuelo de lino contra su pecho toda la noche. Lo cogió de nuevo y se lo llevó a los labios, inspirando profundamente. La tela olía a él, a aquel maravilloso y cálido olor a almidón e intrepidez que emanaba de él y que había quedado grabado a fuego en su memoria. Incluso con los ojos cerrados, habría podido reconocer su olor entre una multitud.

Debería devolvérselo, después de todo, él no se lo había dado para que lo conservara. Pero, sencillamente, no podía separarse de él. Le serviría para recordar en secreto, durante los largos y solitarios años venideros, que durante una noche mágica, había estado con el hombre que había cautivado su imaginación.

—Ahora eres el más querido de mis tesoros —le susurró al pañuelo. Tras colocarlo con suavidad entre sus demás recuerdos, cerró la caja y volvió a guardarla, junto con la llave, en su escondite dentro del armario. Cuando se puso en pie, vio su reflejo en el espejo de cuerpo entero del rincón. ¿Se la veía diferente? Incapaz de contenerse, se acercó al espejo sin dejar de mirarse. ¿Había una nueva cadencia en sus pasos? Seguro que sí. Se detuvo delante de su reflejo y estudió con aire crítico su apariencia. Por fuera parecía igual que siempre. Pero por dentro... por dentro nada era lo mismo. Y jamás volvería a serlo.

Se sentía como si fuera una nueva Julianne. Una que, por fin, había experimentado algo de vida. De aventura. De pasión. Una que guardaba un secreto en su palpitante corazón. No era la clase de secreto que pudiera compartir o confiar a sus amigas, sino uno que ardía con fuerza en su interior, calentándola como si se hubiera tragado el sol.

Alzando las manos, se pasó las yemas de los dedos por las mejillas. Quizá su piel brillaba con un poco de aquel fulgor. Se rozó los labios que aún sentía hinchados por los besos. Luego deslizó los dedos por el cuello, por la clavícula. Sentía los pechos sensibles y, debajo del vestido, tenía marcas rojas donde la barba incipiente de Gideon había raspado su piel. Eran las únicas señales externas, y sólo las conocería ella.

O, ¿habría alguna otra señal que no había visto? ¿Quizás en su conducta? ¿Algo en lo que su padre podría haberse fijado la noche anterior? Se le encogió el estómago sólo de pensarlo. Miró el reloj de oro de la repisa de la chimenea, consternada al ver la hora. Su padre estaría desayunando, y sabía que sería mejor no molestarle antes de que acabara de desayunar y terminara de leer el periódico. Mejor hablaría con Johnny primero. Mientras tanto sólo podía rezar para que su padre no hubiera adivinado lo que había ocurrido la noche anterior. Aunque si lo había hecho, seguramente Gideon lo habría negado. «No fue nada, lady Julianne.»

Cerró los ojos e inspiró profundamente. Oh, pero Gideon estaba equivocado. Lo había sido todo.

Abriendo los ojos, estudió su expresión soñadora en el espejo. Sin duda alguna debería estar consternada por lo que había hecho, por las escandalosas libertades que le había permitido. Debería lamentar sus acciones.

Pero no lo hacía. Por el contrario, rezaba para que volvieran a repetirse.

Respiró hondo para armarse de valor. Primero tenía que ir a hablar con Johnny. Luego con su padre.

—No es fácil encontrarte.

Gideon interrumpió la labor de añadir tres camisas más a su maleta y se esforzó para no volverse con rapidez. Lo había pillado desprevenido y se había asustado, lo cual le irritaba. Había aprendido bien la lección y no había muchos hombres que pudieran acercarse a hurtadillas sin que él se diera cuenta. Pero aquel hombre en particular siempre había tenido la extraña habilidad de moverse como un fantasma y entrar en lugares donde no debía estar.

Su voz, ligeramente ronca, no había cambiado en los años transcurridos desde la última vez que la había oído. Maldición, había esperado no volver a oírla. Los huevos y el beicon que había tomado en el desayuno se volvieron pesados en su estómago.

Si no hubiera dejado que *Cesar* saliera a explorar el trozo de césped que constituía su jardín, el perro le habría advertido. Pero ya era demasiado tarde. Gideon soltó las camisas, respiró hondo y se giró lentamente para verse reflejado en unos ojos oscuros que eran exactamente iguales a los suyos.

La voz podía no haber cambiado, pero Jack Mayne sí lo había hecho, y Gideon tuvo que contenerse para no mostrar ninguna expresión de sorpresa. Estaba considerablemente más delgado, y su pelo, aunque todavía espeso, estaba completamente gris. Tenía profundas arrugas en la frente y alrededor de los ojos y de la boca. La última vez que Gideon había visto a su padre, vestía poco más que harapos. Ahora llevaba unas botas decentes, pantalones de buena calidad, una camisa blanca, una corbata bien anudada bajo una chaqueta de paño y una maldita chistera.

Con aquella amplia y pícara sonrisa que Gideon conocía tan bien, su padre se quitó el sombrero y realizó una reverencia burlona.

—¿No te alegras de ver a tu viejo, Gideon?

Había habido un tiempo, hacía ya muchos años, cuando Gideon era un niño, en que ciertamente le habría emocionado ver a su padre. Pero esos días habían pasado a la historia.

—Jack —dijo con voz inexpresiva. No le había llamado «papá» desde el día que había abandonado la casucha donde vivían. Desde que ya no había tenido más razones para quedarse—. ¿Qué quieres?

—¿Qué voy a querer? ¡Ver a mi hijo! Ha pasado mucho tiempo.

Cuatro años, dos meses y dieciséis días para ser exactos. No era demasiado tiempo.

—Ya me has visto. —Gideon señaló la puerta con la cabeza—. Ahora, vete de mi casa.

—Oh, no seas así, Gideon —dijo Jack—. Bonito juego de cerrojos tienes en las puertas y ventanas. ¿No quieres saber cómo he entrado?

—No. Sólo espero que no hayas roto ninguno. No estoy de humor para reemplazarlo.

Una mirada de reproche asomó a los ojos de Jack.

—Me insultas, hijo mío, cuando sabes perfectamente que no soy tan descuidado. —Flexionó los dedos—. Todavía soy el mejor. Por supuesto, ha sido todo un detalle por tu parte dejar a ese perro guardián ahí fuera. No me hubiera gustado que me clavara los dientes en el trasero al entrar en la casa. —Dio una vuelta sobre sí mismo, observando el dormitorio de Gideon mientras asentía con la cabeza—. Veo que has prosperado. No es la zona más elegante de Londres, pero tampoco es la peor.

Gideon cruzó los brazos sobre el pecho y clavó los ojos en el hombre contra el que había endurecido su corazón. Mientras todavía lo tenía.

—¿Qué quieres, Jack? —Deslizó la mirada por la ropa de su padre—. ¿Dinero? Porque si es así, deberías haber venido vestido con harapos en vez de con esas ropas tan finas.

—No, no necesito dinero —dijo Jack con tono dolido—. Puede que tenga más años, pero el viejo Jack Mayne todavía sabe cuidarse. De hecho, recientemente he encontrado un buen nido.

—Lo que quiere decir que has encontrado un buen pájaro al que exprimir. Supongo que no habrás olvidado que no estamos en el mismo lado de la ley.

—No tengo tendencia a olvidar nada. —Jack le guiñó un ojo—. Pero eres tú quien está en el lado equivocado de la ley.

—Una de tantas cosas en las que no estamos de acuerdo.

—Cierto. Tienes unas manos ágiles, Gideon. Deberías saberlo. Te enseñé todo lo que sé.

—Unas manos ciertamente con talento... para atrapar criminarles y enviarlos a Newgate. ¿Por qué estás en Londres?

—Oí decir que aquí había buenas oportunidades para hombres con mi talento, y como puedes ver —se tiró de las solapas y esbozó una amplia sonrisa—, he oído bien. Pensé que ya que estaba por aquí, debía hacerte una visita.

A Gideon no le cupo ninguna duda de que las oportunidades a las que hacía referencia su padre podían llevarle a Newgate.

—Si oigo que has hecho algo ilegal, si me entero de algo así, yo...

—No me protegerás —dijo Jack—. Te lo he oído decir cientos de veces. Bien, no necesito que me protejas, chico. Además, tendrías que pillarme con las manos en la masa, hipotéticamente hablando, claro.

—Me alegro de que lo entiendas. Ahora, si me disculpas... —le señaló la puerta con una elocuente mirada.

—¿Te vas por motivos de trabajo —dijo Jack dirigiéndole una mirada a la maleta abierta sobre la cama— o te vas de vacaciones?

—Trabajo.

Jack inclinó la cabeza.

—Un hombre ocupado. Eso es bueno. —Arqueó las cejas con rapidez y un agudo interés brilló en sus ojos—. ¿No estarás involucrado en el caso del que todo el mundo habla y que ha salido en el *Times*? ¿El del ladrón y asesino fantasma? Vaya tipo más listo.

El instinto de Gideon se agudizó.

—¿Por qué lo preguntas?

Jack se encogió de hombros con indiferencia.

—Es una historia fascinante. ¿Tenéis alguna pista sobre quién puede ser el tipo?

Gideon se acercó a la cama y cogió la maleta de cuero llena de rozaduras.

—Tengo que irme.

—Claro —dijo Jack, asintiendo compresivo—. Estoy seguro de que hay montones de criminales que atrapar ahí fuera.

Gideon lo miró a los ojos.

—Espero que tú no seas uno de ellos.

Algo brilló en los ojos de Jack, luego sonrió ampliamente.

—No te preocupes. Tu viejo aún sigue siendo el mejor.

Lo que quería decir que Jack no iba a dejar que lo atraparan. Pero algún día lo atraparían. Y Gideon no quería tener que ser quien lo hiciera.

—Hasta pronto, hijo mío —dijo Jack. Se puso el sombrero, se

dio media vuelta y salió de la habitación. Gideon caminó hasta la puerta y observó cómo Jack salía de su casa silbando por lo bajo.

No fue hasta que la puerta se cerró tras él y Gideon se quedó de nuevo solo en la habitación que se dio cuenta de que había estado conteniendo la respiración y que tenía los puños apretados.

Que Jack Mayne entrara en su casa y lo pillara desprevenido no era la mejor manera de empezar el día... un día que tendría que pasarse resistiendo, eh..., protegiendo a Julianne.

Maldición, iba a ser un día muy largo.

Julianne se quedó mirando a Johnny, intentando comprender lo que acababa de decirle. Pero, sencillamente, no podía.

—¿Qué quieres decir con eso de que no viniste aquí ayer por la noche?

Johnny se pasó el dorso de la mano sucia por la mejilla manchada de hollín. Era un joven robusto de veintidós años cuyo padre había estado entregando el carbón en la mansión de Grosvenor Square durante más de una década. Cuando su padre se había jubilado seis meses atrás, Johnny había tomado el control del negocio. Ahora no hacía más que mirar de un lado a otro, obviamente tan ansioso como ella por abandonar el rincón de la despensa donde Julianne le había arrastrado.

—Lo lamento mucho, milady —dijo por lo bajo—. Mi mujer estaba esperando un bebé que tuvo la inoportuna ocurrencia de nacer ayer por la noche. No había nadie más que pudiera ayudarla, y no podía dejarla sola. Pero le aseguro que vendré esta noche y haré todos esos gemidos y gruñidos. Tal y como habíamos acordado.

Julianne sintió como si el suelo se hundiera bajo sus pies.

—No viniste ayer por la noche —dijo lentamente, pronunciando cada palabra con cuidado, sin dejar de observarlo con atención.

Johnny bajó la mirada y arrastró la punta de la bota sucia contra el suelo. Luego levantó la barbilla.

—No, milady. De verdad que lo siento mucho.

—¿No eras tú el encapuchado que apareció en mi balcón?

Johnny abrió la boca.

—Santo Dios, milady. ¿De dónde ha sacado una idea tan ridícula? —Agrandó los ojos y de inmediato pareció avergonzado—. Le ruego que me perdone.

Ella le agarró por las mangas.

—¿No has sido tú quien ha dejado una nota amenazadora en mi dormitorio?

Los ojos verdes del joven se abrieron como platos.

—No, milady. ¿Cómo iba a hacer tal cosa? Apenas sé escribir.

Ella quiso sacudirle, exigirle que le dijera la verdad, pero era evidente que ya se la había dicho. Lo que quería decir...

Santo Dios, eso quería decir que había sido otra persona quien había dejado aquella nota amenazadora. Que había sido un desconocido quien había intentado entrar en su dormitorio. Alguien con un cuchillo.

Se estremeció de miedo. Soltó a Johnny y se rodeó con los brazos para evitar echarse a temblar. ¿Quién había hecho tal cosa? ¿Y por qué? Recordó las palabras amenazadoras de la nota «Será la siguiente», y otro estremecimiento la atravesó.

—¿Se encuentra bien, milady? —preguntó Johnny—. Se ha quedado blanca como el papel.

—Estoy bien —mintió ella.

—Vendré esta noche. Le juro que lo haré.

Julianne frunció el ceño. No podía permitir que Johnny corriera ningún peligro si el extraño decidía regresar esa noche.

—No. Será mejor que no lo hagas.

—Una promesa es una promesa, milady. Además, con otra boca más en casa, necesito más dinero. —Se le empañaron los ojos de preocupación—. Me pagará si vengo esta noche, ¿verdad?

—Te pagaré para que no vengas esta noche ni ninguna otra noche. —Metió la mano en el bolsillo y sacó dos monedas de oro que puso en la mano de Johnny. Cuando éste miró las monedas, se quedó boquiabierto.

—Para ti. Y para tu mujer y tu hijo.

—Muchas gracias, milady —dijo y salió disparado hacia la puerta del servicio, dejando sola a Julianne.

Profundamente preocupada, salió de la despensa y se obligó a subir por la escalera del servicio para evitar pasar por la cocina donde la vería la señora Linquist. Después de asegurarse que no la observaba nadie, salió al pasillo, se alisó las faldas, y luego se dirigió al vestíbulo.

—Su padre quiere verla de inmediato, lady Julianne —le dijo Winslow en cuanto la vio—. En su estudio.

Incapaz de hablar ante el nudo de aprensión que se le formó en la garganta, Julianne sólo atinó a asentir con la cabeza. Se dirigió al estudio arrastrando las piernas como si fueran palos pesados, luego permaneció ante la puerta casi un minuto entero antes de armarse de valor para llamar. Ante la fría voz de su padre invitándola a entrar, abrió la puerta y cruzó el umbral. Su padre levantó la vista desde el escritorio y luego volvió a mirar lo que fuera que estuviera leyendo.

—¿Vas a quedarte ahí parada o vas a decirme qué quieres? —le preguntó con aquella voz gélida que sólo servía para hacer que se sintiera más tímida en su presencia.

Tragándose sus temores, Julianne se acercó al escritorio. Cuando se detuvo ante él, se humedeció los labios.

—Winslow me ha dicho... me ha dicho que deseabas verme.

—Sí. En relación con el señor Mayne.

Santo Dios. El tono adusto y la expresión pétrea del conde le aflojaron las rodillas. Como no la había invitado a sentarse, se agarró al respaldo de la silla que tenía delante.

—Le he contratado para protegerte a ti y a la casa hasta que se resuelva todo este asunto o te hayas casado con Eastling y vivas en Cornualles, lo que venga primero —le anunció su padre. Levantó los ojos y la taladró con aquella gélida mirada azul—. Tus actividades se verán seriamente restringidas. Si tienes que ir a algún sitio, Mayne te acompañará. Continuarás durmiendo en la habitación azul, y Mayne se quedará vigilando en tu dormitorio con la esperanza de que quienquiera que intentara entrar anoche vuelva a hacerlo y sea detenido. Espero que ocurra esta misma noche, así podremos poner fin de una vez por todas a esta insensatez. —Su mirada se volvió todavía más fría—. No tengo nada más que decir, así que no quiero oír ningún argumento en contra.

A Julianne le llevó varios segundos asimilar las palabras. Cuando por fin lo hizo, su corazón comenzó a palpitar. Bajó la mirada a la alfombra para que su padre no viera la expresión de alegría y triunfo que temía se reflejara en sus ojos.

—Sí, papá —murmuró, esperando sonar lo suficientemente cohibida.

—No quiero que comentes nada al respecto, ni siquiera a su excelencia. Si llegara a descubrir que está persiguiéndote un criminal armado con cuchillo, no tengo duda de que rompería el compromiso, y que me condenen si dejo que eso ocurra.

—¿Le has hablado al señor Mayne de mi compromiso?

—Naturalmente. Tenía que saber lo importante que es que no te ocurra nada.

Una parte de su alegría se evaporó. ¿Cómo se habría tomado Gideon las noticias? ¿Se habría enfadado con ella por no habérselo dicho? ¿O, simplemente, le daría igual? Consideró suplicar a su padre que reconsiderara su compromiso de matrimonio, pero sabía que sería inútil. Cualquier cosa que dijera caería en saco roto. Nada iba a romper el acuerdo al que hubiera llegado con el duque. Así que se limitó a preguntar:

—¿Cenará el señor Mayne con nosotros?

Una mirada de pura aversión atravesó los rasgos de su padre.

—Ciertamente no. No posee los modales ni la ropa adecuada para estar en el comedor. Estarás perfectamente a salvo con tu madre y conmigo durante la cena. El señor Mayne comerá en la cocina con el resto de los criados.

Julianne cerró los dedos sobre la tela del vestido y apretó los labios para contener una oleada de réplicas.

—El señor Mayne debe acompañarte a todas partes —continuó su padre—. Por lo tanto que no se te pase por esa tonta cabeza salir sola. Dada la situación, sería más conveniente que te quedaras en casa durante todo el día y la noche de hoy. —Frunció el ceño—. La velada de Eastling será mañana por la noche, y tendrás que asistir, por supuesto. Pero hoy, te quedarás aquí.

—Sí, papá. —Manteniendo una expresión neutra, levantó la cabeza—. ¿Pero qué ocurrirá con las visitas que suelo hacer con mamá?

—Tendrá que ir sola, como hizo ayer. El señor Mayne llegará dentro de una hora. —Su padre frunció aún más el ceño—. En cuanto llegue, me iré al club. —Sin el más leve parpadeo ni emoción, volvió a centrarse en su lectura, y Julianne supo que no había nada más que decir.

Se dio la vuelta y cruzó la estancia. No fue hasta después de salir del estudio y cerrar la puerta tras ella que se permitió curvar los labios en una sonrisa triunfal.

Gideon estaría allí, en su casa, dentro de una hora, sólo para protegerla. Su plan había funcionado.

Una sombra enturbió al instante su sensación de triunfo. Sí, la protegería, pero en lugar de hacerlo contra una amenaza imaginaria creada por Johnny, lo haría contra una amenaza real.

Una amenaza real con un cuchillo de verdad.

# 14

Antes de presentarse en casa de Julianne, Gideon hizo varias paradas. La primera lo condujo a un portal oscuro en una estrecha calle lateral a las afueras de Whitechapel, una zona llena de edificios altos con paredes de ladrillos cubiertos de hollín. Allí dejó una nota doblada y un soberano en la mano de Henry Locke, un hombre cuya astuta habilidad para conseguir información de personas que deseaban permanecer ocultas lo convertía en alguien muy útil para Gideon. Habría sido un magnífico detective en Bow Street si no fuera por su mala costumbre de robar carteras.

—Éstas son las personas que quiero que investigues —dijo Gideon, dándole a Henry la lista donde había incluido los nombres de todos los que sabía que habían estado en casa de Julianne el día anterior. Habría preferido investigarlos él mismo, pero no podía hacerlo y proteger a Julianne al mismo tiempo—. Pronto te daré más nombres, pero por ahora puedes empezar con éstos.

Henry miró la lista y, aunque contenía los nombres de algunos prominentes caballeros de la sociedad, no mostró reacción alguna.

—¿Para cuándo quieres esta información?

—Para ayer. Hasta que te diga otra cosa, podrás ponerte en contacto conmigo en la mansión Gatesbourne en Grosvenor Square.

Algo brilló en los sagaces ojos verdes de Henry.

—¿Qué es lo que te ha llevado allí?

—¿Por qué lo preguntas?

Henry se encogió de hombros.

—Por nada. Me pondré en contacto contigo en cuanto sepa algo. —Se metió la lista en el bolsillo y luego salió del portal. Gideon lo observó deslizarse como un fantasma por los innumerables recovecos de los estrechos callejones y desaparecer de su vista.

Cogió su maleta y llamó a *Cesar* con un silbido para emprender el camino de vuelta a la calle principal donde detuvo un coche de alquiler. Tras darle al cochero la dirección de Logan Jennsen, se recostó en el asiento y cerró los ojos.

Demonios, estaba cansado. Sentía los párpados arenosos y pesados por no haber dormido. Pero al menos al no haber ido a casa después de abandonar El Puercoespín Borracho, había conseguido una información sobre lord Beechmore que Logan Jennsen encontraría interesante. El trabajo de investigación lo había mantenido alejado de su cama, donde sin duda habría pasado la noche en vela, con los ojos clavados en el techo, pensando en cosas que tenía que olvidar. Cosas que nunca serían suyas.

El carruaje se detuvo bruscamente y, tras dar instrucciones al cochero para que le esperase, Gideon se acercó a la casa de Jennsen, admirando la imponente y elegante mansión. Demonios, se rumoreaba que el americano tenía más dinero que toda la familia real, y estaba claro que no tenía ningún reparo en gastarlo en su casa.

Un mayordomo muy correcto abrió la puerta y unos minutos después escoltó a Gideon por un largo pasillo. La casa de Jennsen podía rivalizar con la del padre de Julianne, pero la mansión de Gatesbourne era, en pocas palabras, desangelada, mientras que la de Jennsen era, a pesar de la opulencia, las obras de arte y los retratos que se alineaban en las paredes, acogedora.

Cuando el mayordomo lo anunció en la puerta de un estudio elegantemente amueblado, Jennsen se levantó de inmediato desde detrás del macizo escritorio de caoba y se acercó a él.

—Mayne —le dijo, tendiéndole la mano—. ¿Tiene alguna información para mí?

Gideon estrechó la mano del americano y asintió con la cabeza.

—Así es.

—Qué rapidez.

—Tuve un momento y lo aproveché.

—Me sorprende incluso que haya tenido algún respiro dada la investigación de robo y asesinato que tiene entre manos. Qué terrible noticia la de lady Daltry. —La mirada de Jennsen cayó sobre *Cesar,* que permanecía en guardia al lado de Gideon, mirando al americano con los ojos entrecerrados—. No me arrancará la pierna de un bocado, ¿verdad?

—Sólo si lo cree necesario. Por si acaso no haga movimientos bruscos.

—Gracias por la advertencia. ¿Quiere sentarse?

—Gracias, pero no. No puedo quedarme. Sólo venía a decirle que he averiguado algo que guarda relación con lo que quería que investigara. Según mis fuentes, lord Beechmore ha sufrido recientemente graves pérdidas financieras.

Jennsen agudizó la mirada.

—¿A qué se refiere con recientemente? ¿Y cómo de graves?

—El mes pasado, y muy graves. Parece que apostó fuerte en un negocio en el Continente. No sólo perdió una enorme cantidad de dinero, sino parte de sus bienes.

—¿No puede darme alguna cifra aproximada?

—No de las propiedades, pero los perjuicios económicos podrían alcanzar las cincuenta mil libras.

Jennsen asintió con la cabeza.

—¿Algo más?

—Mantiene a una amante en Londres, lo cual es caro y le supone un montón de deudas. Al parecer se ha quedado sin fondos para pagar al servicio.

Jennsen se encogió de hombros.

—No me sorprende. Basándome en mis observaciones, las palabras «caballero y moral» difieren mucho entre sí. ¿Es eso todo?

—Por ahora. Si descubro algo más, me pondré en contacto con usted.

—Gracias. Me ocuparé de que le paguen sus servicios e incluiré una prima extra por la rapidez. En realidad, pensaba visitarle hoy. He recordado dónde había visto la tabaquera.

El interés de Gideon se avivó.

—¿Dónde?

—En la velada de los Daltry. Poco después de llegar. La utilizaba uno de los caballeros, la sacó del bolsillo de su chaleco.

—¿Recuerda el nombre del caballero?

—Lord Haverly.

Al instante, Gideon anotó mentalmente la residencia de Haverly a la lista de paradas que tenía que hacer esa mañana. Le dio las gracias a Jennsen por la información y luego ambos se dirigieron a la puerta del estudio. Antes de girar el pomo de latón, Jennsen comentó:

—El *Times* vuelve a estar lleno de escabrosas especulaciones sobre el ladrón y asesino fantasma. ¿Hay alguna novedad?

—Nada de lo que pueda hablar. Pero le aseguro que lo atraparé.

A Jennsen le brillaron los ojos.

—¿No le preocupa que nuestro fantasmal amigo se le escape de entre los dedos, Mayne?

—Ni mucho menos. Lo atraparé. Y pagará por sus crímenes.

—Así que si quisiera apostar, debería hacerlo por usted en vez de por el fantasma.

—A menos que quiera perder su dinero.

—En absoluto. De hecho, no me gusta perder nada, bajo ninguna circunstancia.

—A mí tampoco—dijo Gideon con seriedad—. Y no tengo intención de empezar ahora.

Salió de la casa y le dio al cochero la dirección de Haverly. Quince minutos después lo hicieron pasar al comedor de su señoría.

—Es muy temprano para una visita —dijo Haverly, que no parecía muy complacido de que le hubieran interrumpido el desayuno.

Por toda respuesta, Gideon le tendió la tabaquera.

—¿La reconoce?

Haverly agrandó los ojos.

—Por supuesto. Es mía. ¿Dónde la ha encontrado? —Alargó la mano para cogerla, pero Gideon la apartó.

—¿La había perdido?

—Sí —dijo Haverly con el ceño fruncido—. La había perdido. En la velada de lord Daltry. ¿Es allí donde la encontró?

—En efecto. Concretamente, la encontré bajo una ventana. Una cuya cerradura había sido forzada. Una ventana que alguien intentó utilizar para entrar en la casa. —Gideon entrecerró los ojos—. Donde, como bien sabe, robaron y asesinaron a lady Daltry.

Haverly parpadeó.

—¿Y usted cree que de algún modo soy el responsable?

—¿Lo es?

—Por supuesto que no. —Haverly arrojó la servilleta a la mesa y se puso en pie. Un rubor le cubría la tez—. ¿Cómo se atreve a insinuarlo siquiera? ¿Por qué iba a hacer tal cosa?

—No estoy seguro. Todavía.

—Bueno, pues yo no lo hice. Obviamente quienquiera que lo hizo, robó y luego perdió mi tabaquera.

—Pues menudo descuido de su parte haberla perdido después de haberse tomado la molestia de robarla —dijo Gideon, observándolo con atención.

—Quizá la perdió a propósito. Para implicarme.

Gideon depositó la cajita sobre la mesa.

—Quizá. Pero tenga la plena seguridad de que descubriré la verdad. No hace falta que me acompañe a la puerta.

Salió y regresó al carruaje. Esta vez le dio al cochero la dirección del duque de Eastling.

Su señoría no pareció más complacido de verle que el propio Haverly.

—En cinco minutos salgo para una cita —dijo el duque, después de hacer pasar a Gideon a su estudio privado.

—Seré breve. Sabe que ayer robaron y asesinaron a lady Daltry en su casa, ¿no?

—Sí. Una horrible tragedia.

—¿Conocía bien a lady Daltry?

—Conozco a toda la familia desde hace años.

—¿Considera a lord Daltry su amigo?

Un indicio de irritación atravesó los rasgos del duque.

—Por supuesto. Como he dicho, hace años que lo conozco.

—¿Y él no tenía ningún inconveniente en que usted se acostara con su esposa?

El destello de sorpresa que asomó a los ojos del duque fue casi imperceptible, pero Gideon lo notó.

—Es una grosería hablar mal de una mujer muerta.

—Pero yo estaba hablando de usted.

—¿Qué le hace pensar que teníamos una... relación?

—Les vi juntos. En la fiesta de Daltry. En el estudio privado de lord Daltry. La próxima vez que decida levantarle las faldas a la mujer de un amigo y poseerla por detrás, será mejor que le eche el cerrojo a la puerta.

El duque entrecerró los ojos hasta que formaron dos rendijas.

—Si está sugiriendo que tuve algo que ver con la muerte de lady Daltry sólo porque ella y yo disfrutamos de un momento de intimidad...

—Sólo estoy sugiriendo que la relación entre esos dos hechos es cuanto menos... curiosa.

—En ese caso, supongo que también le resultará curioso saber que no era el único hombre que le levantaba las faldas. Lady Daltry era una mujer de fuertes apetitos. De hecho, no fui el primer hombre con el que estuvo esa noche.

Gideon arqueó las cejas.

—Y ahora, ¿quién está hablando mal de una mujer muerta?

—Por desgracia, parece que debo dejar a un lado la discreción si quiero defenderme.

—¿Cómo está tan seguro de que usted no fue su primer amante esa noche?

—Ella me lo dijo.

—¿Mencionó algún nombre?

—No. Pero no tendrá ninguna dificultad en encontrar a sus antiguos amantes. Me apuesto lo que quiera a que la mayoría de los invitados a la fiesta ha disfrutado en algún momento u otro de las atenciones de la dama. —Se levantó—. ¿Es eso todo?

Maldición, era muy difícil disimular su extrema aversión hacia aquel hombre. Un hombre que, obviamente, no valoraba nada de lo que tenía. Al menos no valoraba la amistad. Ni los votos matrimoniales. Ni la reputación de las damas. Y ése sería el individuo con quien Julianne se casaría. A pesar de que ella lo había engañado —algo que enfurecía a Gideon—, pensar que iba a casarse con un bastardo inmoral como el duque le revolvía las entrañas.

—Eso es todo por ahora —dijo, respondiendo en el mismo tono helado de su señoría.

Se marchó, y esta vez le dio al cochero la dirección de Julianne. Mientras el carruaje traqueteaba por las calles adoquinadas en dirección a Grosvenor Square, Gideon se preguntó cuántas mentiras le habrían dicho a lo largo de la mañana.

Tras entregarle su maleta a Winslow —que le dio la lista que había pedido de todas las personas que habían entrado en la mansión el día anterior—, Gideon mantuvo una breve entrevista con el conde durante la cual el padre de Julianne le recordó sus deberes y le informó de que comería en la cocina. No le sorprendía. No había esperado que el conde le tratara como a algo más que lo que era. Un empleado.

Gideon copió la lista que Winslow le había dado y se encargó de enviársela a Henry. En cuanto lo hizo, recorrió el largo pasillo que conducía a la sala de música donde el conde, poco antes de salir hacia el club, le había dicho que encontraría a lady Julianne.

*Cesar* trotaba en silencio a su lado.

—¿Estás buscando a la pequeña princesita? —preguntó Gideon, arqueando una ceja en dirección al perro.

*Cesar* se relamió y comenzó a jadear. Gideon negó con la cabeza. Maldición. Cómo sucumbían los poderosos. Y derrotados, nada menos, por algo tan ridículo como el dardo de Cupido.

—Será mejor que pongas los ojos en una perrita más asequible, amigo. Sabes muy bien que esa elegante y tentadora bola de pelo acabará prometida a un perro de raza.

*Cesar* le dirigió una mirada desafiante y Gideon frunció el ceño.

—Genial. No me escuches. Pero luego no digas que no te lo advertí. Será mejor que endurezcas tu corazón, como hago yo. —Vale. Había permitido que el deseo le venciera una vez. Pero no iba a permitirlo otra vez.

«¿Una vez? —preguntó la vocecita interior con incredulidad—. ¿Una vez?»

El ceño de Gideon se hizo más profundo. Está bien, maldita sea. Había sido más de una vez. Pero no iba a ocurrir de nuevo. En especial ahora que sabía que ella estaba comprometida. Y que no se lo había dicho. Que lo había engañado a propósito. Sí, seguro que eso le ayudaría a guardar las distancias.

Estaba todavía a varias puertas de su destino cuando Gideon aminoró el paso ante el sonido de un piano. Las notas, lentas y cadenciosas, flotaban en el aire. La melodía era muy hermosa, y se sintió atraído por ella como una polilla a una llama. Se acercó a la estancia y se detuvo en la puerta, quedándose paralizado ante aquella visión.

Julianne estaba sentada ante el pianoforte, de espaldas a él, bañada por la brillante y dorada luz del sol que entraba por la puertaventana y que la envolvía con un resplandor casi etéreo. Tenía los brillantes rizos rubios recogidos en un moño sencillo, con lazos entrelazados de color azul claro a juego con su vestido de manga corta. Un color que él sabía que resaltaría sus extraordinarios ojos. Un rizo suelto dividía en dos la nuca marfileña, un trozo de piel aterciopelada y cremosa que sus dedos y boca deseaban explorar.

Cerró los puños y apretó los labios en una línea tensa para contener el deseo. Y se obligó a recordarse que ella no era suya. Que nunca lo sería. Que jamás podría serlo. Que le había mentido y seducido sabiendo que pertenecía a otro hombre. La cólera reapareció de nuevo —gracias a Dios— y él se aferró a ella como si fuera un salvavidas en un mar revuelto por la tormenta.

Ella tenía la espalda perfectamente recta y la cabeza un poco inclinada hacia delante. Sus hombros se movían mientras ella acariciaba las teclas para arrancar aquella cautivadora melodía que repentinamente cambió de ritmo, alternando lo que había sonado como un día de invierno gris con un estallido de sol primaveral. Permaneció en el umbral, cautivado por la belleza de la música que lo envolvía. Jamás había oído antes algo tan armonioso, que invocara imágenes tan claras y vívidas en su mente, y se preguntó si sus pensamientos concordaban con lo que el compositor había pretendido al crear aquella música.

Tras varios minutos la música cambió de nuevo, bajando el ritmo, regresando a las notas tristes que había escuchado al principio. Gideon imaginó que la risa, el brillo del sol y la felicidad disminuían gradualmente, reemplazados por sombras, nubes y pesar. La melodía se detuvo con una nota desgarradora que reverberó en la estancia hasta desvanecerse en el silencio. Era lo más hermoso y evocador que había oído nunca, algo que sólo había servido para enfatizar las divergencias que había entre ellos. Las mujeres del mundo de Gideon no pasaban el tiempo tocando el pianoforte en sus mansiones. Ni estaban comprometidas con duques. Ni intimaban con sus empleados.

Estaba a punto de hablar, cuando una serie de agudos ladridos, cerca de la chimenea, rompió el silencio. Gideon se dio la vuelta y vio a *Princesa Buttercup*, que había estado durmiendo en un cojín demasiado grande para ella junto al fuego de la chimenea, levantarse de su trono de raso y dirigirse hacia *Cesar* y él como si fueran unos amigos largo tiempo ausentes. En esa ocasión, la perrita vestía una falda rosa de tul con un lazo a juego que le retiraba el blanco pelaje de los brillantes ojos negros. Se lanzó hacia Gideon como un borrón de alegría canina.

Divertido a su pesar, se puso en cuclillas y le rascó tras las peludas y suaves orejas, luego le hizo cosquillas en la barriga. Tras dedicarle un frenesí de lametones en la mano, lo abandonó y volvió su atención a *Cesar,* que agitaba furiosamente la cola contra el marco de la puerta. Gideon se puso en pie y dejó que su encandilada mascota reafirmara su amor hacia la dama canina, luego le ordenó suavemente:

—*Cesar*, vigila. —*Cesar* terminó de inmediato con todas aquellas frivolidades y se tumbó en la puerta. *Princesa Buttercup* se tumbó a su lado y se lo quedó mirando con adoración.

Gideon volvió su atención al pianoforte. Julianne se había puesto en pie y aguardaba junto al taburete de terciopelo con las manos entrelazadas. Durante varios segundos, se vio asaltado insensatamente por su pura hermosura, pero rápidamente recuperó la compostura y se acercó a ella, con el sonido de las botas amortiguado por la gruesa alfombra. Se detuvo a unos dos metros de ella. Le sostuvo la mirada y cerró los puños. Demonios, sus labios aún parecían hinchados por los besos, y los labios de Gideon hormiguearon ante el recuerdo de algo que sólo quería olvidar.

Julianne no dijo nada durante un buen rato, mirándole con aquellos enormes ojos azules que le habrían derretido las entrañas si no hubiera estado prevenido de antemano. Luego ella habló:

—Mi padre me ha dicho que te ha contratado. Me siento muy feliz y aliviada de que estés aquí, en especial tras el robo y asesinato de lady Daltry.

—Me paga muy bien.

La decepción atravesó los rasgos de Julianne ante aquellas frías palabras, pero luego pareció enderezar la espalda.

—Ya veo. Bueno, mi padre tiene dinero más que de sobra, y sabe cómo utilizarlo para conseguir lo que quiere. Le gusta decir que todo el mundo tiene un precio. —Levantó la barbilla—. Es evidente que averiguó el tuyo. No sé a cuál de los dos felicitar.

Un rubor avergonzado encendió la cara de Gideon. Maldición, había pretendido hacerle creer que había aceptado el trabajo de protegerla sólo por el dinero —y no porque hubiera algo personal entre ellos—, pero obviamente le había salido el tiro por la culata.

—Estás insinuando que me ha comprado.

—No lo insinúo. Lo afirmo categóricamente. —Se encogió de hombros con elegancia—. No importa. No eres el único. La última adquisición de mi padre ha sido el duque de Eastling... mi futuro marido. Pero eso ya lo sabes.

—Sí. Tu compromiso es algo que muy convenientemente olvidaste mencionar. —Intentó mantener un tono afable e impersonal, pero las palabras le salieron ásperas y duras.

Las mejillas de Julianne adquirieron un profundo tono escarlata, pero su mirada no flaqueó.

—¿Acaso importa?

«No.»

—Sí. No tengo por costumbre convertir en cornudo a otro hombre. De hecho, siento una fuerte aversión hacia ello.

—Aún no es mi marido.

—Es tu prometido y será tu marido dentro de dos semanas. —La cólera mezclada con una oleada indeseada de celos se extendió como un veneno por el cuerpo de Gideon—. Ya era suficientemente malo haber comprometido tu inocencia, pero en mi ignorancia, también he comprometido mi honor. No tomo nada que pertenezca a otro hombre.

El labio inferior de Julianne comenzó a temblar y ella pareció desinflarse, como si hubiera perdido toda su bravuconería.

—No has tomado nada. Aun así tienes razón, por supuesto. Debería habértelo dicho, pero...

—No hay peros que valgan —la interrumpió con frialdad—. Deberías habérmelo dicho. Punto. En lo que respecta a la noche pasada... no ocurrió nada.

Aquellos ojos que brillaban llenos de aflicción, amenazaron con derretir su determinación como el hielo se derrite bajo el sol. Antes de sucumbir, dio un paso hacia delante, utilizando su tamaño para intimidarla, dejándola paralizada con la mirada.

—No ocurrió nada.

Para sorpresa de Gideon, ella no retrocedió. Apretó los labios, asintió rígidamente y luego miró al suelo. El silencio se extendió entre ellos. Luego ella levantó la cabeza, y entonces sus ojos parecieron dos brasas ardientes.

—¿Te ha dicho mi padre que el compromiso no será oficial hasta la fiesta que ofrecerá aquí la semana que viene?

—No. —Demonios, esperaba que la investigación hubiera finalizado para esa fecha, porque sólo pensar en ser testigo de tal anuncio, de ver cómo el duque la reclamaba formalmente, era algo que le revolvía el estómago.

—Será el acontecimiento social del año —dijo ella con un tono tan lacónico como su expresión—. Supongo que piensas que soy muy afortunada.

—¿Lo eres? —le espetó con un deje amargo en su voz.

Ella apartó la mirada, pasando los dedos sobre las teclas del piano, luego se acercó a la chimenea, donde contempló el fuego.

—Soy afortunada... pues pronto seré duquesa. Aunque tendré que casarme con un hombre del que apenas sé nada. Un hombre al que no le importo ni me importa. Soy afortunada... pues pronto viviré en una casa magnífica. Aunque esté a centenares de kilómetros de mis amigos más queridos y de todo lo que me es familiar. Soy afortunada... pues pronto tendré todo aquello que desee, más vestidos y chucherías de los que me pueda poner.

Se volvió para mirarle, y la mezcla de cólera y desesperación de sus ojos pareció meterse dentro del pecho de Gideon y oprimirle el corazón.

—Aunque nunca tendré el amor de mi marido. Un marido al

que yo tampoco amaré. Tampoco tendré risa. Ni amistad. Ni compañerismo. Ni pasión.

La expresión de Julianne lo desgarró, reemplazando parte de su cólera por una indeseada compasión que le obligaba a decir algo, lo que fuera, para ofrecerle algo de consuelo.

—Puede que al final acabe amándote. —Escupió aquellas palabras como si tuviera serrín en la boca.

Una risa carente de humor salió de los labios de Julianne.

—Es evidente que no conoces al duque.

—Lo conozco. —Y le aborrecía.

—En ese caso, no puedes decir en serio que acabará amándome. Si tuviera que describirle con una sola palabra sería «malhumorado». Y aun así, dadas su posición y sus agraciadas facciones, debería considerarme afortunada, como haría la mayoría de las jóvenes.

—Pero tú no eres como la mayoría. —Gideon no se dio cuenta de que había dicho las palabras en voz alta hasta que ella asintió en respuesta.

—Por lo visto no, yo me siento atrapada. Aunque no por el propio duque. En realidad no tiene importancia qué pretendiente escoja mi padre para mí, son todos iguales al duque. Hombres a los que sólo les interesa mi dote, y a los que tampoco amo. Ninguno me inspira la más mínima excitación. No enciende ni la más leve chispa en mi interior. —Bajó la mirada a la boca de Gideon, y una llamarada lo atravesó como si ella le hubiera apuñalado con un cuchillo ardiente—. Sabes de qué hablo, ¿no?

¿Lo sabía? Demonios, se le aceleraba el corazón sólo de pensar en ella. Verla encendía un fuego en su interior.

—Sí, lo sé.

Julianne dio un paso hacia él y el corazón de Gideon dio un brinco.

—¿Por qué?

«Porque estás aquí. Lo suficientemente cerca para tocarte.»

—Porque he experimentado la lujuria. La pasión. El deseo. —Entrecerró los ojos—. Como anoche. Y tú lo sabes muy bien.

—¿Y el amor? ¿Has estado enamorado alguna vez?

Una imagen cruzó por la mente de Gideon. Pelo y ojos oscuros. Intentó sofocarla, pero no pudo.

—Sí. —Él había amado a Gwen. Y aun así, lo que había sentido por la mujer que había amado tres años atrás parecía totalmente inocuo comparado con aquella vorágine de emociones confusas e indeseadas que Julianne provocaba en él. Lo que había sentido por Gwen había sido... simple. Elemental. Mientras había durado.

—¿Fue... maravilloso?

—No. Fue doloroso. —Se pasó las manos por el pelo, aplastando los recuerdos que amenazaban con inundarlo—. Esas fantasías románticas que tienes son poco realistas y sólo te romperán el corazón.

—¿Te han roto el corazón?

Gideon apretó los labios. Maldición, ¿cómo había acabado aquella conversación adentrándose en aguas tan peligrosas? Había llegado el momento de cambiar de tema. Sin embargo, frunció el ceño. Quizá debería contárselo. Darle una muestra de cómo era el mundo real. Ese mundo que había más allá del castillo de riquezas y privilegios en el que ella vivía. Tal vez entonces se daría cuenta de lo afortunada que era. Y dejaría de mirarle con aquellos ojos vulnerables que reflejaban todas sus emociones y aquella frecuente admiración que sentía por él. Ciertamente, eso ayudaría a que pudiera resistirse a ella.

—Sí, princesa —dijo con desprecio—. Se me rompió el corazón. Fue la mujer con la que había pensado casarme.

Estaba claro que aquella revelación la había sorprendido.

—¿Qué fue lo que sucedió?

Los recuerdos lo golpearon violentamente, y durante varios segundos se sintió aplastado por ellos. Abrió la boca para hablar, pero no dijo nada. La ira, la pena y la culpa le oprimían la garganta, impidiéndole pronunciar las palabras que incluso ahora, después de tres años, seguía reprimiendo. Tragó y, de repente, las palabras que había estado conteniendo tanto tiempo salieron a borbotones.

—Ella murió. Trabajaba de camarera. Siempre la acompañaba a su casa, pero una noche me retrasé. En lugar de esperarme, se fue sola. La asaltó un ladrón. Se defendió, pero él era más fuerte. Y tenía un cuchillo. —Cerró los puños y la furia que había sentido lo inundó de nuevo—. Le robó el poco dinero que tenía. Y luego la acuchilló. Murió en mis brazos.

—Santo Dios, Gideon... —Los ojos de Julianne reflejaban una

mezcla de horror y simpatía. Se acercó sin apartar la mirada de él. El instinto le advertía que no le permitiera acercarse tanto, pero Gideon parecía haberse quedado clavado en el sitio. Julianne se detuvo a menos de un metro. Él quería apartar la mirada, alejarse de ella, pero no podía moverse. Alargando el brazo, la joven puso la mano suavemente sobre uno de los puños cerrados—. Lo siento tanto. Son palabras insuficientes, lo sé, pero no tengo otras. —Vaciló y luego dijo—: El monstruo responsable de eso... ¿fue detenido?

Otra oleada de oscuros recuerdos lo inundó.

—Sí. Lo atrapé. Atacando a otra mujer. Ella sobrevivió. Él no. —Gideon se había asegurado de ello.

—Salvaste la vida de esa mujer e, indudablemente, la de muchas otras mujeres cuando acabaste con él.

—Sí. Pero no salvé la única vida que tenía importancia para mí.

Ella le apretó la mano con suavidad. Una cálida sensación le subió por el brazo, y se enfureció al pensar que Julianne podía excitarlo sin ningún esfuerzo.

—Lamento que se te rompiera el corazón de una manera tan dura.

Sus palabras lo arrancaron bruscamente del pasado, y Gideon se obligó a recordar lo que importaba aquí y ahora: su traición. Arrancó la mano de la de ella y dio un paso atrás.

—Mi corazón no es asunto tuyo —dijo con voz ruda—. Deberías preocuparte por tu inclinación a la mentira.

—Si te refieres al duque...

—Sabes condenadamente bien que me refiero a él.

—No te mentí.

—No me dijiste la verdad, que es lo mismo.

—En realidad no es lo mismo. —Levantó la barbilla—. ¿Acaso tú me lo has dicho todo sobre ti?

—A mi parecer te he contado demasiadas cosas. —Bastantes más de las que había querido—. Sabes todo lo que necesitas saber... que he sido contratado para protegerte y para atrapar a quienquiera que haya intentado entrar en tu dormitorio ayer por la noche.

La mirada de Julianne bajó de nuevo a los labios masculinos.

—Basándome en lo que me acabas de contar y en lo que sucedió entre nosotros anoche..., sé bastante más que todo eso, Gideon.

Otra oleada de calor descendió directamente a su ingle.

—Lo cual sería mejor que olvidaras. Es lo que pienso hacer yo.

Ella negó con la cabeza y se acercó un paso más.

—Jamás lo olvidaré.

Él respiró hondo y se vio inundado por el perfume a vainilla de Julianne. El deseo y la necesidad lo engulleron, amenazando con aplastar su determinación. Podía —y debía— mantener el control. No podía —y no debía— tocarla. Miró directamente a los ojos de la joven, que reflejaban una mezcla de confusión, esperanza y anhelo que le desgarró el pecho y evaporó su cólera como un charco en el desierto.

—¿De verdad serás capaz de olvidarlo? —susurró ella, escrutando su mirada—. ¿Es cierto que lo que hicimos no significó nada para ti? —Le tembló el labio inferior—. ¿Tan fácil soy de olvidar?

Él cerró los puños para contener la sofocante necesidad de estrecharla entre sus brazos, algo que lo irritaba y lo desesperaba a la vez.

—Como he dicho antes, y tú estuviste de acuerdo, anoche no ocurrió nada. No hicimos nada. ¿Qué es esto? ¿Otra búsqueda de cumplidos, princesa? Te sugiero que pidas a uno de tus muchos admiradores o, por qué no, a tu prometido, que te brinde los cumplidos y halagos que tanto pareces necesitar. Y si no puedes esperar a que llegue alguno de ellos, mírate en el espejo y recréate en tu belleza sin par —escupió las tres últimas palabras como si fueran veneno—, y regocíjate cuanto quieras.

Gideon no quería sentirse como un bastardo por la dureza con la que le había hablado, pero maldita sea, lo hacía, lo cual sólo servía para irritarle aún más. La frustración bullía en él como un caldero de agua hirviente. Se preparó mentalmente para el dolor que esperaba ver aparecer en los ojos de Julianne y se sorprendió cuando sólo vio una inconfundible llamarada de cólera. De hecho, parecía a punto de estallar.

Ella dio varios pasos atrás.

—Señor Mayne, ésta es la segunda vez que me has acusado de recrearme en mi apariencia. —Frunció los labios al decir su nombre, como si le hubiera dejado un mal sabor de boca—. Déjame informarte por qué una princesa como yo no se recrea en su apariencia. Después de vivir rodeada de belleza toda mi vida, no me impresiona ni lo más mínimo. He observado que suele ocultar caracteres de lo más desagradable. Como un nido de víboras tras un hermoso tapiz. Como ejemplo tenemos a mi madre. Es extraordinariamente bella, ¿verdad?

Gideon vaciló durante varios segundos antes de contestar.

—Estoy seguro de que la mayoría de la gente así lo piensa.

—Te aseguro que lo hace. Aunque, por desgracia, ella no es una mujer amable. Ni siquiera es cariñosa. No estoy diciendo que sea rigurosa conmigo, me limito a exponer un hecho. Siguiendo tu ejemplo de resumir las cosas en una sola palabra, diría que mi madre es cruel.

Gideon no podía negarlo, aunque «despótica» sería la palabra más acertada para describir a la mujer. Había sido obvio desde la primera vez que la vio, que la condesa de Gatesbourne tenía mano dura. Y que no tenía ningún escrúpulo en aplastar a su propia hija bajo el peso de esa mano.

—Otro gran defecto de la belleza —continuó ella—, es que no requiere talento o realización. No es nada más que un accidente de nacimiento.

—Como el hecho de que tú seas la hija de un conde. Y yo un plebeyo.

—Sí, aunque no creo que por eso seas una persona menos interesante. Lo que importa y perdura es el honor, la integridad, la compasión, el valor. Y, por lo que sé, eso está por encima de clases y orígenes.

Él la estudió y no pudo decidir si estaba perplejo, irritado o ambas cosas a la vez. Observó que su enfado se desvanecía y el fuego de sus ojos era reemplazado por una mirada avergonzada. Apostaría lo que fuera a que eso que acababa de decirle no se lo había dicho a nadie. Él nunca se lo había oído decir a ningún miembro de la aristocracia.

—Debes de creer que soy tonta —dijo ella cuando él guardó silencio.

Gideon continuó estudiándola, sintiendo cómo su cólera se disolvía a pesar de sus esfuerzos por aferrarse a ella.

—No creo que seas tonta. Creo que eres sorprendente —dijo finalmente. Sí, lo era, y también era desconcertante.

El deseo de abrazarla, de tomar aquella cara perfecta en la palma de su mano, una cara que ella afirmaba no admirar, le asaltó con tanta fuerza que tuvo que alejarse de ella. Se acercó a la chimenea, poniendo una distancia segura entre ellos y miró fijamente las llamas.

—No puedes negar que tu belleza llama la atención.

—Sí, ¿y de qué me sirve? Mi madre la usa para encontrarme un marido adecuado. Mi padre, como moneda de cambio sin tener en cuenta mis sentimientos. ¿Y a quién le importa de todos modos? Los caballeros sólo me persiguen por mi fortuna. Y hay quien sólo quiere un adorno en su brazo.

La sintió acercarse y se le tensaron todos los músculos del cuerpo. Por el rabillo del ojo vio que se detenía junto a él, y se obligó a no apartar la mirada del fuego.

—En lo que a mí respecta, la belleza no me ha proporcionado nada de valor —dijo suavemente—. Ni me ha aportado amigos de verdad, aunque muchos han fingido serlo. —Una risa carente de humor salió de sus labios—. ¿Tienes idea de cuán terriblemente vacía se siente una al ser admirada sólo por lo que refleja el espejo?

Incapaz de contenerse, Gideon apartó la atención de las crepitantes llamas para mirarla. Parecía tan perdida y vulnerable que los últimos vestigios de cólera se desvanecieron, dejando sólo un profundo y doloroso vacío en su lugar.

—No. Si me admiran por algo, no es precisamente por mi apariencia.

Ella arqueó una ceja.

—¿Quién está ahora pecando de falsa modestia y de buscar cumplidos?

Gideon soltó un sonido de incredulidad.

—Ningún hombre que se haya roto dos veces la nariz espera cumplidos por su apariencia. En lo que respecta a ser admirado por otras razones... —Se encogió de hombros—. Soy bueno en mi trabajo. Tengo que serlo o a estas alturas estaría muerto. Aunque los criminales que capturo no se sientan especialmente agradecidos por mis habilidades.

—No, supongo que no. Ni creo que les preocupe tu buena apariencia física. —Un indicio de picardía brilló en sus ojos—. No dudo de que estarían encantados de estropeártela.

Gideon se frotó la nariz con el dedo, diciéndose a sí mismo que era ridículo que un hombre sin vanidad se sintiera tan complacido de que ella lo encontrara atractivo.

—Dos ya han tenido éxito. —Le brindó una amplia sonrisa—. Por supuesto, cuando terminó la pelea quedaron mucho peor que yo.

—No me cabe ninguna duda —murmuró ella—. ¿Cuánto hace que eres detective?

—Cinco años.

—¿Te gusta?

—... me satisface.

—¿De qué manera?

Él se giró y la miró de frente.

—Me gusta hacer lo correcto. Resolver los misterios. Sacar a los criminales peligrosos de la calle. Ver que se hace justicia.

—Has debido de tener muchas experiencias durante esos cinco años. Ver muchas cosas.

—Sí. —Había visto cosas que ella jamás querría ver. Cosas que él deseaba no haber visto.

—¿Qué hiciste antes de trabajar en Bow Street?

—Estuve en el ejército.

—¿Y antes?

—¿Siempre haces tantas preguntas?

—No. Nunca. Mi madre se sentiría horrorizada ante mi falta de modales y recato. Sin embargo, siento una insaciable curiosidad por ti. Por tu vida.

—No hay nada que saber. Tengo mi trabajo. Unos pocos amigos. —Señaló con la cabeza la puerta abierta—. Y a *Cesar*.

—¿Cómo acabasteis juntos?

Julianne parecía genuinamente interesada, y a pesar de sí mismo, se encontró respondiéndole relajadamente.

—Lo encontré.

—¿Dónde?

—En los muelles. Vi a un bastardo lanzar una canasta por la borda de un barco que salía del puerto. Sabía que había algo vivo allí dentro, así que saqué la canasta del agua. Y encontré a *Cesar*. Sólo tenía unas semanas.

Ella agrandó los ojos con sorpresa.

—¡Se habría ahogado!

—Por eso lo arrojaron por la borda. Es la manera más fácil de deshacerse de los animales no deseados.

—Qué horrible. Y qué cruel.

—Sí. Pero eso es algo que ocurre todos los días. Eso y más. Éste es un mundo horrible y cruel.

—Sí, pero también ocurren cosas buenas.

Él se encogió de hombros.

—En mi trabajo veo mucho más mal que bien.

Ella lo estudió como él había hecho con ella unos minutos antes. Luego asintió lentamente con la cabeza.

—Sí, es evidente. Puedo verlo en tus ojos. Te han hecho daño.

Las palabras lo sorprendieron y pusieron nervioso a la vez. No era posible que ella hubiera visto nada en sus ojos. Hacía mucho tiempo que él había aprendido a convertir su rostro en una máscara impenetrable. Antes de que pudiera pensar siquiera una respuesta, ella dijo:

—Me pregunto cuándo fue la última vez que te reíste... una risa de verdad, de esas que iluminan los ojos. Me apuesto lo que quieras a que hace mucho, muchísimo tiempo.

Gideon frunció el ceño.

—No seas ridícula. Me río a todas horas. —Por supuesto que lo hacía... cuando había algo de lo que reírse. No era culpa suya que perseguir criminales no fuera divertido.

—¿De veras? Yo aún no te he visto reír. Pero no te preocupes. Tengo intención de enmendarlo.

—No es necesa...

—¿Dónde vives?

—¿Dónde vivo?

—Sí. ¿Dónde está tu casa? ¿Dónde duermes por la noche?

La mirada de Gideon recorrió la estancia.

—En un lugar tan grande como esta habitación.

—¿Te gusta esta sala?

—¿Quieres que te diga la verdad?

—Por supuesto.

Él miró a su alrededor. Deseó poderle decir con sinceridad que le desagradaba esa habitación, pero no podía. A pesar de sus dimensiones, era acogedora; encontraba la combinación de colores verde y melocotón muy relajante.

—Lo cierto es que esta habitación me gusta. No está tan... recargada como las demás.

Julianne asintió con la cabeza.

—Estoy completamente de acuerdo. Es mi habitación favorita. Aunque es grande, la encuentro cálida y alegre. Y confortable. Me encanta la música.

—Tocas muy bien.

—Gracias. —La joven miró al techo y lanzó un suspiro exagerado—. Mi madre diría que soy una virtuosa.

Gideon curvó ligeramente los labios.

—¿Acaso no lo eres?

—Apenas. Pero me esfuerzo por mejorar. ¿Tienes algún talento musical?

—Ninguno que yo conozca. Nunca he intentado tocar un instrumento y las pocas veces que me atreví a cantar, *Cesar* aulló... literalmente. Así que cerré la boca antes de que decidiera enterrarme en un profundo agujero.

Ella chasqueó la lengua.

—Es terrible cómo una mala crítica puede acabar con un talento en ciernes. ¿Cuáles eran esas ocasiones en las que te atrevías a cantar?

—Me temo que en mis noches de juerga.

Ella contuvo la risa.

—Ya veo. ¿Qué tipo de canciones?

—Ninguna que se pueda repetir ante una dama.

Los ojos de Julianne se iluminaron, pareciendo resplandecer desde el interior.

—Tonterías. Siempre he querido aprender una canción obscena. Todas las que conozco son aburridas. Sólo hablan de flores, del brillo del sol y de prados llenos de hierba.

—¿No te gusta lo que estabas tocando cuando llegué?

—¿Lo oíste?

—Sí. Algunas partes eran muy tristes. Estaban llenas de pesar. Pero otras eran brillantes y... alegres. ¿Cómo se titula?

—Yo la llamo «Sueños de ti».

—¿Cómo la llama el compositor?

Ella vaciló, luego dijo suavemente:

—«Sueños de ti.»

Él no pudo ocultar su sorpresa.

—¿La compusiste tú?

—Sí. —Julianne bajó la mirada durante varios segundos, luego alzó la barbilla para mirarlo a los ojos. La timidez y la vulnerabilidad que había observado en ella la primera vez que la vio, se reflejaba ahora en su mirada—. Nadie la había oído nunca. Salvo yo. —Curvó los labios—. Y *Princesa Buttercup*.

—¿Por qué?

—Porque no deseo aburrir a nadie.

—No es aburrida. —Las palabras escaparon de sus labios antes de poder contenerlas.

—¿Sabes algo de música?

—No.

Ella le brindó una sonrisa.

—Será por eso.

—Pero sí sé lo que me gusta. Igual que sé que a ti te gustan las flores, el brillo del sol y los prados llenos de hierba.

—¿Por qué? ¿Porque soy una princesa?

Hizo tal mueca de aversión al pronunciar la última palabra que él no pudo evitar reírse.

—Sabes que no es un insulto.

La incredulidad estaba escrita en la cara de Julianne.

—¿De veras? Tenía la clara impresión de que era así. —Alzó la nariz—. Estoy segura de que no lo dijiste como un cumplido.

Sin pensar, él alargó la mano y le cogió la suya. Ella contuvo el aliento cuando él le pasó la yema del pulgar por la punta de los dedos.

—Hummm, así que la gatita tiene uñas. Qué interesante.

Tardó varios segundos en responder, y Gideon se dio cuenta de que había sido una locura tocarla. El rubor cubría las mejillas de Julianne con un sonrojo cautivador, y la calidez de su tacto se extendió por su brazo. Le soltó la mano con rapidez, y cerró el puño para retener su calor unos segundos más.

—Sí, la verdad es que sí —le dijo ella con voz jadeante—. Y también te aseguro que prefiere ser comparada con una gatita que con un puercoespín borracho... aunque prefiere ser más una leona que una gatita.

Él inclinó la cabeza.

—Como quieras, leona. Y contestando a tu pregunta sobre por qué pienso que te gustan las flores, el brillo del sol y los prados llenos de hierba, es porque...

Su sentido común lo hizo detenerse, gritándole que cerrase la boca. Pero era evidente que sus labios no escuchaban, porque a pesar de esa leve vacilación, continuaron derramando palabras que sabía que lo avergonzarían más tarde.

—Eres una joven preciosa e inocente que jamás debería ser tocada por nadie que no fuera igual de hermoso e inocente que tú. —Él incluido.

Julianne parpadeó.

—Eso ha sonado casi como un cumplido.

—Y lo ha sido. —Pues sí, maldita sea, había sido un cumplido. ¿Qué diantres le pasaba? ¿Adónde había ido a parar su cólera? ¿Dónde se habían ido todos los propósitos de ser duro con ella?

—Gracias. Pero a pesar de eso aún me gustaría aprender una canción obscena. ¿Me la enseñas?

—Te escandalizarías.

—Eso espero. Quiero escandalizarme. Quiero sentir. Experimentar algo de la vida.

Aquellos ojos... maldición, sentía que se ahogaba en esos lagos claros y azules que brillaban suavemente con una mezcla de todo lo que Julianne le había mostrado desde que él había entrado en esa habitación lleno de cólera por su traición y una férrea determinación de guardar las distancias. Timidez y desesperación. Vulnerabilidad y una inesperada fortaleza. Cosas que él no quería ver. Que le hacían desear lo que no podía tener. No quería encontrar cualidades en ella que le gustaran. Ni que admirara. Ni que respetara. De esa manera era más fácil creer que ella no era más que una princesa mimada y superficial, enamorada de su propia belleza.

Pero resultaba evidente que era mucho más.

Maldita sea.

Si lo único que sentía por ella era lujuria y deseo, tendría una oportunidad de luchar para resistir la tentación. Pero si era lo suficientemente tonto para permitirse sentir otra cosa por ella... de querer más de ella... de dejarla traspasar el muro que había construido alrededor del corazón... bueno, entonces, sería como aventurarse en mares tempestuosos sin nada más que un bote de remos.

Su cólera había desaparecido, dejándole sólo un profundo y doloroso vacío. Uno que no podría llenar.

—Tengo muy poco tiempo antes de casarme, y no deseo pasármelo inmersa en reflexiones sombrías ni consumida por la tristeza. Quiero hacer algo. Así que ¿por qué no me enseñas una canción obscena? Si lo haces, yo te enseñaré algo a cambio.

Debería negarse en redondo. Pero una vez más, sus labios no hicieron caso a su mente y le preguntó:

—¿Qué?

Un indicio de picardía brilló en los ojos de la joven.

—¿A bordar?

—Me temo que eso no me será útil en Bow Street.

—Ah, ¿entonces a pegar puñetazos?

—¿Y qué sabes tú de los puñetazos?

—Absolutamente nada. Así que me temo que no serviría. —Se golpeó la barbilla ligeramente con el dedo y frunció el ceño. Luego declaró—: Podría enseñarte a tocar alguna canción en el pianoforte.

—Me temo que mis manos son demasiado torpes.

—Tonterías. Te enseñaré una canción sencilla. Una que hable de flores, el brillo del sol y los prados llenos de hierba. —Le tendió la mano—. ¿Cerramos el trato, señor Mayne?

Él sabía que debería decir que no. Decirle que leyera o se sentara en un rincón. Pero, maldita sea, él quería enseñarle una canción obscena. Quería observar cómo sus mejillas se ruborizaban y cómo una inesperada insolencia hacía brillar sus ojos. Como ella había dicho, le quedaba poco tiempo antes de casarse e irse. ¿Por qué no hacer que ese tiempo resultara tan agradable para ella como fuera posible? De otra manera, él se sentiría como si acabara de arrojar más tierra sobre aquel ataúd de cristal en el que ella se sentía confinada. Podría controlarse. Y lo haría.

Alargando el brazo, estrechó su mano. E ignoró con firmeza el ardiente ramalazo que le subió por el brazo.

—Trato hecho, lady Julianne. Comencemos las lecciones.

# 15

—Si tengo que aprender esa melodía lo menos que puedes hacer es tararearla —dijo Julianne, apoyando los dedos en las suaves teclas de marfil.

Observó a Gideon desde su asiento en el banco del piano. Sin duda, la única razón por la que él había aceptado enseñarle una canción obscena era para distraerla de los asesinatos. Algo por lo que estaba agradecida. Pero la consideración que mostraba, sólo hacía que lo admirara y deseara aún más.

Como había hecho la historia de la mujer con la que había pensado casarse. La mujer que había sido lo suficientemente afortunada para ser amada por Gideon. La mujer que él había perdido de manera tan trágica y cuya muerte había vengado heroicamente. Había compartido con ella una parte de sí mismo que estaba segura que no había compartido con nadie más. Algo que sólo alimentaba el torbellino de emociones que él evocaba en ella.

Y, por desgracia, eso no era bueno.

Al momento, sin embargo, se vio conteniendo una sonrisa. Él no parecía feliz. Permanecía a su lado, con la mano apoyada en la madera pulida del pianoforte, frunciendo el ceño a las teclas con tal ferocidad que a Julianne le sorprendía que éstas no gritaran y saltaran horrorizadas del teclado.

—Los detectives de Bow Street no tararean —la informó.

—Estoy segura de que lo hacen si no conocen la letra de la canción.

—Conozco la letra.

—Muy bien, si te da miedo cantarla...

El ceño se hizo más profundo, y ella tuvo que morderse el interior de la mejilla para no echarse a reír.

—No me da miedo. Sólo tengo consideración... hacia tus oídos.

—Mis oídos están hechos de un material muy duro, te lo aseguro. —Arqueó una ceja—. ¿Acaso pretendes no cumplir con tu parte del trato?

—No.

—Excelente. Además, no tienes por qué preocuparte tanto. Es sólo una canción. Aunque me pregunto si no me habrás estado engañando. No entiendo cómo una melodía que habla de «La tienda de compota de manzana» puede ser considerada obscena.

Un destello que Julianne sólo pudo describir como pícaro brilló en los ojos de Gideon, y ella se quedó sin aliento. Dios mío, ¿cómo no iba a rogarle a ese hombre que volviera a besarla? A acariciarla. A recorrerla con sus manos y su boca. A hacerla sentir lo que le había hecho sentir la noche anterior. No quería tentarlo —ni rogarle— a que comprometiera su honor.

¿O sí?

Que Dios la ayudara, no lo sabía. Había sabido cuando conoció a Gideon que era una persona honorable, y lo admiraba por ello. Pero deseaba ardientemente disfrutar de más intimidades como las que habían compartido. Estar cerca de él y no poder tocarle era una tortura. Pero si lo forzaba a una situación en la que su honor se viera comprometido, podría marcharse. Y ésa sería una tortura aún mayor. Gideon estaba allí. Ella podía disfrutar de su compañía... la compañía de un hombre divertido y provocador que encontraba cautivador. Y eso tendría que ser suficiente.

—Ya veo que no sabes a qué se refieren con lo de «La tienda de compota de manzana», princesa.

Julianne miró al techo.

—Supongo que se referirá al lugar donde venden compota de manzana.

—Quizá sea así en tu mundo. Pero en las zonas más deprimidas de Londres, se refiere a una mujer con... —su mirada se deslizó lentamente hasta los pechos de Julianne, donde se demoró un buen rato antes de volver a subirla otra vez— mucho pecho.

Una oleada de calor inundó a Julianne y sus pezones se endurecieron, transformándose en dos tensos picos.

—¿Será lo suficientemente obscena para ti? —le preguntó, con un atisbo de diversión en la voz.

—Sí, estará bien —contestó Julianne con voz más remilgada—. ¿Tienes intención de enseñármela o debo inventarme yo la letra?

Él arqueó una de sus cejas oscuras.

—¿Te han dicho alguna vez que eres una chica muy atrevida?

—¿Y a ti te han dicho alguna vez que eres imposible?

—No.

—Genial. Alguien tiene que ser el primero. Ahora, canta.

—Está bien. —Él se aclaró la garganta y luego comenzó a cantar—: «Llevé la mano a su corpiño, para visitar la tienda de compota de manzana...»

Su interpretación fue interrumpida por un triste aullido desde la puerta. Julianne contuvo la risa y observó cómo Gideon fulminaba a *Cesar* con la mirada, que fue disminuyendo su aullido hasta que se hizo el silencio.

—Como si tú pudieses hacerlo mejor —le mascculló al perro. Luego se aclaró la garganta y continuó—: «Sus manzanas era pesadas y alegres, coronadas por una cereza...».

Otro aullido profundo y triste, acompañado esta vez por uno más agudo cortesía de *Princesa Buttercup*, interrumpieron a Gideon. Les dirigió a ambos perros un ceño que debería haberlos hecho salir de la habitación con el rabo entre las patas. Pero en vez de eso, menearon las colas como si aquello fuera un juego divertido. Julianne se cubrió la boca con la mano para contener la risa, ganándose una mirada de reproche de Gideon.

—¿Te estás riendo? —le preguntó él, sonando bastante amenazador.

—Por supuesto que no —dijo ella con toda la dignidad que pudo reunir, considerando que sus entrañas se estremecían por la risa contenida—, sólo me pregunto cómo el pecho de una mujer puede ser «alegre».

—No tengo ni idea. Yo no escribí la canción. A ver, ¿quieres oír el resto o no?

—Caramba, suenas muy... petulante.

—Los detectives de Bow Street nunca son petulantes. Yo, sin embargo, estoy comenzando a irritarme. Estoy intentando cumplir con mi parte del trato, pero sólo oigo voces críticas... —le dirigió otra mirada airada a los perros— todo el rato.

—Creo que sólo quieren cantar contigo.

—Lo que es un problema porque los perros no saben cantar.

—Hummm, creo que ellos dirían lo mismo de usted, señor Mayne.

Él se volvió hacia ella y entrecerró los ojos.

—¿Tiene algo en contra de mi canción obscena, lady Julianne? Una canción que, debo recordarte, insististe en que te enseñara.

—En absoluto. Pero quizá si cantaras un poco más bajo...

Él lanzó un suspiro molesto.

—Muy bien. Ahora, ¿por dónde íbamos...?

—Estabas poniéndote poético sobre un pecho alegre.

—Ah, sí. Coronado por una cereza. —Se aclaró la garganta y cantó más bajo—: «Nada en el mundo parecía tan tentador como apoyar allí mi cara y dar un mordisco...»

Esta vez *Cesar* interrumpió la canción con un ladrido. Unos segundos más tarde apareció Winslow en la puerta, con los rasgos, normalmente implacables, llenos de alarma.

—¿Va todo bien, lady Julianne? —preguntó él—. He oído unos chirridos horribles. Como si a alguien le hubiera caído un yunque en el pie.

—Todo está bien, Winslow. Es sólo el señor Mayne que se ha puesto a cantar.

Gideon le dirigió la misma mirada airada que le había brindado a los perros.

—En realidad, parecían aullidos de perro.

—Sí, aullaban porque el señor Mayne se puso a cantar. No hay de qué preocuparse. Puede regresar a sus tareas.

—Sí, milady.

Después de que Winslow se fuera, Julianne miró a Gideon.

—Quizá deberías cantar todavía más bajo.

—Si canto más bajo, no oirás la letra.

Ella contuvo la risa.

—Exacto.

Él la fulminó con la mirada.

—Muy divertido. ¿Te han dicho alguna vez que eres muy graciosa? —Antes de que ella pudiera contestar, añadió—: No, ya veo que no. —Cruzó los brazos sobre el pecho y siguió hablando en el mismo tono irritado—. ¿Quieres oír el resto de la canción o no?

—Sí.

—Bien. Allá vamos, y esta vez no pienso interrumpirme.

Cumpliendo su promesa, continuó deleitándola con la escandalosa canción, acompañado por los aullidos de *Cesar* y *Princesa Buttercup*. Julianne intentó sacar la melodía al piano, pero se reía tanto que tuvo que dejarlo. Cuando Gideon llegó al final de la última desafinada nota, las lágrimas de risa se deslizaban por la cara de Julianne.

—¿Qué tal? —preguntó Gideon, pareciendo al mismo tiempo orgulloso y engreído.

—Sencillamente, no tengo palabras —logró responder ella enjugándose las lágrimas.

—Me alegro de que te hayas divertido.

—Oh, sí. No puedo recordar cuándo fue la última vez que me reí tanto. —Le brindó una sonrisa—. Gracias.

—De nada. Y ahora que he cumplido con mi parte, espero resarcirme cuando me llegue el turno.

—Es imposible que pueda superarte. ¿Te han dicho alguna vez que no distingues una nota de otra?

—Nadie que haya vivido para contarlo. ¿Te han dicho alguna vez que tienes una lengua impertinente?

—No. La mayoría de la gente cree que soy tímida y distante. Y una perfecta dama todo el rato.

—Es evidente que esa gente no te conoce bien.

Ella asintió y clavó la mirada en aquellos hermosos ojos oscuros. Y se quedó sin aliento ante el indicio de diversión que brillaba en esas profundidades. No podía recordar la última vez que se había sentido tan alegre y despreocupada.

—Casi nadie me conoce bien —dijo Julianne suavemente.

Él se quedó inmóvil, y ella observó una llamarada en su mirada que disolvió todo rastro de diversión. La mirada de Gideon bajó a la boca femenina, y durante varios segundos ella no pudo moverse, ni respirar; el aire entre ellos pareció crepitar. Luego, él parpadeó como si saliera de un trance y dio un paso atrás. Dio media vuelta y clavó la mirada en la ventana.

Julianne tuvo que respirar hondo varias veces antes de poder hablar.

—¿Quie... quieres que te enseñe ahora a tocar la canción? ¿O prefieres hacer otra cosa?

Gideon volvió la mirada hacia ella con rapidez. El fuego ardiente en sus ojos la quemó. Aquel lugar secreto entre sus piernas que él había encendido la noche anterior latió y Julianne tuvo que apretar los muslos, algo que sólo sirvió para incrementar el insistente latido.

Él parecía a punto de hablar cuando se oyó un nuevo ladrido desde la puerta. Unos segundos más tarde Winslow apareció en el umbral llevando una bandeja de plata con tres tarjetas de visita.

—Milady, tiene visita —dijo—. ¿La recibirá?

Julianne tomó las tarjetas, leyendo detenidamente los nombres para darse tiempo a recuperarse, luego sonrió.

—Sí, por supuesto. Hágalas pasar, por favor.

—Un momento —dijo Gideon, acercándose a ella con actitud protectora. El hombre provocativo y divertido había desaparecido—. ¿Quién ha venido?

—Mis amigas Emily, Sarah y Carolyn.

Esas palabras no parecieron relajarle, pero asintió con la cabeza.

—De acuerdo.

Julianne se volvió hacia Winslow.

—Por favor, ordene que preparen el té y refrescos para nosotras.

—Sí, milady —dijo Winslow, luego abandonó la habitación.

Gideon se acercó a la puerta y le dio una suave orden a *Cesar* que Julianne no pudo oír. Luego, el perro y él retrocedieron, con *Princesa Buttercup* pisándoles los talones. Unos segundos después sus amigas entraron en la habitación, haciendo que *Princesa Buttercup* meneara la cola con frenesí y soltara ladridos alegres y agudos. *Cesar* permaneció al lado de Gideon, olfateando para familiarizarse con las recién llegadas. Sus amigas se sorprendieron al ver allí a Gideon.

—Señor Mayne, ¿qué está haciendo aquí? —le preguntó Sarah con su habitual franqueza. Luego miró a Julianne—. ¿Ha pasado algo?

Julianne recordó la orden de su padre de que no hablara del incidente de la noche anterior por temor a que el duque descubriera lo ocurrido. Pero en lo que a ella respectaba, si el duque se enteraba y decidía romper el compromiso por culpa de eso...

—Nada —respondió Gideon.

—Alguien armado con un cuchillo intentó entrar por la puertaventana de mi dormitorio ayer por la noche—dijo ella a bocajarro—. Mi padre ha contratado al señor Mayne para protegerme y atrapar a ese rufián.

Gideon apenas pudo contener un gemido. Malditas mujeres que hablaban de más. El padre de Julianne pondría el grito en el cielo, en especial si el duque se enteraba de eso. Aunque a Gideon le daba igual si Gatesbourne o su señoría se enfadaban. Por la manera en que los sirvientes se dedicaban a extender rumores, no había dudas de que la sociedad se enteraría del incidente en un par de días.

Tras varios segundos de aturdido silencio, las cuatro mujeres comenzaron a hablar a la vez. Se movieron en corro hacia el sofá y las sillas junto a la chimenea; un arco iris de vestidos de muselina y voces agudas. Gideon se mantuvo a un lado, haciendo todo lo que podía hacer un hombre de uno ochenta y cinco para permanecer tan invisible como fuera posible. No quería responder a un montón de preguntas sobre la investigación, ni tenía deseos de escuchar hablar a cuatro mujeres sobre aquello que acostumbraran discutir las mujeres de la alta sociedad: el tiempo y las tiendas, los sombreros, fiestas y toda clase de cuestiones femeninas.

Además, aquella inesperada visita había llegado justo en el momento oportuno. La interrupción se había producido cuando él casi había comenzado a ahogarse en su deseo por Julianne. Aun así, no podía evitar sentirse atrapado en esa habitación con cuatro mujeres que...

¿Estaban todas mirándole con expresión expectante?

Maldición.

—¿Está de acuerdo conmigo, señor Mayne? —preguntó lady Langston, subiéndose las gafas.

—¿De acuerdo?

—¿De que todos esos rumores de que el criminal sea un fantasma no son más que disparates?

Una mujer sensata, gracias a Dios.

—Por supuesto que son disparates. Es un hombre muy real. Y muy peligroso.

—¿Por qué está tan seguro de que es un hombre y no una mujer? —preguntó lady Surbrooke—. Después de todo, las mujeres pueden ser igual de malas que los hombres.

—Cierto —convino Gideon—. Y aunque no descartaría a nadie como sospechoso basándome sólo en su género, creo que nuestro ladrón asesino es un hombre.

La intensa mirada de lady Emily se clavó en él.

—Pero usted se asegurará de que a nuestra querida Julianne no le pase nada malo, ¿verdad?

La mirada de Gideon se desvió a Julianne, que estaba sentada en el sofá. Maldita sea, estaba tan hermosa allí sentada, y parecía comérselo con los ojos. Se obligó a prestar atención a Emily.

—No permitiré que le pase nada malo.

Una declaración sencilla e irrefutable, pero la profunda verdad que encerraba lo golpeó de lleno. Daría la vida por ella si fuera necesario. Una revelación que lo dejó anonadado y paralizado.

—Dado que todas somos conscientes de su pericia, es un enorme alivio, señor Mayne —murmuró lady Surbrooke. Le brindó una sonrisa. Sin duda hacía referencia al caso que había resuelto dos meses antes y que había amenazado la vida de Carolyn.

Él le agradeció las palabras con una inclinación de cabeza.

Volvieron a retomar su conversación y, aliviado, Gideon siguió su camino hacia la puerta. Las amigas de Julianne exigieron conocer todos los detalles de lo acontecido la noche anterior, y ella se los proporcionó, junto con algunas proezas que lo hicieron parecer como un héroe.

—El señor Mayne fue muy valiente. Buscó en los jardines,

asegurándose que nadie acechaba ahí fuera a pesar del mal tiempo —dijo ella, brindándole una sonrisa, y una vez más él se volvió a encontrar siendo el centro de atención de todos aquellos ojos.

—Sería más digno de alabanza si hubiera atrapado al culpable —se sintió obligado a señalar, aunque no podía negar la cálida sensación que lo recorrió al oír aquellas elogiosas palabras.

—Por supuesto no habrá pasado toda la noche a la intemperie —dijo lady Langston—. Porque podría haberse muerto de frío.

—Se quedó en la casa conmigo hasta que regresaron mis padres —dijo Julianne.

—Justo donde debía estar para garantizar tu seguridad —dijo lady Surbrooke, asintiendo aprobadoramente con la cabeza.

—Sí, menos mal que estaba cerca, señor Mayne —agregó lady Emily.

De nuevo volvieron a charlar entre ellas, y él dio otro paso hacia la puerta. No tenía intención de escucharlas, pero era imposible no hacerlo. Era evidente la sólida amistad que las unía por la manera en que se terminaban las frases entre ellas, y por la risa, la ternura y la preocupación que se apreciaban en sus voces.

Winslow apareció en el umbral trayendo un juego de plata de té, seguido por Ethan, el lacayo, que llevaba una bandeja repleta de comida. Gideon inspiró profundamente cuando la bandeja llena con galletas y pastelitos pasó justo bajo su nariz. El olor a vainilla —el olor de Julianne— le llenó la cabeza. Se le hizo la boca agua y todo su cuerpo se tensó en respuesta.

—Señor Mayne, por favor, únase a nosotras —dijo Julianne.

—Oh, sí, por supuesto —la secundó lady Langston. Él se preguntó si parecería tan cauteloso como se sentía porque ella añadió—: no mordemos.

—Al menos casi nunca —agregó Julianne.

Decidiendo que parecían suficientemente inofensivas, y que una taza de té y una galleta o dos no podían hacerle daño, Gideon se unió a las damas, sentándose en un sillón orejero frente a Julianne. Miró al grupo y se dio cuenta de que las tres amigas de Julianne lo estudiaban con sumo interés. Él contuvo el repentino deseo de removerse en el asiento.

—Jamás había estado antes en un té de damas —dijo él, intentando llenar el silencio mientras aceptaba con una inclinación de cabeza la taza y el platito que Julianne le ofrecía—. No estoy seguro de qué debo hacer.

—Es muy sencillo —dijo Julianne con una sonrisa, tendiéndole también un plato con galletas y pastelitos—. Beba el té, cómase los pasteles, comente el clima y luego hablemos de cosas de las que se supone no deberíamos hablar.

La sonrisa de la joven era cautivadora, y él tuvo que esforzarse para no quedársela mirando fijamente. Notó cómo Julianne se relajaba en compañía de sus amigas, sin exhibir la timidez que había observado en ella durante las largas reuniones o fiestas.

—¿Y de qué tipo de cosas se supone que no deben hablar las damas? —preguntó él, esperando mantener la conversación apartada de la investigación.

—De cualquier cosa que no sea el tiempo —dijo Emily, arrugando la nariz—. No nos delatará, ¿verdad, señor Mayne?

Si Gideon tuviera que describir a lady Emily con una sola palabra, sería «traviesa».

—Supongo que dependerá de lo que revelen, lady Emily —dijo él en un tono serio—. Si es demasiado atrevido, quizá tenga que entregarla al magistrado.

A lady Emily se le iluminó la mirada.

—¿De veras? ¡Qué horror!

—No la anime —dijo Julianne, que seguía sirviendo el té—. No dude que disfrutaría de esa aventura.

—Pues claro que lo haría —confirmó lady Emily—. No dudaría en explotar mi recién adquirida amistad con el magistrado y pedirle que me ayudara a controlar a los gamberros de mis hermanos pequeños.

—¿Quiere que los encierre en Newgate? —preguntó Gideon.

—Ésa es una idea espléndida —convino lady Emily—. Aunque lo mejor sería esperar unos años. Después de todo, el pequeño Arthur sólo tiene siete años.

—Quizá cuando tenga nueve —estuvo de acuerdo Gideon.

Lady Emily le brindó una sonrisa tan radiante que sin duda noquearía a la mayoría de los hombres.

—Creo que no es usted tan severo como había imaginado, señor Mayne.

—Y yo creo que usted es más sanguinaria de lo que pensaba, lady Emily.

Las damas se rieron.

—¿No lo ve? —dijo lady Langston con una sonrisa, subiéndose las gafas con el dedo índice—. Se descubren cosas de lo más fascinantes en los tés.

Diez minutos más tarde, Gideon no pudo negar esa afirmación. Durante ese tiempo se convenció de que las amigas de Julianne eran encantadoras, inteligentes, divertidas y ocurrentes, y que la cocina de Gatesbourne producía las galletas y los pastelitos más deliciosos que él hubiera probado nunca. Charlaron sobre los robos y los asesinatos, y todas expresaron su simpatía y horror ante la muerte de lady Daltry. Le hicieron algunas preguntas, pero como él no tenía ninguna información que darles, su conversación derivó a otros temas. Como era habitual en Gideon, se recostó en su asiento y escuchó, estudiando al grupo por encima del borde de su taza.

—El señor Mayne está muy callado —comentó lady Surbrooke, mirándolo con una expresión que él no pudo descifrar.

—Me temo que no tengo nada constructivo que añadir al debate de si las plumas de avestruz son mejores que las de pavo real para decorar un turbante.

—Entonces debemos cambiar de tema —dijo lady Emily. Sus ojos adquirieron un brillo pícaro—. Dígame, señor Mayne, ¿le gusta leer?

Maldición, no quería que aquel té se convirtiera en un interrogatorio. Había llegado el momento de retomar su puesto en la puerta. Dejó a un lado el plato e hizo amago de levantarse.

—Me gusta, pero...

—¿Ha leído *El fantasma de Devonshire Manor*? —preguntó lady Emily.

Gideon oyó la exclamación ahogada de Julianne y se volvió hacia ella, observando cómo dos manchas carmesí le teñían las mejillas; una reacción de lo más interesante, así que se volvió a acomodar en su asiento.

—No, no lo he leído. ¿Me lo recomienda?

—Lo cierto, señor Mayne, es que no debería molestarse en leerlo —dijo Julianne, dirigiéndole a su amiga una mirada de advertencia.

—En realidad, es el tipo de historia que atrae más a las mujeres —convino lady Surbrooke, que, según notó Gideon, también se había sonrojado.

—¿Por qué? —preguntó Gideon, que encontraba todo aquel asunto fascinante.

—Oh, bueno, ya sabe —murmuró lady Langston, con la cara todavía más colorada que la de su hermana—. Es una historia de amor.

—He oído que es un cuento de fantasmas —dijo Gideon.

—La historia de amor de un fantasma —dijo Julianne, con la cara tan roja como el sol poniente—. Muy femenina. Es muy tonta, la verdad. ¿Quién quiere tomar más té?

—Yo —dijeron lady Langston y lady Surbrooke a la vez, mientras lady Emily trataba de ocultar sin éxito una sonrisa.

La conversación volvió a centrarse en los asesinatos y, como Gideon no tenía ningún deseo de ser interrogado por las curiosas amigas de Julianne, se levantó.

—Si me disculpan unos minutos, saldré con *Cesar*. —Se giró hacia Julianne—. Estaré fuera, en la terraza. Si me necesita, llámeme. —Silbó por lo bajo y *Cesar* trotó hacia él. *Princesa Buttercup* se dirigió a su almohadón de raso, saltó sobre su mullido trono y con un suspiro cerró los ojos para echar una siesta hasta que regresara el amor de su vida.

Gideon abrió la puertaventana que conducía a la terraza. *Cesar* salió trotando, luego bajó con rapidez las escaleras de piedra que conducían al jardín. Gideon cerró la puerta a sus espaldas y miró hacia el interior de la habitación. Su mirada se encontró con la de Julianne a través del cristal, y durante varios segundos no pudo moverse. Sólo pudo mirarla e intentar aplastar con todas sus fuerzas la oleada de deseo que lo atravesó. Con un esfuerzo se dio la vuelta y se dirigió al borde de la terraza, donde inspiró profundamente el tan necesitado aire frío. Se arriesgó a echar una mirada por encima del hombro y notó que las cuatro mujeres se habían apiñado aún más.

Tenían las cabezas inclinadas y era más que evidente que mantenían una conversación en voz baja.

Una campana de alarma resonó en su cabeza. ¿De qué demonios estaban hablando?

Julianne arrancó la mirada de la puertaventana por la que acababa de salir Gideon, y se encontró con tres pares de ojos abiertos como platos fijos en ella.

—Oh, cielos —dijo Emily.

—Oh, señor —murmuró Carolyn.

—Oh, Dios mío. Oh, Dios mío —susurró Sarah.

Julianne no sabía por qué, pero sintió que se ruborizaba de nuevo y trató de ocultarlo cogiendo la tetera. Emily se le adelantó y le agarró la mano suavemente.

—¿Cómo puedes pensar en el té en un momento así?

—¿Un momento así? —repitió Julianne—. ¿Te refieres a los asesinatos?

—Me refiero a ese hombre —susurró Emily, señalando la terraza con la cabeza—. ¿Acaso no te has dado cuenta de cómo te mira?

Julianne intentó con todas sus fuerzas mantener una expresión neutra, pero no pudo asegurar si había tenido éxito o no, dado el calor que le abrasaba las mejillas.

—¿Cómo?

Carolyn se acercó más a ella.

—Quiere decir que es evidente que el señor Mayne te encuentra... atractiva.

Sarah soltó un bufido.

—Bueno, por supuesto que la encuentra atractiva. Dios santo, ¿qué hombre no lo haría? Lo que Emily quiere decir es que te encuentra mucho más que atractiva. —Agitó la mano delante de la cara—. El calor que generáis cuando estáis juntos sería suficiente para vaporizar el aire.

—Lo que Emily quiere decir —dijo Emily, frunciendo el ceño al grupo—, es que hasta que no lo vio en esta habitación con Julianne, nunca había visto en los ojos del señor Mayne nada que no fuera una frialdad impasible. Desapasionada, en realidad. Y así era mientras nos miraba a nosotras o cualquier otra cosa de esta estancia que no fueras tú, Julianne. Pero cuando te miraba a ti, sus ojos parecían...

—Echar fuego —la interrumpió Sarah.

—Parece muy atraído por ti —convino Carolyn—. Ciertamente, él te desea. —Su mirada se posó en Julianne—. Y por la manera en que tú lo mirabas a su vez...

Carolyn se interrumpió, pero sus ojos estaban llenos de preocupación.

«Oh, Dios mío.»

—¿Cómo lo miraba? —preguntó Julianne, esperando no mostrar su consternación.

—Como si su deseo por ti fuera correspondido —dijo Carolyn con suavidad. Extendió la mano y cogió la de Julianne—. No debes hacer ninguna locura. Piensa en las consecuencias...

—Sólo porque él la desee, y en realidad qué hombre no lo haría —la interrumpió Emily—, no quiere decir que ella también lo desee. Cielos, ¿por qué iba a hacerlo? No es como los hombres de sociedad.

—Lo que no es necesariamente malo —dijo Sarah.

Emily miró al techo.

—Y lo dice la nueva marquesa. Tú no te casaste con un detective de Bow Street; lo hiciste con un marqués.

—Porque estaba enamorada de él —susurró Sarah—. No me importa en absoluto el título de Matthew. Ni su dinero... algo, que si recordáis, no tenía en aquel momento. Me habría casado con Matthew aunque fuera un marinero, o un...

—Sí, sí, está bien que lo digas, pero no te criaste como lo hizo Julianne —insistió Emily—. Ella es hija de un conde. Tener un amorío con un detective es algo que, simplemente, no se hace.

—¿Quién dice que tengo un amorío...? —intentó interrumpirla Julianne.

Sarah se impuso a ella, diciendo:

—¿Prefieres acaso que se case con un hombre que no ama, que apenas conoce, sólo porque es un duque?

—Al menos el duque pertenece a nuestra clase —dijo Emily.

Sarah irguió la espalda y alzó la barbilla.

—Yo tampoco soy de vuestra clase, Emily. Ni tampoco Carolyn. Nuestro padre era un simple médico.

Emily soltó un bufido exasperado.

—No te lo tomes a mal, Sarah. No es mi intención parecer altiva...

—Pues lo estás siendo...

—Sólo quiero señalar que ese hombre es un plebeyo...

—Igual que Carolyn y yo antes de casarnos.

—Pero vosotras erais perfectamente respetables.

—¿Quieres decirme qué es lo que no tiene de respetable un hombre que detiene a criminales y hace cumplir la ley? —preguntó Sarah.

Emily apretó los labios.

—Nada —admitió tras una larga pausa—. Pero que haya puesto los ojos en Julianne, que está tan por encima de su posición, es ridículo. Es como cuando ese odioso señor Jennsen pensaba que era lo bastante bueno para Carolyn.

—En realidad, jamás pensé que el señor Jennsen no fuera lo bastante bueno para mí —la interrumpió Carolyn—. El problema era que mi corazón ya pertenecía a Daniel. —Su mirada preocupada se posó en Julianne—. Pero Emily tiene razón; yo no soy hija de un conde y sólo gracias a mi primer matrimonio ascendí en la escala social. Lo que creo que todas tratamos de decirte —continuó con un tono calmado, apretando la mano de Julianne— es que estamos preocupadas y queremos lo mejor para ti. No podemos culpar a un hombre por desear a una mujer tan hermosa como tú, eso sólo demuestra que tiene un gusto excelente, siempre y cuando no haga nada incorrecto impulsado por esos sentimientos. El deseo puede ser una tentación muy fuerte, pero no debes hacer nada que vayas a lamentar después. Debes ir con cautela, en especial mientras él esté en la casa.

—¿Cautela? —repitió Sarah con suavidad—. ¿La misma cautela que tuviste tú con Daniel, Carolyn? ¿La que tuve yo con Matthew?

Antes de que Julianne pudiera pensar siquiera una respuesta, la puertaventana se abrió. Se giró y vio que Gideon atravesaba el umbral. El hombre miró con atención al grupo.

—¿Interrumpo? —preguntó él.

—En absoluto —dijo Sarah con una sonrisa radiante. Se puso en pie—. Aunque es hora de que nos vayamos.

Carolyn y Emily se levantaron, al igual que Julianne. La joven acompañó a sus amigas al vestíbulo, donde Winslow les tendió los chales y los sombreros.

—No olvides que pronto serás duquesa, que es lo que te mereces. Ya hablaremos mañana en la fiesta del duque —le susurró Emily cuando la abrazó para despedirse.

—No hagas nada que vayas a lamentar más tarde. Si me necesitas, avísame —murmuró Carolyn cuando la abrazó después.

Sarah se limitó a besarla en ambas mejillas y siguió a Emily y a Carolyn fuera de la casa. Julianne las observó desde la puerta abierta, con la cabeza dándole vueltas. Estaban en medio del camino de entrada que conducía a la calle cuando Sarah exclamó:

—Cielos, me he dejado el ridículo. Ahora vuelvo.

Se giró y desanduvo el camino. Entrando de nuevo en el vestíbulo, le dijo a Winslow:

—Me he olvidado el ridículo en la sala de música, Winslow. ¿Sería tan amable de traérmelo?

—Por supuesto, lady Langston.

En cuanto Winslow se fue, Sarah agarró la mano de Julianne.

—Emily y Carolyn están equivocadas —le dijo mirándola seriamente a través de las gafas—. No creo que el señor Mayne sólo sienta deseo por ti, Julianne. Creo que está enamorado de ti.

Julianne tuvo que tensar las rodillas que amenazaban con doblarse.

—¿Qué... qué quieres decir?

—Le he estado observando... no sólo hoy, sino también en la velada de lord Daltry, e incluso antes, cuando lo conocimos hace dos meses. Siempre he sospechado que alberga fuertes sentimientos por ti, pero verlo hoy ha confirmado mis sospechas. Quizás él no se ha dado cuenta de la profundidad de sus sentimientos, los hombres tienden a comprender con más lentitud los asuntos del corazón. Pero apostaría todo lo que tengo a que está enamorado de ti. —Observó los ojos de Julianne—. ¿Lo estás tú de él?

El amor y la comprensión que brillaban en los ojos de Sarah hicieron imposible que Julianne mintiera.

—No... no puedo negar que me siento atraída por él. Pero no importa...

—Por supuesto que importa. Julianne... ¿fue él quien te besó?

Julianne bajó la cabeza y miró al suelo. Entonces asintió tristemente y alzó la vista.

—Sí.

Sarah la agarró por los hombros y asintió seriamente.

—Me lo imaginaba. Gracias por decírmelo. Sé que no ha sido fácil compartir algo tan personal y que tampoco ha sido fácil guardártelo para ti. Lo he sabido al haber padecido recientemente las mismas confusas y agitadas emociones. —Buscó la mirada de Julianne—. Créeme, lo sé. Y ahora que también sé de quién se trata, podremos trabajar en ello.

Julianne frunció el ceño.

—¿A qué te refieres?

Oyeron un ruido de pasos aproximándose por el pasillo. Winslow se acercó a ellas, con la frente fruncida.

—Me temo que su ridículo no estaba en la sala de música, lady Langston. ¿Podría habérselo dejado en el carruaje?

Sarah abrió mucho los ojos, luego se rio.

—Cielos, acabo de recordar que ni siquiera me lo he traído. —Le dio a Julianne un rápido abrazo y le murmuró al oído—: Ánimo. Hablaremos mañana en la fiesta del duque. Mientras tanto, déjate guiar por tu corazón, Julianne. Tu corazón sabe lo que es correcto. Y siempre tendrás mi cariño y mi apoyo.

Cuando se marchó, dejó a Julianne inmersa en más preguntas que cuando había llegado. Pero un pensamiento retumbaba en la mente de Julianne, invadiéndola y negándose a desaparecer.

¿Sería posible que Sarah tuviera razón? ¿Estaría Gideon enamorado de ella? Una pregunta aterradora, no cabía duda, pero no tanto como la pregunta que ella se había negado siquiera a considerar hasta ese momento, cuando ya era demasiado tarde para ignorarla.

¿Estaba ella enamorada de Gideon?

# 16

Gideon estaba en el vestíbulo, observando cómo el conde cogía el sombrero y el bastón que Winslow le tendía y cómo la condesa se ponía los guantes. Intentó recordar la última vez que él se había encontrado en compañía de una pareja tan desagradable y se quedó en blanco. Después de cenar en la cocina, había recorrido el perímetro de la casa y los jardines, asegurándose de que todo estaba en orden, luego comprobó hasta la última puerta y ventana. Todas estaban cerradas.

—Regresaremos temprano —dijo la condesa, mirando a Julianne, que estaba inmóvil como una estatua, con el ceño fruncido—. Aunque no puedo soportar la velada musical anual de lady Foy, debemos hacer acto de presencia. —Recorrió con la mirada a su hija y chasqueó la lengua—. Debes acostarte temprano. Tienes ojeras, y eso es inadmisible. Tienes que estar perfectamente fresca y bella mañana en la fiesta del duque.

—Sí, mamá.

A Gideon le palpitó un músculo en la mandíbula. Todo lo que se refería a la condesa le crispaba los nervios. Su voz. Su conducta. Y el desagradable tono que empleaba con Julianne. Le habría gustado cruzar de una zancada las elegantes baldosas de mármol, pegar la nariz contra aquella aristócrata cara y decirle que cerrara la maldita boca. La condesa no parecía compadecerse del miedo que había pasado su hija. Si se preocupaba por algo que no fuera la reacción del duque, lo disimulaba muy bien.

Y además, debía de estar ciega, porque no podía imaginar que pudiera haber nadie más bello y perfecto que Julianne. Con un vestido verde pálido y el pelo dorado recogido con un simple moño que dejaba suelto algunos suaves rizos alrededor de su rostro y acentuaba la delgada columna de su cuello, Julianne lo dejaba sin aliento.

—El vestido de *madame* Renée llegará mañana —continuó la condesa— y debes probártelo de inmediato para asegurarte de que te queda perfecto.

—Las creaciones de *madame* Renée son siempre perfectas —dijo Julianne con voz queda—, estoy segura de que esta vez no será diferente.

La condesa apretó los labios con fuerza y entrecerró los ojos.

—No me lleves la contraria, Julianne. Quiero que te pruebes el vestido en cuanto llegue. Mañana nada puede salir mal.

Julianne bajó la mirada al suelo.

—Sí, mamá.

—Y deja de hablar entre dientes —le espetó la condesa—. Caramba, no sólo estás ojerosa, además suenas ojerosa. —Soltó un suspiro de hastío y se volvió hacia su marido—. ¿Qué vamos a hacer con ella?

—Nada —dijo el conde con una voz tan fría que cortó el aire—. Dentro de poco dejará de ser responsabilidad nuestra. Sólo debes asegurarte de que tenga un aspecto impecable mañana por la noche. —Miró a Julianne y clavó sus gélidos ojos en ella—. Acuéstate temprano, hija, así desaparecerán esas feas ojeras y mañana por la noche el duque no tendrá motivos para creer que hay algo que te hace perder el sueño.

El conde desvió su atención a Gideon.

—Asegúrese de que no haya ningún problema esta noche, pero si lo hubiera, espero que esta vez atrape al responsable.

—Para eso estoy aquí —dijo Gideon, respondiendo a la fría mirada del conde con otra similar. No dudaba de su habilidad para proteger a Julianne de un intruso, pero le molestaba su incapacidad para protegerla de las crueles puyas que le lanzaban sus padres. A pesar de su trabajo, a pesar de la violencia que había habido en su pasado y que veía todos los días en las calles de Londres, no se consideraba un hombre violento. Ejercía la fuerza sólo cuando era necesario para protegerse o para proteger a una víctima.

Pero la fría y despectiva falta de amabilidad del conde hacia Julianne hizo que una neblina rojiza empañara los ojos de Gideon. En su imaginación, se veía cogiendo al noble por la corbata perfectamente anudada y sacudiéndole como un terrier haría con una rata. Luego se veía diciéndole con total claridad que si alguna vez volvía oírle hablar a Julianne de esa manera, le daría tal puñetazo que se tragaría todos los dientes. Y, si bien Gideon jamás había ejercido la violencia contra una mujer, la elegante condesa había colmado su paciencia. Estaría encantado de decirle a aquella arrogante mujer lo que pensaba de ella, y a continuación arrojarla de cabeza sobre sus muy elegantes zarzales. Contuvo una sonrisa ante aquella imagen mental. «Apostaría lo que fuera a que eso sí le provocaría ojeras, condesa.»

Una leve presión en la manga sacó a Gideon de sus pensamientos. Bajó la mirada y vio la pálida mano de Julianne apoyada contra la oscura tela de su chaqueta. Por su expresión inquisitiva, sabía que acababa de preguntarle algo. Pero no tenía idea de qué.

—¿Te parece bien?

Deslizó la mirada por el vestíbulo y se dio cuenta de que los padres de Julianne se habían ido.

—Eh..., sí.

Maldición, esperaba que fuera la respuesta correcta. Aunque sabía que no había nada que pudiera negarle.

La joven curvó los labios.

—¿Dónde estabas? Parecías a muchos kilómetros de aquí.

«Estaba plantándole cara a tu arrogante padre y arrojando a tu madre a los zarzales.»

—Estaba aquí. Sólo estaba... pensando —se aclaró la garganta—. ¿Piensas acostarte?

Ella le dirigió una mirada tan extraña que Gideon se preguntó qué se había perdido con exactitud mientras le plantaba cara mentalmente a sus padres.

—Sí, en cuanto acabemos. —Se volvió hacia Winslow, que estaba recolocando los bastones de una urna junto a la puerta—. ¿Está preparado el salón de baile?

—Sí, lady Julianne. Todo está dispuesto tal y como pidió.

—Excelente. —Se volvió hacia Gideon y le brindó una tímida sonrisa—. Ven conmigo.

Maldición. No sabía qué le esperaba en el salón de baile, pero cuando lo miraba de esa manera, se sentía dispuesto a seguirla a cualquier parte... algo que le confundía y alarmaba a la vez. Silbó por lo bajo y *Cesar* lo siguió, acompañado por *Princesa Buttercup*, que llevaba puesto lo que parecía ser... ¿un diminuto abrigo de piel? ¡Dios mío!

Caminó junto a Julianne por una serie de largos pasillos, plenamente consciente de ella. El hombro de la joven le rozaba la manga, y sus fosas nasales se ensancharon cuando inhaló bruscamente y se llenó la cabeza del tentador olor de su perfume a vainilla.

Volvieron a rozarse, y Gideon apenas pudo contener un gemido. Tenía que echar un rápido vistazo a lo que fuera que ella quisiera mostrarle, y luego enviarla a la cama, donde sabía que estaría a salvo, y donde habría una pared de por medio.

Sintiendo la necesidad de decir algo para romper la tensión que lo atenazaba, Gideon dijo:

—Tienes mucha paciencia con tus padres.

Demonios. No era lo más diplomático que podía haber dicho, pero en lugar de parecer ofendida, Julianne sólo se encogió de hombros.

—Si les preguntaras, te dirían que son ellos los que tienen paciencia conmigo. Al parecer soy una dura prueba para ellos.

—¿En qué sentido?

Ella le dirigió una sorprendida mirada de reojo, luego se inclinó hacia él como si fuera a compartir un gran secreto.

—No soy un chico.

La mirada de Gideon se deslizó involuntariamente por su delicioso cuerpo.

—Obviamente. ¿Pero por qué eso supone una dura prueba para tus padres?

La joven arqueó las cejas al momento.

—Porque eso me convierte en una inútil. No puedo heredar el

título. Y si yo no hubiera sido tan poco cooperativa y recalcitrante, habría nacido como se suponía que tenía que haberlo hecho: como un chico. Pero puesto que elegí nacer como una chica inútil, será el hermano menor de mi padre, Harold, quien heredará el título y sus propiedades, lo que no deja de molestar a mi padre, pues detesta a Harold sobremanera.

La noticia de que al conde no le caía bien su hermano menor no sorprendió a Gideon en lo más mínimo. De hecho, lo indujo a preguntar:

—¿Existe alguien que le guste a tu padre?

Ella frunció los labios, considerando la pregunta.

—No, creo que no. Es evidente que yo no le gusto y apenas tolera a mi madre. —Hizo chasquear los dedos—. ¡Ya sé! Su caballo. *Zeus* le gusta mucho.

Si bien Julianne parecía tomárselo muy bien, Gideon percibió una tristeza subyacente en su voz, lo que despertó sus simpatías hacia ella. Sabía de primera mano qué se sentía al ser considerado un fracaso a los ojos de un padre. Por supuesto, en el caso de Gideon, el sentimiento era mutuo. Y de repente se dio cuenta de que eso era algo que Julianne y él tenían en común, aunque no cabía ninguna duda de que a ella la desanimaba la actitud de su padre. La aceptaba, igual que él hacía con Jack, pero aceptar algo y vivir felizmente con ello eran dos cosas muy diferentes.

—Por supuesto, ha habido veces en las que he sido una dura prueba para ellos. —Le dirigió otra mirada de reojo, pero esta vez llena de picardía—. Una vez, cuando tenía diez años, tuve la desfachatez de recorrer Brighton sin haberme puesto el sombrero, con lo que el sol me quemó la nariz. Mi madre puso el grito en el cielo, y declaró que había echado a perder mi cutis para siempre.

Gideon le dirigió una mirada de fingido horror.

—Eras ciertamente horrible.

—Sí. Aunque mi rebeldía no me sirvió para nada.

—¿Qué más hiciste?

—Al día siguiente fui a la playa y, aunque tenía puesto el sombrero, me quité los zapatos y las medias, y puse los pies al sol. Pensé que era muy lista... quemarme donde mi madre no podía verlo. —Se rio entre dientes—. Estaba tan resuelta a mostrar mi rebeldía que me salieron quemaduras en los pies y fui incapaz de llevar zapatos durante los tres días siguientes. —Le brindó una triste sonrisa—. Me temo que mi rebelión secreta no tuvo mucho éxito.

—¿Has tenido otras?

—¿Otras qué? ¿Quemaduras?

—Otras rebeliones secretas.

Ella se encogió de hombros.

—Alguna que otra. Mirándolo en retrospectiva, muchas menos de las que hubiera deseado. Pero en los últimos meses le he puesto remedio.

—¿De veras? ¿Cómo?

—Me uní a un club de lectura con Emily, Sarah y Carolyn —dijo ella tras una breve vacilación.

—Odio tener que decírtelo, pero eso no suena demasiado rebelde.

—Puede que no.

Algo en su tono dejó claro que había algo más de lo que decía, pero antes de que pudiera preguntarle, doblaron una esquina y Julianne se detuvo ante la primera puerta. Él se paró detrás. Y apretó los dientes con fuerza. Tenía la nuca de marfil de Julianne tan cerca que, sólo con que se inclinara un poco hacia delante, podría rozar con los labios aquellos centímetros de piel que parecían decirle «Bésame, bésame».

Estaba a punto de ceder a aquel abrumador deseo cuando ella abrió la puerta. Luego lo miró por encima del hombro y sonrió... una tímida y hermosa sonrisa que le formó dos hoyuelos en las mejillas.

—Espero que lo apruebes.

Entraron en la estancia, y él la siguió. Luego se detuvo, mirando a su alrededor fijamente.

El fuego ardía en una enorme chimenea de mármol, llenando la estancia de un suave resplandor que se reflejaba en el lustroso suelo de madera. Una docena de candelabros con brillantes tallos de plata y velas de cera de abeja que perfumaban el aire cubrían las mesas del salón de baile, confiriendo más luz a la estancia.

—¿Acaso eres la anfitriona de un baile? —preguntó él, mirando a su alrededor, observando cómo los espejos dorados que colgaban de las paredes, revestidas de seda amarillo pálido, hacían que el de por sí enorme salón de baile pareciera todavía más grande.

Ella se detuvo en el centro de la estancia y se giró hacia él. La suave luz de las velas y el fuego la doraban como si hubiera sido tocada por una varita mágica.

—Así es. ¿Estás preparado?

—¿Para qué?

—Para tu clase de baile.

Él se la quedó mirando.

—¿Perdón?

Julianne se rio.

—Tu clase de baile. Para cumplir mi parte del trato. Como te dije en el vestíbulo, he pensado que sería más divertido que una lección de piano y, ejem, mejor para los oídos de todos.

Ah. Debía de habérselo dicho mientras él discutía mentalmente con sus padres. Así que era eso a lo que había accedido sin darse cuenta. Abrió la boca para negarse; era ridículo que él aprendiera a bailar. ¿De qué le iba a servir tal cosa a un detective? Además, seguramente se pasaría todo el rato pisándole los pies, lo que le haría quedar como un tonto.

Pero luego, una imagen apareció en su mente... la de Julianne bailando con el duque en la velada de lord Daltry. Recordó con claridad lo hermosa que había estado. Y cómo había envidiado a aquel bastardo por sostenerla entre sus brazos. Lo mucho que había deseado ser durante unos minutos el hombre que la hiciera girar por la pista de baile. Sosteniendo su mano en la de él. Tocándole la espalda. Perdiéndose en aquellos increíbles ojos mientras la habitación giraba en torno a ellos. Un sueño tonto y fútil que había apartado a un lado con rapidez. Pero ahora... aquel sueño imposible podía convertirse en realidad.

—¿Y si Winslow se lo cuenta a tus padres?

Ella se encogió de hombros.

—Prometí acostarme temprano... no de inmediato. Y enseñar a bailar no es tan diferente a enseñar una canción o a jugar a las cartas. Es sólo una clase, nada más. Y la puerta seguirá abierta todo el rato, así que todo será la mar de correcto.

Cierto. Salvo que en una clase de baile, él tendría que tocarla.

Como si hubiera caído en un trance, Gideon se acercó lentamente a ella, con las botas resonando contra el suelo de madera pulida.

—¿Y la música? —le preguntó.

—Yo tararearé la música. —Curvó los labios—. No necesitamos que despliegues todo tu... eh, formidable talento.

Él se detuvo cuando sólo los separaba medio metro, una distancia que era demasiado grande y demasiado pequeña a la vez.

Para parecer más intimidante —y para asegurase de que no cedía al deseo de estrecharla bruscamente contra su cuerpo—, Gideon cruzó los brazos sobre el pecho y frunció el ceño.

—Por la manera en que has dicho «formidable» me da la impresión de que has querido decir otra cosa totalmente distinta.

En vez de parecer intimidada, la diversión brilló en sus ojos.

—Quizá sea así. Puede que «indescriptible» sea la manera más apropiada de definir tu talento.

—Tú misma has dicho antes que no distingo una nota de otra. En otras palabras, que no poseo talento musical alguno.

Una sonrisa radiante iluminó la cara de la joven.

—En realidad, creo que eso lo describe a la perfección.

Él entrecerró los ojos.

—¿Cómo es posible que me lances tales insultos y no parezcas asustada?

Julianne hizo un gesto despectivo.

—Bah. Tú no me das miedo.

Él profundizó el ceño y se cernió sobre ella, más divertido de lo que quería admitir.

—¿No?

—No. Oh, puedes ser muy intimidante, en especial cuando frunces el ceño de esa manera tan feroz. Pero bajo esa apariencia tan dura, eres... —le golpeó ligeramente la barbilla con un dedo y lo recorrió de arriba abajo con una mirada pensativa— tan tierno como los copos de avena.

Él se enderezó y parpadeó, desconcertado.

—¿Dura? ¿Copos de avena?

—Sí. De hecho, me recuerdas a una barra de pan bien tostada. Dura por fuera y suave por dentro.

—Jamás había oído nada parecido —masculló él, meneando la

cabeza con una expresión entre divertida e indignada—. Una barra de pan. Increíble.

Julianne arqueó una ceja.

—¿No estás de acuerdo conmigo?

—En absoluto.

—Hummm. Suenas... resentido. Te aseguro que lo he dicho como un cumplido.

—¿Compararme con una barra de pan?

—No es tan malo como cuando tú me comparaste con un puercoespín borracho. —Antes de que él pudiera añadir algo, ella chasqueó los dedos—. Ésa sí es una descripción adecuada para ti. Por fuera, eres como un puercoespín con todas las púas erizadas.

—Gracias. Mucho mejor. ¿Y por dentro?

—Oh, por dentro sigues siendo tan tierno como los copos de avena.

—¿Qué tipo de puercoespín está relleno con copos de avena?

—Los que son como tú.

—Los puercoespines no están rellenos con copos de avena.

La joven puso los brazos en jarras. Comenzó a sonar un repiqueteo y Gideon se dio cuenta de que era el pie de Julianne golpeando contra el suelo de madera.

—Bueno. Entonces eres por dentro como los demás puercoespines... cuyas tripas tienen la consistencia de los copos de avena.

—Oh, gracias —dijo él con su tono más seco—. Eso está mucho mejor.

—De nada. ¿Te han dicho alguna vez que no sabes aceptar los cumplidos?

Él no pudo evitar reírse.

—No, princesa, no me lo han dicho. Te aseguro que sé aceptarlos... cuando son verdad.

Una mirada de complicidad asomó a los rasgos de Julianne.

—Ah. Ya entiendo. Prefieres que te digan palabras bonitas y floridas.

—Por supuesto que no. A los detectives de Bow Street no nos gustan nada las palabras floridas.

—Entonces tendrás que elegir entre parecerte a una barra de pan o a un puercoespín relleno con copos de avena.

—No veo por qué, cuando no estoy de acuerdo con ninguna de esas descripciones.

—Genial. ¿Te han dicho alguna vez que eres muy desagradable cuando no estás de acuerdo?

—¿Te han dicho alguna vez que eres increíblemente inconstante? Hace un momento era como una barra de pan bien tostada. Ahora soy desagradable.

Julianne curvó los labios en una lenta sonrisa.

—Sólo porque no estabas de acuerdo conmigo.

La mirada de Gideon bajó a los labios femeninos, plenos y curvados en aquella sonrisa cautivadora, y se sintió como si estuviera siendo succionado por un tornado. Demonios, era encantadora. En ese instante se dio cuenta de que había caído bajo alguna clase de hechizo. Un hechizo lanzado por una bella princesa que había demostrado ser mucho más que una cara bonita. No sólo era bella por fuera sino por dentro.

—¿Estás preparado para la lección? —preguntó la joven—. He pensado probar con un vals... a menos que ya sepas bailarlo.

Él negó con la cabeza, tanto para responderle como para salir del estupor en el que había caído.

—No, no sé. Pero te lo advierto: tus pies corren el peligro de sufrir tanto como lo hicieron tus oídos esta tarde.

Los ojos de Julianne se suavizaron, y las entrañas de Gideon parecieron ablandarse como... —maldición— los copos de avena.

—Sospecho que serás un maravilloso bailarín de vals. Y te aseguro que no me preocupan mis pies.

—Bueno, pues debería preocuparte. Seré más bruto que un arado.

—Entonces tenemos un trabajo muy duro por delante, por lo que será mejor que comencemos. Después de todo, debo retirarme temprano. No puedo tener esas ojeras tan feas, ¿recuerdas? —La amplia sonrisa que ella le dirigió fue sin duda traviesa, y Gideon se encontró devolviéndole la sonrisa... y mordiéndose la lengua para no decirle que no podría estar fea ni aunque quisiera.

Julianne alargó el brazo y cogió la mano izquierda de Gideon, levantándola hasta la altura del mentón, luego apoyó la otra mano en el hombro masculino.

—Pon tu mano derecha en mi espalda —le indicó.

Un cálido hormigueo le subió a Gideon por un brazo y le bajó por el otro, y durante varios segundos se sintió como si no pudiera respirar. Maldición. Quizás aquel baile no fuera tan buena idea después de todo. La miró directamente a los ojos. Julianne parecía expectante y ligeramente incómoda, nada más. En realidad no parecía a punto de estallar en llamas como él. Bueno, caramba. Si ella podía soportar eso, él también podía hacerlo.

Le puso la mano en la espalda y se contuvo para no estrecharla más contra su cuerpo.

—Un poco más abajo —le dijo ella—. Justo en la base de mi espalda.

Él bajó la mano lentamente, acariciando la suave tela del vestido, imaginando mentalmente cada suave curva de su espalda.

—¿Aquí? —preguntó él con suavidad, apretando la mano en la parte baja de la espalda de Julianne.

Ella inspiró bruscamente, y él se sintió muy satisfecho. Bien. Ella no era tan inmune como quería hacerle creer. ¿Por qué iba a ser él el único que sufriera? Por supuesto, Julianne tenía que escoger justo ese momento para humedecerse los labios con aquella lengua rosada, incrementando el sufrimiento de Gideon mucho más de lo que le hubiera gustado.

—Sí, justo ahí. —Se aclaró la garganta y continuó—: El vals es un baile muy sencillo, y se baila en tres tiempos. Como hombre, eres quien dirige, y yo, como tu pareja, sigo tus pasos.

—¿Eso quiere decir que tú también me pisarás los pies?

—Tienes que dejar de preocuparte por mis pies. No soy tan quisquillosa. Iremos muy despacio. Ahora, empecemos con el primer tiempo. Tienes que dar un elegante paso hacia delante con el pie izquierdo. Al mismo tiempo, yo daré un paso hacia atrás con mi pie derecho. ¿Preparado? Comencemos.

Él dio un paso hacia adelante, pero al parecer no lo hizo con la elegancia esperada, porque la bota de Gideon aterrizó de lleno en el pie de Julianne.

—Demonios —dijo él, soltándola de inmediato y dando un paso atrás—. ¿Te he hecho daño?

—Mi dedo está bien. Y no te preocupes, aún me quedan otros nueve.

—Los cuales aplastaré sin duda en el segundo tiempo.

—Sólo hay tres pasos, Gideon. ¿Cuánto daño crees que podrías hacerme en tan poco tiempo?

El sonido de su nombre en aquellos labios lo animó para al menos tratar de redimirse.

—Espero que no mucho.

De nuevo, ella le cogió la mano, y él colocó la otra en la base de la espalda de Julianne.

—Esta vez, da un paso más pequeño —le dijo ella—. No se trata de cruzar la habitación de un salto.

—Me habría servido de ayuda si me lo hubieras dicho antes —murmuró él.

Gideon logró ejecutar el primer paso sin más contratiempos.

—¿Ahora qué?

—En el segundo tiempo, tienes que dar un paso hacia delante y a la derecha con el pie derecho, como si estuvieras trazando una L.

Gideon lo intentó, pero obviamente trazó una L muy grande, porque su rodilla chocó contra el muslo de la joven, un error de cálculo que propagó una oleada de calor por su pierna. Alzó la mirada hacia Julianne, y para su gran irritación, ella parecía estar serena mientras que él se sentía ardiente e incómodo, como si de repente se le hubiera encogido la ropa.

—Inténtalo otra vez —dijo ella, inclinando la cabeza de manera alentadora—. Pero da un paso más pequeño.

Él obedeció, y siguió obedeciendo todas sus instrucciones, que ella repitió con infinita paciencia, a pesar de que Gideon dio muchos pasos en falso y la pisó repetidas veces. Al principio se sentía ridículo y muy patoso, y si no claudicó fue porque no quería perder aquella oportunidad de tener a Julianne entre sus brazos. Probablemente, podría haberlo hecho mejor si hubiera tenido un profesor diferente, alguien que no le hiciera estallar en llamas cada vez que lo tocaba. Pero le resultaba muy difícil concentrarse cuando sólo unos centímetros separaban sus cuerpos. ¿Podría sentir Julianne el calor y el deseo que emanaba de él? Tenía que sentirlo, ya que él se sentía como si cada uno de sus poros exudara el mismo vapor que una fuente termal.

—Muy bien —dijo ella, cuando se abrieron paso alrededor de la pista con una lentitud agonizante—. Un, dos, tres. Un, dos, tres. Ahora vamos a añadir un pequeño giro hacia la izquierda para ir trazando un círculo.

El pequeño giro hacia la izquierda no fue tan pequeño y, de nuevo Gideon le pisó el pie.

—Maldición —masculló él—. Lo siento. Por lo general no soy tan patoso.

—No eres patoso, Gideon —respondió ella con suavidad.

Gideon levantó la cabeza de golpe, arrancando su mirada encolerizada de los pies, y se encontró con que los serios ojos azules de Julianne lo miraban con una expresión que no ayudó a enfriar su deseo por ella.

—Todo lo que necesitas es un poco de práctica —dijo ella, apretándole la mano de manera alentadora—. Un cuarto de hora más y bailarás el vals como si hubieras nacido para ello.

—Lo dudo mucho —masculló él. En un cuarto de hora tenía que haber acabado aquella lección. Antes de que él cediera a su creciente deseo de olvidarse de aquel maldito vals, la tumbara en la alfombra y aplacara el fuego que lo consumía.

Apretando los dientes, volvió a intentarlo contando, un-dos-tres, un-dos-tres, furiosamente para sus adentros.

—Excelente —lo animó ella un momento después—. Ahora tienes que hacer lo mismo, pero sonriéndome a la cara en vez de dirigir esa furiosa mirada a tus pies. Es un baile, ya sabes. No una marcha fúnebre.

Gideon levantó la vista y la miró a los ojos. Al instante se tropezó con sus pies. Y la pisó.

Por enésima vez le dijo cuánto lo sentía, pero ella no perdió el ritmo, sólo continuó más despacio, girando y girando, contoneándose con suavidad. Después de que hubiera trazado un círculo completo sin ningún contratiempo, le brindó una sonrisa radiante.

—Excelente. Ahora vamos a probar con música. —Y procedió a tararear una lenta melodía.

—¿Qué canción es ésa? —preguntó él, después de un rato.

—Sólo es otra de esas canciones que hablan de las flores, el brillo del sol y los prados llenos de hierba. —Curvó los labios en una sonrisa traviesa—. ¿Quieres que cante «La tienda de compota de manzana»?

Él le respondió con otra amplia sonrisa.

—¿Prefieres que la cante yo?

Ella se rio.

—Caramba, no. Tararearé otra. —Comenzó de nuevo, y esta vez él reconoció la canción que le había oído tocar el día anterior.

—Ésa es la melodía que compusiste tú —dijo él—. «Sueños de ti.»

Ella dejó de cantar y asintió con la cabeza.

—Sí. —La mirada de ella buscó la de él y susurró—: «Sueños de ti.»

Una vez más, ella tarareó aquella cautivadora melodía y él se la quedó mirando, incapaz de apartar la mirada mientras giraban lentamente por la estancia. Gideon imaginó que estaban en un abarrotado salón de baile, vestido con un traje de gala, y que tenía todo el derecho del mundo a acercarse a ella, la hija de un conde, y pedirle que bailara con él. De tomarla entre sus brazos donde encajaba como si estuviera hecha sólo para él y hacerla girar por el salón de baile mientras todos los demás hombres soñaban con ser Gideon, el hombre más afortunado por bailar el vals con ella. La mujer más bella y deseable del mundo.

Julianne terminó la melodía, y el dulce sonido se desvaneció en el aire. Sus pasos se ralentizaron hasta detenerse. Levantando sus brillantes ojos hacia él, la joven sonrió. Gideon pareció derretirse por dentro.

—Odio tener que decir «te lo dije» —murmuró ella—, pero...

Él tuvo que tragar dos veces para recuperar la voz.

—La verdad, no creo que odies decirlo.

—Quizá no, pero eres un magnífico bailarín.

—Y tú, una magnífica profesora. —Incapaz de detenerse, Gideon se llevó sus manos entrelazadas a la boca y besó los dedos de Julianne. Ella inhaló bruscamente ante aquel gesto, y él sintió el estremecimiento que la recorrió, uno que deseó sentir de nuevo.

—Gracias —murmuró contra sus dedos—. Por el vals más agradable que haya bailado nunca.

Julianne soltó una risa entrecortada.

—Es el único vals que has bailado.

Cierto. Pero él sabía condenadamente bien que incluso aunque hubiera bailado miles de ellos, aquél seguiría siendo sin lugar a dudas su favorito. Quería decírselo, hacerle saber lo bella y hermosa que era para él. Lo maravilloso que era tenerla entre sus brazos. Lo fácil que sería quedarse allí de pie toda la noche, sólo mirándola. Aspirando su sutil perfume a vainilla. Quería besarla. Hacer el amor con ella. Hacerla suya.

Maldición, tenía que alejarse de ella. Ahora. Antes de que un simple baile se convirtiera en algo mucho más complicado. Algo que los dos lamentarían más tarde.

El recuerdo de ellos dos juntos apareció en su mente —de Julianne tumbada en la alfombra de la biblioteca con las faldas enrolladas en la cintura y la cabeza de él enterrada entre sus sedosos muslos—, y el deseo le retorció las entrañas.

La soltó y dio un paso atrás con rapidez.

—Ya has cumplido con tu parte del trato —le dijo, y el tono ronco de su voz le reveló el deseo que él deseaba ocultar con tanta desesperación—. Es hora de que te retires.

Para Gideon no pasó desapercibida la decepción que inundó la mirada de Julianne, pero se negó a considerarla siquiera.

—Muy bien —murmuró ella—. Pero primero tengo que apagar las velas.

Gideon sospechó que eso sólo era una excusa —sin duda alguna habría algún criado cuya única misión fuera apagar las velas—, pero no puso objeción. Así que se dirigió al otro lado de la estancia y cogió un apagavelas de mango largo de una mesita auxiliar para ayudarle a apagar las velas.

Cuando terminaron, él se acercó a la puerta.

—Te acompañaré a tu habitación. Y la revisaré para asegurarme de que todo está en orden.

Ella lo miró, iluminada ahora por el suave resplandor del fuego, y Gideon sintió que se ahogaba en sus ojos.

—¿Y luego qué?

—Y luego llevaré a cabo mi trabajo. —Rehuyó su mirada y silbó por lo bajo a *Cesar*, que hacía guardia pacientemente en el pasillo con su compañera de suave pelaje.

—Gideon, yo...

—Demos por concluida la noche —la interrumpió con voz ruda. Sólo tenía que mirar el desnudo anhelo en sus ojos para saber que Julianne pensaba decir algo que él no quería oír. Algo que lo tentaría a él y a su débil determinación—. Ahora. Antes de que regresen tus padres y descubran que todavía estás despierta.

Sin esperar a oír su respuesta, se dirigió al pasillo. Ella lo alcanzó segundos más tarde.

—Gideon, yo...

—Antes quería preguntarte algo —la interrumpió con brusquedad. No podía dejar que dijera lo que veía en sus ojos. No podía dejar que expresara la admiración y el deseo que brillaba en ellos.

—¿Qué quieres saber? —le preguntó ella con vacilación.

—Siento curiosidad por el libro del que hablaste en el té. *El fantasma de Devonshire Manor*. Su mención provocó una interesante reacción en tus amigas y en ti.

—¿Interesante?

—Sí. Lady Emily parecía muy traviesa, y las demás os sonrojasteis y os apresurasteis a cambiar de tema. Puesto que soy curioso por naturaleza, no puedo evitar preguntarme qué clase de libro es capaz de provocar tal reacción.

—Bueno... supongo que sólo estábamos sorprendidas de que Emily sacara el tema a colación. Ha sido el último libro que hemos escogido para nuestro club de lectura, y no solemos discutir sobre ellos fuera de nuestro pequeño círculo.

—¿Por qué?

—Porque no son libros que puedan considerarse... clásicos. En el sentido literal de la palabra.

La comprensión y el interés inundaron a Gideon, que inclinó la cabeza.

—Ya entiendo. Así que son escandalosos.

Un intenso rubor carmesí cubrió las mejillas de Julianne.

—Supongo que hay gente que los consideraría así.

—¿Qué gente?

—Cualquiera que sepa leer.

Gideon no pudo contener una risa ahogada.

—Bueno, bueno. La correctísima lady Julianne se dedica a leer libros impropios en sus ratos libres. Parece que la leona no sólo tiene uñas, sino dientes. Qué interesante.

Entraron en el vestíbulo donde Winslow les aseguró que todo estaba en orden. Tras darle las buenas noches al mayordomo, Gideon y Julianne subieron las escaleras.

—Ya que pareces tan interesado, si quieres puedo prestarte el libro —dijo Julianne cuando llegaron al último escalón.

Gideon sabía que debería negarse, pero pensar en tener, incluso aunque fuera de manera temporal, algo que le pertenecía a ella, en especial algo que había provocado tal rubor en sus mejillas, era demasiado irresistible para negarse.

—Está bien —convino él—. Gracias.

—De nada. Lo cogeremos ahora. —Se detuvo delante de la puerta de su dormitorio, la habitación donde él pasaría la noche con la esperanza de que regresara el intruso y pudiera detenerlo.

—Espera —le dijo él con suavidad. Entró en la estancia delante de ella. Habían encendido el fuego que bañaba la habitación con un resplandor dorado. Gideon se aseguró de que las ventanas estuvieran cerradas, no sin antes percatarse de que le habían deshecho la maleta y colocado los artículos personales junto a una jofaina y una jarra llena de agua.

Le hizo una señal a Julianne para que entrara. Luego, sin apartar la mirada de él, cerró lentamente la puerta tras ella.

Él se quedó paralizado al oír el suave clic, un sonido que resonó en su cabeza como los barrotes de una prisión al cerrarse. Estaba clavado en la alfombra, observando cómo ella cruzaba la habitación y abría el armario. Luego se puso en cuclillas, se levantó y se dirigió a la cama, portando lo que parecía una caja de madera.

—¿Es ahí donde guardas todos tus libros escandalosos? —le preguntó, imprimiendo a su voz una ligereza que estaba muy lejos de sentir.

Ella negó con la cabeza.

—Ésta es mi caja de sueños y deseos. Es aquí donde guardo todos mis tesoros y mis posesiones más preciadas.

Su buen juicio le advirtió a Gideon que se mantuviera a distancia, pero su curiosidad por ver el contenido de la caja prevaleció sobre todo lo demás. Se acercó a la cama y bajó la vista.

—Descubrí esta caja hace varios años en una tienda de Bond Street y me enamoré de ella al instante —dijo Julianne, pasando los dedos por el delicado diseño de la tapa que mostraba a una mujer de perfil con los brazos extendidos. En una mano sostenía un sombrero y en la otra, los zapatos. Tenía el pelo rubio y despeinado, y el vestido azul ondeaba tras ella como si estuviese siendo azotada por el viento mientras corría descalza y sin sombrero a través de un campo de vistosas flores silvestres. La joven tenía la cara alzada hacia el sol, y una sonrisa de felicidad le curvaba los labios—. Cautivó mi imaginación de inmediato con su alegre vitalidad —añadió Julianne en voz baja, rozando la tapa con la yema de un dedo—. Casi podía oír su risa alegre. Parecía una mujer valiente y atrevida, libre de normas y restricciones, la reconocí al instante.

Gideon arqueó las cejas.

—¿La reconociste?

—Sí. —Levantó la mirada y la clavó en él—. Es la mujer que siempre he deseado ser. La mujer que vive en mi imaginación.

Cogiendo una pequeña llave de latón, abrió la caja y levantó la tapa lentamente.

—En cuanto llegué a casa con ella, comencé a llamarla mi caja de sueños y deseos, y en ella fui guardando aquellas cosas que iba coleccionando y que representan mis mejores deseos.

Abrió la caja y él miró dentro. Y frunció el ceño. A pesar de que Julianne le había dicho que las joyas no significaban nada para ella, Gideon había esperado que la caja estuviera llena de gemas y artículos de valor. No estaba seguro de qué eran todas aquellas cosas que había en la caja, pero resultaba evidente que ninguna centelleaba. Se acercó un poco más y reconoció la que estaba encima de todo.

—¿Una concha? —inquirió, preguntándose qué tenía que ver aquello con los sueños y deseos.

Ella cogió la perfecta concha de caracola de la caja y la sostuvo en la palma de la mano.

—La encontré en la playa de Brighton, un lugar que me encanta. La concha me recuerda la alegría y la libertad que experimento cuando camino por la arena bañada por el mar, cuando siento la brisa salada en mi pelo.

Colocó la concha en la cama y luego cogió lo que parecía ser un largo lazo descolorido por el tiempo.

—Esto es la cola de una cometa que hice volar en esa misma playa. Recuerdo haberme reído cuando el viento la hizo subir hacia las nubes. Y esto... —sacó otro objeto y se lo dio— es la pluma de una gaviota que flotó en el aire mientras el ave al que se le había caído graznaba sin parar y luego bajaba en picado hacia el mar azul cobalto, rozando la espuma blanca de la superficie.

Gideon rozó la pluma con la yema del dedo e intentó entender la extraña sensación que lo atenazaba. Antes de que pudiera impedírselo, ella sacó varios objetos más. Primero le pasó un pequeño dibujo a carboncillo de *Princesa Buttercup* dormida en su almohadón de raso.

—Lo dibujó Sarah. Tiene mucho talento.

Después colocó en su mano una pequeña piedra gris.

—La encontré en Hyde Park mientras daba un paseo con Emily. Y esta hoja... —la puso encima de la piedra— es del olmo de la casa que Carolyn tiene fuera de la ciudad. Todas esas cosas me recuerdan a mis más queridas amigas.

Buscó la mirada de él con la suya y, como siempre, Gideon sintió que se hundía en ella. Como un hombre ahogándose solo en el medio del mar.

—¿Quieres ver más? —le preguntó en voz baja.

Su instinto de conservación le exigía que dijera que no. Que la enviara a su habitación, donde ya debería estar durmiendo. Pero de nuevo su mirada cayó sobre la caja. Y supo que tenía que ver qué más había allí dentro.

—Sí —dijo suavemente—. Quiero verlo todo.

De nuevo, Julianne metió la mano en la caja y esta vez extrajo dos flores secas.

—Una es del ramo de novia de Sarah y otra del ramo de Carolyn. Siempre he soñado con un matrimonio lleno de amor como el de ellas. —Después retiró dos pares de patucos de bebé, uno azul y otro rosa—. Los hice yo —dijo, pasando los dedos por el ganchillo—. Pensando en los niños que esperaba tener algún día.

Volvió a meter la mano en la caja y le mostró un papel doblado.

—Añadí este tesoro hace varios meses, poco después de fundar la Sociedad Literaria de Damas. En una de nuestras primeras reuniones discutimos sobre los rasgos que debía poseer el hombre perfecto. —Arqueó las cejas—. ¿Te gustaría que te lo leyera?

—Sí.

Ella desdobló el papel y recitó:

—El hombre perfecto deberá tener buen corazón, ser paciente, generoso, honesto, honorable, ocurrente, inteligente, guapo, romántico, muy apasionado, deberá provocar mariposas en el estómago, tener los labios llenos y saber besar, bailar, ir de compras, saber escuchar y pedir nuestra opinión, y todo sin una sola queja. —Levantó la mirada y lo observó—. ¿Qué te parece?

No se mencionaban las riquezas. Ni los títulos. Ni las propiedades. Luchó contra la abrumadora necesidad de aflojarse la corbata, repentinamente demasiado apretada.

—Creo que es demasiado para un solo hombre.

Ella asintió con la cabeza.

—Sí. Pero encontrar a la persona perfecta para uno... creo que es posible.

Demonios, la manera que tenía de mirarlo, como si él fuera la persona perfecta para ella, hizo que le palpitara el corazón. De anhelo. De deseo. Dios sabía lo mucho que él distaba de ser perfecto. Era todo lo contrario a lo que ella consideraba un hombre perfecto.

Necesitando romper el opresivo silencio, él señaló la caja con la cabeza.

—¿Hay algo más ahí dentro?

Sacó dos libros delgados. Dejó el primero en la cama y dijo:

—Éste es *Confesiones de una dama*, uno de los libros del club de lectura. Es escandalosamente explícito, pero siempre he admirado el coraje de la autora; una mujer valiente que vivió como quería y disfrutó de las pasiones de la vida. —Le tendió el otro libro—. Éste es *El fantasma de Devonshire Manor*.

—¿Y por qué ocupa un lugar de honor en tu caja de sueños y deseos?

—Representa el tipo de relación amorosa que siempre he anhelado, aunque yo prefiero a un hombre de carne y hueso en vez de a un fantasma. Es una bella historia de amor y pasión. De dos personas que, a pesar de sus sentimientos y dadas las circunstancias, jamás pudieron estar juntas.

El corazón de Gideon comenzó a latir con violencia, y cerró los dedos en torno al encuadernado de piel.

—¿Qué hicieron?

—Intentaron ser tan felices como pudieron, disfrutando el uno del otro durante el poco tiempo que tuvieron. Después se separaron. Maxwell, el fantasma, tuvo que regresar a su mundo, mientras que lady Elaine se quedó en el suyo.

—¿Y eso es todo? ¿No hubo final feliz? —intentó mostrar un poco de ligereza y sonreír, pero sentía la cara como si fuera de piedra—. Pensé que a las damas les gustaban los finales felices.

—Me temo que no todas las historias de amor tienen un final feliz.

El aire de la habitación pareció volverse denso y cálido. Desesperado, él miró el libro. Lo abrió por una página al azar y leyó las líneas.

> ... Ella estaba en la cama, desnuda y con las piernas abiertas, revelando los brillantes pliegues que él deseaba tocar. Levantando una mano hacia él, ella susurró dos simples palabras «por favor». Y Maxwell supo en ese instante que nada en el mundo de Elaine o en el suyo le impediría hacer el amor con ella. Reclamarla como suya. Al menos por esa noche, pues no podían vivir juntos para siempre.

Él cerró el libro de golpe e inhaló bruscamente. Demonios. Definitivamente, era hora de salir de esa habitación que de repente parecía tener el tamaño de una jaula en llamas.

—Tienes que... —sus palabras se interrumpieron cuando dirigió la mirada a la caja. Sólo quedaba un artículo. Como en un sueño, él metió la mano y sacó un pañuelo blanco con una G azul oscuro bordada en un extremo.

—Es mi pañuelo.

Ella vaciló, luego asintió con la cabeza. De repente, pareció como si en sus ojos se reflejara todo lo que había en su corazón, y Gideon sintió cómo su propio corazón corría y se detenía a la vez.

Esas cosas, esas simples cosas que ella llamaba sus posesiones más preciadas, sus tesoros, no tenían ningún valor económico. Pero eran ricos en sentimientos. No eran los tesoros de una princesa mimada. No, eran los tesoros de una joven amable y sensible, romántica y hermosa. Y había añadido su pañuelo a su caja de sueños y deseos.

Que Dios le ayudara.

—Me lo diste anoche —susurró ella—. Espero que no te importe si lo guardo. Algún día, será todo lo que tenga de ti.

Maldita sea. Sentía el corazón pesado. Como si cada latido fuera un golpe contra las costillas.

—Julianne...

Ella interrumpió sus palabras poniéndole los dedos en los labios.

—Quiero que lo sepas —le dijo, mirándolo fijamente—. Desde el momento en que te conocí, hace dos meses, sólo pienso en ti. Eres lo primero en lo que pienso cuando me despierto, y lo último en lo que pienso antes de quedarme dormida. Has invadido cada uno de mis pensamientos. Lo que compartimos ayer por la noche fue... mágico. Increíble. Y quiero más. Más de todo. De ti. Ahora. Mientras todavía puedo.

# 17

Julianne observó la llamarada de fuego en los ojos de Gideon, un calor tan ardiente que parecía quemarle la piel. Él había hablado del honor, pero el honor no tenía nada que ver con que él quisiera aceptar o no lo que ella deseaba darle, lo que desesperadamente quería compartir con él. Ella misma. Ahora, lo que Julianne necesitaba saber era si la piel de él también ardía. Pero a pesar de los libros escandalosamente explícitos que había leído, no sabía cómo seducirlo. Tener información y saber cómo aplicarla en una situación como ésa eran dos cosas muy diferentes. Todo lo que podía hacer era darle a entender a Gideon lo mucho que lo deseaba. Y rezar para que él también la deseara.

Deslizó los dedos, que todavía tenía sobre la boca de Gideon, por el grueso labio inferior. Luego, dio un paso hacia delante, hasta que su cuerpo se rozó con el de él en toda su longitud. Gideon ensanchó las fosas nasales e inhaló bruscamente. Alentada por su reacción, se puso de puntillas y le rodeó el cuello con los brazos, apretándose más contra él. Casi se mareó de alivio. Incluso aunque él hubiera querido negarlo, no podía ocultar la dura evidencia de su deseo.

—Bésame, Gideon —murmuró ella contra la rígida mandíbula masculina, el punto más alto que podía alcanzar sin su ayuda. Con el corazón acelerado, se retorció contra él, abrazándolo con más fuerza—. Por favor. Abrázame. Acaríciame. Bésam...

Las palabras de Julianne fueron interrumpidas cuando, con un ronco gemido que pareció salirle del alma, él inclinó la boca sobre la de ella en un beso fiero, hambriento y salvaje. El brazo firme de Gideon le rodeó la cintura, estrechándola aún más contra su cuerpo, como si estuvieran atados por una cuerda. Le hundió la otra mano en el pelo, quitándole las horquillas e inmovilizándole la cabeza mientras le saqueaba la boca con la suya. Una oscura emoción la atravesó como un rayo ante la intensidad de su beso. Gideon la besó como si quisiera devorarla, estrechándola contra su cuerpo como si no quisiera soltarla nunca. Le invadió la boca con la lengua, un favor que ella le devolvió, degustando su sabor cálido y delicioso.

Más cerca. Quería estar más cerca de él. Quería sentir su dureza. Su calor. Su sabor. Tocarlo. Quería, simplemente..., más.

Le parecía como si pudiera sentir el latido del corazón en todas partes. En los oídos. En el pulso de la garganta. En las sienes. Aleteando en su pecho y en su estómago. En el vientre, que se apretaba contra el de él. Palpitando en los doloridos pliegues entre sus piernas.

Los inquietos dedos de la joven se cerraron sobre el pelo espeso, enredándolos entre las sedosas hebras para acercarle más la boca. Lo oyó gemir, luego los pies de Julianne abandonaron el suelo cuando él la levantó contra su cuerpo. Aturdida, lo sintió retroceder, deteniéndose cuando golpeó la pared. Sin interrumpir el beso, él separó las piernas y, ahuecándole las nalgas con una de sus enormes manos, la atrajo hacia la V que formaban sus muslos.

De repente, Julianne tuvo la impresión de que las manos de Gideon estaban por todas partes. Acariciándole el trasero. Enredándose en sus cabellos. Hundiéndose en su corpiño. Ahuecándole los pechos con las palmas de las manos. Apretándole los pezones hasta convertirlos en puntos tensos y doloridos.

Su boca era igual de implacable, cubriéndole la barbilla de cálidos besos. Lamiéndole el cuello, mordisqueándole la sensible piel.

Gideon metió las manos entre sus cuerpos y se sacó los faldones de la camisa de los pantalones, luego le agarró las muñecas que le rodeaban el cuello y le colocó las manos sobre su torso.

—Tócame —le ordenó con voz ruda contra los labios. Su cálido y jadeante aliento se mezcló con el de ella—. Maldita sea, tócame.

Julianne le obedeció al instante. Abrió los dedos y luego deslizó las manos hacia abajo, introduciéndolas por debajo de la camisa blanca. En cuanto le tocó la piel, los dos gimieron. Gideon cerró los ojos y dejó caer la cabeza hacia atrás, tensando los músculos de la garganta cuando tragó saliva.

Lentamente, ella subió las manos, emocionada al notar cómo los músculos de él se contraían bajo sus dedos. La piel era suave y cálida, moldeada con duros músculos. Le rozó ligeramente las tetillas y luego cerró los dedos sobre el espeso vello que le cubría el torso.

Gideon gimió, levantó la cabeza y le tomó la cara entre las manos (manos que ella notaba un poco temblorosas). Los ojos del hombre ardían como carbones oscuros, capturando los de ella mientras le acariciaba los pómulos con sus pulgares callosos a la vez que las manos de ella vagaban bajo la camisa. La necesidad y el deseo desnudo de sus ojos deberían haberla asustado. Pero no obstante, la llenaron de alborozo. Quería más.

Julianne deslizó las manos más abajo y las pasó por encima de la fascinante protuberancia que le abultaba los pantalones. Sintió que él se estremecía de pies a cabeza.

—Quiero tocarte por todas partes, Gideon.

Durante un instante él permaneció inmóvil, con la mirada clavada en la de ella, y un músculo palpitándole en la mandíbula. Luego, con un ronco gruñido, se abrió los pantalones de un tirón.

Su dura erección asomó por la abertura, fascinante y atrayente. El pecho de Gideon subía y bajaba por la respiración jadeante, y ella lo rodeó lentamente con los dedos, apretándolo un poco.

—Maldición —siseó Gideon, y la agarró por los hombros, cerrando los dedos con fuerza en torno a la parte superior de los brazos de Julianne. La joven arrancó la mirada de la cautivadora muestra del deseo masculino y levantó los ojos. Él la miraba con los ojos entrecerrados y tan brillantes como los diamantes.

—Es tan... caliente —murmuró ella— y dura.

—No tienes ni idea. —Flexionó las caderas empujando contra su mano—. Hazlo otra vez —gruñó él, y Julianne no estuvo segura de si aquellas palabras eran una orden o una súplica.

Ella obedeció sin dejar de mirarle. Luego, Gideon cerró los ojos de golpe y ella bajó la mirada, observando cómo sus dedos le rodeaban la erección y se movían lentamente de arriba abajo por la larga y dura longitud, arrancándole profundos gemidos con cada caricia. Con un agonizante sonido él se impulsó hacia adelante, apretándose contra su palma y, para gran fascinación de Julianne, una perla de fluido húmedo apareció en la punta de la erección. La joven capturó la gota con la yema del dedo y muy lentamente la esparció por el aterciopelado glande.

—Julianne —ella lo sintió estremecerse, y el sonido de su nombre le salió entrecortado de la garganta. Pero antes de que pudiera maravillarse por lo mucho que parecían excitarle sus caricias, él le apartó las manos y la atrajo bruscamente hacia él, atrapando la erección entre sus cuerpos cuando la besó. Más profunda, más feroz y más apasionadamente que antes.

Julianne sintió un repentino frescor en las piernas, y una parte nebulosa de su mente se dio cuenta de que Gideon le había levantado las faldas. Enganchando la mano detrás de una de sus rodillas, le alzó la pierna, colocándola en su cadera.

—Sabes tan condenadamente bien —susurró él contra sus labios—. Y es tan maravilloso sentirte contra mi cuerpo. —Le deslizó la mano por el trasero, ahuecándole las nalgas e introduciendo ligeramente los dedos en la hendidura entre ellas, provocándole un escalofrío que le recorrió la espalda, luego, movió la mano más abajo hasta encontrar la abertura de los calzones.

Julianne jadeó cuando sintió sus dedos recorriéndole los pliegues femeninos.

—Estás mojada —gruñó él contra su cuello—. Tan perfectamente mojada...

Aquellos hábiles dedos eran implacables, trazaban espirales profundas, rozaban y se deslizaban, hasta que cada aliento de Julianne se convirtió en un jadeo interminable. Se aferró a los hombros de Gideon, contorsionándose impotente contra su mano, desesperada por obtener más. Él deslizó un dedo dentro de ella en el mismo instante en que le penetró la boca con la lengua, una invasión simultánea que aflojó las rodillas de la joven. El deseo crecía dentro de ella, y meció las caderas, desesperada por alcanzar la magia que había experimentado la noche anterior.

Con un profundo gemido, él dobló las rodillas, ahuecó el trasero de Julianne con la mano libre y la alzó contra él. Y, de repente, la dureza de Gideon se rozó contra ella... oh, justo allí. La joven dejó caer la cabeza hacia atrás y un profundo gemido gutural surgió de su garganta. Él deslizó otro dedo en su interior, dilatándola de una manera deliciosa, y comenzó a bombear lentamente mientras flexionaba las caderas, un movimiento que provocó un placer tan intenso en ella que Julianne sólo pudo jadear contra su boca.

Estrechándola fuertemente contra su cuerpo, acarició con los dedos el interior del sexo femenino, provocándola con la lengua, y apretando su duro y caliente miembro contra aquella zona femenina tan mágica y sensible de su cuerpo, consiguió que Julianne, simplemente, se abandonara a sus brazos.

Julianne se sintió atravesada por un palpitante placer que le arrancó un grito de la garganta. Él interrumpió el beso y, para ahogar su propio grito, enterró la cara contra la curva del cuello de Julianne, susurrando su nombre repetidas veces con una voz que sonaba como si se hubiera tragado cristales rotos.

Durante largos segundos permanecieron inmóviles, jadeantes, y Julianne agradeció la fuerza con que la sujetaba. Sintió el rápido latido del corazón de Gideon contra su pecho. El aroma de la piel masculina se mezclaba con el almizcle del deseo de ambos. Ella jamás se había sentido tan cálida, ni tan protegida, ni tan completa y maravillosamente viva. Y por eso, lo amaba.

Se quedó helada cuando aquellas palabras resonaron en su mente, revelando la verdad que contenían con cada eco. Lo amaba. Lo amaba.

Que Dios la ayudara, lo amaba.

Total, estúpida y alocadamente.

Irrevocablemente.

Durante un instante intentó negarlo, pero se dio cuenta de que era inútil. Él había cautivado su imaginación desde el momento en que lo vio hacía dos meses, y cada minuto transcurrido desde entonces sólo había servido para consolidar aquellos sentimientos iniciales.

Lo sintió levantar la cabeza, y ella se apartó un poco, preguntándose si debería confesar sus profundos sentimientos, preguntándose si hacía falta que lo hiciera, pues estaba segura de que él los vería reflejados en sus ojos. Preguntándose si vería en los ojos de Gideon una fracción de lo que ella sentía por él.

En el mismo instante en que sus miradas se encontraron, aquella esperanza murió de golpe. En lugar de brillar con ternura y afecto, sus ojos parecían dos rocas negras. Tenía la boca apretada en una línea sombría y una expresión dura.

Sin decir palabra la apartó de él. Las arrugadas faldas cayeron, rozándole las piernas temblorosas. Con un nudo en la garganta, lo observó usar su pañuelo para limpiar la prueba de su liberación del estómago. Luego se metió bruscamente la arrugada camisa dentro de los pantalones y los abrochó, soltando un juramento cuando se dio cuenta de que faltaba un botón que seguramente había arrancado en su prisa anterior. Julianne vio el botón en el suelo, junto a su zapato, y se inclinó para cogerlo. Como Gideon no se dio cuenta de su gesto, Julianne se metió el botón plano en el bolsillo del vestido.

Cuando terminó de adecentarse, él se pasó los dedos por el pelo que ella había despeinado con sus dedos impacientes. Luego, se pasó las manos por la cara y las dejó caer sin fuerza a los costados, como si estuviera demasiado cansado para tenerlas en alto.

—Lo siento —dijo él a través de lo que parecían unos dientes muy apretados—. No quería que... —inspiró profundamente—, esto no debería haber ocurrido.

Un frío entumecimiento atravesó a Julianne, haciendo desaparecer cualquier rastro de calor que hubiera sentido unos minutos antes.

—¿Por qué?

Finalmente, una grieta apareció en su expresión pétrea, dejando paso a la incredulidad.

—Demonios, hay más razones de las que puedo nombrar.

—Empieza por la primera.

—Las conoces tan bien como yo.

—Porque me voy a casar.

Él sacudió la cabeza y de nuevo se pasó los dedos por el pelo.

—Ésa es sólo una de ellas, la que tiene que ver con mi honor. —Soltó un amargo sonido—. O lo que queda de él. —La tomó por los hombros y ella vio que sus ojos ya no eran inexpresivos. No, ahora estaban llenos de una inconfundible angustia. Y de cólera.

Aunque ella no podía distinguir si estaba furioso con ella o consigo mismo—. Te lo dije... no tomo lo que no me pertenece, Julianne. Es parte de mi orgullo y de mi honor. Y por mucho que quiera que las cosas sean diferentes, tú no eres ni serás nunca mía.

—No eres el único que desea que las cosas sean diferentes, Gideon —dijo ella quedamente.

Él la soltó y dio un paso atrás.

—No importa lo que nosotros deseemos. Sigues estando prometida...

—No de manera oficial...

—Eso es irrelevante. Sólo falta firmar los papeles. Pero incluso aunque no estuvieras prometida, esta... atracción entre nosotros es imposible. Eres hija de un conde. Un aristócrata. Un acaudalado miembro de la alta sociedad. Estoy tan por debajo de ti, que tendría que subirme a una escalera para poder llegarte a la suela de los zapatos.

—Ya te lo he dicho, la riqueza no es importante para mí.

—Es igual. No puedes cambiar quién eres. Ni quién soy yo. O quién no soy. Puede que los bailes, las ropas lujosas y las joyas no signifiquen nada para ti, pero forman parte de tu mundo. Y eso es algo que yo nunca seré... parte de tu mundo. —Tu deber es cas...

—¿Casarme según los deseos de mi padre? —dijo ella amargamente.

—En tu mundo, sí.

—¿Y cuál es tu deber, Gideon?

—Permitir que lo hagas. No robarte la inocencia... o lo que haya dejado de ella. Esa inocencia es tuya. —Le palpitó un músculo en la mandíbula—. Y de tu futuro marido.

—No has tomado nada que no haya dado libremente.

—No obstante, no debería haberlo tomado. Había decidido que jamás volvería a tocarte. Después de que lo hiciera, llegué a la conclusión de que había sido un tremendo error, uno que no debería repetirse. —Negó con la cabeza, cerró los ojos y soltó un largo y profundo suspiro. Luego volvió a mirarla—. Es evidente que una cosa es decidir no hacer algo y otra muy distinta llevarlo a cabo. Pero no volveré a fallar. No lo haré, no puedo cometer el mismo error de nuevo.

«Un error.» Eso era todo lo que ella era, todo lo que habían compartido, para él.

—Pensarás que soy una mujer licenciosa.

Él negó con la cabeza.

—No. Toda la responsabilidad es mía. Perdí el control por completo.

—Un ofrecimiento muy noble y generoso de tu parte, pero no puedo aceptarlo. Soy tan responsable como tú, si no más, ya que deseaba con desesperación que perdieras el control.

Julianne alargó la mano para tocarle, pero él dio un paso atrás, negando con la cabeza. Ella se apretó las manos vacías contra el estómago, dándose cuenta de que no sólo eran las manos lo que tenía vacías. Sino todo. Su vida. Su corazón. Su alma. Se sintió como si estuviera tratando de contener agua entre los puños cerrados; por mucho que los cerrara, el agua goteaba entre sus dedos hasta que sólo quedaba el vacío.

—Gideon... dispongo de tan poco tiempo. —Mantuvo su mirada fija en la de él, plenamente consciente de la desesperación que inundaba su voz, aunque no le importaba—. He sido más feliz en estos momentos robados contigo de lo que lo he sido en toda mi vida...

—Detente. Por favor. —Se acercó a ella con pasos vacilantes, luego le ahuecó la cara entre las manos. Sus ojos parecían atormentados—. Que Dios me ayude, no puedo defenderme de ti. Así que, por favor, no compartas nada más conmigo, no me cuentes tus sentimientos. No me abras tu corazón. No lo merezco, y hace que esta situación sea todavía más insostenible de lo que es. —Cerró los ojos un breve instante y luego dijo con un duro susurro—: No tienes ni idea de lo duro que me resulta darte la espalda en este momento.

Ella alargó los brazos y le cogió por las muñecas.

—Entonces no me la des, Gideon. —Las palabras sonaron como una súplica desesperada, pero no le importó—. Pasemos juntos estas dos semanas, hasta que tenga que marcharme. Sé que es lo único que podremos tener. Pero tengámoslo.

Gideon le sostuvo la mirada, y ella no hizo nada para ocultar sus sentimientos hacia él. Le permitió ver todas sus esperanzas y sus deseos, todos sus anhelos y necesidades, todas sus ansias. Todo su amor. Con las entrañas temblándole de miedo y ansiedad, mientras le rogaba en silencio.

Un silencio que se extendió entre ellos durante largos segundos. Luego, él la soltó lentamente y dio un paso atrás.

—No puedo —dijo—. No puedo hacer eso, ni a ti ni a mí mismo. Si alguien lo descubriera, el escándalo te arruinaría la vida. Podrías perderlo todo.

—Y tú perderías tu honor.

—Sí.

Un sonido amargo escapó de los labios de Julianne. Era evidente que no había manera de negar eso, salvo la comodidad que disfrutaba, ella no tenía nada.

Santo Dios, ¿cómo podía sentir tanto dolor cuando estaba tan entumecida? Logró sacudir la cabeza para asentir.

—Creo... creo que es mejor que me retire ya. —Se obligó a soltar las palabras entre el nudo que atenazaba su garganta, pero con las lágrimas a punto de brotar, sabía que apenas tenía control sobre sus emociones.

Caminando tan rápidamente como pudo, logró llegar al dormitorio azul. Oyó que Gideon la seguía, y a *Cesar* trotando junto a su amo, y a *Princesa Buttercup* jadeando mientras corría para alcanzarlo. Cuando llegaron a la habitación, Julianne tomó en brazos a su perra y esperó en el pasillo mientras Gideon revisaba la estancia.

—Todo en orden —le dijo él un momento después—. *Cesar* vigilará en tu puerta. Nadie te hará daño.

—Gracias —dijo ella sin inflexión en la voz. Nada que delatara cuánto daño le había hecho.

O que nunca, jamás, volvería a ser la misma.

Después de ver cómo *Cesar* se acomodaba en el pasillo junto a la puerta de Julianne con orden de protegerla, Gideon entró en su dormitorio. Cerró la puerta y se apoyó contra la hoja de roble.

Maldición. Menuda noche.

Cerró los ojos, lo que fue un error pues al instante se vio bombardeado por las imágenes que tan desesperadamente quería y tenía que olvidar. La de Julianne sonriendo. Riéndose. Enseñándole a bailar el vals. Alzando la cara hacia él para recibir un beso. Envuelta en el clímax. Mirándole con el corazón en los ojos.

¿Y qué había hecho él para merecer esa mirada tan hermosa? La había tratado peor que a una cualquiera, y se había deshonrado ante sí mismo con su comportamiento.

Se obligó a abrir los ojos y se pasó las manos por la cara. Maldita sea, había intentado no tocarla, pero su resistencia se había agotado. Había pensado que un simple baile no podía hacer daño y de hecho había pasado toda la tarde con Julianne sin caer sobre ella como un perro rabioso. Pero, entonces, le había enseñado aquella maldita caja. Su caja de sueños y deseos.

Examinando aquellos artículos que no habían costado más que un chelín, aquellas cosas que ella consideraba sus más preciados tesoros, se había visto forzado a admitir algo que se había negado rotundamente a aceptar, que Julianne era tan hermosa por dentro como por fuera. Que no era una joven mimada y superficial, sino una chica especial, amable y admirable, vulnerable y solitaria. Una chica romántica que deseaba escapar de aquellas rígidas normas sociales que encontraba tan sofocantes. Había adquirido una nueva percepción de su carácter, que no había querido ver ni admitir, pero una vez que había tenido que enfrentarse a ello, no había podido ignorarlo.

Como tampoco había podido ignorar la súplica de Julianne al pedirle que la besara. Se apretó la frente con las manos. Demonios, lo había mirado de tal manera, lo había acariciado y rozado su cuerpo contra el suyo, que fue como si él hubiera sido pólvora y ella una cerilla encendida. Su control había desaparecido entre un fuego de ardiente necesidad y deseo, tan intenso, que no había podido detenerlo. Y al ceder, les había deshonrado a ella y a sí mismo, mientras una vocecita resonaba en su cabeza «Una caricia más y me detendré». El problema había sido que cuando realmente había podido detenerse, no había querido hacerlo. Y cuando por fin se dio cuenta de que tenía que detenerse, no había podido hacerlo. Su necesidad, su deseo, habían sido tan profundos e intensos, que se había encontrado completamente impotente ante ellos.

Y luego aquel ofrecimiento... una oferta que le había detenido el corazón... que estuvieran juntos, como amantes, hasta su boda.

Hasta que ella comenzara su vida como esposa de otro hombre. No sabía de dónde había sacado fuerzas para negarse. Dios sabía que había querido aceptar todo lo que ella le había ofrecido y al diablo con las consecuencias que para él eran insignificantes. Pero para Julianne..., ella no sólo perdería la inocencia, lo perdería todo. El escándalo que estallaría si alguien descubría que tenía un amante le arruinaría la vida. Y un amante de origen humilde como él sólo haría que las habladurías fueran más sórdidas y mezquinas.

¿Qué podía perder él? Nada.

Bueno, nada salvo su corazón.

«Lo perdiste hace dos meses», le informó la voz interior con una risa hueca. Gideon soltó un largo suspiro, intentando negarlo, pero luego meneó la cabeza. ¿Qué ganaba mintiéndose a sí mismo? Una mirada a esos ojos, a esa cara, y había perdido el corazón en el acto. No había sido él mismo, no se había sentido igual desde el momento en que la había conocido.

Pero a diferencia de hacía dos meses, cuando sólo la deseaba porque era la mujer más hermosa que hubiera visto nunca, ahora el deseo se había convertido en algo más profundo. Sí, deseaba desesperadamente hacer el amor con ella, pero quería más que eso. Quería estar con ella. Hablar con ella. Mirarla. Reírse con ella. Pasear a su lado. Deseaba todas aquellas cosas con un profundo anhelo que jamás había sentido antes. Ni siquiera con Gwen, la mujer a la que había amado. La mujer con la que había pensado casarse y formar una familia. Julianne había tocado algo en lo más profundo de su ser, un lugar que él no sabía que estaba ahí hasta que ella llegó y le mostró su existencia. Lo que sólo quería decir una cosa.

No sólo la deseaba. No, maldita sea, se había enamorado de ella.

—Arghhh —gimió, apretando los párpados. Dudaba seriamente que hubiera alguien más tonto que él en el mundo.

Se había enamorado de una mujer que jamás sería suya. Una mujer que se casaría con otro hombre en cuestión de días. Otro hombre que la tocaría y la llevaría a su cama. Alguien que no la amaba pero que tendría todo el derecho del mundo sobre ella. Un hombre que se la llevaría a Cornualles. Y que podría darle todo... salvo lo que ella verdaderamente quería.

Apretó los puños cuando una candente oleada de celos lo invadió. Sólo pensar en aquel bastardo de Eastling tocándola le hacía querer romper algo. Una imagen de sus puños rompiendo la perfecta nariz del duque cruzó como un relámpago por su mente; sí, estaría encantado de rompérsela.

La imagen se desvaneció, y una sensación de puro cansancio y desesperación lo invadió, dejándolo física y mentalmente agotado. Tenía que dormir, pero dudaba mucho que pudiera hacerlo. Cruzó la habitación y miró por la ventana a los jardines de debajo. La luna los iluminaba con su resplandor plateado. ¿Intentaría el «fantasma» entrar esa noche en la habitación? Esperaba que así fuera, así podría atrapar a aquel bastardo y poner fin a todo eso. Luego, se encargaría de recoger los retazos de su vida que se habían dispersado como plumas en el viento desde aquel fatídico día en que había conocido a Julianne. No sabía cómo iba a poder hacerlo. En especial en ese momento, cuando incluso respirar le dolía.

Decidido a centrar su atención en la razón que lo había llevado hasta esa habitación, se dirigió a su maleta y sacó un carrete de hilo negro. Regresando a la puertaventana, ató un extremo en la manilla de latón de la puerta y luego extendió el hilo hacia la cama. La oscuridad de la estancia hacía que el hilo fuera invisible. Después de quitarse las botas, se tendió sobre la colcha con el otro extremo del hilo atado en torno a la muñeca. Tenía el sueño muy ligero, pero estaba demasiado cansado y era mejor tomar algunas precauciones. Si caía en un sueño profundo y se abría la puerta, la cuerda tiraría de su muñeca y le despertaría.

Se acomodó en la cama y contuvo un gemido cuando el aroma de Julianne lo envolvió, inundando sus sentidos. Cerrando los ojos, hundió la cara en la almohada e inspiró profundamente. Olía a vainilla. A Julianne. Maldita sea, jamás lograría conciliar el sueño.

Permaneció así mucho tiempo, con los ojos clavados en el techo, escuchando cualquier sonido que pudiera estar fuera de lugar, con los tortuosos pensamientos dándole vueltas en la cabeza, recordando momentos que tenía que olvidar, anhelando inútilmente cosas que no podía tener, deseando futilmente que las cosas fueran diferentes. Ojalá Julianne fuera hija de un barbero, o de un panadero. Ojalá él fuera un noble.

Ojalá las cosas fueran diferentes.

Finalmente, se le cerraron los ojos, y debió de quedarse dormido, porque lo siguiente que supo era que se incorporaba de golpe en la cama, jadeando, con el sudor humedeciéndole la piel, y un sueño tan fresco, tan vívido en su mente que tuvo que parpadear varias veces para darse cuenta de que era sólo eso, un sueño. Dirigió los ojos a la puertaventana. Permanecía cerrada y los primeros rayos malva del amanecer teñían el cielo. Luego se miró la muñeca en la cual seguía atado el hilo.

Deslizó las piernas por encima del borde de la cama y se pasó los dedos por el pelo, abriendo mucho los ojos para que no se le cerraran de nuevo. Sin duda alguna no quería volver a ver la imagen de ese sueño otra vez. La imagen de Julianne, atrapada dentro de un ataúd de cristal, golpeando y gritando, rogando que la liberaran, mientras él echaba una paletada de tierra tras otra sobre aquel ataúd.

# 18

Con la imagen de aquel sueño perturbador todavía en la cabeza, Gideon se vistió y salió de la habitación. *Cesar* le saludó con un ladrido, indicándole que todo estaba bien. El detective se acuclilló y le dio al leal perro una palmadita en la cabeza.

—Así que la princesa aún sigue durmiendo —murmuró, apartando de su mente una imagen de Julianne en la cama.

*Cesar* se relamió, dirigiendo una anhelante mirada hacia la puerta, y Gideon negó con la cabeza.

—Ah, ya veo. Piensas que me refiero a tu princesa en vez de a la mía. —Frunció el ceño ante la desafortunada elección de palabras. Julianne jamás podría ser suya—. Ahora voy a la cocina, donde también cogeré algo para ti. Luego podrás salir afuera un rato y olisquear todas las briznas de hierbas que quieras. ¿Te parece bien?

*Cesar* hizo un ruido que sonó como un gruñido de aprobación.

—Excelente. —Gideon se puso en pie—. Vigila. —Luego se dirigió hacia la cocina donde fue recibido por la señora Linquist, que se sintió muy aliviada cuando la informó de que no había habido problemas la noche anterior.

Gideon acababa de dar cuenta de un desayuno a base de huevos, jamón y café cuando Ethan entró en la cocina.

—Tiene una visita, señor Mayne —dijo el lacayo—. Alguien

llamado Henry Locke. Lo he llevado a la salita. ¿Va usted a recibirle?

—Sí, gracias. —Esperaba que Henry tuviera alguna noticia para él. Después de hacerle prometer a la señora Linquist que le llevara comida a *Cesar*, Gideon siguió a Ethan fuera de la cocina. El lacayo lo escoltó a una sala muy ornamentada con un estilo claramente femenino. Henry estaba sentado en una pequeña y ridícula silla con un cojín de terciopelo rosa, observando los adornos de la estancia. Gideon casi podía ver cómo calculaba mentalmente el precio de cada objeto.

—¿Tienes alguna noticia para mí? —le preguntó Gideon en cuanto Ethan cerró la puerta.

—Sí —dijo Henry, escudriñando la salita con la mirada—. En menudo palacio te has alojado, Gid. —Sus ojos chispearon, y le brindó una sonrisa—. Será mejor que no te acostumbres.

—No te preocupes. Sé dónde está mi lugar. ¿Qué has descubierto?

—He investigado la lista de los nombres que me diste. No hay nada sospechoso con respecto a los sirvientes. Todos llevan con la familia más de un año, algunos más de una década, salvo un lacayo, Ethan Weller, que fue contratado hace ocho meses.

—Es quien te ha conducido a esta habitación.

Henry asintió con la cabeza.

—Parece un buen chico, pero como bien sabes, uno no se puede fiar de las apariencias. Dejando aparte el hecho de que es el único empleado que lleva aquí menos tiempo, no hay nada más que reseñar de él. —Bajó la mirada a la lista que tenía en la mano—. Las tres personas encargadas de los repartos llevan años en el negocio y están muy bien consideradas. Una de ellas, el mozo encargado de repartir el carbón, un joven llamado Johnny Burns, parecía un poco nervioso cuando lo interrogué, pero quizá se debiera a que su mujer acaba de tener un bebé. Eso pone nervioso a cualquiera.

—¿Hasta qué punto? —preguntó Gideon, entrecerrando los ojos.

Henry se encogió de hombros.

—Lo suficiente para notarlo. Pero ya te he dicho que su esposa acaba de tener un bebé. En mi opinión, eso lo explica todo.

—¿Y qué me dices de los caballeros de la lista?

Los ojos de Henry se iluminaron.

—Ahí sí que descubrí cosas interesantes.

—¿Qué tipo de cosas?

Henry consultó la lista de nuevo.

—En primer lugar, lord Beechmore. Quizá tenga buena apariencia, pero nada más. Le gusta el juego. Por desgracia para él, no le acompaña la suerte. Le debe un montón de dinero a mucha gente. Y recientemente ha tenido algún que otro revés económico.

Una información que Gideon ya había descubierto.

—Así que casarse con una rica heredera sería beneficioso para él.

—Si tenemos en cuenta el dinero que debe, diría que es esencial para él casarse con una rica heredera. Por lo que respecta a lord Haverly. —Los labios de Henry se apretaron hasta formar una línea sombría—. Al parecer a su señoría le gusta maltratar a las mujeres. He oído que le hizo mucho daño a una prostituta.

Gideon cerró los puños con fuerza, mostrando su repulsión.

—Menudo bastardo.

—Estoy de acuerdo. Y luego está el duque de Eastling. Su primera esposa murió hace año y medio tras sólo diez meses de matrimonio.

—¿Cómo murió?

—Los informes indican que se suicidó. Dejó una nota donde decía sentirse muy deprimida por el bebé que había perdido.

—Pareces escéptico. ¿Tienes razones para creer que no fue así?

—La doncella de la duquesa, a quien el duque despidió justo después del entierro, me dijo que la duquesa estaba deprimida mucho antes de perder al bebé. Al parecer, descubrió que su marido andaba retozando de flor en flor.

Gideon apretó los dientes. Intentó sentir alguna pizca de simpatía por un hombre que había perdido a su bebé y a su esposa, pero fue incapaz. Por la única persona que sentía lástima era por la infeliz duquesa que se había casado con un adúltero bastardo. Algo que sin duda seguiría siendo después de casarse con Julianne, lo que enfurecía y revolvía las entrañas de Gideon.

—La doncella también dijo que si bien la duquesa estaba triste por la situación de su matrimonio y la pérdida del bebé, no podía creer que se hubiera quitado la vida —continuó Henry—. Además, está la manera en que murió. Se puso una pistola en la boca y apretó el gatillo. La doncella insistió en que su ama jamás habría podido hacer algo así. Afirmaba que a la duquesa le daban miedo las armas de fuego.

Gideon consideró aquellos datos. ¿Sería posible que no hubiera sido un suicidio? ¿Estaría involucrado el duque en la muerte de su joven esposa? Pero ¿por qué haría algo así? La muerte había sido considerada un suicidio, había aparecido una nota, y perder un bebé era algo que podía sumir a una mujer en una profunda depresión. Gideon sabía por su experiencia con las personas que a veces perder a un ser querido podía desembocar en un suicidio. Pero ¿por qué la duquesa se había pegado un tiro cuando le daban miedo las armas de fuego? ¿Le parecía el duque sospechoso porque lo era o porque sus celos y la aversión que sentía por aquel hombre que se casaría con Julianne influía de alguna manera en su razonamiento? Odiaba pensar en ese bastardo tocando y engañando a Julianne, pero eso no quería decir que fuera un asesino. Lo cierto era que Gideon odiaba pensar en cualquier otro hombre tocando a Julianne.

—¿Averiguaste algo sobre Penniwick? —preguntó al verse incapaz de encontrar respuesta a sus preguntas.

—Una lista más larga que mi brazo. Es el padre de numerosos bastardos. Encontré a la madre de uno de ellos. Una antigua amante a la que abandonó cuando se quedó embarazada. Al parecer, Penniwick negó cualquier responsabilidad paterna. La mujer asegura que el niño es de él. También me dijo que Penniwick le robó dos pulseras y un collar.

Gideon arqueó las cejas ante aquella interesante noticia.

—¿Denunció los robos?

Henry negó con la cabeza.

—No. Las joyas eran falsas, aunque afirma que Penniwick no lo sabía. Dijo que en ese caso le había salido el tiro por la culata. —Henry dobló la lista y la metió en el bolsillo del chaleco.

—¿Y lord Walston?

Henry negó con la cabeza.

—No he podido encontrar ni el más ligero indicio de escándalo ni de mal comportamiento en ese hombre.

Gideon arqueó las cejas.

—¿Nada?

—Nada. Sólo he oído palabras elogiosas de él; es candidato a la santidad.

—Lo que quiere decir que debe de haber algo.

—Exacto. No te preocupes. Si hay algo más, lo averiguaré. Sólo tengo que rebuscar un poco más.

—¿Y Logan Jennsen?

—A él también tendré que investigarlo más a fondo. He oído rumores de un escándalo en América, pero no conozco los detalles.

Gideon se aclaró la garganta.

—¿Algo de Jack Mayne? —Había añadido el nombre al final de la lista, temiendo averiguar algo, pero aun así tenía que saberlo.

Henry parecía muy incómodo.

—¿Sabes que es... hummm... es un...?

—Un ladrón. Sí. Cuéntame algo que no sepa. A qué se dedica últimamente y por qué está en Londres.

—No he averiguado nada más, pero seguiré buscando —dijo Henry, aliviado de no tener que destrozar la imagen inmaculada de un padre a su hijo.

Tras darle las gracias a Henry, Gideon lo acompañó al vestíbulo. Luego subió las escaleras para buscar a *Cesar*. Cuando llegó al pasillo que conducía al dormitorio de Julianne, se detuvo.

*Cesar* estaba tendido boca arriba, moviendo la pata trasera con deleite mientras Julianne, que estaba arrodillada junto al animal, le frotaba la barriga con vigor. *Cesar* emitía unos sonidos que Gideon supuso eran el equivalente canino a «demonios, qué bueno es esto». *Princesa Buttercup* estaba tumbada sobre el estómago a su lado, con sus diminutas patas delanteras apoyadas posesivamente sobre la cola de *Cesar*.

—Oh, te gusta esto, ¿verdad? —canturreó Julianne.

*Cesar* gruñó en respuesta algo que seguramente se traducía como: «Sí, me gusta, me gusta. Por favor, no pares nunca.»

Gideon se encontró apretando la mano contra su propio estómago, recordando vivamente la increíble sensación de las manos de Julianne acariciándole allí. Y pensando «por favor, no pares nunca».

Justo entonces, ella levantó la mirada y sus ojos se encontraron.

Todo en el interior de Gideon se quedó paralizado, salvo su corazón, que pareció latir al doble de la velocidad normal. Las imágenes de la noche anterior lo bombardearon, trabándole la lengua, y durante algunos segundos no pudo hacer otra cosa que quedársela mirando, deseándola con toda su alma.

Julianne apartó la mirada, y él se dio cuenta de que había estado conteniendo el aliento. Después de darle a *Cesar* una última palmadita, se puso en pie y saludó a Gideon con una inclinación de cabeza y el semblante serio.

—Buenos días, señor Mayne.

Una aguda sensación de pérdida lo atravesó. Maldita sea, no quería ser el señor Mayne. Quería ser Gideon. Quería que le sonriera. Quería...

Cosas que no podían ser suyas.

Con aquellas palabras, ella volvía a poner las cosas en su sitio. Estaba claro que había aceptado su decisión, lo cual era bueno. Más que bueno, excelente. Lo sabían tanto su mente como su sentido común, pero, a pesar de todo, se sentía irracionalmente irritado.

*Cesar* se puso en pie de un salto y trotó hacia Gideon, seguido de cerca por su blanca sombra peluda que hoy estaba ataviada con un collar brillante y un par de llamativos lazos amarillos. Tras saludar a los dos perros, que le devolvieron el saludo, *Cesar* con tranquilidad y *Princesa Buttercup* con efusividad, Gideon volvió a centrarse en Julianne.

—Buenos días —dijo. No podía resignarse a volver a llamarla lady Julianne.

No se molestó en preguntarle si había dormido bien. Podía ver las profundas sombras violetas bajo sus ojos. Sus ojos —maldición—, reflejaban dolor. Le recordaban a una llama cuya luz hubiera sido extinguida. Los ojos de Julianne tenían una expresión tan desolada que tuvo que contenerse para no tomarla entre sus brazos y decirle que todo saldría bien.

Aunque sabía que todo eso era mentira. Y ninguna mentira cambiaría la verdad de su insostenible situación.

—¿Hubo algún problema por la noche? —preguntó ella.

—Ninguno.

Y por supuesto, los dos sabían qué quería decir eso. Que él

debería quedarse allí para velar por ella. Otro incómodo silencio se extendió entre ellos.

—Si me disculpa, señor Mayne, iré al comedor del desayuno —dijo ella finalmente.

—Te acompañaré.

Julianne se limitó a asentir con la cabeza y echar a andar. Cuando pasó junto a él, el olor a vainilla inundó los sentidos de Gideon, que tuvo que apretar los puños. Silbándole a *Cesar* por lo bajo, ajustó su paso al de la joven. El único sonido que se oía en el pasillo era el susurro del vestido de Julianne. Estaban en medio de la enorme escalinata cuando la condesa entró en el vestíbulo y le preguntó a Winslow:

—¿Ha bajado ya mi hija?

—Estoy aquí, mamá —dijo Julianne, antes de que el mayordomo pudiera contestar, y bajó de manera apresurada el resto de los escalones.

—Por fin —dijo la condesa, deslizando la mirada por la figura de Julianne sin parecer demasiado contenta. Luego dirigió su atención a Gideon—. Señor Mayne, ¿ha atrapado al rufián que intentó robarnos?

Gideon observó que decía «el rufián que intentó robarnos» y no «el rufián que había amenazado a su hija».

—Me temo que el rufián aún está en libertad —dijo el detective con voz fría—. Sin embargo, es una buena noticia que no haya vuelto a atentar contra la vida de su hija, y que lady Julianne esté a salvo.

La condesa entrecerró los ojos.

—Y usted se asegurará de que sigue así, ¿verdad?

—Por supuesto.

Muy satisfecha al ver que sus deseos eran cumplidos, volvió a centrar la atención en Julianne.

—Acaban de llegar los vestidos de *madame* Renée.

—¿Vestidos? —preguntó Julianne, sorprendida—. ¿Hay más de uno?

—Sí. Gracias a una generosa propina, *madame* pudo adelantar trabajo y enviar los vestidos para la primera prueba. ¿No es una noticia maravillosa? —Sin esperar respuesta a lo que sin duda era una pregunta retórica, la condesa continuó—: La mismísima *madame*

Renée ha venido a supervisar la prueba. Nos espera en mi salita privada. Vamos, no la hagamos esperar. —Se dio la vuelta y se dirigió hacia el pasillo, esperando que Julianne la siguiera.

—Lady Julianne estaba a punto de desayunar —dijo Gideon, poniéndose delante de la joven para bloquearle el paso.

El silencio en el vestíbulo fue ensordecedor. La condesa se giró y lo miró como si le hubiera salido un tercer ojo en la frente. Si no hubiera estado tan irritado, Gideon se hubiera reído de su expresión.

—Creo que ha olvidado su lugar, señor Mayne —dijo la condesa con frialdad—. Julianne desayunará después de probarse los vestidos.

—¿Cuánto tiempo llevarán esas pruebas?

—No importa —dijo Julianne, pasando junto a Gideon para aliviar la tensión—. Lo cierto es que no tengo hambre.

—Si no come —dijo Gideon, mirando fijamente a la condesa—, podría caer enferma. Incluso podría desmayarse en la fiesta de esta noche.

La condesa frunció la boca como si se hubiera tragado un limón.

—No podemos permitir eso —soltó un largo suspiro—. Ordenaré que traigan algunos pastelitos que podrás tomar durante las pruebas. Por supuesto, si te hubieras levantado antes, nos hubiéramos ahorrado todo esto. Ahora, vamos.

Enfiló por el corredor y Julianne la siguió, con Gideon pisándole los talones. Cuando llegaron ante la puerta de la salita privada de la condesa, ésta se detuvo y miró a Gideon con el ceño fruncido.

—¿Qué está haciendo? —le preguntó en voz baja, mientras agarraba el pomo de latón.

—Acompañar a lady Julianne para garantizar su seguridad.

—No tendrá intención de estar presente en la prueba, ¿verdad?

—Le aseguro que sí.

Los ojos de la condesa brillaron de cólera cuando le dirigió una mirada que parecía querer fulminarlo en el acto.

—Bueno, pues no puede ser. Que un hombre asista a una prueba es inadmisible. Además, si usted estuviera presente, *madame* se haría muchas preguntas, y queremos que todo este desagradable asunto pase lo más desapercibido posible.

Gideon tuvo que morderse la lengua para no decirle que ella era lo único desagradable en aquel asunto. A él, personalmente, no le importaban ni las preguntas que pudiera hacerse la *madame*, ni el disgusto que pudiera llevarse la condesa. Pero no quería hacer las cosas más difíciles para Julianne, así que se giró hacia ella y le dijo:

—Estaré justo en la puerta. Si necesita algo, o hay algún problema, llámeme.

—No quiero tenerlo dando vueltas por el pasillo donde cualquiera podría verlo, señor Mayne —dijo la condesa, pegando su nariz a la de él (una auténtica hazaña porque Gideon debía de medir al menos treinta centímetros más que ella)—. Es ridículo pensar que podría ocurrirle algo malo a Julianne durante las pruebas. —Señaló con la cabeza hacia el otro lado—. Puede esperar en la biblioteca. Hay una puerta que comunica ambas estancias por si surge alguna emergencia. —Sin añadir nada más, agarró a Julianne por el brazo, abrió la puerta y empujó a su hija adentro. Luego la siguió como un barco con las velas desplegadas, mientras proclamaba con voz cantarina—: Aquí tenemos a la futura novia, *madame.* —Y cerró la puerta en las narices de Gideon.

Gideon le dirigió a la hoja de roble una mirada lo suficientemente incendiaria para hacerla estallar en llamas. Luego respiró hondo para tranquilizarse y siguió con sus tareas. Después de haber sacado a *Cesar* un rato afuera, Gideon entró en la biblioteca. Atravesó la enorme y lujosa alfombra, cogió una silla y la colocó contra la pared. Luego giró el pomo de la puerta de comunicación y la abrió un poco. Una voz femenina con acento francés le llegó a través de la abertura.

—El vestido... es perfecto.

Satisfecho, se acomodó en la silla con *Cesar* a sus pies. *Princesa Buttercup* le saltó al regazo y, tras dar algunas vueltas, encontró un lugar confortable y se acurrucó. Acariciando suavemente a la perrita, Gideon se inclinó hacia la puerta para oír. Y esperar.

Dos horas después, tiempo durante el cual las mujeres discutieron sobre el tiempo, y la condesa acosó a *madame* Renée con innumerables preguntas sobre su exclusiva clientela, la modista y su ayudante se marcharon. Y Gideon no pudo por menos que dar gracias a Dios. Luego oyó un golpecito en la puerta de comunicación, antes de que la empujaran suavemente. Julianne asomó la cabeza por el hueco, dirigiéndole una sonrisa de pesar.

—¿Has logrado mantenerte despierto todo el rato? —le preguntó.

—Sí —dijo él. No añadió «apenas». Bajó la mirada a la diminuta perrita dormida en su regazo—. Sin embargo, *Princesa Buttercup* ha sido incapaz de resistir.

—Por eso la he llamado *Princesa Buttercup* y no *Capitán Canonball.*

—Ya veo. ¿Qué es lo siguiente en tu agenda?

Antes de que pudiera responderle, se abrió la puerta del pasillo y entró la condesa.

—Lord Penniwick, lord Beechmore y lord Walston han venido a verte —le dijo a Julianne, ignorando por completo a Gideon, que tomó entre las manos a *Princesa Buttercup* y se puso en pie.

Julianne frunció el ceño.

—¿A mí? ¿Para qué?

La irritación brilló en los ojos de la condesa, unos ojos que Gideon notó eran del mismo tono azul que los de Julianne. Pero a diferencia de los de su hija, éstos carecían de calidez y amabilidad y no tenían ningún indicio de vulnerabilidad, todas aquellas cosas que hacían que los ojos de Julianne fueran tan extraordinarios.

—Son pretendientes, Julianne —dijo la condesa con la voz llena de impaciencia—. Por eso vienen a verte.

—Pero ¿no voy a casarme con el duque? —La esperanza iluminó su expresión—. ¿O ya no voy a casarme con él?

—Por supuesto que vas a casarte con el duque. Sin embargo, hasta que no se firmen los acuerdos prematrimoniales y se haga un anuncio formal en la fiesta que ofreceremos la semana que viene, no puedes rechazar a los demás pretendientes. —Una astuta expresión cubrió los rasgos de la condesa—. Es bueno que su señoría sepa que hay más caballeros interesados. Y además, si le ocurriera alguna tragedia al duque antes de que los preparativos finales tuvieran lugar, al menos no habremos desalentado a otros pretendientes de manera prematura.

A pesar de que Gideon podría nombrar con facilidad un gran número de tragedias que no le importaría que le ocurrieran al duque, se le revolvió el estómago ante los fríos y desapasionados sentimientos que escondían las palabras de la condesa.

La condesa miró a Gideon.

—Puedo ver en su expresión que piensa estar presente en la visita de los pretendientes de Julianne.

—Sí. Sobre todo porque alguno de esos pretendientes podría ser el hombre que andamos buscando.

La condesa pareció ofendida.

—Eso es ridículo. Son caballeros. Y no dejaré que se entrometa.

Gideon la taladró con la mirada.

—Y yo no permitiré que nadie me impida hacer el trabajo para el que fui contratado. No hace falta que le recuerde, condesa, que si lady Julianne llega a sufrir algún percance, no habrá boda. Con ninguno de ellos.

La condesa lo miró como si quisiera seguir discutiendo, pero se limitó a decir:

—Aunque había pensado recibir a los caballeros en el salón, supongo que puedo hacerlos pasar a mi salita privada. Durante la visita, usted puede quedarse aquí, con la puerta entreabierta, como hizo antes. Yo estaré con Julianne durante toda la visita. —Levantó la barbilla—. Es mi última palabra, señor Mayne.

La mirada de Gideon no flaqueó.

—Sólo con la condición de que *Cesar* esté con lady Julianne todo el rato.

La condesa le dirigió a *Cesar* una mirada dubitativa, pero accedió.

—Muy bien. Vamos, Julianne.

Entraron en la salita a través de la puerta de comunicación, y Gideon las siguió con *Cesar* pegado a los talones. Tras darle las indicaciones pertinentes al perro, regresó a la silla de la biblioteca. Un momento después, Winslow anunció a los tres caballeros. Después de intercambiar los saludos iniciales, uno de los hombres, cuya voz Gideon reconoció como la de Penniwick, se dirigió a lady Julianne.

—Bueno, lady Julianne, vaya perro tan grande tiene —dijo, soltando una risita nerviosa—. Parece capaz de arrancar un brazo de un bocado.

—En realidad, podría arrancar la cabeza de un hombre sin problemas —dijo Julianne con tal viveza que Gideon no pudo evitar sonreír—. Habíamos pensado que sería una buena protección dada la oleada de crímenes que estamos teniendo últimamente, ¿verdad, mamá?

—Oh, hummm, sí. —La condesa cambió de tema hábilmente y se dedicó a hablar del clima. Durante el siguiente cuarto de hora, Gideon sólo oyó *blablabla* del tiempo, *blablabla* de la caza del zorro, *blablabla* de *nosequé* velada. Dios santo. Qué educado era todo. Y qué terriblemente aburrido. No era de extrañar que Julianne se sintiera tan oprimida por la clase a la que pertenecía. Miró a *Princesa Buttercup*, dormida en un almohadón de raso cerca de la chimenea, totalmente ajena a aquel *blablabla*. Aquella perra sí que era condenadamente afortunada.

—Caballeros, ¿qué piensan de todos esos robos y asesinatos tan atroces? —preguntó Julianne, justo cuando se había resignado a escuchar más tonterías sin sentido—. ¿Tienen alguna teoría sobre quién podría ser el responsable?

Gideon se movió con rapidez y acercó el ojo a la rendija de la puerta. Los tres caballeros parecían muy sorprendidos por la pregunta. Penniwick, según notó Gideon, parecía estar muy... ¿inquieto?

—De verdad, Julianne —dijo la condesa soltando una falsa risita—. Nadie quiere discutir un tema tan desagradable.

—A mí no me importa —dijo Beechmore, haciendo que Gideon se preguntara si también estaba mortalmente aburrido de hablar del clima—. Está claro que el culpable es un tipo muy listo puesto que aún no lo han atrapado.

—En mi opinión, es un tonto —dijo lord Walston—. Debería saber que tarde o temprano lo atraparán.

—No si es precavido —dijo Penniwick con voz brusca—. No hay pistas, ni sospechosos.

—Quizás haya pistas que las autoridades no han querido revelar —dijo Julianne.

Gideon observó la reacción de cada uno de los tres hombres. Beechmore parecía sorprendido, Walston confundido y Penniwick se removía con nerviosismo.

—Basta de hablar de un tema tan espeluznante —los interrumpió la condesa con un exagerado estremecimiento al tiempo que le dirigía a su hija una mirada de advertencia—. Caballeros, ¿quieren tomar el té?

Todos se negaron y unos momentos más tarde se marcharon. Cuando la condesa los acompañó a la puerta, Julianne se acercó a la puerta de comunicación.

—¿Has conseguido sacar alguna conclusión de sus reacciones cuando mencioné los asesinatos?

—Quizá. Fue muy inteligente por tu parte.

—No soy tan tonta como la gente parece pensar.

—Jamás he pensado que fueras tonta. —Curvó los labios—. Sólo he pensado que eras una princesita mimada.

Julianne esbozó una amplia sonrisa.

—Sí, lo sé. Aunque sería mejor que tuvieras cuidado, unos piropos tan floridos como ése podrían llenarme la cabeza de pájaros.

—He dicho que pensaba que eras una princesita mimada. No que lo siga pensando.

—Me alegro —susurró Julianne, aunque su mirada era inquisitiva.

Justo entonces la condesa apareció en la puerta y le dirigió a su hija una mirada fulminante.

—De verdad, Julianne, no haces más que poner a prueba mi paciencia. ¿A santo de qué se te ocurre sacar a colación el tema de los asesinatos?

—He pensado que sería de ayuda para el señor Mayne oír cómo respondían los caballeros.

—Y lo fue —añadió Gideon—. Gracias, lady Julianne.

—Bueno, pues no pienso tolerarlo más. Ha llegado lord Haverly, y no quiero que haya más conversación sobre robos o asesinatos durante su visita. Viene acompañado del señor Jennsen, el americano, aunque no sé para qué ha venido. No es posible que se crea adecuado para la hija de un conde.

Tras decir eso, la condesa se volvió a la salita con un imperioso «vamos, Julianne».

Gideon estuvo observando a través de la rendija de la puerta a Haverly y Jennsen, cuya visita, gracias a Dios, fue corta. Jennsen no dijo demasiado, y Gideon sintió curiosidad por saber para qué había ido el americano allí. Y encima con Haverly. Su curiosidad quedó satisfecha momentos después de que salieran de la salita. Gideon había pensado esperar en la biblioteca hasta que Haverly y Jennsen se marcharan, pero un momento después llamaron a la puerta. Tras ordenar que pasara, entró Winslow.

—El señor Jennsen quiere verle. ¿Le hago pasar?

—Sí, por favor. Pero antes dígame, ¿dónde se encuentra lady Julianne?

—En el comedor, con la condesa. Están almorzando. *Cesar* está con ellas.

Gideon asintió con la cabeza. Jennsen entró un momento después y cruzó la estancia para estrechar la mano de Gideon.

—He esperado a que Haverly se fuera para solicitar que me recibiera —dijo Jennsen.

—He visto que han llegado juntos. No sabía que fueran amigos.

—Y no lo somos. Sin embargo, he aprendido que me es más útil mantener cerca a aquellas personas que levantan mis sospechas.

—¿Por qué sospecha de Haverly?

—Sólo he sumado dos más dos. Era su tabaquera la que usted encontró bajo la ventana en la velada de Daltry. Y menos de veinticuatro horas después, robaron y asesinaron a lady Daltry en su casa. Lo que me hace creer que la tabaquera, y por tanto su dueño, podrían estar involucrados de alguna manera en su investigación. Por desgracia, no he descubierto nada interesante sobre Haverly, aunque no pienso desistir.

—Aunque aprecio mucho su ayuda, prefiero no involucrar a terceras personas en mis investigaciones. Podría ser peligroso.

Jennsen asintió con la cabeza.

—Entiendo. Muy loable de su parte. Pero va a tener que aceptar mi ayuda en este caso. De hecho, he venido a comunicarle que esta mañana tuve una reunión con lord Surbrooke y lord Langston. Como puede suponer, los dos están muy preocupados por la seguridad de sus esposas, así como por la de lady Julianne. Y es por eso que los tres le ofrecemos nuestros servicios.

—Gracias, pero...

—Debería aceptar nuestra ayuda, Mayne, porque no va a disuadirnos. Ciertamente, no a Surbrooke y Langston, que son como perros rabiosos cuando se trata de la seguridad de sus esposas, sobre todo porque ambas vivieron situaciones peligrosas en el pasado. Por tanto, hemos decidido que seremos tres pares de ojos y oídos trabajando para usted. Y si lo necesita también puños, cuchillos y pistolas. Siendo ése el caso, sería de ayuda saber si hay alguien a quien debamos vigilar con más atención. Además de Haverly.

Gideon sostuvo la mirada de Jennsen. Sabía muy poco de ese hombre. Desde luego no lo suficiente para confiar en él. Especialmente, porque Jennsen había estado de visita en la casa el día que lady Julianne fue atacada. Pero todos sus instintos le decían que Jennsen no era el hombre que buscaba. Aun así, si Jennsen era culpable, podría estar intentando que Gideon dirigiera sus sospechas hacia otro sitio.

Y con respecto a Langston y Surbrooke, tampoco les conocía demasiado bien, aunque no podía negar que no conocía a nadie que amara tanto a su esposa como aquellos dos hombres. En especial, Surbrooke, que había demostrado de lo que era capaz durante la investigación por asesinato que Gideon había llevado a cabo dos meses antes, cuando lady Surbrooke casi había perdido la vida.

Salvo cuando se lo ordenaban sus superiores, Gideon prefería trabajar solo. «¿Y qué pasa con Henry?», le preguntó su vocecita interior. «A menudo confías en su ayuda.» Cierto, pero Henry era un confidente que merecía su confianza tras años de colaboración. Aunque tener a algunos miembros de la sociedad de su parte, podría resultar útil. Demonios, haría cualquier cosa, lo que fuera, para proteger a Julianne.

—Lo cierto es que tres pares de ojos y de oídos extra me vendrían de perlas —admitió.

Jennsen inclinó la cabeza.

—Bien. Dígame, ¿a quién deberíamos vigilar?

—En estos momentos estoy investigando a todos los que estaban o entraron en esta casa anteayer.

La expresión de Jennsen no cambió.

—Yo estuve aquí.

—Sí, lo sé.

—Así que soy sospechoso. —Era una afirmación, no una pregunta.

Si sólo tenía en cuenta que había estado en la casa aquel día, lo era. Pero Gideon no podía ignorar el instinto que le decía que Jennsen no estaba involucrado.

—Estoy seguro de que usted no es el hombre que busco.

Jennsen le brindó una amplia sonrisa.

—Aunque no parece tan seguro como me gustaría, me alegra oírlo.

—Hay otros, sin embargo, que todavía no he descartado. Espero que todos estén en la fiesta que el duque dará esta noche. Por tanto, si además de a Haverly, observan si lord Penniwick, lord Beechmore y lord Walston, o el propio duque, hacen algo sospechoso, me gustaría saberlo.

—Interesante grupo —murmuró Jennsen—. Considérelo hecho. Le veré esta noche.

Jennsen se marchó y Gideon se dirigió a la cocina para comer algo. Al pasar por el comedor, observó, a través de la puerta abierta, que Julianne y su madre estaban dentro, y continuó su camino. Disfrutó de un plato de estofado y luego volvió a comprobar que todas las ventanas estuvieran cerradas. Después salió afuera y recorrió el perímetro de la casa y los jardines. Era un día soleado, aunque el aire era un poco frío. Y nada parecía fuera de lugar en la mansión Gatesbourne.

Tras completar la ronda exterior, Winslow abrió la puerta principal para que Gideon entrara, y se detuvo en seco al traspasar el umbral. El duque estaba en el vestíbulo, quitándose los guantes. Apenas se molestó en dirigirle una mirada a Gideon. Sólo entrecerró sus fríos ojos azules.

—¿Qué hace aquí, Mayne?

Recordando la orden de lord Gatesbourne de que el duque no debía descubrir el ataque a Julianne, y no deseando hacer nada que pudiera provocar que el padre de la joven lo despidiera, Gideon respondió vagamente:

—Lo que llevo días haciendo, investigando los robos y asesinatos.

—¿Aquí?

—Es necesario que entreviste a todos los que conocieron a las víctimas. ¿Qué le trae a usted por aquí?

La mirada del duque pasó de fría a gélida.

—Eso no es asunto suyo.

—No estoy de acuerdo. Hasta que atrapemos al criminal, todo es asunto mío.

Su señoría le dio los guantes a Winslow con un gesto brusco.

—He venido a visitar a lady Julianne.

—Ya veo. Antes de que se reúna con ella, me gustaría hacerle algunas preguntas.

—No entiendo por qué. Ya he contestado a todas sus preguntas y le he dicho todo lo que sé.

—Estas preguntas son sobre su difunta esposa.

El duque clavó la mirada en él durante diez segundos antes de responder. Luego se giró hacia Winslow.

—A Mayne y a mí nos gustaría hablar en privado. ¿Podemos usar la biblioteca?

—Por supuesto, excelencia. —Winslow los guió por el pasillo.

—Después de que se vaya el señor Mayne, me gustaría ver a lady Julianne —le dijo el duque al mayordomo cuando entraron en la biblioteca.

—Sí, excelencia.

En cuanto Winslow se retiró y cerró la puerta, el duque se volvió hacia Gideon.

—No sé qué quiere saber sobre mi difunta esposa.

«Puede que no, pero al parecer siente la suficiente curiosidad como para hablar conmigo y asegurarse de que lo hacemos en privado.»

—Antes de nada quiero decirle lo mucho que lamento su pérdida. —La única respuesta del duque fue una mirada gélida y Gideon continuó—: Tengo entendido que su esposa se suicidó.

—Sí.

—Que se sintió muy deprimida al perder a su hijo.

—Sí. A menos que pueda explicarme por qué son necesarias estas preguntas, me niego a oír nada más —dijo, dirigiéndose a la puerta.

—Me han llegado rumores de que su esposa no se suicidó.

El duque se detuvo en seco como si hubiera chocado contra un muro. Se giró lentamente. La mirada que le dirigió a Gideon fue la más fría que el detective hubiera visto nunca.

—Y supongo que, como detective, es su deber desmentir esos falsos rumores, ¿no?

La mirada de Gideon no flaqueó.

—Según mi experiencia, ese tipo de rumores suelen ser ciertos, al menos en parte.

—Está claro que usted ha escuchado rumores de sirvientes despechados que fueron despedidos tras la muerte de mi esposa. No son una fuente de fiar. —Sostuvo la mirada de Gideon—. ¿Piensa que maté a mi mujer?

—¿Lo hizo?

—Déjeme hacerle una pregunta, Mayne. Mi mujer era joven y bella. ¿Por qué razón iba a querer matarla?

—Ésa es realmente una pregunta muy interesante. Aquí va otra: ¿por qué una mujer con un profundo miedo a las armas de fuego elegiría quitarse la vida con una pistola?

No le pasó desapercibida la angustia que brilló en la mirada del duque. Durante varios segundos pareció una cáscara vacía. Un hombre que lo había perdido todo. Un hombre que había amado profundamente a su esposa. No parecía la expresión de un hombre que hubiera matado a su mujer. Luego endureció la expresión y miró a Gideon como si fuera algo que se le hubiera pegado a las botas.

—No lo sé. Y le agradecería que jamás volviera a mencionarme ese doloroso tema. No tengo nada más que decir al respecto. —Terminó de cruzar la estancia y abrió la puerta—. Cuando salga, dígale a Winslow que deseo ver a lady Julianne.

—Muy bien. —Gideon abandonó la biblioteca y regresó al vestíbulo, donde le dio el mensaje a Winslow. En cuanto el mayordomo se encaminó al comedor, Gideon volvió a recorrer el pasillo y se metió en la salita privada de la condesa. Se acercó a la puerta de comunicación que permanecía entreabierta.

Y esperó.

# 19

Julianne clavó los ojos en el duque, las palabras de éste repicaban en su cabeza como un toque de difuntos. ¿Parecería tan horrorizada como se sentía? Sólo podía dar gracias a Dios por estar ya sentada, porque su declaración la había dejado pasmada.

—¿Perdón?

—Anunciaré nuestro compromiso en la fiesta que daré esta noche.

Las náuseas y el pánico lidiaron en su interior.

—Pero... ¿por qué? Mis padres lo han planeado todo para hacer el anuncio oficial en la fiesta de la semana que viene.

—Ha habido un cambio de planes y tengo que regresar a Cornualles antes de lo previsto. Haremos el anuncio oficial esta noche. Ya he obtenido una licencia especial. Así que la boda tendrá lugar dentro de dos días. Saldremos para Cornualles inmediatamente después de la ceremonia.

«Dos días... Santo Dios.» Apretó los párpados. Se sentía mareada. Como si no habitara en su cuerpo. Como si aquella pesadilla le estuviera ocurriendo a otra persona y ella sólo estuviera observando desde fuera.

Él tomó la mano de Julianne que yacía sin vida en su regazo y le dio un beso en los dedos. La joven abrió los ojos y se encontró con su mirada. Con aquellos gélidos ojos que tendría que mirar el resto de su vida. El duque era un hombre apuesto. ¿Por qué al menos no lo encontraba un poco atractivo? De hecho, sus ojos tenían el azul del cielo. ¿Por qué entonces le parecían tan fríos?

—Sé que esto ha sido una sorpresa para ti. —Le brindó una sonrisa—. Pero espero que no sea una sorpresa desagradable.

Julianne tuvo que apretar los labios para contener la risa histérica que amenazaba con escapársele. ¿Desagradable? Esa palabra era demasiado suave para describir aquella situación tan horrorosa. Podía gritar, maldecir y negarse, pero sabía que sería inútil. Y en realidad, ¿qué más daba casarse dentro de dos semanas, que dentro de dos días o incluso de dos horas? Gideon no la quería. Y dado que su matrimonio con el duque era inevitable, mejor que fuera cuanto antes.

—Sé que no nos conocemos muy bien, Julianne —dijo él con voz queda—. Pero eso cambiará. Estoy seguro de que te gustará Cornualles. En cuanto a adelantar la boda, me temo que no hay más remedio.

—Dentro de dos días —convino ella, sintiéndose como si le hubieran puesto una soga en el cuello—. ¿Se lo ha dicho a mis padres?

—Se lo dije a tu padre en el club antes de venir. Si llamas al lacayo para que avise a tu madre, hablaré con ella ahora mismo.

—Por supuesto. —Se obligó a levantarse y tirar del cordón de la campanilla. Su mirada cayó sobre la puerta ligeramente entreabierta que conducía a la salita privada de su madre. Gideon. Lo habría oído todo. En cuanto ella abandonara esa estancia, él volvería a reunirse con ella. No podía verlo. No podía ver a nadie. Necesitaba estar a solas.

Cuando Winslow apareció un momento más tarde, le dijo:

—¿Podría, por favor, decirle a mi madre que el duque desea hablar con ella? ¿Y que voy a retirarme a mi habitación para descansar un rato? Tengo que estar despejada para la fiesta de esta noche.

—Sí, lady Julianne.

En cuanto Winslow se retiró, Julianne, todavía sumida en un frío entumecimiento, miró al hombre que sería su marido al cabo de dos días y le hizo una reverencia.

—Si me disculpa, excelencia...

Él le correspondió con una reverencia formal.

—Por supuesto, querida. Debes descansar. Tienes una larga noche por delante. —Sonrió—. Los dos la tenemos.

Incapaz de hacer otra cosa que inclinar la cabeza, Julianne abandonó la biblioteca. No queriendo arriesgarse a tropezarse con Gideon o su madre, se recogió las faldas y echó a correr alejándose del vestíbulo para subir por las escaleras del servicio. Cuando llegó arriba jadeaba, y ya no pudo contener más los sollozos que le oprimían la garganta.

Todo había acabado. Todas sus esperanzas. Todos sus sueños. Se le había acabado el tiempo.

La única palabra que le pasaba por la cabeza mientras recorría el pasillo hacia su dormitorio era «escapar». Escapar. Pero era una palabra fútil, inútil. No tenía ningún sitio adonde ir. Salvo Cornualles. Como la duquesa de Eastling.

Otro sollozo escapó de su garganta. Levantando todavía más las faldas, recorrió los metros que la separaban del dormitorio. En cuanto cerró la puerta y echó el cerrojo, se apoyó contra la hoja de roble y enterró la cara en las manos. Las lágrimas se le filtraron entre los dedos, en consonancia con el dolor que le inundaba el corazón.

Ojalá pudiera escapar. Pero sabía que si lo hacía, la encontrarían. Y cualquiera que estuviera dispuesto a ayudarla, sufriría la venganza de su padre. La cual sería rápida. Y desagradable.

Dejándose caer al suelo, se rodeó las piernas dobladas con los brazos, y apoyó la frente en las rodillas. Al instante, sonó un golpe en la puerta y el traqueteo del pomo de latón.

—Julianne... por favor, abre la puerta. —La voz baja y calmada de Gideon sólo consiguió que se le volvieran a llenar los ojos de lágrimas.

—Necesito estar sola. Sólo un momento.

—Lo he oído todo. Sé que estás angustiada. Abre la puerta. Por favor.

Negó con la cabeza y luego se dio cuenta de que él no podía verla.

—Sólo necesito estar unos minutos a solas.

Él guardó silencio durante varios segundos.

—¿Volverás por lo menos al dormitorio azul?

Julianne levantó la cabeza y se dio cuenta de que, por costumbre, había entrado en su dormitorio, el que Gideon ocupaba en ese momento.

—Las ventanas están cerradas. Nadie puede entrar por el balcón.

De nuevo se hizo el silencio y luego Gideon preguntó:

—¿Hay algo que pueda hacer por ti?

—Sí. Puedes dejarme sola un rato.

Lo oyó suspirar. Imaginó que se estaba pasando las manos por el pelo.

—Está bien. Sólo un rato. *Cesar* estará junto a la puerta mientras ordeno que te suban un té.

—Gracias —murmuró la joven.

—Y para entonces espero que abras la puerta.

Julianne oyó el ruido amortiguado de los pasos de Gideon sobre la alfombra mientras se alejaba, luego sólo hubo silencio. Después de unos instantes, sus ahogados sollozos se aplacaron y sus temblores cesaron, sintiéndose inundada por un profundo cansancio y una extraña calma. Todo estaba decidido. No habría más deseos. Ni más sueños. Sabía lo que tenía que hacer.

Se puso en pie y lentamente cruzó la estancia. Por el rabillo del ojo vio el cepillo y el peine de Gideon en el tocador, pero en vez de detenerse a acariciarlos con los dedos, continuó hacia su destino.

Sabía lo que tenía que hacer.

Gideon le entregó a Winslow la nota que había garabateado apresuradamente.

—¿Podría encargarse de que la entreguen de inmediato? Es muy importante.

Winslow miró la dirección.

—La recibirán en un cuarto de hora.

—¿Podría pedirle al mensajero que espere una respuesta?

—Sí, señor Mayne.

Gideon se lo agradeció con un gesto de cabeza y continuó hacia la cocina para ordenar que le prepararan el té a Julianne. Julianne... que en ese momento estaría llorando sin que él pudiera hacer nada para evitarlo. Demonios, eso era suficiente para que cualquier hombre perdiera la razón. Si no le abría la puerta cuando subiera, iba a tener que forzar la cerradura. Tenía que asegurarse que Julianne se encontraba bien.

Esperó a que la señora Linquist preparara la bandeja del té. Cuando terminó, insistió en subirla él mismo. Al pasar por el vestíbulo, Winslow le tendió una nota.

—Su respuesta, señor Mayne.

Gideon leyó el breve mensaje y sintió un profundo alivio.

—Gracias, Winslow.

Gideon continuó su camino hacia el dormitorio de Julianne. *Cesar*, que seguía sentado ante la puerta como el buen centinela que era, meneó el rabo cuando vio a Gideon.

—Te he traído el té. ¿Puedo pasar? —dijo tras llamar a la puerta.

Al no recibir respuesta, llamó más fuerte.

—¿Julianne? ¿Me oyes?

Silencio. Un mal presentimiento le oprimió el estómago. Dejó con rapidez la bandeja del té en el suelo y giró el pomo de latón. La puerta seguía cerrada con llave.

—Julianne, contéstame. —Incluso él podía oír el afilado toque del pánico en su voz.

Volvió a girar el pomo otra vez.

—Julianne, ¿me oyes?

Al no recibir respuesta, retrocedió varios pasos para coger carrerilla y, con el hombro, arremetió contra la puerta. La hoja cedió con un fuerte chasquido, y Gideon irrumpió en la habitación.

Recorrió la estancia con una frenética mirada que se detuvo en seco ante la imagen de Julianne en el suelo delante de la chimenea. Llegó hasta ella en tres zancadas y se arrodilló a su lado. La joven estaba sentada, rodeándose las rodillas con un brazo. Con la mano libre, arrojaba una hoja de papel a las llamas hambrientas. Silenciosas lágrimas se deslizaban por su cara, mientras canturreaba una melodía que él reconoció como «Sueños de ti».

Gideon se sentía tan aliviado de encontrarla ilesa que durante varios segundos no pudo ni siquiera hablar. Alargó una mano temblorosa y le tocó el hombro con suavidad.

—¿Julianne?

Lentamente, la joven giró la cabeza hacia él. El vacío en sus ojos hirió el corazón de Gideon.

—Sabía que vendrías por mí —susurró ella.

Él inclinó la cabeza, dándose unos segundos para recuperarse. Desvió la mirada hacia la caja abierta al lado de la joven. La caja de sus sueños y deseos. La mitad del contenido había desaparecido. Él miró las llamas danzantes que consumían el papel que acababa de arrojar Julianne, y sintió que le sangraba el corazón.

—Julianne... cariño, ¿qué estás haciendo?

—Han desaparecido.

—¿Qué ha desaparecido?

A Julianne le tembló el labio inferior y se le deslizó una lágrima por su pálida mejilla.

—Los sueños y deseos. Han desaparecido.

Maldición. Aquello lo estaba matando. Ella lo estaba matando. Sintiéndose completamente inútil, le retiró un rizo suelto de la mejilla. Luego alargó la mano y cerró lentamente la caja. Se levantó y la dejó en el armario.

Regresó junto a ella y se arrodilló a su lado de nuevo, sin saber qué decir ni qué hacer. Sacó el pañuelo del bolsillo y lo apretó contra la fría mano de Julianne. Se oyó el sonido de pasos en el pasillo. Gideon miró por encima del hombro y observó cómo lady Langston entraba en la habitación con una mirada de preocupación.

—Ha venido a verte lady Langston —dijo Gideon, dirigiéndose a Julianne.

Julianne parpadeó y luego frunció el ceño.

—¿Está aquí? ¿Sarah está aquí?

—Aquí estoy —dijo lady Langston deteniéndose a su lado. Se arrodilló en la alfombra junto a Julianne con tal soltura que nadie diría que estaba embarazada. Tomó la mano de Julianne y la sostuvo entre las suyas.

A Julianne se le llenaron los ojos de lágrimas.

—¿Cómo se te ocurrió venir ahora, justo cuando más te necesito?

Lady Langston sonrió y enjugó las lágrimas de Julianne con un pañuelito.

—El señor Mayne me envió una nota diciéndome que necesitabas una amiga. Y ya ves, aquí me tienes.

Gideon se percató de que Lady Langston no se había demorado ni un momento en acudir. Tenía el pelo despeinado y las manos manchadas de carboncillo. Obviamente, había estado pintando.

Julianne soltó un enorme sollozo.

—Ha sido muy amable por su parte.

Lady Langston le sonrió a Gideon por encima de la cabeza de Julianne.

—Creo que es un buen hombre. Y que está muy preocupado por ti. Igual que yo. El señor Mayne te ha traído la bandeja del té. ¿Por qué no tomamos una taza juntas y hablamos un poco?

Julianne asintió con la cabeza.

—De acuerdo. —Se giró hacia Gideon—. Gracias. Por dejarme un momento a solas. Y por avisar a Sarah.

Maldición, todo lo que quería hacer era estrecharla entre sus brazos. Abrazarla con todas sus fuerzas. Borrar sus lágrimas con un beso. Quería regañarla por el mal rato que le había hecho pasar, pero no tuvo corazón. Quería decirle que la amaba y que la idea de que se casara con Eastling resultaba tan odiosa para él como para ella. Pero no podía decir nada de eso, aunque sí se permitió alargar la mano y enjugarle la humedad bajo los ojos.

—De nada —dijo.

Y dejó de tocarla. Ahora que todavía tenía fuerzas para hacerlo.

Se puso en pie y salió al pasillo, donde recogió la bandeja del té. Cuando regresó, lady Langston ya se había levantado.

—Por favor, señor Mayne —le dijo—, deje la bandeja en la alfombra. Tomaremos el té ahí, será como una especie de picnic en casa. —Después de que él hiciera lo que le había indicado, ella le cogió la mano y la estrechó entre las suyas—. Gracias por avisarme.

—Me alegro de que pudiera venir. —Bajó la mirada hacia Julianne, luego se pasó la mano por el pelo—. Sabía que necesitaría hablar con alguien.

—Es usted muy perceptivo. Y no hace falta decir que se preocupa mucho por ella. Por favor, no lo haga. Yo cuidaré de ella.

Gideon asintió con la cabeza.

—*Cesar* montará guardia en la puerta.

Sarah le soltó la mano y se subió las gafas.

—En lo que queda de puerta. ¿La ha roto usted?

—Al ver que ella no respondía yo... —su voz se desvaneció y se encogió de hombros.

—¿Cómo está su hombro?

—Bien. Mucho mejor que la puerta. Espero que disfruten del té, me encargaré de que arreglen el estropicio.

Lady Langston asintió con la cabeza y tras dirigirle una última mirada a Julianne, Gideon salió de la habitación y se dirigió a las escaleras. En cuando dobló la esquina y estuvo fuera de la vista de la habitación de Julianne, se detuvo. Se apoyó contra la pared. Dejó caer la cabeza hacia atrás y cerró los ojos. Respiró hondo.

Durante varios horribles segundos, cuando ella no le había respondido, llegó a pensar que la había perdido... que cuando atravesara la puerta no la encontraría viva. Que había perdido a otra mujer a la que amaba. Se le había detenido el corazón, y cada célula de su cuerpo había gritado un agonizante «no».

Gracias a Dios, su preocupación había sido infundada. Pero sabía que esa agonía sólo había sido el preludio. Porque Julianne estaría casada en dos días. Se marcharía en dos días. La perdería para siempre en dos días, igual que si se hubiera muerto. La agonía que había experimentado en aquellos horribles segundos no sería nada comparada con la que viviría el resto de su vida.

En tan sólo dos días.

Tras respirar hondo varias veces más, se apartó bruscamente de la pared y continuó hacia las escaleras con determinación. Tenía que descubrir la identidad del asesino antes de que llegara ese momento. Si no lo hacía, existían muchas probabilidades de que el peligro siguiera a Julianne a Cornualles donde él no podría protegerla. Y pensar eso era incluso peor que pensar en que ella pertenecería a otro hombre.

Casi había llegado al vestíbulo cuando sonó la aldaba de latón. Se detuvo en las escaleras mientras Winslow abría la puerta. La imagen de Henry de pie en el umbral instó a Gideon a bajar apresuradamente el resto de las escaleras.

—El señor Locke está aquí por mí —le dijo a Winslow. Se tensó ante la expresión abatida de Henry. Era evidente que su amigo tenía noticias para él... y no muy buenas. Maldición ¿sería con relación a Jack Mayne—. ¿Está disponible la biblioteca?

—Sí, señor Mayne. Síganme, por favor.

Gideon enfiló por el pasillo, maldiciendo para sus adentros la ridícula formalidad de la escolta del mayordomo. Sabía de sobra dónde se encontraba la maldita biblioteca. En cuanto Winslow cerró la puerta, Gideon se volvió hacia Henry.

—¿Tienes noticias?

—Me temo que sí.

La palidez de Henry llenó a Gideon de temor. Temía oír el nombre de su padre. Y se preparó mentalmente para el golpe.

—Ha habido otro robo con asesinato, Gid.

Gideon tardó varios segundos en asimilar la noticia, y se avergonzó del alivio que sintió al percatarse de que la visita de Henry no tenía nada que ver con Jack Mayne.

—¿A quién? —preguntó—. ¿Cuándo? ¿Cómo? ¿Dónde?

—A Vivian Springly, la vizcondesa de Hart. Según el magistrado, ha muerto hace tan sólo unas horas de un golpe en la cabeza. Una criada la encontró sin vida en sus habitaciones privadas. Al parecer no hubo ningún destrozo en la casa, pero todas sus joyas, que escondía en esas habitaciones, han desaparecido.

—¿Quién se encontraba en la casa en esos momentos? ¿Recibió alguna visita?

—La vizcondesa se encontraba sola. Todos los sirvientes tenían la tarde libre.

Gideon frunció el ceño.

—¿Era habitual?

—Según la criada ocurría una vez a la semana desde el mes pasado.

—Es probable que tuviera un amante —dijo Gideon—. ¿Alguna idea de quién puede ser?

Henry negó con la cabeza.

—La criada declaró que su ama era muy reservada.

—¿Dónde estaba su marido?

—Muerto. El vizconde Hart murió hace tres años de un disparo en su hacienda.

—¿Por qué estaba la criada en la casa cuando le habían dado la tarde libre?

—Ha dicho que regresó porque se había olvidado el dinero.

—O porque quería descubrir quién era el amante secreto.

—Lo más probable —convino Henry—. Pero lo único que vio fue a la vizcondesa muerta por la puerta entreabierta de la salita de su dormitorio.

—¿Quién ha estado allí además del magistrado?

—Simon Atwater —dijo Henry.

Gideon asintió con la cabeza al oír el nombre de un detective de Bow Street. Atwater era un buen hombre, cabal e inteligente.

—Esto te va a parecer muy interesante —dijo Henry—. La vizcondesa está relacionada con uno de los nombres de la lista que me diste.

El interés de Gideon se incrementó.

—¿Qué tipo de relación?

—Es, era, la hermana de lord Penniwick.

Gideon decidió que aquélla era, ciertamente, una información muy interesante.

Después de agradecerle a su amigo la información y hacerle prometer que lo mantendría informado de cualquier novedad, Gideon acompañó a su amigo al vestíbulo y se despidió de él. Luego se volvió hacia Winslow.

—Tengo que hablar con lord Gatesbourne en cuanto llegue a casa.

—Su señoría regresó hace sólo un momento, señor Mayne. Iré a ver si está disponible.

Winslow se encaminó al pasillo mientras Gideon se paseaba por el vestíbulo, sumido en sus pensamientos. Estaba convencido de que aquellos crímenes no se habían cometido al azar. Había algo que vinculaba a todas las víctimas. Algo que podía llevarlo a identificar al asesino. Quizás aquel último crimen le daría la pista que estaba buscando.

Winslow regresó un instante después.

—Su señoría le verá ahora. —Condujo a Gideon al estudio del conde, donde fue recibido por la fría mirada del padre de Julianne.

—¿Y bien? —preguntó el conde—. Espero que esta interrupción se deba a que tiene buenas noticias para mí.

—Me temo que no. Se ha cometido otro robo con asesinato. —Le relató con rapidez la historia que le había contado Henry, resumiéndolo todo con—: Tiene que haber algún tipo de conexión entre todos los crímenes.

—Por supuesto que la hay —dijo el conde—. Todos han sido perpetrados a miembros ricos de la sociedad. Les han robado y matado, pero usted aún no ha sido capaz de identificar al ladrón asesino.

Gideon negó con la cabeza.

—No, quiero decir que hay algo más. No creo que los crímenes se hayan cometido al azar. Debe de haber algo que vincule a las víctimas... —Las piezas del rompecabezas que rondaban por la cabeza de Gideon encajaron en ese momento. Demonios ¿cómo no se le había ocurrido antes? Miró al conde fijamente—. Hay algo que los relaciona con usted.

—¿Conmigo? —repitió el conde con frialdad.

—Sí. Todas las víctimas han sido mujeres. Y además han amenazado la vida de lady Julianne. Creo...

—¿Que todas esas mujeres estaban relacionadas de alguna manera? —lo interrumpió el conde. Negó con la cabeza—. Imposible. Aunque Julianne hubiera tenido algún trato con las damas que fueron asesinadas, le puedo asegurar que nunca se relacionó con la señora Greeley.

—La amante de lord Jasper —convino Gideon—. Sin embargo, no creo que la relación sea entre las víctimas, sino más bien entre las familias de las víctimas. —Señaló con la cabeza la pluma del conde—. ¿Podría usar su pluma y una hoja?

El conde asintió con la cabeza. Sacó una hoja del cajón del escritorio, y la deslizó hacia Gideon por la brillante superficie de caoba. Gideon escribió el nombre de las víctimas y luego el de los miembros de sus familias. Finalmente, añadió el nombre de Julianne como víctima potencial y el del conde y la condesa como sus familiares directos. Cuando terminó, le pasó la lista al conde.

—Por favor, añada los familiares que falten en la lista. ¿Observa alguna conexión entre ellos, alguna relación, sin importar lo remota que ésta sea?

El conde estudió la lista con atención mientras Gideon le observaba. Durante varios minutos su expresión permaneció impasible. Luego frunció el ceño.

—¿Ha descubierto algo? —le preguntó Gideon, inclinándose hacia delante.

—Puede ser. —Rodeó algunos nombres con un círculo. Cuando terminó le devolvió la lista a Gideon—. Todos estos forman parte de un grupo de inversores que invirtieron en un nuevo negocio hace año y medio.

Gideon estudió los nombres con atención mientras Gatesbourne continuaba:

—Además de mí, estaba lord Daltry...

—Cuya esposa murió el día de su fiesta —le interrumpió Gideon. Continuó mirando la lista—. Lord Jasper, cuya amante, la señora Greeley, también fue asesinada. La esposa de lord Ratherstone también fue una de las víctimas, y la última, la vizcondesa Hart, es la hermana de Penniwick. —El instinto de Gideon se estremeció con sombría excitación cuando observó el nombre del duque de Eastling—. La esposa del duque también murió hace algo más de un año —murmuró.

El conde pareció sorprendido, luego negó con la cabeza.

—Es cierto. Me había olvidado, aunque ella se suicidó.

—Dígame, ¿hay alguien de esta lista que esté relacionado con lord Beechmore o lord Haverly?

El conde asintió con la cabeza.

—Ratherstone es tío de Beechmore. Jasper es el padre de Haverly.

Gideon se sintió como si unas campanas le resonaran en la cabeza. Sus instintos le decían que había dado con el vínculo.

—No se me escapa el hecho de que todos los pretendientes de su hija estén en la lista o, en el caso de Beechmore y Haverly, relacionados directamente con alguien de ella.

—¿Y eso qué prueba? —preguntó el conde.

—Nada... todavía. Pero resulta curioso. Son demasiadas coincidencias. Y yo no creo en las coincidencias. Dígame, ¿tiene lord Walston algún pariente femenino?

—Por supuesto, su madre y su hermana. Una de ellas, o quizá las dos, están de viaje. En Italia, si no me equivoco. También tiene tías y primas.

Gideon pasó el dedo por los tres últimos nombres.

—El conde Chalon, el señor Tate y el señor Standish. ¿Quiénes son?

—Amigos de Eastling.

—¿Los conoce?

—No. Todos residen en Cornualles. Eastling los conoce desde hace años.

—¿Son ricos?

—Muy ricos. Por eso les permitimos invertir.

—Hábleme de esa inversión —dijo Gideon.

—Tenía que ver con el desarrollo de una flota de barcos rápidos que garantizaba una considerable reducción del tiempo de viaje. Todos estuvimos dispuestos a invertir.

—¿Dónde oyó hablar del negocio?

—En el club. En realidad, todos somos socios de él, menos los hombres de Cornualles.

—¿Quién fue el primero en sacar el tema?

El conde consideró su pregunta.

—Penniwick fue el primero en comentar el asunto —respondió—. En ese momento, Walston, Eastling y Jasper ya estaban involucrados. Me pareció una oportunidad excelente e invertí.

—¿Cuál fue el resultado?

—Por desgracia, todo se fue al traste.

—Así que todos perdieron dinero.

—Sí.

—¿Cuánto?

—Diez mil libras.

Gideon se lo quedó mirando.

—¿En total o cada uno de ustedes?

—Cada uno de nosotros. —Le dirigió a Gideon una fría mirada—. Invertir es un deporte de hombres ricos, Mayne. Ninguno de nosotros invierte más de lo que puede permitirse perder, y todos conocemos los riesgos que corremos. Unas veces ganamos, otras perdemos.

Gideon sólo podía sacudir la cabeza mentalmente. No podía imaginarse poseyendo una suma de dinero tan elevada. Ni, si la poseía, haciendo nada para perderla.

—¿Cuál es su teoría? —preguntó el conde—. ¿Que alguien

nos persigue? —Señaló con la cabeza la lista que Gideon sostenía.

—Ciertamente, aquí tenemos algo para empezar. Voy a ver lo que puedo descubrir sobre los hombres que viven en Cornualles. Averiguar si ha habido algún crimen en sus familias. ¿Sabe si alguno de los inversores los conoce?

—No que yo sepa. Sólo Eastling, que respondía por ellos.

Gideon asintió con la cabeza.

—Le diré a lord Walston que se mantenga en guardia. Y usted debería considerar la posibilidad de que su mujer también corra peligro.

El conde arqueó las cejas.

—Julianne fue el blanco de ese loco la última vez.

—Sí, y falló. —Gracias a Dios—. Podría centrar la atención en su esposa.

—¿Quién haría eso? —preguntó el conde—. ¿Y por qué?

—Todavía no lo sé. Pero tengo intención de averiguarlo.

Antes de que fuera demasiado tarde. Al menos ahora estaba más cerca de averiguar quién era. Y tenía que hacerlo. No sólo porque creyera que las mujeres relacionadas con los hombres de la lista corrían peligro, sino porque sospechaba que uno de esos hombres podía ser el asesino, vengándose de los demás. ¿Por qué si no, no se limitaba a robar las joyas? ¿Por qué mataba a las mujeres? ¿Qué tipo de mente retorcida se ensañaba con víctimas inocentes?

Cuatro de los hombres ya habían sido víctimas. Walston y Gatesbourne eran los únicos a los que no habían robado o asesinado a algún pariente femenino. Quizás el conde de Chalon, el señor Tate y el señor Standish pertenecieran también a ese grupo, pero llevaría su tiempo averiguarlo... así que se lo encargaría a Henry de inmediato. La esposa del duque había muerto, pero no recientemente, y supuestamente por suicidio. Además nadie había robado en la casa.

El instinto le decía que uno de aquellos hombres era el culpable. Ahora todo lo que tenía que hacer era descubrir cuál de ellos.

Antes de que aquel bastardo tuviera la oportunidad de matar de nuevo.

# 20

Con una copa en la mano, Julianne permanecía junto a Emily, Sarah y Carolyn en medio de la multitud que llenaba el engalanado salón del baile del duque. Ataviada con el nuevo vestido azul zafiro de *madame* Renée, Julianne se sentía como un cordero camino del matadero. Las conversaciones zumbaban a su alrededor, el horrible asesinato de lady Hart corría de boca en boca, incluso sus tres amigas hablaban de ello. O eso creía Julianne, pues estaba demasiado distraída mirando a su alrededor para poder asegurarlo.

Sus ojos cayeron sobre Gideon y se quedó sin aliento. Estaba cerca de una columna, apenas a cinco metros, enfrascado en una conversación con Matthew, Daniel y Logan Jennsen. Como si hubiera sentido el peso de su mirada, él miró hacia ella. Y para Julianne desaparecieron todas las demás personas de la estancia. Que Dios la ayudara, se sentía mareada. Estaba muy asustada. Y tan enamorada de él que apenas podía pensar con claridad.

Gideon le había dicho que permanecería cerca de ella durante la fiesta, y Julianne se sentía reconfortada por su presencia. También le había dicho que bajo ninguna circunstancia debía desaparecer de su vista... una orden que tenía intención de cumplir. Cuando pensaba en la pobre lady Hart y en las demás víctimas, un gélido escalofrío le recorría la espalda. No quería tener un final semejante.

Gideon había sido particularmente insistente al haberse visto obligado a dejar a *Cesar* en la cocina. Cuando había llegado con el perro, el duque se había negado en redondo a permitir la entrada de *Cesar*, pues él no permitía la presencia de mascotas en la casa. El animal podía esperar a Gideon en la cocina, o Gideon tendría que marcharse también.

—¿Sucede algo, Julianne? —preguntó Carolyn.

La joven centró la atención en sus amigas.

—No. Sólo estaba pensando en... —«Sólo estoy pensando en una cosa. En todo lo que quiero pero no puedo tener»— esos horribles crímenes. Y en el anuncio que se hará esta noche.

Emily inclinó la cabeza.

—No puedo creer que la boda tenga lugar dentro de dos días.

—Ni yo —murmuró Julianne.

Un largo silencio se extendió entre ellas, luego Carolyn dijo con voz animosa:

—Serás una novia preciosa.

—Deslumbrante —convino Emily.

—Todas iremos a visitarte —dijo Carolyn.

—Por supuesto que lo haremos —añadió Emily con rapidez—. Y tú vendrás a Londres durante la temporada.

—Y nos escribiremos cartas —prometió Carolyn, dándole un breve apretón de manos.

—Montones de cartas —convino Emily, dándole un codazo a Sarah, que había permanecido en silencio con aire preocupado—. ¿A que sí, Sarah?

—Sí —dijo Sarah con voz queda.

Julianne sabía que sus amigas estaban intentando hacerla sentir mejor y sólo por eso trató de componer su mejor sonrisa, pero apenas tuvo éxito.

—Gracias. Todo me parece estupendo.

Y esperaba con todo su corazón que así fuera.

Desde su lugar junto a la columna, Gideon tenía una vista excelente de la estancia. Su mirada cayó sobre Julianne y, como siempre que la veía, le pareció que le daba un vuelco el corazón. La joven estaba escuchando lo que le decía una de sus amigas y a Gideon se le puso un nudo en la garganta. Se la veía tan hermosa. Y tan condenadamente triste. Debería estar sonriendo. Todo el tiempo. Debería ser feliz. Siempre.

Justo en ese momento, ella curvó los labios en una sonrisa y el corazón de Gideon volvió a brincar de nuevo. Demonios, estaba tan hermosa cuando sonreía que casi dolía mirarla.

—Las cuatro están sonriendo —al oír la voz de Logan Jennsen justo a su lado, Gideon se giró; aunque Logan le estaba hablando a él seguía sin apartar la mirada de Julianne y sus amigas—. Me pregunto qué estarán tramando.

—Sin duda alguna, algo que no deberían —dijo lord Surbrooke uniéndose a ellos.

—Siento escalofríos sólo de pensar en la travesura que se les haya podido ocurrir esta vez —intervino lord Langston—. Por supuesto, mientras no las perdamos de vista no podrán meterse en demasiados líos. O eso creo. —Se volvió hacia Gideon—. Supongo que Jennsen ya le habrá dicho que Daniel y yo queremos ayudarle en la medida de lo que sea posible. Y que además tenemos intención de hacerlo.

Gideon asintió con la cabeza.

—Lord Langston...

—Matthew, por favor.

—Y a mí puedes llamarme Daniel —añadió lord Surbrooke—. Hemos estado vigilando a los caballeros que Jennsen nos mencionó —dijo en voz baja—, lo más interesante que hemos observado es a Beechmore tomando una copa de champán tras otra.

—Me preguntaba —dijo Gideon—, si alguno de vosotros ha oído hablar del conde de Chalon. Es un noble francés que al parecer lleva varios años viviendo en Cornualles.

—Jamás hemos oído hablar de él —dijo Matthew mientras Daniel y Logan confirmaban lo mismo con un asentimiento de cabeza.

—Yo estuve un año en Francia antes de venir a Inglaterra —añadió Logan—. ¿Quién es?

En lugar de contestar, Gideon preguntó:

—¿Y de un tal señor Standish o un tal señor Tate? También son de Cornualles, ambos ricos y de familias muy respetadas.

—Son nombres comunes, pero no he oído hablar de ellos —dijo Daniel.

—¿Cómo de ricos? —preguntó Logan.

—Lo suficiente como para que la pérdida de diez mil libras no les preocupe.

Logan arqueó las cejas.

—Muy ricos, pues. Es curioso que sus nombres no me suenen, ya que parte de mi trabajo consiste en saber quiénes se encuentran en una buena posición económica.

—No vienen a Londres.

—Incluso así, me parece extraño que no hayamos oído hablar de unos caballeros tan ricos —dijo Daniel.

Una sonrisa carente de humor curvó los labios de Logan.

—Exacto. No importa si vienen o no a Londres. No se puede mantener oculto tanto dinero. Al menos no durante demasiado tiempo. Sería interesante conocer a esos caballeros.

Gideon estaba a punto de responder cuando su mirada se desvió, como si una fuerza invisible hubiera tirado de él, hacia donde estaba Julianne. La joven lo estaba mirando, y él perdió totalmente el hilo de sus pensamientos al centrar toda su atención en ella. Durante varios segundos no existió nada más que ellos dos. Luego lady Surbrooke le dijo algo a Julianne y ésta apartó la vista de él. Gideon soltó el aire que ni siquiera sabía que había estado conteniendo y rápidamente retomó la conversación.

—Sí, también sería muy interesante para mí conocer a esos caballeros. Al menos me gustaría saber más de ellos. Si oís cualquier cosa, poneos en contacto conmigo, por favor.

Justo en ese momento comenzó a sonar un vals.

—Oh, por fin ha llegado la oportunidad de tener a mi mujer entre mis brazos —dijo Matthew con una amplia sonrisa—. Si me disculpáis.

—Lo mismo digo —añadió Daniel. Se alejaron juntos y condujeron a sus esposas a la pista de baile.

—Te dejo que atiendas tus asuntos —murmuró Jennsen, alejándose también.

¿Sacaría el duque a bailar a Julianne? Las entrañas de Gideon se retorcieron ante ese pensamiento. Julianne seguía en el mismo lugar, charlando ahora con su madre y lady Emily. El detective escudriñó la estancia pero no vio al duque. De hecho, hacía más de un cuarto de hora que no lo veía.

Como si pensar en él hubiera hecho aparecer al hombre, Gideon lo vio entrar en el salón por una oscura puerta lateral de madera. El duque parecía ligeramente sonrojado. Y tenía una actitud furtiva. Gideon apretó la mandíbula ante la sombría certeza de que en menos de cinco minutos vería aparecer por esa misma puerta a una mujer con la tez sonrojada y una actitud igualmente furtiva.

Por desgracia, sus sospechas se vieron confirmadas cuando, menos de dos minutos después, entró por la misma puerta una mujer que Gideon no reconoció pero que estaba visiblemente ruborizada y recorría la estancia con una mirada cautelosa. Cerró los puños y se imaginó golpeando con ellos al duque. Ese hombre no sólo era un bastardo inmoral, sino un tonto ciego. ¿Cómo podía un hombre bendecido con tener a Julianne por prometida mirar siquiera a otra mujer?

Con su temperamento a punto de estallar, puede que aquél no fuera un buen momento para hablar con el duque, pero no obstante, Gideon se acercó a él. Asegurándose de no perder de vista a Julianne, Gideon se plantó justo delante del duque.

—¿Podríamos hablar un momento, señoría?

—Se me está agotando la paciencia, Mayne —dijo el duque, evidentemente molesto por el tono perentorio del detective—. Tanto con usted como con sus preguntas. ¿Qué quiere ahora?

Sólo los años de práctica, aprendiendo a mantener sus rasgos bajo una fachada inexpresiva, le permitieron a Gideon ocultar su aversión. ¿Sabría el duque —o le importaría siquiera— que un débil olor a sexo y a perfume de mujer le impregnaba la ropa?

—Hábleme del conde Chalon, el señor Tate y el señor Standish —le dijo Gideon, observándolo con atención.

En los fríos ojos del duque brilló la sorpresa, seguida de la irritación, y durante unos breves segundos Gideon pensó que se negaría a contestar.

—Es evidente que ha oído hablar de nuestra lamentable inversión —dijo finalmente—. Esos caballeros son unos amigos míos de

Cornualles a los que conozco desde hace años. Todos ellos provienen de familias muy respetadas y son ricos por derecho propio.

—Salvo que ahora son diez mil libras menos ricos. Como usted.

Eastling se encogió de hombros.

—Por desgracia, no todas las inversiones resultan como esperamos.

—No obstante, eso es mucho dinero.

La mirada despectiva del duque se deslizó sobre Gideon.

—Supongo que para usted sí lo es.

—Para mí y para cualquiera. ¿Chalon es francés?

—Sí, aunque se instaló hace años en Cornualles. Los tres renunciaron a Londres y a la sociedad. —Volvió a encogerse de hombros—. Me sentí un poco culpable por animarlos a formar parte de un negocio que salió tan mal, pero conocían los riesgos.

—Necesito sus direcciones en Cornualles. Le agradecería que me las diera por escrito al final de la velada.

El duque arqueó las cejas.

—De acuerdo. No obstante, por lo que yo sé, los tres se encuentran en este momento en el Continente.

—¿Y sus familias?

—Ninguno está casado, aunque el señor Standish es viudo.

—¿Tienen hermanas? ¿Viven sus madres?

La irritación del duque iba claramente en aumento.

—Ni el señor Standish ni el señor Tate tienen hermanas, pero los dos tienen hermanos. Sus madres fallecieron. Chalon tiene una hermana que vive en Francia con su madre. Y ahora, señor Mayne, me temo que debo volver con mis invitados. —Por la manera en que enfatizó la última palabra quedó claro que Gideon no pertenecía a esa categoría—. Si tiene alguna pregunta más, le aconsejo que concierte una cita. —El duque se dio la vuelta y se marchó.

Gideon lo observó alejarse. Y volvió a preguntarse si sus sospechas y su profunda aversión por el duque estarían realmente fundadas o serían el resultado de los sentimientos que tenía por Julianne.

Después de asegurarse de que Julianne todavía charlaba allí cerca, Gideon se acercó a lord Walston, que se mostró mucho más cooperativo que su señoría.

—Qué terrible lo que le ha ocurrido a la pobre lady Hart —dijo Walston.

—¿Eran amigos?

¿Había brillado algo en los ojos de Walston? Antes de que Gideon pudiera asegurarlo, el vizconde dijo:

—Sí, conocía muy bien a su marido, qué horrible tragedia su muerte, y también al hermano de Lady Hart. ¿Tiene alguna pista sobre quién puede ser el asesino?

—En realidad, estoy convencido de que el culpable será detenido en los próximos dos días.

Walston agrandó los ojos.

—Caramba. Ésas sí que son buenas noticias.

—Sí. ¿Qué puede decirme sobre tres caballeros que fueron socios suyos en ese negocio fallido, el conde Chalon, el señor Standish y el señor Tate?

La sorpresa y la confusión de Walston resultaron evidentes.

—Bueno, yo... en realidad no sé nada de ellos. No los conozco. Son amigos de Eastling, así que debería preguntarle a él.

—¿Nunca sintió curiosidad por conocerlos?

Walston negó con la cabeza.

—No. No se puede conocer a todo el mundo, como bien sabe usted. Eastling los respaldó, y tenían dinero contante y sonante. Con eso era suficiente.

—Creo que usted tiene una hermana.

Walston parpadeó.

—Hace usted unas preguntas de lo más inusuales. Sí. Vive en Dorset, pero ha venido de visita. Le encanta venir a la ciudad. Le resulta muy monótona la vida que lleva en la remota hacienda de su marido.

—Dada la reciente oleada de crímenes, le sugiero que no la pierda de vista. —Observando a Walston fijamente, añadió—: Sobre todo, porque las últimas víctimas están relacionadas de alguna manera con los caballeros que formaron parte de ese negocio fallido en particular.

Walston parpadeó. Luego frunció el ceño.

—¿En serio? Quiero decir, no tenía ni idea. Sí, sí, gracias. Velaré por Celia. —Frunciendo aún más el ceño, miró a su alrededor—. Es decir, si la encuentro. Siempre le pierdo la pista. —Se le iluminó la cara—. Ah, allí está. Si me disculpa... —Señaló vagamente con la cabeza al otro lado de la estancia, y Gideon lo perdió de vista entre la multitud.

Durante las dos interminables horas siguientes, Gideon no abandonó su puesto junto a la columna, sin dejar de observar el salón de baile. Oyó fragmentos de conversaciones, muchos de ellos sobre lady Hart. Los invitados se dedicaban a cotillear mientras disfrutaban del champán, la música y el baile. Pero ¿dónde se había metido el duque? Gideon no lo había vuelto a ver desde que lo había dejado plantado, sugiriéndole que concertara una cita. Algo de lo más extraño, ya que era el anfitrión de la fiesta y además tenía intención de anunciar muy pronto su inminente boda. De hecho, Gideon se sorprendía de que el enlace no se hubiera hecho público ya. A pesar de que no era algo que quisiera oír, que temía oír, una parte de él quería acabar de una vez con todo eso.

Así que, ¿dónde demonios se había metido su señoría? ¿Estaría levantándole las faldas a alguna otra mujer? Una neblina roja pareció empañar la visión de Gideon. Menudo bastardo. Con un gran esfuerzo, aplacó el deseo de buscar al duque por toda la casa y hacerle papilla. Ahora que lo pensaba... tampoco había visto a Walston desde hacía un rato. Y Penniwick, Haverly y Beechmore parecían haber desaparecido también. Maldita fiesta abarrotada. Era imposible llevar cuenta de todo el mundo.

Desvió la mirada hacia Julianne. Como le había prometido, no se había apartado de su vista; una agridulce bendición ya que le resultaba imposible no quedársela mirando todo el rato. Volvió a observarla ahora. Estaba junto a su madre, que parecía muy disgustada por algo, lo cual no sorprendía a Gideon. ¿Acaso había visto alguna vez a esa mujer contenta por algo? Alguien atrajo la atención de la condesa y ésta le dio la espalda a Julianne. A Gideon le pareció que la joven se estremecía de pies a cabeza, y se acercó a ella al instante. Cogiéndola del brazo, la alejó un poco de su madre.

—¿Estás bien? —le preguntó en voz baja.

—Estoy bien. Sólo tengo un poco de frío.

—¿Necesitas un chal?

Julianne le brindó una sonrisa.

—No, gracias. —Luego se acercó a él un poco más, lo suficiente para que Gideon percibiera el delicioso y tentador perfume a vainilla—. Y deja de fruncir el ceño. Cualquiera que te vea pensará que te he hecho enfadar.

Él borró la expresión de su cara.

—No estoy frunciendo el ceño.

—Muy bien. Sólo tenías un ligerísimo ceño.

—¿Te han dicho alguna vez que eres muy descarada?

La diversión asomó a los ojos de la joven por primera vez en toda la tarde, y él sintió una cálida sensación que no supo definir.

—Nunca. Me encanta que pienses así. Siempre he querido ser una chica descarada.

Él frunció el ceño.

—No era un cumplido.

—Pues lo parecía. Y vuelves a fruncir el ceño.

De nuevo, él suavizó su expresión.

—Parece que te encuentras mejor. —Al menos en la superficie, por dentro, lo dudaba.

—Me ha ayudado hablar con Sarah. Es una persona que sabe escuchar, y es muy buena amiga. Gracias por avisarla.

—De nada. Haría cualq... —apretó los labios para contener las imprudentes palabras—. Vuelve tu madre, así que regreso a mi puesto.

Ella lo detuvo cogiéndolo del brazo.

—¿Qué ibas a decir, Gideon?

Durante un instante sus miradas se cruzaron y a él le costó trabajo no tocarla. Se obligó a regresar a la columna. Una vez allí respiró hondo y volvió a escudriñar la estancia. Casi de inmediato vio que el duque volvía a entrar en el salón. De nuevo parecía estar sin aliento, y Gideon apretó los puños. Su atención quedó dividida entre la puerta, para ver qué mujer aparecía esta vez por ella, y el duque, que se acercaba a los músicos. Tras varios minutos, nadie entró por la puerta que Eastling había usado, y los músicos comenzaron a tocar un vals.

Gideon observó, envuelto en una agonía de celos inútiles, cómo el duque escoltaba a Julianne a la pista de baile. Aquel bastardo no se merecía tocarla. Cerrando los puños con fuerza, recordó cada instante que había tenido a Julianne entre sus brazos mientras le enseñaba a bailar. Una habilidad que él jamás tendría oportunidad de compartir con ella en una fiesta.

Apenas fue consciente de las otras parejas que giraban en la pista, pues su mirada permanecía fija en Julianne y su futuro marido. El duque era tan refinado, como Gideon había sido torpe, mientras guiaba a Julianne alrededor de la pista. Y los ojos de aquel hombre..., maldición, los ojos de ese bastardo no parecían fríos ahora. La lujuria ardía en ellos, provocando que Gideon apretara los dientes.

—Ese bastardo la está mirando como si ella fuera un dulce y él tuviera antojo de azúcar —masculló Logan.

Gideon arqueó las cejas y miró a Jennsen de reojo. El americano tenía la mirada clavada en la pista de baile. Su rostro parecía un nubarrón de tormenta. Demonios. ¿Acaso Jennsen estaba indignado por la atención que recibía Julianne o había algo más?

—Sí, pero es muy hermosa y pronto estarán casados...

Jennsen giró la cabeza con tal rapidez que Gideon hubiera jurado oír crujir su cuello.

—¿Casados? —repitió, mirando fijamente a Gideon—. ¿Está seguro?

Demonios. ¿Acaso Jennsen también había puesto sus ojos en Julianne? Si no fuera porque eso sólo servía para aumentar los celos de Gideon, casi podría sentir lástima por él.

—Sí. El duque hará el anuncio esta misma noche.

Logan frunció el ceño.

—¿El duque? ¿Qué va a anunciar él?

Gideon olisqueó discretamente al americano, preguntándose si Jennsen habría bebido, pero no percibió olor a alcohol.

—Que se va a casar con lady Julianne.

—¿Lady Julianne? —Durante varios segundos, Logan se lo quedó mirando sin comprender. Luego, para asombro de Gideon, las mejillas del americano se ruborizaron profundamente—. Oh, hummm, sí. Por supuesto. —Soltó una risa que sonó muy forzada—. Si me disculpa, Mayne, tengo un asunto que atender. —Y sin más explicaciones, se alejó.

Gideon volvió a centrar su atención en la pista de baile y se preguntó de quién habría estado hablando Jennsen, porque estaba claro que no se había referido a Julianne.

Acababa de localizarla con la mirada cuando cesó la música. El duque y ella se habían detenido junto a la puertaventana que conducía a la terraza, al otro lado del salón. Apretando la mandíbula Gideon observó cómo el duque se llevaba la mano de la joven a los labios y luego se alejaba. Daniel y Matthew, y sus esposas, estaban cerca, mientras que Lady Emily y... ¿era Penniwick quien estaba con ella? Sí, lo era.

Gideon miró a Julianne y se quedó paralizado. Ella lo estaba mirando. Maldita sea, lo miraba como si fuera el único hombre del salón. Como si le estuviera diciendo que deseaba haber bailado el vals con él. Igual que él había deseado ser su compañero en la pista de baile.

Alguien lo empujó, sacándolo bruscamente de sus pensamientos, y se sobresaltó al darse cuenta que había mucha gente entre él y Julianne. Muchísima. No podía protegerla con eficacia desde tanta distancia, con tantos obstáculos entre ellos. Comenzó a caminar hacia ella. Observó que sus amigas se alejaban, camino de la ponchera, pero Julianne se quedó donde estaba, cerca de la puertaventana.

Gideon frunció el ceño y, sin apartar la mirada de ella, intentó desplazarse rápidamente entre la multitud. No le gustaba que ella permaneciera al lado de la puertaventana, pero no podía decirle que se moviera. Todavía los separaba lo que parecía un mar de cuerpos. La vio estirar el cuello. Y en ese momento la joven lo vio. Lo miró con aquellos hermosos ojos. Y él se preguntó si ella sería capaz de ver cuánto la deseaba. Cuánto la amaba. Se preguntó si todos los demás podían verlo. Porque, demonios, su amor por ella era tan fuerte que no estaba seguro de poder ocultarlo durante más tiempo.

«Dentro de dos días ya no tendrás que ocultarlo. Ella se habrá ido.»

Era una ironía que se le ocurriera aquel deprimente pensamiento justo cuando comenzó a sonar a sus espaldas el insistente tintineo de un cubierto contra una copa, interrumpiendo todas las conversaciones.

—Atención todos, por favor —oyó que decía el duque por encima del ruido.

Gideon vaciló. Observó que Julianne se ponía rígida y todos los músculos de su cuerpo se tensaron en respuesta. Allí estaban. Las palabras que lo harían oficial. Las que él no quería oír. Ésas que no tenía fuerzas para escuchar. Pero no le quedaba más remedio que hacerlo.

—Damas y caballeros, atención, por favor —ordenó el duque. La habitación se quedó en silencio.

Gideon continuó abriéndose paso entre la multitud hacia Julianne; necesitaba estar cerca de ella para protegerla.

—¡No deseo alarmar a nadie —gritó el duque—, pero acabo de descubrir que las joyas Eastling han desaparecido! ¡El asesino fantasma debe de estar entre nosotros! Asegúrense de que sus objetos de valor siguen en su poder...

Sus palabras desataron un pandemónium. Los gritos y chillidos llenaron el aire y una multitud de cuerpos arrastró a Gideon en dirección al duque. Alguien agarró el brazo de Gideon. Se dio la vuelta y vio que era lord Haverly.

—El ladrón se ha hecho con mi reloj de cadena también —dijo Haverly, sonando muy indignado—. Usted es un detective. ¡Haga algo!

Gideon apartó la mano del hombre de la manga de su chaqueta.

—Tengo... —sus palabras se interrumpieron cuando se quedó sin aliento. Vio cómo agarraban a Julianne desde atrás. Y cómo era arrastrada por dos figuras encapuchadas hacia la puertaventana.

# 21

Luchando contra el pánico que amenazaba con apoderarse de él, Gideon se abrió paso a empujones entre la multitud que gritaba y se interponía en su camino. Muchas personas intentaron detenerle, pero se las quitó de encima mientras maldecía por cada segundo de retraso.

Para cuando se deshizo de ellas y atravesó corriendo la puerta-ventana abierta que daba a la terraza, calculó que habían pasado casi cuatro minutos. Lo más probable era que los secuestradores de Julianne tuvieran un carruaje o un caballo cerca. Quizás en las cuadras. Deteniéndose sólo para sacar el cuchillo de la bota, corrió por el césped hacia la parte trasera de los jardines, agudizando la vista y los oídos. Cerca del portón que conducía a las cuadras, vio algo claro en el suelo oscuro. Con el corazón palpitando, se dirigió a toda velocidad hacia el objeto.

Se detuvo y, con una mezcla de esperanza y temor, se inclinó para cogerlo. Era una de las zapatillas de satén de Julianne, con el mismo intrincado bordado que su vestido. Se la metió en el bolsillo de la chaqueta y abrió la puerta. Demonios, ¿por dónde habrían ido? Miró a la derecha. Nada. Miró a la izquierda y vio algo en el suelo, visible bajo la luz de la luna, a diez metros. Corrió hacia allí y se inclinó a recoger el objeto. La otra zapatilla de Julianne. ¿Las habría perdido al luchar contra sus captores o las habría dejado caer para señalarle el camino que habían seguido? Gideon no lo sabía, pero lo agradecía igualmente.

Corrió por el callejón, deteniéndose cuando llegó a la calle principal. No había ningún caballo ni carruaje a la vista. ¿Hacia dónde podían haberse dirigido ahora? ¿Hacia el parque o hacia el río?

Sus ojos cayeron sobre un objeto en el suelo, a más de quince metros, bajo la mortecina luz amarillenta de una farola de gas, y se dirigió hacia él a toda prisa. Estaba aún a tres metros cuando reconoció el ridículo de Julianne. Lo abrió con rapidez y sólo encontró dos artículos en su interior: un pañuelo y un botón... El botón que se había arrancado en sus prisas por quitarse los pantalones la noche anterior. Ella lo había encontrado. Y lo había guardado. Gideon apartó a un lado todas las emociones que la imagen de aquel objeto evocó y frunció el ceño. Era extraño que el ridículo hubiera estado directamente bajo la luz de la farola. Casi como si lo hubieran dejado allí a propósito.

Miró hacia delante y vio algo bajo la siguiente farola. Corrió hacia allí. Y sus sospechas se vieron confirmadas cuando descubrió un guante blanco de mujer. El mismo que Julianne llevaba puesto esa noche.

Aquellas pistas estaban demasiado bien colocadas. Alguien quería que las encontrara. Puede que ese alguien fuera Julianne.

O puede que sus captores intentaran conducirlo a una trampa.

Julianne cerró los ojos e intentó luchar contra la oleada de pánico que la inundaba, fingiendo que no estaba inmersa en una sofocante oscuridad. Que el capuchón que le cubría la cabeza no estaba allí. Concentrándose sólo en encontrar una manera de escapar. Y no podría hacerlo si sucumbía al inmenso terror que amenazaba con engullirla.

En un abrir y cerrar de ojos, uno de sus secuestradores la había agarrado por detrás y le había puesto una musculosa mano sobre la boca. Antes de que ella pudiera asimilar lo que estaba ocurriendo, le habían metido un trapo en la boca, le habían cubierto la cabeza con un capuchón y la habían llevado afuera.

Dos hombres. Eran dos hombres. Los dos muy fuertes. Uno la

sujetaba por las rodillas y el otro por los hombros. Intentó patalear y arañar, retorcerse y liberarse, pero la sujetaban con demasiada fuerza.

Y luego corrieron. Y entre aquellos saltos, aquel apestoso trapo en la boca, la cabeza cubierta por el capuchón y el miedo atenazándola, sintió que las náuseas le subían por la garganta. Oyó lo que parecía ser una puerta al abrirse y cerrarse. Y le quitaron bruscamente el ridículo, las zapatillas y los guantes.

Luego sintió que la alzaban y la arrojaban como si fuera un saco de patatas. Aterrizó sobre el estómago con tal fuerza que se quedó sin aire en los pulmones. Después de varios segundos, logró recuperar el resuello y se vio asaltada por el olor a cuero y a caballo. Santo Dios, la habían arrojado sobre una silla de montar. Con rapidez le ataron las manos a la espalda y los tobillos con ásperas cuerdas.

—No se mueva, ni grite. —El brusco susurro, amortiguado por la capucha, sonó junto a su oído—. A menos que quiera que su amigo sufra innecesariamente.

Alguien se montó en el caballo y a ella la alzaron como si no pesara más que una pluma y la colocaron boca abajo sobre unos duros muslos. El caballo se puso al galope y sintió que su captor le ponía una mano en la espalda para que no se cayera. Pudo oír a otro caballo galopar justo detrás de ellos, sin duda se trataba del otro secuestrador.

Gideon... Gideon la buscaría, aunque no sabía qué le daba más miedo: que la encontrara o que no lo hiciera. Si no la encontraba, sólo Dios sabía lo que aquellos dos hombres tenían intención de hacer con ella. Pero si lo hacía, Gideon se encontraría en clara desventaja contra dos secuestradores.

Cada vez que rebotaba contra la silla de montar, sentía un dolor punzante que le atravesaba todo el cuerpo. Cuando aminoraron la marcha, parecía como si llevaran galopando una eternidad, aunque sabía que no podía haber pasado más de un cuarto de hora. Unos minutos después se detuvieron, bajaron y arrojaron a Julianne sobre un ancho hombro. Estuvo en esa posición durante un minuto más o menos y con cada golpe contra la ancha espalda del hombre, aumentaba su temor. Pero junto con el temor sintió una inesperada oleada de furia. Por Dios, no iba a permitir que aquellos rufianes le hicieran daño —ni a Gideon, si la encontraba— sin luchar antes.

Oyó el chirrido de una puerta con los goznes oxidados. Un instante después la bajaron al suelo, donde cayó con un golpe brusco. Se obligó a quedarse quieta. Quizá si la creían inconsciente le quitaran el capuchón. O hablarían delante de ella con más libertad. Y si descubría una manera de atacarlos, tendría el elemento sorpresa de su parte.

—No le habremos hecho daño, ¿verdad? —preguntó uno de los hombres—. Se supone que no debíamos lastimarla.

Aquella declaración hizo que se sintiera un poco más tranquila.

—No. Sólo ha rebotado un poco en el caballo —dijo el otro hombre.

—Pero es una de esas frágiles damas. Y no se mueve en absoluto. Se supone que tenemos que matar al detective no a ella.

Aquellas palabras llenaron de terror el corazón de Julianne.

—Quizá no pueda respirar con el capuchón —continuó el segundo hombre, sonando un poco preocupado. Julianne sintió que una mano le apretaba el hombro y la sacudía con suavidad—. No se mueve. —Un segundo después le quitaron el capuchón. La joven se obligó a permanecer inmóvil y a mantener los ojos cerrados. Sintió que unos dedos ásperos le buscaban el pulso en el cuello.

—Está viva —dijo el hombre, claramente aliviado—. Sólo se ha desmayado.

—Bien. Entonces no tendremos que preocuparnos por ella. Sólo tenemos que estar en guardia por si aparece el detective.

Julianne oyó unos pasos alejándose de ella y abrió los ojos levemente. Estaba tumbada sobre el suelo de madera de lo que parecía ser, en vista de las cajas que había apiladas a su alrededor, un almacén. A seis metros de donde estaba, había una sucia ventana por la que entraba un rayo de luna y por la que sus captores vigilaban.

Julianne movió las manos y los pies, pero estaba bien atada. Ojalá tuviera algo con lo que cortar las cuerdas. ¡Ojalá tuviera sus tijeras de bordar!

Moviéndose con precaución para no hacer ningún ruido que atrajera la atención de los secuestradores hacia ella, forcejeó para liberar sus manos. Los hombres parecían enfrascados en una conversación entre susurros que Julianne, por desgracia, no podía oír.

Mientras intentaba liberarse de las ataduras, utilizó la lengua, los dientes y los labios para expulsar el trapo de la boca. Si no podía desatarse, por lo menos podría gritarle una advertencia a Gideon cuando llegara.

Las ásperas cuerdas se le clavaron en la piel, raspándole la carne, pero siguió retorciendo las muñecas, algo cada vez más doloroso, a la vez que intentaba escupir el trapo de la boca. Finalmente lo logró, pero sujetó la tela entre los dientes por si acaso sus secuestradores miraban hacia ella. Se sentía exultante por el éxito obtenido, aunque, por desgracia, aflojar las cuerdas era harina de otro costal. La cuerda era gruesa y dura y la joven tenía los dedos entumecidos y rígidos. Gotas de sudor le resbalaban por la espalda y le dolían los brazos por los frenéticos esfuerzos.

Justo entonces se oyó el inconfundible chirrido de la puerta al abrirse y el corazón de Julianne se detuvo. No cabía duda de quién había llegado.

Era evidente que sus secuestradores también lo sabían, porque abandonaron su posición junto a la ventana y se acercaron sigilosamente a ella. La joven sintió una opresión en el estómago al ver que los dos llevaban cuchillos.

—¡Son dos, Gideon! Tienen cuchillos y quieren matarte —gritó tras escupir el trapo.

Los captores soltaron una ristra de obscenidades y corrieron hacia ella. Uno de ellos, un hombre barbudo de pelo oscuro y enmarañado y los ojos pequeños y muy juntos, le gruñó que se callara, e intentó volver a meterle el trapo en la boca.

Julianne retorció la cabeza de un lado a otro para impedírselo.

—Si creen que van a poder matar a Gideon Mayne, es que son tontos de remate —se burló, desesperada por mantener su atención tanto tiempo como fuera posible—. Podría hacerles picadillo con los ojos vendados y las manos atadas.

El hombre se quedó paralizado y clavó los ojos en ella. Luego soltó una maldición y se giró hacia su cómplice.

—Santo Dios, Will —dijo en un siseo—. ¿Has oído eso? El condenado detective que la protege es Gideon Mayne.

Incluso en la oscuridad, Julianne pudo ver que el hombre llamado Will palidecía.

—Que me condenen al infierno —susurró Will—. ¿Qué vamos a hacer, Perdy?

—No lo sé. Pero sí sé qué es lo que no vamos a hacer.

Will tragó saliva y asintió con la cabeza.

—Cierto. —Se aclaró la garganta y gritó—: Escuche, Gideon Mayne. Queremos hablar con usted. No le hemos hecho daño a la dama y tampoco se lo queremos hacer a usted.

—No los creas, Gideon. Les he oído decir que iban a matarte y...

Las palabras se interrumpieron cuando Perdy le tapó la boca con la mano.

—¡Cállese o... ay! —apartó la mano de un tirón, fulminándola con la mirada—. Esta condenada lagarta me ha mordido.

Aprovechando su sorpresa, Julianne se llevó las piernas atadas al pecho y le dio una fuerte patada. Sus pies impactaron contra el estómago de Perdy, y él soltó un gruñido mientras se caía sobre el trasero.

—¿Qué demonios haces? —gritó Will—. ¿Ni siquiera puedes encargarte de una mujer atada?

—Pues claro que puedo —mascullló Perdy. Agarró a Julianne por el pelo, y ella sintió un dolor agudo el cuero cabelludo. Soltó un grito y de nuevo el captor le metió el trapo en la boca, luego se puso en pie.

—Os estoy apuntando con una pistola —se oyó la voz de Gideon en la oscuridad—. Si a alguno de vosotros se le ocurre siquiera pestañear, le meteré una bala directamente en el corazón. Al que quede en pie, le clavaré el cuchillo en el vientre.

Los dos hombres se quedaron paralizados.

—Dejad los cuchillos en el suelo —ordenó Gideon—. Muy despacio. Justo delante de los pies.

—Hay algo que debería saber... —dijo Will después de soltar una tosecilla.

—Si volvéis a hablar antes de que yo os lo diga, será lo último que digáis en la vida —dijo Gideon con una voz tan mortífera que hasta Julianne se estremeció—. Ahora haced lo que os he dicho antes de que me enfade y os mate de todas maneras.

Forcejeando frenéticamente, Julianne logró escupir el trapo y tomar aire. No quería hablar y distraer a Gideon, así que permaneció callada. Tironeó de las cuerdas y comprobó con sombría satisfacción que empezaba a hacer algunos progresos.

Observó cómo los dos hombres dejaban los cuchillos en el suelo de madera y se incorporaban lentamente.

—Muy bien —dijo Gideon en la oscuridad—. Ahora empujadlos con el pie hacia las cajas de madera.

Los cuchillos se deslizaron por el suelo.

—Al suelo, boca abajo. Con las manos detrás de la cabeza —les ordenó. Después de que obedecieran dijo con voz escalofriante—: Si os movéis no dudaré en mataros. —Luego dijo con voz más suave—: Julianne, ¿estás bien?

—N... no. Me han atado. —Giró la muñeca una última vez y se liberó—. Estaba atada —corrigió, con la voz llena de satisfacción, mientras se deshacía de la cuerda—. Acabo de soltarme.

—Excelente. Caballeros, pueden sentirse afortunados de que la dama no esté herida. Ahora, uno de vosotros, y quiero decir uno, me va a decir quiénes sois y por qué habéis secuestrado a esta joven.

—Hummm, bueno, las cosas han sido más o menos así —dijo el que se llamaba Perdy—. Un tipo se acercó a nosotros esta noche y nos dijo que nos pagaría bien por llevarnos a la dama de la fiesta.

Julianne no oyó que Gideon se acercara a ella, pero de pronto él estaba a su lado, apretándole los labios con los dedos y hablándole al oído:

—No digas nada a no ser que te pida algo, y entonces, haz justo lo que te diga —susurró. Se echó hacia atrás buscando su mirada.

Julianne estaba aterrada y aliviada al mismo tiempo, pero dominó ambas emociones y asintió con la cabeza. Con un ágil movimiento, él le cortó las cuerdas de los tobillos y la ayudó a ponerse en pie.

Rodeándole la cintura con un brazo firme, le dijo en voz alta a los secuestradores:

—Habladme de ese tipo que os contrató. —Justo entonces se inclinó y le murmuró a Julianne al oído—: ¿Puedes sostenerte en pie? —Cuando ella asintió, la soltó y recogió las cuerdas del suelo—. Toma el cuchillo —le murmuró al oído—. Si alguien se acerca a ti, se lo clavas. A cualquiera menos a mí.

Julianne cerró los dedos en torno al mango mientras asentía con la cabeza, y rezó para no tener que utilizar el arma.

—No nos dijo cómo se llamaba —dijo Perdy.

—¿Qué aspecto tenía?

—No pudimos verlo. Estaba oscuro y él llevaba una capa con capucha. Sin embargo, era todo un dandi. Tenía una de esas voces tan refinadas. Nos ofreció un reloj de oro y algo de dinero, añadiendo que recibiríamos más después de que hiciéramos el trabajo.

—¿Cuánto más?

—Veinte libras.

—¿En qué consistía exactamente el trabajo? —preguntó Gideon.

—Teníamos que secuestrar a la dama. Y utilizarla como cebo para atraer al detective hacia nosotros —Percy vaciló—. Luego teníamos que matarle.

—¿Y qué teníais que hacer con la dama después? —preguntó Gideon con voz sedosa.

—Teníamos que soltarla. Dejarla en Hyde Park. Ilesa.

—Milady, creo que es usted muy diestra con una pistola, ¿no es así? —le preguntó Gideon a Julianne.

—Efectivamente, señor Mayne —respondió Julianne, esperando sonar de lo más competente a pesar del miedo que sentía.

—Excelente. Voy a atar a estos hombres. Si alguno de ellos hace algún movimiento repentino, quiero que le vuele la cabeza.

—Nada me gustaría más —dijo ella con el mismo tono que usaba para aceptar las invitaciones a bailar.

—No hay necesidad de volarle la cabeza a nadie —dijo Perdy con rapidez—. No pensamos movernos, ¿verdad, Will?

—Caramba, no. Jacko nos arrancaría la cabeza si lo hiciéramos.

Julianne vio que Gideon se ponía tenso, y se preguntó quién era Jacko, pero antes de que pudiera siquiera pensarlo, Gideon golpeó la cadera del hombre más cercano con la punta de la bota.

—¿Cómo te llamas?

—Perdy.

—¿Y tu amigo?

—Will.

—Perdy, voy a atar a Will. Si se mueve, le apuñalaré. Si tú te mueves, la dama te volará la cabeza. ¿Alguna pregunta?

—No —respondieron los dos hombres a la vez.

Julianne observó cómo Gideon lo ataba y todo lo que podía pensar era «Por favor, que no tenga que volarle la cabeza», algo que era totalmente ridículo porque ¡ni siquiera tenía una pistola! Y aun así, sostenía el cuchillo con ambas manos, sabiendo que si aquel hombre intentaba lastimar a Gideon, ella haría lo que fuera para protegerle.

En cuanto los dos hombres tuvieron las manos y los pies atados, Gideon les registró los bolsillos. Sacó un reloj de oro del bolsillo de Perdy y lo sostuvo en alto ante la escasa luz de la ventana. Luego hizo rodar a ambos malhechores sobre la espalda, se levantó y bajó la mirada a sus prisioneros.

—¿Es éste el reloj que os dio? —preguntó Gideon.

—Sí —dijo Perdy, asintiendo con la cabeza.

—¿Por qué teníais que matar al detective?

—El hombre no nos lo dijo. Pero tampoco nos dijo que el detective fuera Gideon Mayne —se apresuró a añadir Perdy—. Si lo hubiera hecho, jamás hubiéramos aceptado el trabajo.

—Le juro que no lo hubiéramos hecho —añadió Will.

—¿Por qué no? —preguntó Gideon.

—Porque no podríamos matar al hijo de Jacko —dijo Perdy, mientras Will asentía con la cabeza—. Su padre ha hecho mucho por nosotros y...

—Muchísimo —lo interrumpió Will—. No sabíamos que usted era el detective al que se refería ese hombre. Su padre es un buen hombre.

—Cierto —dijo Perdy—. Ha ayudado a muchos de nosotros en St. Giles y también en los muelles.

—¿Qué clase de ayuda? —preguntó Gideon con voz afilada.

—Nos da dinero —dijo Perdy—. Y comida. Nos consigue medicinas. Licores. Cualquier cosa que necesitemos.

—Fue él quien salvó la vida de mi hijo —añadió Will—. Cuando el pequeño Bill se puso enfermo, lo dimos por perdido. Jacko consiguió la medicina que necesitaba. Le aseguro que yo jamás tocaría ni un pelo al hijo de Jacko.

—Nadie que fuera lo suficientemente estúpido para intentarlo viviría para contarlo —dijo Perdy—. Jacko se aseguraría de ello.

Durante varios segundos sólo hubo silencio en la oscura habitación. Luego Gideon se puso en cuclillas junto a los hombres.

—Habéis cometido un gran error esta noche —les dijo con una voz baja y mortífera—. Y tenéis suerte de que la dama no haya sufrido ningún daño. Porque si estuviera herida, no viviríais para contarlo. Conozco vuestros nombres y vuestras caras. No quiero volver a veros ni oír hablar de vosotros nunca. ¿Ha quedado claro?

Los dos hombres asintieron con la cabeza.

—¿Qué... qué va a hacer con nosotros? —preguntó Perdy con una risita nerviosa—. No olvide... que tampoco le hemos hecho nada a usted.

Gideon se quedó mirando a los dos hombres. Lo único que deseaba era golpearlos hasta hacerles papilla por haberse atrevido a tocar a Julianne. No la habían lastimado, pero podían haberlo hecho. Y era evidente que la habían asustado. En cuanto a él, aquellos bastardos le habían dado tal susto que al menos había envejecido diez años. Ni aunque viviera cien años podría olvidar la imagen de Julianne siendo arrastrada fuera del salón de baile.

—Si hubierais intentado matarme, os aseguro que no habríais tenido éxito —dijo Gideon con frialdad. Estaba convencido de ello, pero le fastidiaba que el hecho de ser el hijo de Jack Mayne le hubiera salvado de alguna manera—. Y si le hubierais hecho daño a la dama, estaríais muertos. De hecho, le diré al magistrado dónde encontraros. Tendréis que esperar aquí hasta que él llegue.

—Oh, ésa no es manera de tratarnos después de no haber intentado matarle —protestó Will—. Incluso nos ha quitado el reloj.

—Si lo prefieres, todavía puedo volarte la cabeza —dijo Gideon amablemente—. De hecho...

—No, no, así está bien —lo interrumpió Perdy—. Nos quedaremos aquí. Y esperaremos a que llegue el magistrado.

—Como prefiráis. —Sin una palabra más, se dio la vuelta. Quería llevarse a Julianne tan lejos de allí como fuera posible. Asegurarse de que ella estaba realmente bien. Y después, encontraría al bastardo que estaba detrás de aquello. Y ese bastardo lo lamentaría mucho, muchísimo.

Se acercó a Julianne y le dio las zapatillas. En cuanto ella se las puso, la tomó de la mano y la guió en medio de aquel laberinto de cajas de madera. Un momento después, los golpeó el aire frío de la noche y Gideon respiró hondo. Se detuvo para mirar a Julianne. La joven tenía el pelo y las ropas desaliñados, la cara pálida como la cera y los ojos como platos. Y aun así, agarraba el cuchillo que él le había dado como si su vida dependiera de ello. No quería más que estrecharla entre sus brazos, pero antes tenía que alejarla de allí. Llevarla a algún lugar seguro. Donde él pudiera preguntarle todos los detalles de su terrible experiencia y enviarle un mensaje al magistrado. Un sitio donde él pudiera disponer de unos momentos para recuperarse de aquel terror que le había dejado paralizado.

Le quitó el cuchillo y lo deslizó en la bota. Julianne se estremeció y él se quitó la chaqueta.

—Ponte esto —le dijo, ayudándola a meter los brazos en las mangas—. ¿Te encuentras bien? ¿Puedes andar?

—Por supuesto —respondió ella, sonando ofendida—. No soy la frágil princesita que piensas que soy.

Si hubiera podido, Gideon hubiera esbozado una sonrisa ante el resentimiento de la joven. No cabía duda de que ella había probado aquella noche lo valiente que era. La tomó de la mano y recorrieron con rapidez varios callejones estrechos hasta desembocar en una calle más ancha y empedrada donde Gideon vio un coche de alquiler parado en una esquina. De inmediato le hizo señas al cochero. Segundos más tarde estaban instalados cómodamente en el interior del vehículo. El detective le dio la dirección al cochero y se pusieron en marcha.

Sentado frente a ella, Gideon se inclinó hacia delante y la agarró por los hombros, buscando la mirada de la joven.

—¿De verdad que no estás herida?

Ella tragó saliva y asintió con la cabeza.

—Me duelen las muñecas un poco —dijo ella con la voz un poco temblorosa—. Por las cuerdas.

Gideon bajó la mirada a las manos de la joven. Y sintió que lo inundaba la furia. Las delicadas muñecas estaban llenas de rasguños. Sacó el pañuelo del bolsillo del chaleco y lo apretó contra la piel despellejada que rezumaba sangre. Ante la vista de las heridas, la furia que lo embargaba lo dejó momentáneamente sin habla.

—Dijeron que querían matarte —susurró ella con una mirada

en los ojos que sólo podía ser descrita como feroz. Ciertamente, parecía poseída por una furia vengadora—. No pensaba dejar que te hicieran daño.

Demonios. Esa mujer le derretía el corazón.

—Ya veo.

—Me pusieron un capuchón en la cabeza y un trapo asqueroso en la boca —dijo ella, soltando las palabras entre rápidos jadeos—. Les hice creer que me había desmayado mientras me dedicaba a aflojar las cuerdas y a escupir el trapo. En cuanto la puerta chirrió, supe que eras tú. Ellos eran dos y tú sólo uno, y estaba muy asustada. —Inspiró temblorosamente—. Les habría disparado, ¿sabes? Si hubiera tenido que hacerlo. Y, bueno, si hubiera tenido una pistola. Y también habría usado el cuchillo.

Incapaz de detenerse, Gideon le alzó las manos y presionó los labios contra sus dedos.

—Puede que tuvieras miedo, pero tú, mi preciosa princesa, estuviste absolutamente magnífica.

—¿De veras?

—Más que magnífica. Fuiste valiente e intrépida, decidida y tenaz. Pero si tuviera que elegir una sola palabra, diría que fuiste audaz.

Un poco de color inundó las pálidas mejillas de Julianne. La joven se humedeció los labios.

—Gracias. Creo que es lo más bonito que me han dicho nunca. Sabía que me encontrarías.

Gideon asintió con la cabeza, incapaz de hablar ante el nudo que le atenazó la garganta. Le rozó las muñecas con los labios e inspiró profundamente. Y casi sonrió. Demonios, a pesar de todo lo que había sufrido, el perfume a vainilla todavía seguía impregnando la piel de Julianne. La miró directamente a los ojos y dijo sencillamente:

—Jamás habría dejado de buscarte, Julianne.

A Julianne le tembló el labio inferior y se le llenaron los ojos de lágrimas.

—Lo sé —susurró ella—. Gracias. Pero a pesar de todas esas cosas tan bonitas que me has dicho... no puedo negar que estaba muy asustada. —Se le deslizó una lágrima por la mejilla, seguida de otras, y luego dejó escapar un sollozo ahogado—. No me siento tan audaz y tenaz ahora. De hecho... oh, Dios mío, creo que voy a llorar.

Y se echó a llorar. Con un gruñido, Gideon cambió de sitio para sentarse a su lado. La tomó entre sus brazos y ella enterró la cara en su cuello. Sintiéndose absolutamente impotente, la estrechó contra su cuerpo. Le rozó el pelo sedoso con los labios y le susurró palabras que esperaba que la tranquilizaran. Y con cada aliento, se enamoraba más profundamente de ella. Su valiente y aterrorizada princesa que se había liberado de las ataduras y de la mordaza para advertirle, que hubiera apuñalado a cualquiera que quisiera hacerle daño a él. Demonios, no era una princesa. Era una amazona... disfrazada de dama.

Tras unos minutos, los sollozos de Julianne se apaciguaron, y él se echó hacia atrás para secarle los ojos hinchados con el pañuelo.

—He usado más pañuelos contigo en los últimos días de los que uso en todo un mes —bromeó, esperando arrancarle una sonrisa.

Julianne se lo quitó y se sonó ruidosamente.

—Puede que quieras que lave éste antes de devolvértelo.

—Quédatelo. Puede que vuelvas a necesitarlo.

—Espero que no. No quiero volver a llorar otra vez. —Buscó la mirada de Gideon con la suya—. Has estado maravilloso. Fingir que tenías dos pistolas. Has sido muy valiente.

—Me alegro que pienses así, pero tengo que decirte que nunca había estado tan asustado en mi vida. —Le colocó los dedos bajo la barbilla y le alzó la cara—. Cuando vi que esos hombres te agarraban... —cerró los ojos un breve instante, y se estremeció—. Si te hubiera ocurrido algo...

Ella le puso los dedos en los labios.

—Pero no me ocurrió nada. Gracias a ti.

Él negó con la cabeza, apartando sus dedos.

—Si hubiera estado más cerca de ti, no habrían podido atraparte. ¿Por qué te quedaste allí sola? ¿Por qué no fuiste a la ponchera con tus amigas?

—El duque me dijo que esperara allí. Que iba a buscar un anillo de diamantes de la colección ducal y que luego regresaría para anunciar nuestro compromiso. Pero luego apareció diciendo que le habían robado. —Le brindó una trémula sonrisa—. Y tú me salvaste la vida.

Maldita sea, lo miraba como si él fuera un héroe, haciendo que se sintiera avergonzado por no haber impedido que la raptaran, pero a la vez haciéndole sentir tan condenadamente bien que apenas podía hablar. Deslizó la mirada por los labios de la joven y soltó un gemido. Había razones, muchísimas razones, para no besarla, pero Dios sabía que no se le ocurría ni siquiera una.

Se inclinó hacia ella. Julianne abrió los labios. Y el coche se detuvo en seco.

Ella parpadeó y luego miró por la ventanilla.

—¿Dónde estamos?

—En un lugar seguro. —Gideon descendió del carruaje y luego la ayudó a bajar. Tras pagarle al cochero, le dijo—: Tengo un chelín extra para usted si entrega un mensaje. Espere aquí. Vuelvo enseguida.

El cochero asintió y Gideon condujo a Julianne por el camino de entrada. Un momento después entraron en un pequeño vestíbulo. Los ojos de Julianne se abrieron como platos.

—¿Es tu casa?

—Sí. —Intentó sonar despreocupado y apartar de su mente la idea de que su casa era muy sencilla si se la comparaba con la mansión en la que ella vivía—. Es segura y está muy cerca de Grosvenor Square. Ven.

La guió al estudio y rápidamente encendió la lámpara del escritorio.

—Por favor, siéntate y ponte cómoda. Tengo que escribirle una nota al magistrado. —Realizó la tarea y selló la nota con lacre, luego escribió la dirección por fuera. Durante todo el rato, fue consciente de que Julianne estudiaba la habitación. Cuando terminó, se excusó para entregarle la nota al cochero. Luego cogió unas vendas, bálsamo y un cuenco con agua. Antes de entrar en el estudio, se detuvo en el umbral. Julianne estaba de pie ante la chimenea apagada, deslizando ligeramente los dedos por la repisa.

Verla en su casa le provocaba algo en las entrañas. Lo llenaba de una emoción que jamás había experimentado antes. Debido a su origen aristocrático, ella jamás debería haber estado allí, pero de alguna manera, bajo la luz de la lámpara que él había encendido, tenía la impresión de que aquél era el lugar al que Julianne pertenecía. De pie junto a su chimenea. Tocando el reloj de la repisa, cuyo tictac era el único sonido que se escuchaba en la estancia.

Julianne debió de sentir su presencia, porque se dio la vuelta. Sus miradas se encontraron y él sintió como si se le hubiera detenido el corazón. No sabía cómo iba a sacarla de allí sin antes romper las promesas que se había hecho a sí mismo. Ni siquiera estaba seguro de que eso le importara ya.

Entrando en la habitación, se acercó a ella lentamente.

—Voy a limpiarte y a curar las heridas, luego te vendaré las muñecas.

—De acuerdo. —La joven se sentó en el sofá y, después de dejar las cosas en el suelo, él cogió la lámpara del escritorio y se sentó junto a ella.

—No sabía que vivías en una casa —le dijo Julianne mientras él le limpiaba suavemente la piel con un paño húmedo.

Cuando ella dio un respingo, él apretó la mandíbula ante la súbita furia que sintió hacia los bastardos que la habían atado.

—¿Ah, sí? ¿Pensabas que vivía en una cueva?

Ella soltó una risita.

—No. Pensaba que tenías un apartamento de soltero.

—Compré esta casa hace varios años. Jamás tuve una cuando era niño, y quería tener un lugar permanente. Un lugar al que llamar hogar. Algo que fuera mío. —Le aplicó el bálsamo, obligándose a no apartar la mirada de la tarea, temiendo perder el control si ella lo miraba a los ojos.

—Esos hombres mencionaron a un tal Jack Mayne —dijo ella con suavidad—. Dijeron que era tu padre. Y que él los había ayudado. ¿Tu padre es un filántropo?

Gideon soltó una risa carente de humor.

—No exactamente. —Aunque según le habían dicho Will y Perdy, había muchas cosas de Jack Mayne que Gideon desconocía.

—Tus padres —dijo Julianne, llena de vacilación—. ¿Son como los míos?

—¿Condes? Ni por asomo.

—No me refiero a eso. Quería decir si ellos fueron... buenos para ti.

En la mente de Gideon se materializó una imagen de Jack Mayne, arrodillándose junto a él para estar a la misma altura de sus ojos. «Sólo tienes que meter la mano suavemente en el bolsillo del caballero y traerme lo que pilles.» Luego apareció una imagen de su madre, delgada, pálida, con un ataque de tos tras otro hasta que cada inspiración era una agonía...

Parpadeó para borrar la imagen y se encogió de hombros.

—Ni me pegaron ni abusaron de mí, si es eso a lo que te refieres. Mi madre murió cuando tenía catorce años. Llevaba mucho tiempo enferma.

—Debiste de quererla mucho.

Su muerte había sido un duro golpe que sólo el tiempo había mitigado, pero que él sabía que jamás se desvanecería por completo.

—Muchísimo. Y al igual que tú, soy una gran decepción para mi padre.

—¿Cómo puede tu padre sentirse decepcionado con un hijo tan bueno?

—¿Cómo puede tu padre sentirse decepcionado con una hija tan buena?

—Porque no soy un varón. ¿Por qué decepcionaste a tu padre?

Gideon vaciló y luego dijo:

—Porque elegí el ejército y Bow Street en vez de seguir sus pasos.

—Pero sin duda debe de saber que no hay nada más noble que luchar por tu país y defender la ley. ¿A qué se dedicaba?

Gideon se preguntó si debía contárselo o no, luego se encogió de hombros mentalmente. Eran los pecados de Jack, no los suyos.

—Era un carterista. Un ladrón de poca monta. También se le daba bien forzar cerraduras.

Observó que ella se sorprendía.

—¿Tu padre era un... ladrón?

—Sí. —Por lo que Gideon sabía, Jack todavía lo era—. Jamás me ha perdonado que me uniera a lo que él llama el «lado equivocado» de la ley, y yo nunca le he perdonado... bueno, muchas cosas. —Las más dolorosas eran las incontables infidelidades que había padecido la madre de Gideon.

—Pero según dijeron Perdy y Will, tu padre también se dedica a ayudar a los demás, quizás haya hecho borrón y cuenta nueva.

—Si le ha dado algo a alguien, dudo mucho que lo haya obtenido por medios legales.

—Demuestra una gran fuerza de carácter que, dada tu educación, no hayas caído en una vida delictiva.

A Gideon no se le pasó por alto la admiración en su voz, y se arriesgó a levantar la cabeza y mirarla. La misma admiración que había oído en su voz, brillaba en los ojos de Julianne, y él bajó la mirada con rapidez. Sabía que se arrepentiría de lo que iba a decir.

—Caí en ella. —Las palabras sonaron como si tuviera serrín en la boca, mientras admitía lo que nunca había admitido antes—. Durante un tiempo. Cuando era demasiado joven para tomar mis propias decisiones.

—Pero cambiaste —susurró ella.

—Sí. Quería convertirme en alguien que pudiera mirarse al espejo sin encogerse de miedo.

—¿Y te has convertido en esa persona?

Él vaciló, luego dijo:

—Quiero pensar que sí.

—¿Serviría de algo si te dijera que creo que eres maravilloso? ¿Extraordinario?

Demonios, claro que serviría. Por mucho que no quisiera que fuera así.

—Gracias. Pero no me conoces muy bien.

—No estoy de acuerdo.

—No me sorprende. Somos muy diferentes y casi nunca coincidimos.

—Una vez más debo mostrar mi desacuerdo. Creo que en realidad, nos parecemos mucho. En lo que verdaderamente importa. En nuestros corazones.

Él apretó los labios para obligarse a no responder. Para no revelar lo que había en su corazón. Si ella tuviera alguna idea de lo mucho que él quería decirle al mundo dónde podían meterse todas esas reglas y convenciones que conspiraban contra ellos, cuánto quería alejarla de su extraño mundo y hacerla suya, ella habría salido huyendo de la habitación. Que es lo que debería hacer.

Pero Gideon se limitó a decir:

—Si diciendo que somos parecidos quieres decir que eres extraordinaria, no me queda más remedio que estar de acuerdo. Lo eres. —E iba a echarla de menos cada día de su vida cuando se hubiera ido. Tras anudar el segundo vendaje, añadió—: Lamento que te haya ocurrido esto.

—Yo no.

Él levantó la cabeza de golpe ante esa declaración. Y esa vez, él se encontró prisionero de aquellos ojos, incapaz de apartar la mirada.

—¿Por qué dices eso?

Julianne le brindó una pequeña sonrisa.

—Porque si no, jamás habría visto tu casa. —La joven se levantó y le tendió las manos—. ¿Me enseñarás el resto?

Gideon vaciló. No porque se avergonzara de su casa. De hecho, había trabajado duramente para comprarla y estaba muy orgulloso de ella. Obviamente no se podía comparar a lo que ella estaba acostumbrada, pero pocas casas podían compararse a la mansión Gatesbourne en Grosvenor Square. No, era una cuestión de supervivencia. Su casa era su santuario. Ya sabía que pensaría en ella de ahora en adelante cada vez que entrara en el estudio. La vería delante de la chimenea. Sentada en el sofá. Si le mostraba el resto de la casa, también la vería en todas esas estancias. En todas esas habitaciones que ella jamás visitaría de nuevo pero donde su presencia seguiría rondándole mucho tiempo después de que se hubiera ido. Lo mejor, lo más inteligente, sería sacarla de su casa. De inmediato.

Pero en vez de eso, se levantó, la tomó de la mano y le enseñó la casa.

—Es encantadora —le dijo ella, pasando del comedor a la salita—. Es acogedora, cálida y fascinante.

—Me temo que no sé mucho de decoración.

—Creo que es mejor tener algunas cosas que signifiquen algo que tener muchos objetos sin valor sentimental alguno.

Continuaron desde la salita a la cocina y a la despensa. Luego visitaron tres dormitorios vacíos. Ella permanecía en silencio y él se preguntó en qué estaría pensando. Llegaron al último dormitorio.

—Mi habitación —dijo él.

Ella entró en la estancia sin decir palabra y la recorrió lentamente, pasando los dedos por la colcha azul y los muebles de cerezo. Gideon se quedó en la puerta, manteniendo la calma, respirando hondo para tranquilizarse mientras su corazón palpitaba con violencia y su cuerpo agonizaba de amor y deseo por ella, tanto, que pensó que explotaría en cualquier momento. Jamás debería haberla llevado allí. Porque ahora que estaba allí, no quería dejarla marchar.

Después de haber recorrido toda la habitación, Julianne se detuvo justo delante de él. Y lo miró directamente a los ojos.

—¿Quieres saber qué me parece tu casa, Gideon?

—Si no te importa decírmelo.

—Creo que es la casa más preciosa en la que he estado. Es acogedora y encantadora, y un verdadero hogar. Es un perfecto reflejo de su dueño porque es tan maravillosa como él. En todos los aspectos.

Demonios. ¿Qué podía responder a eso? Ni siquiera podía articular palabra.

—¿Sabes qué quiero, Gideon?

No, no lo sabía. Pero sí que sabía condenadamente bien lo que él quería. Y podía resumirlo en una sola palabra: Julianne. Entre sus brazos. En su cama. Debajo de él. Encima de él. Abrazada a él. Y todas las razones por las que no podía tenerla se evaporaron en el aire con una alarmante rapidez. Todavía incapaz de articular palabra, negó con la cabeza.

—Quiero seducirte.

# 22

«Quiero seducirte.» Sólo dos palabras habían bastado para derretir lo que quedaba de la resistencia de Gideon. No podía tenerla para siempre. Pero podía tenerla ahora. Tenía que devolverla a su familia. Pero aún no. Intentaba vivir la vida con honor, pero con aquella mujer sabía que, irremediablemente, el amor era más fuerte que el honor.

Tuvo que tragar saliva dos veces para recuperar el habla.

—No creo que te resulte demasiado difícil.

—Espero que no. Porque la verdad es que no sé por dónde empezar. —Julianne se acercó un poco más, hasta que sólo estuvieron separados por unos centímetros. Luego apoyó las manos en el torso masculino. Y con esa simple caricia, pareció que todas las buenas intenciones de Gideon se desintegraban en el aire.

—Ya está —susurró él, tomándola en sus brazos—. Ya me has seducido.

Cubrió la boca de Julianne con la suya mientras cualquier pensamiento racional se esfumaba de su mente. «Julianne, Julianne...» Su nombre le martilleaba en la cabeza al mismo ritmo que su corazón, que palpitaba con la suficiente fuerza para hacerle daño en las costillas. El delicioso sabor de Julianne le inundaba la boca, y la estrechó con más fuerza contra su cuerpo, hundiéndole con impaciencia los dedos en el pelo, ansioso por tocarla y paladearla a la vez, hambriento de ella. Una pizca de sentido común atravesó la neblina de deseo que lo consumía, advirtiéndole que fuera más despacio. Recordándole que Julianne era virgen. Que debía saborearla y seducirla muy lentamente, lo que era condenadamente difícil cuando ella se aferraba a su camisa y se retorcía contra él.

Interrumpió el beso con un gemido y luego deslizó la boca por el cuello de la joven. Ella dejó caer la cabeza hacia atrás y él le lamió el pulso con la lengua mientras le bajaba el vestido por los hombros, por los brazos, y luego por las caderas, hasta que cayó en un charco a sus pies, dejando a Julianne vestida sólo con una camisola y las medias.

—No te muevas —dijo él con suavidad, mientras se dirigía hacia la cama.

—¿Qué vas a hacer?

Antes de responder, él encendió un fósforo y prendió la lámpara de la mesilla.

—Encender una luz. —Regresó junto a ella y le acarició los cabellos con los dedos—. Quiero verte. Desnuda.

—Y yo quiero verte desnudo. Ahora mismo.

Gideon sonrió.

—Me encanta que estés impaciente. Tan impaciente como yo.

—Bah. No pareces impaciente en absoluto.

—Sólo porque estoy haciendo lo imposible para que esto dure más de quince segundos. —Deslizó la mirada por la camisola de Julianne y soltó un gemido. La tela era tan fina que podía vislumbrar los pezones de color coral—. Pero si eso te hace sentir mejor, te diré que el esfuerzo me está matando.

Pasó los dedos bajo los tirantes de la frágil camisola y muy lentamente bajó la prenda, devorando con los ojos cada centímetro de piel cremosa que quedaba al descubierto. Cuando la prenda se deslizó por las caderas de la joven y cayó al suelo junto al vestido, él la cogió de las manos y la ayudó a salir del montón de tela.

Vestida sólo con las medias, las zapatillas y un violento sonrojo, Julianne era...

—Eres lo más hermoso que he visto nunca —susurró. Luego alargó las manos y ahuecó sus pechos, rozando los tensos pezones con los pulgares.

—Lo más suave que he tocado nunca. —Gideon se inclinó y tomó un arrugado pezón en la boca, deleitándose ante la exclamación ahogada que soltó Julianne, adorando la sensación de las manos de la joven en su pelo, la manera en que arqueaba la espalda, ofreciéndose a él.

Gideon trazó un sendero de besos hacia el otro pecho, susurrando:

—Lo más delicioso que he probado nunca. —Mientras le exploraba los pechos con los labios, la lengua y la boca, deslizó las manos por la suave espalda, la deliciosa curva de sus caderas y las nalgas.

—Gideon... —Julianne se retorció contra él, cerrando los puños en los oscuros cabellos de él—. Esto es muy injusto.

—¿El qué? —le preguntó él, describiendo un círculo en su pezón con la lengua.

Ella le tiró bruscamente del pelo para que levantara la cabeza.

—Soy la única que está desnuda.

Él le deslizó la mano por el torso y enredó los dedos en los rizos dorados de la unión de sus muslos.

—No exactamente. —Se puso en cuclillas y le quitó las zapatillas, y luego, muy lentamente, cada una de las medias. Luego se puso en pie, recorriéndole el cuerpo con las manos—. Ahora sí estás desnuda. Y no hay nada injusto en ello.

—Salvo que tú sigues todavía vestido. Un problema que me encantaría resolver de inmediato.

—¿Te han dicho alguna vez que eres muy exigente?

—¿Te han dicho alguna vez que eres exasperantemente lento?

—Puedo quitarme la ropa en menos de treinta segundos —dijo él, comenzando a desabrocharse el chaleco.

Ella le detuvo colocando las manos sobre las de él.

—Ah, no. Tú me has desnudado a mí. Ahora me toca desnudarte a mí.

—Muy bien. —Gideon extendió los brazos—. Soy todo tuyo.

La satisfacción, mezclada con una leve incertidumbre, llameó en los ojos de Julianne y comenzó a desabrochar los botones del chaleco de Gideon. Éste la observó, la joven tenía la frente arrugada por la concentración, y la oleada de amor que lo inundó casi lo ahogó.

Incapaz de permanecer más tiempo sin tocarla, acarició con los dedos los sedosos cabellos rubios.

—Me estás distrayendo —dijo ella, levantando la mirada hacia él.

—¿Quieres que te ayude?

Ella negó con la cabeza.

—Quiero hacerlo yo.

—¿Dónde ha ido a parar tu impaciencia? —bromeó él.

Julianne volvió a buscar su mirada, pero esta vez sus ojos estaban muy serios.

—Todavía sigue ahí. Pero quiero disfrutar de esto. Recordar cada momento. Cada caricia.

Así sin más, ella lograba hacerle sentir humilde. Gideon permaneció inmóvil, agonizando de deseo, cuando ella finalmente le deslizó el chaleco por los hombros y le sacó la camisa del pantalón. La ayudó a quitarle la camisa por la cabeza y luego se obligó a permanecer quieto mientras ella le deslizaba las manos por los hombros, el pecho y el abdomen. Allí donde le tocaba, sentía como si estuviera ardiendo bajo la piel.

Julianne dio un paso hacia delante y apretó los labios contra el pecho de Gideon, arrancándole un profundo gemido de placer. Cuando ella trazó un sendero de besos a través de su piel hasta rodearle una tetilla con la lengua, él echó la cabeza hacia atrás y gimió. Demonios, no sabía cuánto más podría resistir.

—¿Te gusta? —le preguntó ella, acariciándole de nuevo con la lengua.

—Sí. Dios, sí. Si lo que esperas es una conversación... —sus palabras se convirtieron en un gemido cuando ella introdujo una tetilla en la calidez de su boca.

—¿Si espero una conversación... qué? —susurró ella, mientras con los dedos le acariciaba la sensible piel por encima de la bragueta.

Un ardiente estremecimiento lo atravesó. Y dijo la única palabra que pudo articular.

—¿Eh?

—Hummm —gimió Julianne encantada—. Creo detectar una grieta en esa fachada de mármol. De hecho, parece que tiene pulso. Qué interesante.

Demonios. Había tomado la costumbre de Gideon de hacer comparaciones y la había vuelto contra él. Si Gideon hubiera podido decir algo coherente, seguramente le habría dicho lo mucho que eso le molestaba. Y quizá se lo hubiera dicho de todas formas si Julianne no hubiera presionado la palma de la mano contra su erección justo en ese momento. Gideon inhaló bruscamente y luego emitió un ronco gemido mientras se arqueaba impotente contra su mano.

—Quiero que te quites los pantalones, Gideon.

Ya era hora. Sin pensárselo dos veces, Gideon se acercó a la cama y se sentó para quitarse las botas de un tirón. Hubiera apostado lo que fuera a que no existía ningún hombre en la historia que se hubiera quitado los pantalones con tanta rapidez como él. Después de arrojarlos a un lado, se puso en pie.

Julianne alargó la mano y rozó con los dedos la prominente erección. Claramente animada por el ronco gruñido de aprobación que vibró en la garganta de Gideon, le acarició todo el miembro. Al principio con indecisión, pero luego con más confianza cuando la respiración del hombre se volvió agitada y errática. Cuando cerró los dedos en torno a él y apretó ligeramente, Gideon supo que estaba a punto de estallar.

—No puedo soportarlo más —se las ingenió para decir en un ronco susurro, agarrándole suavemente la mano. Doblando las rodillas, la tomó en brazos y la depositó sobre la cama. Le pasó las manos por las suaves piernas, urgiéndola a separar los muslos. Unos rizos dorados cubrían el brillante sexo femenino, los pliegues mojados e hinchados, una imagen que, literalmente, le puso de rodillas. Arrodillándose en el borde de la cama, tiró de ella hacia él. Colocó los muslos de la joven sobre sus hombros, deslizó las manos bajo ella, y la alzó hacia su boca.

El gemido de placer de Julianne llenó la estancia y retumbó en la cabeza de Gideon. Jamás había esperado poder tocarla de esa manera otra vez, y saboreó cada segundo, decidido a darle tanto placer como fuera posible. Describiendo juguetones círculos con la lengua en su sexo, lamiéndola, saboreándola, presionándola hasta que ella alcanzó el clímax y gritó.

Cuando los temblores de Julianne se apaciguaron, él trazó un sendero de besos hacia sus pechos. Exploró la depresión del ombligo. Descubrió tres diminutas marcas de nacimiento en el estómago. Le acarició con la nariz los suaves pechos. Le lamió los tensos pezones.

La alzó sobre la cama de manera que la cabeza de la joven descansara sobre la almohada y se ubicó entre sus muslos. Julianne lo observó con los ojos empañados por el deseo y le ahuecó la cara entre las manos.

—Otra vez —susurró ella—. Quiero volver a sentir esa magia otra vez.

Apoyándose en los codos, Gideon deslizó la punta de la erección por los mojados pliegues del sexo de Julianne y rogó ser capaz de contenerse lo suficiente para poder satisfacer su petición. Incapaz de esperar más, la penetró. Cuando alcanzó la barrera del himen, se detuvo, luego empujó.

Julianne emitió un grito de sorpresa, y él apretó los dientes dispuesto a no moverse. Pero maldita sea, era una tarea titánica. Era tan estrecha y él estaba tan duro que soltó un trémulo suspiro.

—¿Te he hecho daño? —le preguntó él, rogando para sus adentros que no fuera así.

Ella negó con la cabeza.

—No. Ha sido sólo la sorpresa. Me siento... llena. De ti. —Arqueó la pelvis contra la de él y cerró los ojos con placer—. Es... maravilloso. Increíble. Delicioso. Milagroso. Me resulta imposible elegir sólo una palabra.

Demonios, él ni siquiera podía pensar una palabra. Se retiró lentamente, casi por completo, antes de volver a hundirse en ella de nuevo, siseando de placer ante la cálida y húmeda fricción. Volvió a retirarse lentamente para embestir lenta y profundamente, una y otra vez, tensando todos los músculos en su esfuerzo por contenerse. Ella se retorció bajo él, moviéndose torpemente al principio hasta que captó el ritmo.

—Abre los ojos, Julianne. —La joven parpadeó y abrió los ojos, y las azules profundidades capturaron el alma de Gideon—. Rodéame con las piernas —le ordenó. Ella lo hizo y él embistió más profunda y rápidamente. Ella gimió su nombre y se arqueó bajo él, su sexo pulsando en torno a él, y Gideon apretó la mandíbula ante el intenso placer. Con un esfuerzo titánico, se retiró y la envolvió entre sus brazos, deslizando la erección entre los cuerpos de ambos. Enterrando la cabeza en el hueco fragante entre el cuello y el hombro de Julianne, Gideon se dejó llevar, gimiendo su nombre repetidas veces como si fuera una letanía.

Durante un buen rato, Gideon simplemente yació allí, abrazándola, recuperando el aliento. Después, levantó la cabeza y se quedó paralizado ante la imagen de Julianne. El pelo le rodeaba la cabeza como un halo dorado, tenía los labios abiertos e hinchados por sus besos, y los ojos entrecerrados de una mujer que había sido bien amada. Que era exactamente lo que había sido. Bien amada. Con todo lo que él tenía. Su corazón. Su alma. Y le mataba pensar que lo único que se interponía entre ellos fueran sus orígenes, que todo lo demás no fuera suficiente.

Él le ahuecó la mejilla con la mano y le rozó el exuberante labio inferior con el pulgar. Luego inclinó la cabeza y la besó.

—Gideon... —suspiró ella contra sus labios.

Él levantó la cabeza.

—Julianne...

—Ha sido... Has sido... —Julianne soltó un largo suspiro de placer—. Oh, Dios...

—Sí, ha sido. Y sí, has sido.

Y ahora todo había acabado. Tenía que devolverla de nuevo. A su mundo. A su familia.

Y a su prometido.

Ella alargó la mano y le apartó un mechón de pelo de la frente. Luego clavó sus ojos en los de él con una expresión de seria preocupación.

—¿Cómo? —susurró ella—. ¿Cómo voy a vivir el resto de mi vida sin volver a sentir esto?

A Gideon se le puso un nudo en la garganta. Dios. Ahora sabía lo que se sentía cuando uno moría por dentro.

—Ojalá tuviera la respuesta. Porque yo también quiero saberlo.

Pero no había ninguna respuesta. Sólo la vida extendiéndose ante él. Una vida que no incluía a Julianne.

Cuando el carruaje se detuvo delante de la mansión del duque, Julianne tuvo que obligarse a bajar del vehículo. Las luces resplandecían por todas y cada una de las ventanas y, por las sombras que se movían tras los cristales, era evidente que la casa seguía estando llena de gente. No quería abandonar el íntimo cubículo donde Gideon le había sostenido la mano durante todo el trayecto. Donde su pierna se había rozado con la suya y había posado sus labios sobre los de ella en un beso que sabía, sin ninguna duda, a despedida.

Pero en su corazón ella había resuelto que aquélla no sería la despedida. Todavía no. Gideon permanecería en su casa al menos dos días más con sus noches. Y Julianne tenía intención de pasar con él tantas horas como fuera posible.

Gideon acababa de ayudarla a bajar del carruaje cuando se abrió la puerta principal. En el vestíbulo se encontraban su padre y un hombre que ella reconoció como Charles Rayburn, el magistrado que Julianne había conocido dos meses antes cuando Gideon y él habían investigado la última oleada de crímenes que asolaba Mayfair.

El señor Rayburn se apresuró a bajar la escalinata, seguido por el padre de Julianne.

—¿Qué demonios...? —comenzó a decir su padre.

—Secuestraron a lady Julianne durante la fiesta —le interrumpió Gideon lacónicamente.

A continuación describió con rapidez el secuestro de Julianne, aunque ella notó que evitaba mencionar a Jack Mayne y el plan de los secuestradores de matar al propio Gideon.

—Rayburn, te envié un mensaje a la oficina dándote la dirección de los secuestradores —concluyó.

El señor Rayburn asintió con la cabeza.

—Simon Atwater está aquí. Le diré que se encargue de ellos. —Se giró hacia lady Julianne—. Sin duda, ha debido de ser una terrible experiencia, lady Julianne. Me siento muy aliviado al ver que se encuentra en perfecto estado. Entremos. Hay mucha gente preocupada por usted.

El padre de Julianne, que había guardado silencio hasta ese momento, se volvió hacia Gideon y le increpó en un tono bajo y furioso:

—Se suponía que debía proteger a mi hija, Mayne.

—Y me ha protegido, papá —dijo Julianne con rapidez—. Gracias al señor Mayne sigo viva. Nadie más que él se dio cuenta de que había sido secuestrada.

La mirada del conde seguía fija en Gideon.

—Si usted hubiera cumplido correctamente con su trabajo, los secuestradores jamás habrían podido llegar hasta mi hija.

—Tiene razón —dijo Gideon—. Acepto toda la responsabilidad.

—Tonterías —protestó Julianne—. Hubo un auténtico pandemónium cuando el duque anunció que le habían robado...

—Lo que sin duda prueba su incompetencia —indicó su padre con frialdad. Miró a Gideon con los ojos entrecerrados—. Permite que los secuestradores y los ladrones actúen con total impunidad.

—Me rescató —dijo Julianne entre dientes—. ¿No te parece eso suficiente, papá?

—Por favor, entremos —dijo el señor Rayburn, cogiendo a Julianne suavemente por el brazo. Ella quiso quitárselo de encima, gritarle que no quería entrar. Que quería marcharse. Ya. Con Gideon.

Pero en vez de eso, permitió que la guiaran de vuelta a la casa. El duque entró en el vestíbulo al mismo tiempo que ellos. Sus rasgos, normalmente inexpresivos, se inundaron de alivio al verla.

—Julianne, querida. —Le cogió las manos y se las llevó a los labios—. Estaba tan asustado...

Sus palabras se interrumpieron bruscamente y pareció quedarse paralizado cuando miró detrás de la joven. Julianne miró por encima del hombro y se dio cuenta de que estaba mirando a Gideon.

—El señor Mayne me rescató —dijo con rapidez antes de que el duque pudiera culparlo del secuestro como había hecho su padre.

—Así es, señoría —convino el señor Rayburn, que se apresuró a repetir la historia del secuestro que Gideon había relatado. Cuando terminó, el duque besó la mano de la joven.

—Gracias a Dios que estás bien. Debemos llevarte a casa...

—Antes quiero ver a Sarah, Emily y Carolyn —dijo Julianne, limpiándose subrepticiamente el dorso de la mano contra el vestido para borrar la huella de los labios del duque—. Si todavía están aquí.

En la mandíbula del duque palpitó un músculo.

—Lo están. Pero aún hay muchos invitados... —Deslizó la mirada sobre ella—. Y se ve que has pasado por una terrible experiencia, querida. Sería mejor que...

—No. Quiero verlas. Ahora, por favor.

Era obvio que al duque no le hacía ninguna gracia, pero asintió.

—Como quieras.

Cuando recorrían el pasillo, Julianne le preguntó al señor Rayburn:

—¿Han capturado al ladrón o recuperado las joyas de su señoría?

—Me temo que no. Estamos entrevistando a todos los invitados, por eso aún queda aquí tanta gente. Por supuesto, la mayoría se quedó a la espera de noticias debido a la gran preocupación que sentía por usted.

Cuando entraron en el salón de baile, el zumbido de las conversaciones se detuvo durante varios segundos, luego resurgió con la fuerza de una explosión, y Julianne se encontró rodeada por un mar de rostros. El señor Rayburn levantó las manos y exigió silencio. Una vez más, volvió a repetir la historia del secuestro de Julianne. Cuando terminó, Julianne fue engullida por los abrazos y bombardeada por infinidad de preguntas y buenos deseos, mientras felicitaban a Gideon por su rápida intervención. La madre de Julianne la besó en ambas mejillas, diciéndole lo mucho que agradecía que estuviera ilesa, pero añadiendo que debían marcharse cuanto antes ya que estaba hecha un desastre.

Sarah, Emily y Carolyn la abrazaron y besaron en cuanto la vieron.

—Te juro que estaba a punto de desgastar la alfombra del duque de tanto ir y venir —dijo Emily, dándole un pellizco en la nariz, un gesto impropio de una dama.

—Cómo te atreves a darle un susto así a una mujer embarazada —la regañó Sarah, quitándose las gafas para enjugarse unos ojos enrojecidos.

—Pensé que Daniel me clavaría los pies en el suelo para que no desgastara la parte de la alfombra que Emily había dejado intacta —dijo Carolyn, enjugándose las lágrimas con un pañuelo de encaje. ¿De verdad que te encuentras bien?

«No, no estoy bien.» Lo había estado por un breve, perfecto y maravilloso momento entre los brazos de Gideon. Y mucho se temía que jamás volvería a conocer una felicidad semejante. Se las arregló para esbozar una sonrisa, esperando borrar las expresiones afligidas de sus amigas.

—Estoy bien.

—El señor Mayne fue muy valiente —dijo Sarah, apretando la mano de Julianne—. Tenemos una deuda con él que nunca podremos saldar.

A Julianne se le puso un nudo en la garganta y, para su gran mortificación, se le llenaron los ojos de lágrimas. Carolyn vio su aflicción y la condujo con rapidez a una salita cercana que les permitía un poco de privacidad, pero en la que todavía podían verlas. Tras sentarse en unas sillas, Julianne le confió a sus amigas:

—En realidad, hay mucho más en la historia del secuestro de lo que habéis escuchado. —Procedió a contarles el resto y sólo evitó mencionar a Jack Mayne.

Cuando terminó, las tres jóvenes tenían los ojos fijos en ella.

—Caramba, Julianne —dijo Carolyn—. ¡Estuviste, sencillamente, magnífica!

—Fuiste increíblemente valiente —agregó Sarah.

—Estaba asustadísima —las corrigió Julianne.

—Yo me habría desmayado en el acto —declaró Emily.

—¿Tú? —se rio Julianne—. Tú les habrías calentado tanto las orejas que te habrían soltado en un pispás y te habrían pedido perdón por las molestias.

—Estoy segura de que el señor Mayne se habrá quedado impresionado por tu valentía —dijo Sarah.

Julianne sintió que se ruborizaba.

—Eso me dijo. Sin embargo, lo más seguro es que sólo estuviera agradecido por no tener que rescatar a una mujer propensa a desmayarse.

Emily miró las muñecas de Julianne y luego frunció el ceño.

—Eso que asoma por tus guantes parece un vendaje.

Julianne se ruborizó aún más.

—El señor Mayne me vendó las muñecas. Tenía la piel despellejada por las cuerdas.

Emily arqueó las cejas con sorpresa.

—¿Llevaba vendajes encima?

Julianne intentó pensar una excusa plausible, pero sabía que era inútil negar la verdad.

—No. Nos detuvimos antes de regresar aquí. En casa del señor Mayne. Fue allí donde me vendó las muñecas.

—¿Estuviste en su casa? —Emily bajó la voz hasta que sólo fue un susurro—. ¿A solas con él?

—Por supuesto que estuvieron a solas —la interrumpió Sarah con impaciencia—. ¿Acaso esperabas que se llevaran a los secuestradores con ellos? —Se giró hacia Julianne—. ¿Cómo es su casa?

—Es... preciosa. Acogedora, limpia. Sencillamente... perfecta.

—Menos mal que sabía cómo curarte las heridas —dijo Carolyn.

—No le cuentes a tu madre esa parte de la historia —la advirtió Emily—. Se subiría por las paredes.

—No tengo intención de contarle nada —dijo Julianne en voz baja. Miró hacia el salón de baile y sus ojos se encontraron con los de Gideon. Estaba hablando con el señor Rayburn con el semblante muy serio.

—Julianne, ¿por qué... te estás sonrojando? —preguntó Emily. Siguió la dirección de su mirada y soltó una exclamación ahogada, paseando la mirada entre Gideon y Julianne—. Dios mío, te gusta el señor Mayne.

Julianne se sintió como si el propio sol le estuviera quemando las mejillas.

—Por supuesto que me gusta, me salvó la vida.

Emily negó con la cabeza.

—No me refiero a eso. Acabo de ver cómo lo miras.

—¿Y cómo lo miro?

—Con el corazón en los ojos. —En el semblante de Emily asomaba la preocupación—. Estás enamorada de él, ¿verdad?

Julianne permaneció en silencio durante un buen rato. Emily

era una de sus mejores amigas, pero también era hija de un conde y sabía cuál sería su reacción si Julianne admitía la verdad. Carolyn sin duda compartiría el horror de Emily. Sin embargo, sabía que Sarah se mostraría más comprensiva con ella, tal y como había estado haciendo hasta ahora.

—¿Es cierto...? —preguntó Carolyn con una mirada llena de preocupación—. ¿Lo amas?

—Eso no tiene importancia —dijo Julianne, tirando de un hilo suelto de su estropeado vestido.

—Por supuesto que la tiene —dijo Sarah con un fuerte susurro.

—Por supuesto que no —insistió Emily—. Está comprometida con el duque.

—Pero aún no se ha anunciado ese compromiso —señaló Carolyn.

—¡Pero van a casarse dentro de dos días! —dijo Emily.

—Quizá Julianne no quiera casarse con el duque —dijo Sarah—. Quizá prefiera casarse con el señor Mayne.

Las palabras de Sarah permanecieron suspendidas en el aire, dejando a Julianne sin aliento. Eran las palabras que ni siquiera se había atrevido a decir para sí misma, ni mucho menos en voz alta.

—¿Quieres casarte con el señor Mayne? —repitió Emily en un siseo horrorizado—. ¿En vez de con el duque? ¿Acaso te has vuelto loca?

Sarah le dirigió a Emily una mirada fulminante.

—¿Has estado alguna vez enamorada, Emily?

Emily se ruborizó.

—No, pero...

—Entonces, con el debido respeto, no tienes ni idea de lo que hablas —dijo Sarah con firmeza. Se giró hacia su hermana—. ¿Te hubieras casado con Daniel aunque no hubiera sido un conde? ¿Si hubiera sido, por ejemplo, un simple panadero?

—Ya veo adónde quieres llegar... —comenzó a decir Carolyn, pero Sarah la interrumpió:

—¿Sí o no, Carolyn? ¿Te hubieras casado con él aunque hubiera sido un panadero?

—Sí. Pero —añadió con rapidez— yo no soy hija de un conde.

—Eras vizcondesa en virtud de tu primer matrimonio. Dime, como vizcondesa que eras, ¿te habrías casado con Daniel si fuera un simple panadero?

Carolyn dejó escapar un suspiro.

—Sí.

—¿Por qué? —continuó Sarah.

Carolyn le lanzó una mirada irritada.

—Hablas como un abogado.

—Contesta a la pregunta.

Carolyn entrelazó las manos en el regazo y dijo remilgadamente:

—Porque lo amo.

Una sonrisa triunfal curvó los labios de Sarah.

—Ahí lo tenéis.

—Ahí no tenemos nada —dijo Emily—. Esto no es un juego, Sarah. Si Julianne contradijera los deseos de sus padres y no se casara con el duque sino con un detective de Bow Street... Dios santo, el escándalo le arruinaría la vida. La desheredarían. Lo perdería todo.

—Perdería dinero —convino Sarah—. Posesiones materiales. Y probablemente cualquier relación con sus padres. Pero no lo perdería todo. A mí no me perdería. —Sarah alzó la barbilla y tomó la mano de Julianne—. Jamás aspiré a tener un título, pero ahora que lo tengo, no me avergonzaré de usarlo. La marquesa de Langston respaldará totalmente a Julianne. Cueste lo que cueste.

A Julianne se le llenaron los ojos de lágrimas ante la firme lealtad de Sarah.

—En realidad, Julianne no ha dicho si preferiría casarse con el señor Mayne —dijo Carolyn. Extendió la mano y retiró un mechón de pelo de la cara de su amiga—. ¿Es eso lo que quieres? Si pudieras elegir, ¿querrías casarte con el señor Mayne?

Julianne inspiró temblorosamente y luego susurró:

—Por citar a Temístocles «prefiero a un hombre sin dinero antes que dinero sin un hombre». Si tuviera elección, escogería a Gideon. Preferiría verme excluida de la sociedad y compartir una vida modesta con él antes que vivir en el lujo más esplendoroso con cualquier otro.

—Vale —dijo Emily, dejándose caer contra el respaldo con una mirada aturdida—. Tú ganas.

Sarah palmeó la mano de Emily.

—Sé que ahora te parece chocante, pero lo entenderás en cuando te enamores.

Emily negó con la cabeza.

—Oh, no. No tengo intención de enamorarme. Mira a esta pobre chica. —Agitó una mano en dirección a Julianne—. Mira lo que le ha hecho el amor. La ha hecho desgraciada.

—Me siento desgraciada —convino Julianne.

—Yo estoy enamorada y no me siento desgraciada —dijo Sarah—. Ni tampoco Carolyn.

—Pareces olvidar algo —dijo Julianne—. El señor Mayne no me ha dicho que me ama y no ha expresado interés alguno en casarse conmigo.

—Bueno, por supuesto que a un detective de Bow Street jamás se le ocurriría pedirle a la hija de un conde que se casara con él —dijo Emily alzando la nariz.

—Me pregunto qué pasaría si se le ocurriera hacerlo —reflexionó Sarah.

Y, de repente, Julianne se preguntó exactamente lo mismo. ¿Querría Gideon casarse con ella? Pero en cuanto se encendió la llama de la esperanza en su pecho, se extinguió. Sus padres jamás estarían de acuerdo. Las amonestaciones tenían que estar expuestas por lo menos tres semanas... y para entonces, ella estaría casada con el duque.

A menos que, sencillamente, se negara a casarse con él. Pero si lo hacía, bien podía imaginarse a su padre arrastrándola a la fuerza hasta el altar. Y si escapaba... ¿adónde podría ir? No podía involucrar a Sarah en semejante plan. Una cosa era que Sarah apoyara a una amiga que se casaba por debajo de las expectativas de la familia y otra que diera cobijo a una novia fugitiva. El escándalo salpicaría a Sarah, a Matthew, y a su hijo nonato.

Aun así, allí estaba ella, desperdiciando energía en todos esos pensamientos inútiles. Gideon ni siquiera había expresado ningún deseo de casarse con ella. No había dicho que la amara. Sabía que le gustaba, sabía que la deseaba. Pero eso no quería decir que quisiera casarse con ella. Y a menos que se lo dijera, no podía tomar ninguna decisión al respecto.

Se giró, buscándole con la mirada. Seguía en el salón de baile, aunque ahora estaba totalmente enfrascado en una conversación con Logan Jennsen, Matthew y Daniel. Los cuatro hombres estaban muy serios. Gideon, en especial, parecía muy tenso.

¿De qué diablos estarían hablando?

# 23

Después de asegurarse de que Julianne estaba a salvo en una pequeña salita anexa al salón, charlando con sus amigas —alejada de las ventanas y donde él podía verla por la puerta abierta—, Gideon llevó a un lado a Charles Rayburn y le contó el plan de los secuestradores para matarle.

—Parece que estás incordiando a alguien —dijo Rayburn cuando terminó.

—Sí —convino Gideon—. La pregunta es: ¿a quién? —Justo entonces divisó una cara familiar al otro lado del salón y le dio un codazo a Rayburn—. ¿Quién es esa mujer?

Rayburn estiró el cuello.

—¿La que está hablando con Walston y Penniwick?

—Sí.

—Es lady Celia. Es la hermana de Walston, ha venido de visita desde Dorset.

Gideon se quedó paralizado. Durante varios segundos, sintió que se quedaba sin respiración. Fragmentos de conversaciones y detalles de la investigación cruzaron como un relámpago por su mente; piezas del puzzle que aún no había podido encajar correctamente. Y luego, como engranajes girando en perfecta armonía, todo encajó en su lugar. Después de repasar una vez más todos los hechos para asegurarse de que no estaba equivocado, clavó la mirada en la persona que buscaba. La última pieza del puzzle estaba al otro lado de la estancia, charlando con sus amigos en una pose elegante. Y Gideon supo que tenía razón.

—¿Sucede algo, Mayne? —preguntó Rayburn—. Parece como si hubieras visto a un fantasma.

Gideon se volvió hacia él.

—Lo tengo —dijo con voz sombría—. Ahora sólo tengo que pillarlo. —Y ése era el momento perfecto. No obstante, tenía que actuar con rapidez. Con la mente pensando a toda velocidad, ideó una estrategia—. Tengo un plan. Pero necesitaremos ayuda. —Escudriñó el salón, deteniendo la mirada en las personas que buscaba—. Sígueme.

Se encaminó al otro lado de la estancia con Rayburn pisándole los talones, deteniéndose cuando llegó junto a los tres hombres que buscaba.

—Ya sé quién es el ladrón y asesino fantasma —dijo Gideon en voz baja a Matthew, Daniel, Logan y Rayburn—. Tenemos la oportunidad de atraparlo aquí y ahora. Tengo un plan. ¿Queréis ayudarme?

—Sí —dijo Logan sin titubear.

—Cuenta conmigo —dijo Matthew.

—Y conmigo —añadió Daniel.

—Bien —dijo Gideon—. Esto es lo que quiero que hagáis.

Gideon se acercó a lord Haverly.

—Perdone, Haverly, ¿podría dedicarme un momento? —dijo él, señalando con la cabeza hacia un rincón donde tendrían un poco de privacidad.

—¿Qué desea? —preguntó Haverly, que no parecía demasiado contento de que lo sacaran de la conversación que mantenía.

Gideon extendió la mano.

—Creo que esto le pertenece.

Haverly agrandó los ojos y trató de coger el reloj de oro que descansaba en la palma de Gideon.

—¿Dónde lo ha encontrado?

—En el bolsillo de uno de los hombres que secuestraron a lady Julianne.

—¿De veras? —Haverly apartó la mirada—. ¿Y qué le hace pensar que es mío?

—Que su nombre aparezca grabado en el interior ha sido una pista significativa —dijo Gideon secamente.

La cara de Haverly adquirió un matiz rojizo.

—Bastardos. No sólo son unos secuestradores sino también ladrones.

—Afirman que no lo robaron. Dicen que les fue dado. Como pago por secuestrar a lady Julianne.

En ese momento la cara de Haverly perdió cualquier rastro de color.

—Ciertamente, no puede creer que fui yo quien se lo dio.

—¿No?

—¡Por supuesto que no! ¿Para qué querría secuestrar a lady Julianne? Lo que quiero es casarme con ella.

—¿Quizá porque ella va a casarse con otro hombre?

—Ésa es una razón para estar decepcionado. No para secuestrarla.

—Entonces, ¿cómo explica que los secuestradores tuvieran su reloj?

—Está claro que me lo han robado.

—¿Cuándo lo utilizó por última vez?

Haverly frunció el ceño.

—A primera hora de la noche. Cuando llegué. Lo consulté poco antes de entrar en la fiesta.

La respuesta de Haverly sirvió para que Gideon confirmara que su teoría era correcta. Le hizo un gesto afirmativo con la cabeza al hombre que se dirigía hacia ellos.

—El magistrado hablará con usted.

Sin añadir una palabra más, Gideon se marchó. Escudriñando la multitud, su mirada cayó sobre su siguiente presa, que, según pudo observar, no le quitaba ojo a Haverly y a Rayburn. Gideon cruzó la habitación y se detuvo delante del duque.

—Tengo noticias —dijo Gideon—. ¿Podemos hablar en algún otro lugar? ¿Quizás en el estudio?

El duque lo estudió con una mirada afilada, luego señaló con la mirada a Haverly y a Rayburn.

—¿Qué pasa allí?

—Ésa es una de las cosas que quiero comentar con usted. Parece que Haverly se encuentra en un... gran problema. Pero no deseo discutirlo aquí.

—Vayamos pues a mi estudio —aceptó el duque, guiándolo al pasillo. Un momento después entraban en una habitación oscura revestida con paneles, que olía a cuero fino, cera de abejas y tabaco. Un fuego ardía en la chimenea, proyectando sombras danzantes por la habitación. El duque se acomodó en un sillón de piel detrás del escritorio de caoba y luego indicó a Gideon que tomara asiento en una silla frente a él.

—Prefiero quedarme de pie —dijo Gideon.

—Muy bien. ¿De qué quiere hablar conmigo?

—De una nueva pista. El reloj de Haverly fue entregado a los secuestradores como pago inicial por secuestrar a lady Julianne.

Algo brilló en los ojos del duque, algo que Gideon reconoció, pero que desapareció tan rápido como había llegado. Luego la mirada de Eastling se tornó glacial.

—¿Está diciendo que él es el responsable? Menudo bastardo. —Golpeó el puño contra el escritorio de caoba—. Todos esos asesinatos, todos esos robos. Gracias a Dios que lo ha detenido. Supongo que Rayburn se lo llevará bajo custodia.

—En realidad, no.

El duque frunció el ceño.

—¿Por qué no?

—Porque aunque el reloj pertenece a Haverly, no es él quien se lo dio a los secuestradores.

—Entonces, ¿quién lo hizo?

—Lo hizo usted.

El duque clavó los ojos en él durante unos segundos y luego se rio.

—¿Piensa que pagué a esos hombres para que secuestraran a lady Julianne? En serio, Mayne... Sospechaba que era un poco incompetente, pero esto es...

—No pienso que lo haya hecho. Lo sé. Sin ningún género de duda. Will y Perdy, los hombres que contrató, son unos tipos muy observadores. Se pasan mucho tiempo estudiando a los peces gordos. Reconocieron su voz, señoría —mintió sin pestañear y sin la más leve punzada de remordimiento—. Y a pesar de la capucha que llevaba, lo han reconocido.

El duque arqueó una ceja.

—Nadie creería la palabra de dos criminales antes que la mía. No es posible que pudieran ver nada en la oscuridad.

Gideon sonrió lentamente.

—Jamás he dicho que estuviera oscuro.

Durante un buen rato el duque no reaccionó, pero luego, una llamarada de puro odio ardió en sus ojos. Se encogió de hombros con despreocupación, pero Gideon pudo observar la tensión que lo atenazaba.

—Sólo he asumido que estaba oscuro.

—No, sabía que lo estaba. Porque estaba allí. Esta noche. Pagándoles con el reloj de Haverly. Que previamente había robado. Igual que robó su tabaquera la noche de la velada en casa de lord Daltry.

El duque se recostó en el sillón y se rio entre dientes.

—Menuda historia se ha sacado de la manga, Mayne. —Agitó la mano en un movimiento circular—. Por favor, continúe, es muy divertido.

—Con mucho gusto. Robó la tabaquera de Haverly y el reloj para implicarle. Dejó a propósito la tabaquera cerca de la ventana que usted mismo dejó abierta durante la velada de Daltry.

El odio que antes había sido una llamarada en los ojos del duque era ahora un fuego perpetuo.

—No tengo ni idea de qué habla.

—Sí, por supuesto que sí. Cuando regresó esa noche, encontró la ventana cerrada. ¿Cómo lo sé? Porque yo mismo la cerré. Sus planes quedaron frustrados, pero no le preocupaba demasiado. Después de todo, ya había matado a lady Ratherstone y a la señora Greeley y había logrado salir impune. ¿Quién iba a sospechar de usted?

»El día después de la fiesta, esperó a que Daltry apareciera por el club, luego, se encaminó a su casa, le robó y mató a lady Daltry. Ella misma le dejó entrar por la puerta de servicio para que nadie le viera. Igual que mató y robó a lady Hart hace un par de días. Usted sabía que estaría sola en la casa puesto que se habían citado allí varias veces el mes pasado.

Gideon apoyó las manos en el escritorio y se inclinó hacia delante hasta que sus ojos estuvieron a la misma altura que los del duque.

—La hermana de Walston, lady Celia, iba a ser su próxima víctima.

—¿Celia? Ahora ya se ha vuelto loco del todo. Apenas la conozco.

—La conoce lo suficientemente bien para haber tenido un encuentro con ella esta misma noche.

El duque entrecerró los ojos.

—Eso no lo puede probar de ninguna manera.

—¿Está diciendo que la dama miente? —preguntó Gideon con voz sedosa.

Gideon podía leer el frío cálculo en los ojos del duque, casi podía leer cómo su mente barajaba la posibilidad de que lady Celia hubiera admitido su encuentro, algo que él no podía saber con seguridad. Descubrir que la mujer que había visto entrar en el salón de baile después del duque esa noche era la hermana de Walston había sido lo que había hecho encajar las piezas en la mente de Gideon. Salvo Gatesbourne, cuya hija estaba siendo amenazada, y los tres hombres de Cornualles que nadie conocía excepto el duque, Walston era el único hombre de la lista que no estaba relacionado con una mujer a la que habían robado y asesinado.

El duque juntó los dedos debajo de la barbilla.

—Me he equivocado, Mayne. No es usted un incompetente, simplemente es un tarado. ¿Qué razones tendría para robar a nadie? ¿O para matar a esas mujeres?

Gideon se enderezó.

—Las razones más viejas del mundo —dijo—, dinero y venganza. Por ese negocio fallido en que participaron usted y otros nueve hombres.

Por la expresión del duque, Gideon vio que había dado en el clavo. Aprovechando la ventaja, continuó:

—Al principio eran siete. Usted, Gatesbourne, Walston, Penniwick, Daltry, Jasper y Ratherstone. Cada uno de ustedes aportó diez mil libras en un negocio financiero que pensaban que cuadriplicaría su inversión. Pero usted vio la oportunidad de ganar mucho más. E invitó a otros tres inversores, sus amigos de Cornualles, el conde Chalon y los señores Standish y Tate, que aportaron diez mil libras más cada uno.

Gideon hizo una pausa de varios segundos y luego continuó:

—Pero el conde Chalon y los señores Standish y Tate no existían. Se los ha inventado usted. Su avaricia le llevó a mentir a sus amigos. Para poner la parte que correspondía a esos hombres ficticios, utilizó el dinero de la dote de su esposa, con la esperanza de cuadriplicarlo.

»Pero la inversión salió mal. Usted quería seguir adelante con el negocio con la esperanza de que las cosas mejoraran, ya que esas cuarenta mil libras era todo lo que tenía. Pero, uno a uno, los demás socios se fueron retirando. Apenas sintieron la pérdida de esas diez mil libras, pero usted perdió cuatro veces más. Una pérdida que le dejó al borde de la ruina. Y todo por culpa de ellos. Si los demás hubieran aguantado hasta el final, usted habría sido uno de los hombres más ricos de Inglaterra.

»Sin embargo, su mujer averiguó lo ocurrido. Lo que usted había hecho. Descubrió que había intentado defraudar a sus amigos y que había perdido todo el dinero de su dote. Ante el desencanto de descubrir la verdadera personalidad de su marido, la realidad de una ruina social y económica, y la angustia de perder al bebé, se quitó la vida.

Una inconfundible angustia retorció la cara del duque.

—Era tan joven. Tan hermosa.

—Usted la amaba.

—La adoraba. Y era mía. Me la robaron. Nadie le roba al duque de Eastling. —Aquellos ojos, que siempre habían parecido fríos, ardían ahora con una mezcla de fervor y odio—. Si ellos no hubieran roto el acuerdo antes de tiempo, nada de eso habría ocurrido. No lo habría perdido todo. No habría perdido a Amelia.

—Así que se lo hizo pagar —dijo Gideon suavemente.

—Sí. —La palabra pareció salirle del alma—. Maldita sea, sí. Tenían que pagar. Todos. Me lo debían. Quería que sintieran la misma pena que yo sentía. Así que les robé lo que ellos me habían robado a mí.

—Las mujeres que amaban.

—Sí.

—Y las joyas... sólo eran una mera distracción con objeto de encubrir el auténtico crimen: los asesinatos. Quería hacer creer que ellas eran su único objetivo, que las víctimas habían sido asesinadas por intentar proteger sus objetos de valor. Muy listo.

El duque inclinó la cabeza.

—Gracias. Aunque uno jamás posee demasiadas joyas y necesitaba dinero para irme al Continente. Además, esos bastardos merecían sufrir algún tipo de revés económico. Arruinarlos me habría llevado años, y eso si hubiera podido hacerlo. Pero podía provocarles dolor con sólo... —chasqueó los dedos— hacer esto.

—¿Y lady Julianne?

Una fría sonrisa curvó los labios del duque.

—Tenía que casarme con una heredera lo más rápido posible. Antes de que los rumores sobre mi horrible situación financiera salieran a la luz.

—¿Qué esperaba conseguir subiendo a su balcón e intentando entrar en su dormitorio?

—Eso fue sólo para asustarla. Para que se supiera que alguien la perseguía. Así, cuando muriera meses más tarde, no caería sobre mí ninguna sospecha. Y tenía que morir. De esa manera, si alguien relacionaba alguna vez los asesinatos, vería que la mujer más querida para mí también había sido asesinada.

Gideon tuvo que contener la oleada de furia que amenazaba con engullirlo.

—Quería hacerse pasar por una víctima en vez de parecer el asesino.

—Sí.

—Sabía, después de las preguntas que le hice esta noche, que yo sospechaba de usted.

El duque frunció el ceño.

—Sí, un gran inconveniente. Tuve que pensar con rapidez.

—Así que robó el reloj de Haverly, abandonó el baile y contrató a Will y a Perdy para secuestrar a Julianne y matarme. No es difícil encontrar hombres dispuestos a llevar a cabo ese tipo de encargo si el precio es lo suficientemente alto. Ha debido de ser toda una sorpresa para usted verme aparecer con Julianne.

—Muy desagradable, por cierto —convino el duque.

—Dejó a Julianne junto a la puertaventana después de bailar con ella. Le dijo que esperara mientras iba a buscar el anillo de compromiso. Sabía que en cuanto anunciara el falso robo se desataría el caos en la casa.

—Igual que sabía que usted no le quitaría los ojos de encima —dijo el duque. Cogió su pluma y la hizo girar entre los dedos—. Y que iría tras ella.

Hizo girar la pluma de nuevo y se le cayó. Cuando se inclinó para recogerla, Gideon le dijo:

—Ella era el cebo que me haría caer en la trampa, y así los secuestradores podrían matarme. Porque usted sospechaba que me estaba acercando demasiado a la verdad.

—Y parece que no estaba equivocado. —En un movimiento relámpago, el duque se incorporó con una pistola en la mano, apuntando directamente al pecho de Gideon. Al instante, Gideon se dio cuenta de que debía de haberla sacado del cajón del escritorio cuando se había inclinado para recoger la pluma—. Y ahora parece que voy a tener que hacer yo mismo lo que esos lerdos incompetentes no pudieron hacer. Ponga las manos detrás de la cabeza, Mayne.

Gideon obedeció lentamente.

—Supongo que es consciente de que jamás saldrá impune de esto.

—No veo por qué no. Simplemente diré que estábamos hablando cuando el asesino fantasma irrumpió en el estudio a través de la puertaventana. En la lucha subsiguiente, usted recibió un trágico disparo.

—Nadie le creerá.

—Al contrario, nadie dudará de la palabra del duque de Eastling.

—Yo dudaré de la palabra del duque —era la voz de Charles Rayburn desde detrás de Gideon.

Gideon no se dio la vuelta, pero supo que la puerta de comunicación entre el estudio del duque y la biblioteca acababa de abrirse. Y que el magistrado había irrumpido en el estudio. Gideon también sabía que Rayburn estaría apuntando al duque con una pistola.

—Yo también dudaré de su palabra —era la voz de Matthew.

—Y yo —dijo Daniel.

—Yo también —agregó Logan.

Gideon sabía que todos estaban detrás de él. Y rezó para que ninguno de ellos disparara.

—Lo hemos oído todo, señoría —dijo Rayburn—. Todos nosotros. Se acabó. Ponga el arma en el suelo.

El odio brillaba en los ojos del duque cuando miró a Gideon.

—Todo esto es culpa suya. De no ser por usted, nadie lo habría sabido nunca.

Gideon negó con la cabeza.

—Tarde o temprano le hubieran pillado.

—No. Habrían culpado a Haverly. Si usted no lo hubiera echado todo a perder. —Una sonrisa demoníaca curvó sus labios—. Puede que haya fracasado, pero al menos tendré la satisfacción de asegurarme de que usted no vea otro amanecer.

En un abrir y cerrar de ojos, Gideon lanzó el cuchillo que tenía escondido en la manga. Al mismo tiempo, Rayburn y el duque dispararon sus pistolas.

# 24

Julianne se quedó paralizada al oír los disparos. Durantes unos instantes, sus amigas y ella se miraron fijamente. Luego se puso en pie con tal rapidez que dejó caer la silla donde había estado sentada y corrió hacia la puerta con Sarah, Emily y Carolyn pisándole los talones. Corrió por el pasillo, apenas sin ser consciente de las voces ansiosas y los pasos apresurados de los otros invitados que las seguían a poca distancia. Ella sólo podía oír su corazón latiendo despavorido. «Gideon, Santo Dios... Gideon.»

Ella lo sabía, «sabía» que aquellos disparos estaban relacionados con él. ¿Estaría herido? ¿Y si estuviera...?

Ni siquiera se atrevía a terminar el pensamiento. Tenía que estar bien. Tenía que estarlo.

Se abrió una puerta un poco más adelante y el magistrado salió al pasillo, cerrando la puerta con rapidez tras él.

—Hemos oído disparos —dijo Julianne, deteniéndose frente a él. Le cogió del brazo, clavándole los dedos con desesperación en la manga—. Gideon. —El nombre surgió de sus labios en un ronco susurro lleno de temor—. ¿Dónde está Gideon? Está...

—El señor Mayne está bien. —Desvió la mirada hacia Sarah y Carolyn—. También sus maridos. Y el señor Jennsen.

Julianne oyó cómo sus amigas soltaban un grito ahogado.

—¿Matthew está dentro de esa habitación? —preguntó Sarah

débilmente, alargando el brazo para coger la mano de Julianne.

—¿Y Daniel? —susurró Carolyn.

—Sí. Y todos están perfectamente bien.

Antes de que Rayburn pudiera añadir nada más, una multitud surgió detrás de ellas, exigiendo saber qué había ocurrido.

El señor Rayburn levantó las manos exigiendo silencio. En cuando la multitud se calló, dijo:

—Todo va bien. No es necesario alarmarse. Si vuelven al salón de baile, les explicaré lo sucedido.

En medio de murmullos, la gente se dio la vuelta, acatando las órdenes del magistrado. Sin embargo, Julianne volvió a agarrar de nuevo la manga del señor Rayburn.

—No pienso abandonar este lugar a menos que vea por mí misma que el señor Mayne se encuentra bien.

—Y nuestros maridos también —agregó Sarah—. Y también el señor Jennsen.

—Lo siento, no pueden entrar ahí —dijo el señor Rayburn en voz baja, señalando la puerta del estudio con la cabeza.

—¿Por qué no? —quiso saber Emily.

Después de asegurarse de que la multitud estaba lo suficientemente lejos para que nadie le oyera, dijo:

—Les doy mi palabra de que Mayne y los demás están ilesos. El duque, sin embargo, está muerto.

Antes de que Julianne pudiera siquiera reaccionar, se abrió la puerta.

Matthew y Daniel, con idénticas expresiones sombrías, salieron al pasillo. Soltando exclamaciones de alivio, Sarah y Carolyn se dirigieron hacia sus maridos, que las abrazaron con fuerza. Logan Jennsen apareció justo detrás. Saludó con la cabeza a Julianne y a continuación a Emily, que murmuró:

—Señor Jennsen.

Julianne estiró el cuello y, cuando vio a Gideon caminando hacia ella, sintió tanto alivio que tuvo que apoyar la mano contra la pared para no caerse. Al verlo salir al pasillo, le cogió de las manos sin importarle quiénes los vieran.

—¿Estás bien?

La mirada del detective pareció prenderse en la de ella.

—Sí.

—Cuando oí los disparos creí... —Le apretó las manos y parpadeó para deshacerse de las lágrimas que le anegaron los ojos de golpe.

—Lo sé. Siento que te preocuparas. Pero ya ha terminado todo.

—El señor Rayburn ha dicho que el duque ha muerto.

Un músculo palpitó en la mandíbula de Gideon.

—Así es.

El magistrado se aclaró la garganta.

—Mayne, si usted acompaña a los invitados al salón de baile, y da las explicaciones pertinentes, yo me encargaré de las cosas aquí.

Gideon asintió con la cabeza. Julianne le agarró por el brazo mientras recorrían el pasillo, incapaz de soltarle, incapaz de no tocarle. Sin embargo, cuando entraron en el abarrotado salón de baile, él la dejó al cuidado de sus amigas y se dirigió a la multitud.

Julianne oyó entre sorprendida y disgustada la historia que Gideon les contó. Las exclamaciones ahogadas y los gritos de incredulidad interrumpieron repetidamente el relato de los horrendos crímenes del duque. Al final, todos parecieron aturdidos pero aliviados de que se hubiera resuelto el misterio del ladrón y asesino fantasma y de que nadie pudiera temer por su vida.

Cuando terminó con las explicaciones, Gideon instó a la sorprendida multitud a regresar a sus casas, y un lento éxodo se abrió camino al vestíbulo. Julianne escudriñó la estancia y vio que Sarah y Matthew hablaban en voz baja no muy lejos de ellos. Daniel y Carolyn también estaban cerca, enfrascados en una conversación privada. Emily y Logan Jennsen estaban junto a la ponchera y parecían mantener un diálogo forzado.

Justo en ese momento Gideon se acercó a ella y le puso un vaso de ponche en la mano, que ella aceptó agradecida.

—¿Te encuentras bien? —le preguntó él.

—Estoy conmocionada. Y también muy agradecida. De que hayas resultado ileso. De que lo hayas detenido. —Un estremecimiento de asco la atravesó—. Y de no haber tenido que casarme con él. —Tomó otro sorbo de ponche y añadió—: Has sido asombrosamente valiente y listo.

—Gracias.

—Estoy muy orgullosa de ti.

Por el rostro de Gideon cruzó una expresión a medias entre la confusión y la sorpresa. Levantó la mano como si fuera a tocarla, luego pareció recordar dónde estaban y bajó el brazo.

—No creo que nadie me haya dicho algo así antes.

—Y también estoy muy enfadada contigo.

Él parpadeó y luego curvó los labios.

—Bueno, eso sí que no es nuevo para mí.

—Has corrido un gran riesgo.

—No. He corrido un riesgo calculado. No tenía pruebas, conseguirlas habría requerido un viaje a Cornualles y semanas, si no meses, de investigación. Pero el duque no lo sabía. Yo, en cambio, sabía que tenía razón. Estaba seguro de que si me enfrentaba a él con la verdad, lo confesaría todo. Estaba preparado para la batalla. Y, ciertamente, salí indemne. No obstante, el decantador de brandy del duque, no salió tan bien parado.

—Subestimas el riesgo que corriste.

—Sólo porque tú exageras demasiado. Soy muy hábil con el cuchillo y tenía a Rayburn y a los demás cubriéndome las espaldas. —Hizo una pausa y luego dijo—: Julianne, yo...

—Aquí estás. —Era la voz de su madre—. He ordenado que traigan el carruaje. Te juro que esta horrible experiencia acabará conmigo. —Cogió a Julianne del brazo y le habló en un susurro—: Tu padre está totalmente lívido.

—¿Por qué? —preguntó Julianne.

Su madre miró al techo.

—Por el amor de Dios, Julianne, ¿acaso no te das cuenta de las consecuencias? Con Eastling muerto, todos los planes de matrimonio se han ido al traste.

Julianne se zafó de su madre.

—Sí, es toda una tragedia —dijo ella en tono seco—. Sin embargo, me alegro de no haberme casado con un loco asesino.

La madre de la joven parpadeó.

—Oh, pues sí. —Recobró el aplomo con rapidez—. Creo que Haverly era la segunda elección de tu padre, así que probablemente será él.

Un frío temor inundó a Julianne. Aunque ya conocía la respuesta, hizo la pregunta de todas maneras.

—¿Será qué?

—Tu prometido. Pero ahora no te preocupes por eso. Ya tendremos tiempo de sobra para hablarlo mañana. —Se volvió hacia Gideon—. Parece que ya no necesitaremos sus servicios, señor Mayne. Me encargaré de que recojan su equipaje y se lo devuelvan mañana.

En ese momento, Julianne se dio cuenta de que la investigación había terminado. Lo que significaba que Gideon ya no tendría que protegerla. Que no regresaría a Grosvenor Square esa noche. Que no tendría más noches con él. Ni más días. Ni más tiempo. Nunca más volvería a ver a Gideon.

La madre de Julianne volvió a tomar a la joven del brazo.

—Vamos, Julianne. Nos espera el carruaje.

Una vez más, Julianne volvió a zafarse de su madre.

—Me reuniré contigo enseguida, mamá.

La condesa soltó un suspiro.

—Si crees que debes hablar con el señor Mayne, te esperaré.

Julianne levantó la barbilla y le habló a su madre con una firmeza que no recordaba haber usado nunca.

—Puesto que me ha salvado la vida, sí que quiero hablar con él. Y lo haré sin que tú estés presente.

Su madre frunció los labios como si se hubiera tragado un limón. Julianne sabía que no iba a poder exigirle la conveniencia de una acompañante ya que había por lo menos una docena de personas todavía en el salón. Al fin, la condesa asintió con la cabeza.

—Muy bien. Tienes dos minutos. Te esperaré en el carruaje.

Después de que su madre se fuera, Julianne se volvió hacia Gideon. Quería decirle muchísimas cosas, pero todas las palabras se quedaron atascadas en su garganta. Palabras que deseaba tener el valor de pronunciar. «Te amo. ¿Me amas? Te deseo. ¿Me deseas tú también? Quiero casarme contigo. ¿Quieres casarte conmigo?» Esperaba que él sí pudiera articular palabra, pero Gideon siguió mirándola en silencio con una expresión que ella no pudo descifrar.

Comenzó a ponerse nerviosa y se apretó las palmas de las manos, repentinamente húmedas, contra el vestido. Se humedeció los labios. Finalmente dijo:

—Si necesitas tus pertenencias esta misma noche, puedes venir a casa y...

—No —dijo él con rapidez. Con tanta rapidez que resultó evidente que lo que no quería era regresar a la casa—. Me parece bien que me envíen el equipaje mañana.

Julianne se sintió como si se le hubiera acabado el tiempo y el pánico la invadió. Incapaz de pensar en una manera delicada de preguntarle lo que quería, lo que necesitaba saber, simplemente susurró:

—¿Volveré a verte?

El corazón le latía dolorosamente mientras esperaba la respuesta, intentando descubrirla en aquellos ojos inescrutables. Y de repente la vio. Vio su respuesta. Y su pena. Y sintió como si el corazón le hubiera dejado de latir y comenzara a desangrarse.

—La investigación ha terminado —dijo él en voz baja.

Julianne tuvo que tragar saliva dos veces para recuperar el habla.

—Eso quiere decir, que tú y yo... lo que hemos compartido... también se ha terminado. —Julianne por fin había recuperado el habla, pero su voz sonaba apagada. Y parecía venir de muy lejos.

—Me temo que así es. Julianne, espero que sepas... —se interrumpió y se pasó una mano por el pelo—. Quiero que sepas que yo... nunca te olvidaré.

Julianne lo miró sin tratar de ocultar sus sentimientos. Permitió que él viera su corazón y la profundidad de su amor por él. Quería que viera todo eso reflejado en sus ojos. Y él lo vio. Sabía que lo había hecho. Y esperó. Hasta que no pudo soportar el silencio por más tiempo.

—¿Es eso todo lo que tienes que decirme, Gideon? —le preguntó con la voz más calmada que pudo reunir.

Gideon miró aquellos ojos azules tan llenos de esperanza, anhelo y amor, que dolía mirarlos. Podía decirle que la amaba, que siempre la amaría, pero ¿de qué serviría eso? Podía decirle que si la situación hubiera sido diferente —si ella no hubiera sido hija de un conde o él hubiera tenido un título— se casaría con ella al instante. Pero de nuevo estaba en las mismas, ¿de qué serviría eso? La situación no iba a cambiar.

No obstante, tenía que decirle algo. Alargó la mano y tomó

la de ella. Se obligó a no pensar en que ésa sería la última vez que la tocaría.

—Espero —dijo con voz suave, sin apartar los ojos de los suyos— que todos tus sueños y deseos se hagan realidad.

Los ojos azules de Julianne siguieron clavados en los de él durante varios segundos. Luego todas las esperanzas y deseos desaparecieron, rompiendo el corazón de Gideon en el proceso. La joven apartó lentamente la mano de la de él.

—Te deseo lo mismo —dijo en un susurro entrecortado—. Adiós, Gideon.

Se dio la vuelta y se marchó.

Dejándole con el corazón roto y el alma destrozada. Y un futuro que se extendía, frío y desolador, ante él.

A la tarde siguiente, Gideon estaba sentado en su estudio, haciendo lo mismo que había estado haciendo desde que finalmente había llegado a su casa poco antes del amanecer: mirar la repisa de la chimenea. Pensando. En cosas que tenía que olvidar pero que sabía que jamás olvidaría. Recordando. Cada palabra y cada caricia de Julianne que se le habían quedado grabadas en la mente. Sufriendo. Con un dolor tan profundo y desesperante que no creía poder librarse jamás de él.

Soltó un largo y cansado suspiro. Si tuviera que resumir la situación en una sola palabra, sería «cómo». ¿Cómo se había permitido enamorarse tan profunda y apasionadamente de ella? ¿Cómo conseguiría vivir el día siguiente, la próxima semana, el año que viene, sin ella? ¿Cómo podría soportar la idea de que ella se casara con otro hombre?

¿Cómo demonios era posible que siguiera viviendo cuando sentía tanto dolor?

Había intentado aplacar el dolor con whisky, pero después de una hora se había dado cuenta de lo absurdo que era eso. No existía suficiente whisky en el mundo que pudiera hacerle olvidar a Julianne. Así que había cerrado la botella y había intentado concentrarse en el dolor que le hacía martillear la cabeza en vez de en su pena. Y había fracasado miserablemente.

*Cesar* se acercó a él y apoyó la cabeza en las rodillas de Gideon, con aquellos conmovedores ojos llenos de sufrimiento canino. Gideon rascó las orejas del perro.

—También tú has perdido a tu amada, ¿verdad, chico?

*Cesar* soltó el más lastimero aullido que Gideon le hubiera oído nunca.

—Sé exactamente cómo te sientes.

*Cesar* dirigió los ojos a la botella de whisky y Gideon negó con la cabeza.

—Créeme, no sirve de nada. Sabe asqueroso y te provoca un terrible dolor de cabeza. Y no te ayuda a recuperar la pareja.

*Cesar* soltó un fuerte suspiro que Gideon estuvo tentado de imitar, pero respirar demasiado hondo dolía demasiado. Se pasó las manos por la cara, e hizo una mueca cuando se rozó la mandíbula sin afeitar.

Sonó la aldaba de la puerta y *Cesar* salió corriendo de la habitación, ladrando como un loco, como si agradeciera tener algo que hacer aparte de compadecerse de sí mismo. Gideon se obligó a levantarse de la silla y arrastró los pies hasta el vestíbulo, preguntándose quién llamaría a la puerta, aunque tampoco era algo que le importara demasiado. Ethan le había traído la maleta una hora antes. Había esperado una nota de Julianne, pero no la había. Y aunque se sintió decepcionado, sabía que no había nada más que decir.

Al llegar al vestíbulo, tranquilizó a *Cesar* y abrió la puerta. Arqueó las cejas con sorpresa cuando vio a Matthew, Daniel y Logan esperando en las escaleras.

—Tienes un aspecto espantoso —dijo Logan.

Gideon parpadeó.

—Ah..., no sé muy bien qué responder a eso, pero sí, me siento fatal.

—Eso parece —dijo Matthew—. ¿Podemos entrar? Queríamos tratar un asunto contigo.

Gideon abrió la puerta del todo.

—Por supuesto. —Los condujo al estudio, donde el sol del atardecer entraba por la ventana. En cuanto todos estuvieron sentados, Matthew dijo:

—Anoche, de camino a casa, tuve una interesante conversación con mi esposa, que me impulsó a reunirme con Daniel a primera hora de la mañana...

—Y resultó que yo también había tenido una conversación similar con mi mujer al salir de la fiesta.

Logan se aclaró la garganta.

—No estoy casado y por lo tanto no he mantenido tal conversación, pero Daniel y Matthew han tenido la amabilidad de incluirme en sus planes.

—¿Qué planes? —preguntó Gideon.

—Dependen de ti. Lo único que nosotros hemos hecho ha sido esto. —Matthew sacó un sobre del bolsillo del chaleco y se lo tendió a Gideon.

Gideon vaciló antes de cogerlo.

—¿Qué es?

—Sólo hay una manera de averiguarlo —dijo Daniel.

Desconcertado, Gideon abrió el sobre y extrajo el contenido. Hojeó el documento y frunció el ceño. Luego leyó con más detenimiento. Finalmente, levantó la mirada y se encontró con tres pares de ojos muy serios clavados en él.

—Parece una licencia especial —dijo él.

—Porque es una licencia especial —confirmó Matthew—. La hemos solicitado nosotros tres en las oficinas londinenses del arzobispo de Canterbury.

—¿Cómo la habéis conseguido? —preguntó, volviendo a bajar la mirada al documento, incapaz de creer lo que allí decía. Una vez más, leyó los nombres de «Gideon Mayne» y «lady Julianne Bradley» escritos en el papel.

—Nos costó un poco de trabajo —dijo Daniel.

—Sí, pero no hay demasiadas cosas que un conde, un marqués y un americano tenaz no puedan conseguir si se lo proponen —dijo Logan con una leve sonrisa.

—Pero ¿por qué lo habéis hecho? —preguntó Gideon, paseando la mirada de Matthew a Daniel. Ciertamente, un marqués y un conde no tendrían que aprobar una boda entre Julianne y él. Aunque por el documento que sostenía en las manos, parecía que sí lo hacían.

—Porque al parecer, Carolyn se habría casado con Daniel aunque fuera panadero —dijo Matthew—. Y Sarah estuvo dispuesta a casarse conmigo incluso cuando parecía que me pasaría el resto de mi vida pagando deudas. Y por Temístocles.

Gideon negó con la cabeza, totalmente confundido.

—¿Quién?

—Un poderoso estadista griego que vivió en el siglo V antes de Cristo. Su hija recibió dos propuestas de matrimonio. Una era de un hombre modesto pero de buen carácter, la otra era de un hombre de su círculo social pero de dudoso carácter. Cuando las amigas de Julianne le plantearon una situación similar, ella citó a Temístocles y les dijo: «prefiero a un hombre sin dinero antes que dinero sin un hombre».

Gideon se quedó paralizado. Se le detuvo el corazón. La sangre. La respiración. Luego todo volvió a la vida con una fuerza que lo dejó sin habla.

—Queríamos que los dos tuvierais la opción de elegir —dijo Daniel.

—Antes de que su condenado padre intente casarla con algún que otro condenado lord —dijo Logan. Les brindó una amplia sonrisa a Matthew y Daniel—. Sin intención de ofender, claro.

Matthew murmuró algo para sus adentros que sonó como «condenado americano», pero le dijo a Gideon:

—Todo está preparado para que la ceremonia se celebre en mi casa a las cinco. Tanto nosotros como nuestras esposas y lady Emily haremos de testigos.

Gideon sólo pudo quedarse mirándolo fijamente.

—¿Hoy?

Matthew asintió con la cabeza y luego consultó su reloj.

—Hoy. Dentro de una hora y diecinueve minutos para ser exactos. —Volvió a meterse el reloj en el bolsillo del chaleco—. Sólo nos faltan la novia y el novio.

Gideon bajó la mirada al documento que sostenía en las manos. Una hoja de papel que tenía el poder de darle todo lo que quería. Todo lo que nunca había esperado poseer alguna vez en su vida. Al parecer Julianne también le quería. A pesar de su falta de posición social y fortuna. No es que fuera pobre. Pero tampoco era rico. Señaló la licencia con la barbilla.

—Esto ha debido de costar una fortuna.

—Considéralo un regalo de bodas —dijo Logan.

—Julianne perderá a su familia —dijo Gideon.

—Sí —convino Matthew—. Pero no perderá a sus amigos.

—Te lo prometemos —dijo Daniel, y Logan asintió con la cabeza.

La esperanza irrumpió en el corazón de Gideon, que agradeció estar sentado al sentirse un poco mareado.

—Jamás me habría atrevido a preguntárselo —dijo en un susurro.

—Por eso —dijo Matthew— estamos aquí, entrometiéndonos por orden de nuestras esposas.

—Exacto —dijo Daniel—. Aunque por lo general no somos tan entrometidos, como muy bien sabes.

Logan miró al techo.

—Estos británicos... Siempre dando rodeos. —Clavó los ojos en Gideon—. ¿Y bien? ¿Qué va a ser?

Gideon respiró hondo. Luego sonrió.

—Sólo nos falta la novia.

Cuarenta y cinco minutos después, bien afeitado y con sus mejores ropas, Gideon entró en el vestíbulo de la mansión de Grosvenor Square con *Cesar* pisándole los talones.

—Me gustaría ver a lady Julianne, por favor —le dijo a Winslow.

—Iré a ver si está en casa —dijo el mayordomo. Miró fijamente el pequeño ramillete de flores que Gideon sostenía en la mano pero no hizo ningún comentario. Desapareció por el pasillo y Gideon tuvo que contenerse para no pasear de arriba abajo. Winslow regresó un momento después y dijo—: Lady Julianne está en la sala de música. Lo recibirá ahora.

Gideon y *Cesar* siguieron a Winslow y a cada paso, el corazón de Gideon latía con más fuerza.

—El señor Mayne —anunció Winslow en la puerta.

Gideon cruzó el umbral sin apenas percibir la partida del mayordomo mientras su mirada se posaba en Julianne. Estaba parada junto al piano. Se había puesto un vestido agua pálido que hacía que sus ojos parecieran incluso más azules de lo normal.

Gideon se acercó a ella lentamente al tiempo que se preguntaba cómo diantres había sido tan tonto como para alejarse de ella. Había cruzado la mitad de la estancia cuando oyó una serie de ladridos agudos provenientes de la chimenea. *Princesa Buttercup*, con un collar del mismo tono agua que el vestido de Julianne, había visto a *Cesar*. El enorme perro también había visto a su amada y se produjo un alegre encuentro canino de olfateos y lametones, gruñidos y ladridos antes de que ambos animales se dejaran caer pesadamente en la alfombra.

—Hola, Julianne —dijo él, rompiendo el silencio.

Ahora que estaban separados por menos de dos metros, pudo ver que ella había estado llorando. Incluso a pesar de tener los ojos hinchados y enrojecidos, Julianne seguía siendo la mujer más bonita que él hubiera visto nunca.

—Hola, Gideon. —Entrelazó las manos con tanta fuerza que se le pusieron los nudillos blancos—. ¿Querías verme?

—Sí. —Le echó una mirada de reojo al reloj de la repisa y anotó la hora que era, luego se aclaró la garganta—. Ayer por la noche me preguntaste si tenía algo más que decirte, y me he dado cuenta de que no te dije todo lo que quería. Todo lo que necesito decirte.

—Ya veo. ¿Quieres sentarte?

Negó con la cabeza. Iba a pasarse las manos por el pelo cuando recordó las flores que agarraba con firmeza.

—Son para ti —dijo él, tendiéndoselas. Demonios, había apretado demasiado aquellas malditas flores, pues se habían quedado un poco mustias.

Aun así, una temblorosa sonrisa curvó los labios de Julianne.

—Gracias —dijo la joven, enterrando la cara en aquellas flores marchitas—. Me encantan las margaritas.

Gideon no lo sabía. Ni siquiera había notado que fueran margaritas. Sólo le había comprado las flores a la jovencita que las vendía porque... bueno, ¿acaso los hombres no regalaban flores cuando se iban a declarar? Maldición, ¿por qué no le había pedido a Matthew o a Daniel que le aconsejaran cuando tuvo la oportunidad?

Ella lo miró con ojos solemnes.

—¿Qué querías decirme, Gideon?

—Yo... —Dejó escapar un largo suspiro—. Ojalá supiera decir palabras bonitas, porque Dios sabe que te las mereces, pero no sé.

Así que te lo diré a mi manera. —Se acercó un paso más, deteniéndose a sólo medio metro de ella, luego la cogió de la mano y se dio cuenta de que la suya temblaba—. Te amo, Julianne. Te amo tanto que... me duele. Creo que ya te amaba cuando pensaba que no eras más que una princesita mimada, aunque trataba de convencerme de que no era así. Pero luego, cuando descubrí que no eras esa princesa mimada, cuando me di cuenta de la mujer amable, cariñosa, valiente, generosa y maravillosa que eres, no pude negar por más tiempo que estaba total y perdidamente enamorado de ti. —Inspiró profundamente y continuó—: No soy un hombre rico ni tengo título. Pero te ofrezco todo lo que tengo, todo lo que soy, todo mi amor y mi alma son tuyos.

Apoyó una rodilla en el suelo delante de ella.

—Julianne, ¿me harías el honor de ser mi esposa?

Julianne lo miró con unos ojos muy abiertos y la cara pálida. Durante los instantes más largos de su vida, él soportó el silencio más ensordecedor que hubiera oído nunca. Luego, a Julianne le temblaron los labios y esbozó la sonrisa más hermosa del mundo.

—Sí —susurró ella. Luego se rio. Después sollozó—. ¡Sí! ¡Sí! —Riéndose y llorando, lo hizo levantarse y él la estrechó entre sus brazos y la besó.

Y aquel lugar en su corazón que parecía estar vacío sólo una hora antes se llenó de una desbordante felicidad que Gideon nunca había creído posible.

Julianne echó el cuerpo hacia atrás y le enmarcó la cara entre las manos.

—Te amo —susurró ella—. Me dejaste sin aliento desde el primer momento en que te vi. Y ahora, al decirme lo que sientes por mí, en lugar de decirme lo hermosa que soy, me dices que soy cariñosa, generosa, valiente y maravillosa. No sabes lo mucho que eso significa para mí.

—Bueno, que no te quepa ninguna duda de que también eres hermosa para mí.

Ella sonrió a pesar de las lágrimas que se deslizaban por sus mejillas.

—¿De verdad que voy a ser tu mujer?

—¿De verdad que voy a ser tu marido? —Sacó un pañuelo y le

enjugó las lágrimas de los ojos—. Me he traído tres —bromeó, agitando el pañuelo delante de ella.

Julianne se rio.

—Bien. *Princesa Buttercup* se sentía desgraciada, ¿sabes?

—*Cesar* también. —Apoyó la frente contra la de ella—. Y yo.

—Yo también —le aseguró ella.

Él levantó la cabeza.

—Sabes que tus padres jamás me aceptarán.

—Ellos se lo pierden —dijo sin titubear—. Te elijo a ti. Ahora y siempre.

—¿Están tus padres en casa?

Ella negó con la cabeza.

—Mi madre está con su ronda de visitas y mi padre está en el club.

—Entonces hablaré después con ellos.

—¿Después?

—Después de la boda. Y si no queremos llegar tarde, tendremos que darnos prisa porque empieza dentro de —miró el reloj de la repisa— veinticuatro minutos.

Julianne se quedó boquiabierta.

—¿La boda? ¿Nuestra boda? ¿Dentro de veinticuatro minutos?

—¿No lo había mencionado? —Gideon meneó la cabeza—. Lo siento. Estaba algo nervioso. —Le contó con rapidez lo de la licencia especial y la ceremonia que habían planeado en casa de Matthew y Sarah, concluyendo con—: Cuando te pedí que te casaras conmigo, supongo que tendría que haber añadido «ahora». ¿Te casarás conmigo ahora? —La miró con ojos chispeantes—. ¿Lo harás?

La sonrisa que la joven le brindó podría haber iluminado una habitación a oscuras.

—¡Sí! —Luego se puso seria—. Pero antes, debo contarte una cosa. Algo que debería haberte dicho antes. Te... te mentí, Gideon. ¿Recuerdas aquella primera noche en que te dije que había oído ruidos del fantasma? No era cierto. Te lo conté porque quería que investigaras. Quería verte de nuevo. Así que contraté a Johnny Burns, el mozo que reparte el carbón, para que hiciera los ruidos fantasmales, pero su mujer tuvo un bebé y no pudo hacerlos y entonces fue cuando el fantasma de verdad subió a mi balcón y...

Él posó los dedos contra sus labios para detener el rápido flujo de palabras.

—¿Hiciste todo eso sólo para volver a verme?

Ella asintió con la cabeza.

—Lo siento —murmuró contra sus dedos—. No debería...

Esa vez la silenció con un largo y profundo beso de lenguas danzantes que los dejó a ambos sin aliento.

—Una buena estrategia para conseguir que volviera de nuevo a tu vida. ¿Te he dicho ya cuánto te amo?

—Sí, pero sospecho que jamás me cansaré de oírlo.

—Bien. Porque tengo intención de decírtelo diez veces al día.

Julianne soltó un suspiro.

—¿Sólo diez? Me matarás con tu indiferencia.

—Vale, veinte. ¿Te tan dicho alguna vez que eres... maravillosa?

Ella sonrió.

—Sí. El hombre que amo.

Él estaba a punto de besarla otra vez cuando recordó la hora que era. Después de echarle una mirada al reloj, la agarró de la mano y la arrastró hacia la puerta mientras silbaba a *Cesar,* que trotó tras ellos con *Princesa Buttercup* siguiéndole fielmente.

—La boda está programada para dentro de diecinueve minutos. Matthew me ha prestado el carruaje. Está esperando delante de la puerta, así podemos ponernos en camino de inmediato.

—Sólo tengo que ir un momento a mi dormitorio —dijo ella—. Nos encontraremos fuera.

Cuando Gideon acabó de subir los perros al carruaje, Julianne bajó corriendo las escaleras hacia él.

—Además de *Princesa Buttercup*, esto es lo único que no soportaría dejar aquí —dijo.

Y ambos se sonrieron por encima de la caja de sueños y deseos.

# Epílogo

Gideon se encontraba en la sala de Matthew tomando una copa de champán con la mano en la espalda de su esposa. Su esposa. Que estaba a su lado, riéndose de algo que le había dicho Carolyn. Su esposa, que estaba absolutamente radiante y todavía sujetaba las margaritas marchitas que él le había comprado. Su esposa, que había rechazado el espléndido ramo de novia que Sarah tenía preparado para ella y que había insistido en casarse con las flores mustias que Gideon le había dado. Su esposa, que lo miraba con todo el amor que él había esperado ver brillar en sus ojos.

El mayordomo de Matthew se acercó a Gideon.

—Señor —le dijo—, hay un caballero que quiere verle. Está esperando en el vestíbulo. Me ha dicho que se llama Jack.

Gideon se quedó paralizado, luego asintió con la cabeza. Después de disculparse con Julianne, siguió al mayordomo fuera de la estancia. Estaban en medio del pasillo cuando se abrió una puerta justo delante de ellos y salió lady Emily.

—¡Oh! —exclamó ella, claramente sorprendida de verle—. No sabía que estaba... no esperaba... —Su rostro adquirió un profundo tono escarlata—. Vuelvo a la fiesta. —Y se fue a toda prisa.

Gideon, lleno de curiosidad, metió la cabeza por la puerta entreabierta por la que ella había salido. Era la biblioteca. Y en medio de la estancia estaba Logan Jennsen, pasándose un dedo por el labio inferior como si estuviera sumido en una especie de trance. Qué interesante.

Gideon se aclaró la garganta.

—¿Pasa algo?

Logan se giró hacia él y frunció el ceño.

—Hace diez minutos te habría dicho que no. Ahora... no estoy seguro. —Se acercó a la puerta y palmeó la espalda de Gideon. Gideon notó que Logan estaba despeinado. Muy interesante—. Nada de lo que no pueda encargarme —dijo Logan con una sonrisita—. Pero, definitivamente, necesito una copa de brandy. Te veré en la sala.

Gideon continuó hacia el vestíbulo, donde encontró a un Jack Mayne muy elegante.

—¿Podría dejarnos unos minutos a solas, por favor? —le preguntó al mayordomo.

Después de que el criado se retirara, Gideon le dijo a su padre.

—¿Qué estás haciendo aquí?

—Me enteré de la boda. —Le brindó una amplia sonrisa—. Pensé en entrar por la ventana y sorprenderos, pero al final decidí que sería mejor así. Más apropiado. Quería darte esto. —Le tendió la mano. En la palma sostenía una sencilla alianza de oro—. Sé que no es muy ostentosa, pero pertenecía a tu madre. Pensé que te gustaría dársela a tu novia.

Demonios, se le había puesto un nudo en la garganta. Con todos los criados que había en esa casa, bien podían dedicarse a quitar el polvo. Cogió el anillo y se lo metió en el bolsillo.

—Gracias.

—De nada. Felicidades, hijo mío. Deseo que seas feliz. —Le tendió la mano tímidamente. Gideon vaciló, dividido entre lo que sabía que hacía su padre y el hecho de que, sin duda alguna, todavía seguía siendo su padre. Extendió el brazo y le estrechó la mano—. Oí por ahí que has atrapado a ese condenado ladrón y asesino fantasma. Bien hecho. Era malo para el negocio. —Le dirigió a Gideon una mirada llena de especulación—. Me sorprende que no pensaras que yo podía ser ese fantasma.

En realidad, ese pensamiento había cruzado por la mente de Gideon, pero lo había descartado con rapidez.

—Eres muchas cosas, pero no un asesino.

Jack inclinó la cabeza.

—Me alegro de que lo tengas claro. Después de todo, un hombre tiene sus principios, ¿sabes?

—Sí, lo sé.

El silencio se extendió entre ellos, luego Jack dijo:

—Bueno, supongo que es hora de que me vaya.

—Antes quiero preguntarte algo... Conocí a un par de amigos tuyos —dijo Gideon—. Will y Perdy. Me contaron algunas cosas sobre ti que me sorprendieron mucho. —Clavó los ojos en Jack—. ¿Decían la verdad?

Para sorpresa de Gideon, pareció que Jack se sonrojaba.

—¿Qué te contaron?

—Que te dedicas a ayudar a la gente.

Jack se encogió de hombros.

—Ah, eso. No es nada, sólo un pasatiempo. Sólo intento ser amable.

Gideon se dio cuenta de que había algo más, y la constatación de ese hecho lo sorprendió.

—Es verdad que te dedicas a ayudar a las personas.

Jack volvió a encogerse de hombros.

—Supongo.

Al instante tuvo una sospecha.

—¿De dónde sacas el dinero y los medios para ayudarles?

Un brillo pícaro iluminó los ojos de Jack.

—Es mejor que no conozcas la respuesta, hijo. Por lo de que estás en el lado equivocado de la ley y todo eso.

Gideon negó con la cabeza y se pellizcó el puente de la nariz.

—¿Sabes? Hay otras maneras de conseguir dinero de la gente rica para que ayuden a tu causa.

—¿Ah, sí? ¿Cómo?

—¿Has llegado a considerar alguna vez que podrías pedírselo? —La expresión de Jack fue de tal desconcierto que Gideon no pudo evitar reírse—. No, ya veo que nunca se te ha pasado por la cabeza.

—Estás loco —dijo Jack—. ¿Por qué iban a dármelo?

—Porque, aunque te parezca mentira, algunos de ellos son muy generosos. Y buenos. Y si alguna vez decides que te gustaría hacer las cosas de manera legal y necesitas ayuda, dímelo.

Jack asintió lentamente al principio, luego con más vigor.

—Lo haré. Puedes apostar por ello. Y ahora, dejaré que regreses a tu boda.

Gideon lo observó dirigirse a la puerta con las emociones a flor de piel. Justo cuando Jack agarraba la manilla de la puerta, le preguntó:

—¿No te gustaría... entrar? ¿Conocer a mi mujer?

Jack se quedó paralizado. Y luego pareció como si el polvo de la casa también le afectara a él, pues se le empañaron los ojos.

—Me emociona que me lo preguntes, hijo. Me encantará conocerla. Pero no hoy. Es tu día y el de ella. Será mejor que hagamos las presentaciones otro día. Estaremos en contacto. Mientras tanto, no hagas nada que yo no haría. —Tras dirigirle una última sonrisa traviesa, se marchó y en silencio cerró la puerta a sus espaldas.

—Aquí estás —dijo una voz suave detrás de él.

Se dio la vuelta y vio a Julianne caminando hacia él.

—Llevamos casados menos de una hora y ya me has abandonado —le regañó con una sonrisa—. ¿Qué voy a hacer contigo?

Gideon la tomó entre sus brazos y le dio el beso que se moría de ganas de darle desde que habían llegado. Cuando por fin levantó la cabeza le respondió:

—No puedo esperar a enseñarte todas las cosas que puedes hacer conmigo.

—Oh, Dios mío —suspiró ella contra sus labios—. Sabía que la vida contigo sería toda una aventura. —Le pasó los dedos por el pelo—. Te he oído hablar con alguien. ¿Quién era?

—Era mi padre. —Sacó la alianza del bolsillo—. Me ha dado esto. Era de mi madre. ¿Te gustaría que fuera tu anillo de bodas?

—Oh, Gideon. Es precioso. Sí, me sentiré muy honrada de llevarlo. —Se quitó el anillo que le había prestado Sarah para la ceremonia, y Gideon le deslizó la alianza en el dedo.

Julianne miró el sencillo anillo de oro como si él le hubiera ofrecido las joyas de la Corona. Demonios, había vuelto a enamorarse de ella una vez más.

—Te amo —susurró—. Si tuvieran que resumir todo lo que siento en una sola palabra, sería «felicidad». Soy condenadamente feliz.

Ella sonrió mirándole a los ojos, con los suyos llenos de amor y alegría.

—Y si yo tuviera que resumir en una sola palabra lo que eres para mí, lo que has hecho por mí, lo que me has dado, esa palabra sería «todo». Absolutamente... todo.